# DRAGONS D'UNE FLAMME D'ÉTÉ

LANCEDRAGON
AU FLEUVE NOIR

La trilogie des Chroniques de Lancedragon
**1. Dragons d'un crépuscule d'automne**
**2. Dragons d'une nuit d'hiver**
**3. Dragons d'une aube de printemps**
**4. Dragons d'une flamme d'été** (grand format)
*par Margaret Weis et Tracy Hickman*

La trilogie des Légendes de Lancedragon
**1. Le temps des jumeaux**
**2. La guerre des jumeaux**
**3. L'épreuve des jumeaux**
*par Margaret Weis et Tracy Hickman*

Les Préludes de Lancedragon
**1. L'Ombre et la Lumière**
*par Paul B. Thompson*
**2. Kendermore**
*par Mary Kirchoff*
**3. Les frères Majere**
*par Kevin Stein*
**4. Rivebise, l'Homme des Plaines**
*par Paul B. Thompson et Tonya R. Carter*
**5. Sa Majesté Forgefeu**
*par Mary Kirchoff et Douglas Niles*
**6. Tanis, les années secrètes**
*par Barbara et Scott Siegel*

Rencontres de Lancedragon (novembre 1997)
**1. Les âmes sœurs**
*par Mark Anthony et Ellen Porath*
**2. L'éternel voyageur**
*par Mary Kirchoff et Steve Winter*
**3. Cœur sombre**
*par Tina Daniell*

Rencontres de Lancedragon (mars 1998)
**4. La règle et la mesure**
*par Michael Willams*
**5. La pierre et l'acier**
*par Ellen Porath*
**6. Les compagnons**
*par Tina Daniell*

LANCEDRAGON®

# DRAGONS D'UNE FLAMME D'ÉTÉ

par
Margaret Weis
et
Tracy Hickman

Couverture de
LARRY ELMORE

FLEUVE NOIR

Titre original :
*Dragons of Summer Flame*

Traduit de l'américain
par Isabelle Troin-Joubaud



Collection dirigée par Patrice Duvic
et
Jacques Goimard



ISBN : 2-265-06246-4

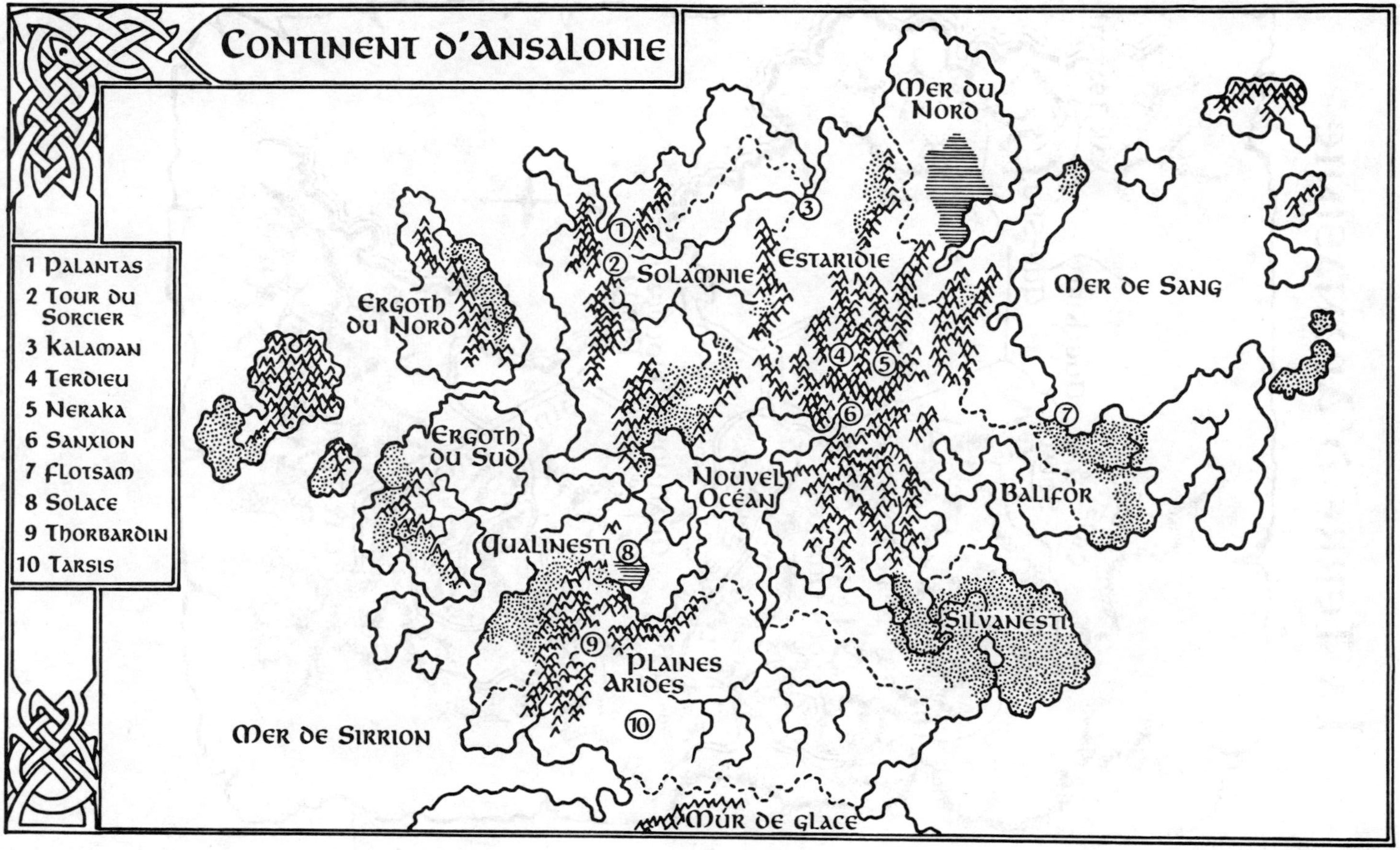

Continent d'Ansalonie
1 Palantas
2 Tour du Sorcier
3 Kalaman
4 Terdieu
5 Neraka
6 Sanxion
7 Flotsam
8 Solace
9 Thorbardin
10 Tarsis
Mer du Nord
Mer de Sang
Solamnie
Estaridie
Ergoth du Nord
Ergoth du Sud
Nouvel Océan
Balifor
Qualinesti
Silvanesti
Plaines Arides
Mer de Sirrion
Mur de glace

# La Terre d'Abanasinie

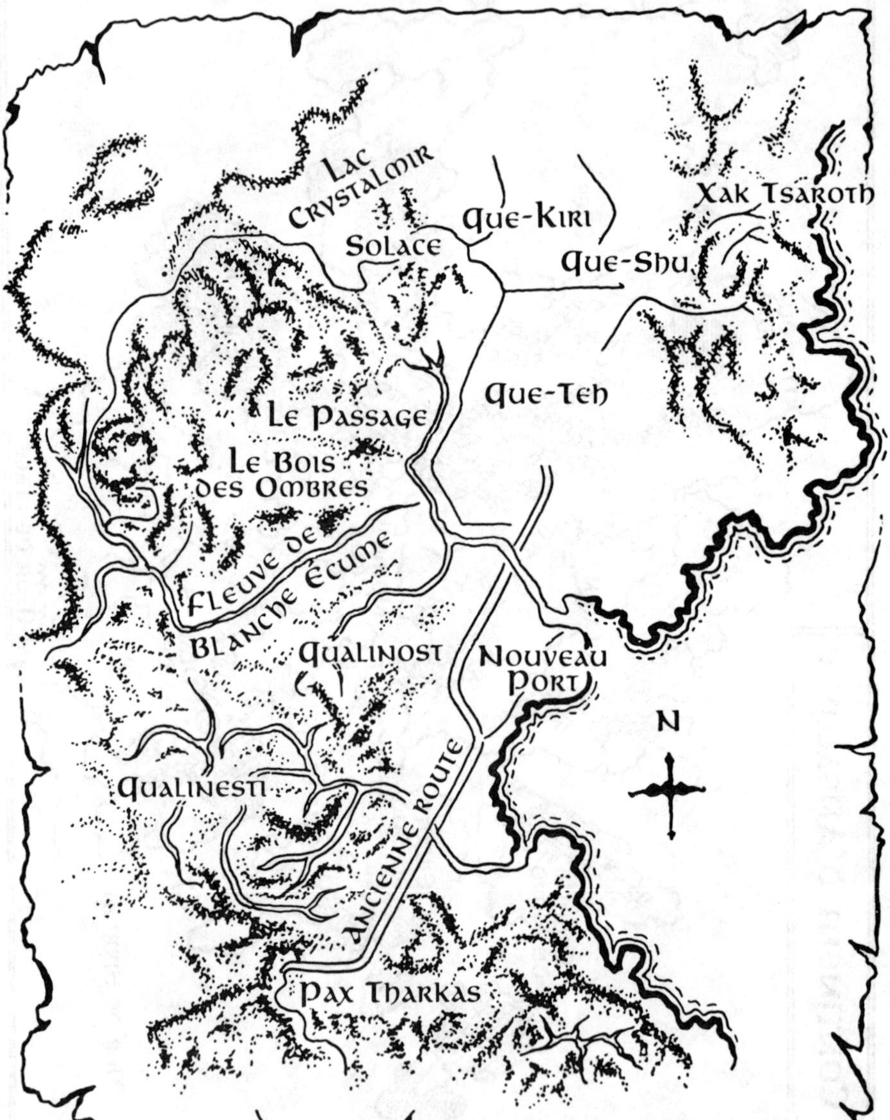

## OFFICE DU MUR DES GLACES

*Dans les contrées méridionales*
*où se dresse le Mur des Glaces*
*sous un pâle soleil d'hiver*

*Où coule la rosée du souvenir*
*et où les timides curiales*
*fleurissent sur les légendes figées*

*Ils apprêtent les grands creusets*
*et, au nom du souvenir,*
*y versent l'or et l'ambre*

*De très anciens breuvages*
*tirés du grain, du sang des bardes*
*de la glace et du souvenir*

*Et en ces flots, le barde descend*
*vers l'or, vers l'ambre*
*tout en écoutant*

*Le rugissement*
*de la marée et du souvenir*
*qui déferlent sur lui*

*Jusqu'à ce que ses poumons,*
*et son cœur cèdent au courant*
*jusqu'à ce que les sons l'envahissent*

*Que le monde pénètre en lui*
*plus profondément que la pensée*
*et qu'il se noie... ou devienne barde.*

*Dans le Nord, il en est autrement*
*sous la très sage lune*
*dont les phases génèrent*

*La lumière et les ténèbres*
*les pièces et les miroirs*
*dans la légèreté de l'air.*

*Les eaux me disent que vous êtes étrangers*
*au pays bafoué*
*où descendent les bardes*

*Aux flots où la foi*
*se change en vision,*
*à l'élixir de la nuit*

*Au dernier souffle*
*que le noyé concède au souvenir*
*et d'où naît la poésie*

*Les eaux me disent que vous êtes étrangers*
*au Nord miséricordieux*
*que Hylo, Solamnie*

*Et une douzaine d'autres provinces*
*vous ont purgé de vos désirs et de votre solitude.*
*Et les eaux disent vrai*

*Car vous vous souvenez de votre trépas*
*quand les deux moitiés d'un royaume*
*devinrent une seule terre dévastée*

*Car telles les lunes rouge et argent*
*alliance de miséricorde et de lumière*
*vous avez traversé les cieux*

*Car les dieux l'ont voulu ainsi*
*ils ont voulu que vous cheminiez*
*en des lieux et des temps troublés*

*Pour que votre destinée vous mène*
*vers le soleil et l'horizon*
*non vers la noyade*

*Vous n'avez jamais oublié*
*l'immersion du barde, le pays du sommeil*
*l'ère qui précédait la naissance des mondes*

*Où nous attendions tous*
*dans les ténèbres maternelles*
*dans la mort prédite par les cartes*

*Mais seuls et ensemble vous êtes venus*
*et grâce à vous l'histoire*
*est sur le point de recommencer...*

# LIVRE PREMIER

# 1

## LA PROPHÉTIE. UNE RENCONTRE INATTENDUE.

Il faisait chaud ce matin-là, trop pour une fin de printemps sur l'Ansalonie. Assis à la proue du bateau, les deux chevaliers transpiraient sous leur lourd harnachement. De temps à autre, ils jetaient un regard envieux aux rameurs à demi nus.

Leurs armures d'acier noir, ornées de crânes et de lys de la mort, avaient été bénies par le Grand Prêtre pour leur permettre de supporter le vent et la pluie, la chaleur et le froid. Mais apparemment, la bénédiction de la Reine Noire ne pouvait rien contre les températures hors saison.

Lorsque le bateau toucha le rivage, les deux chevaliers furent les premiers à bondir dans l'eau et à en asperger leur visage rougi par le soleil. Malheureusement, l'eau n'était pas très fraîche.

— On dirait de la soupe, grommela un des chevaliers en scrutant le rivage.

— Plutôt du sang, dit son camarade. Imagine que tu te baignes dans le sang de nos ennemis. Tu vois quelque chose ?

— Non, répondit l'autre.

Il fit signe aux rameurs de tirer le bateau au sec et les regarda faire en s'épongeant le front. Leur force l'émerveillait. Pour la centième fois, il remercia Takhisis que ces barbares ( comme tous ses camarades, il les appelait les brutes, parce que leur vrai nom était impossible à prononcer ) soient de leur côté.

Ils venaient de l'Est, d'un continent dont la plupart des habitants d'Ansalonie ignoraient jusqu'à l'existence Les plus petits mesuraient six pieds de haut ; certains dépassaient les sept. Leur corps était robuste et musclé comme celui des humains, leurs mouvements rapides et gracieux tels ceux des elfes, dont ils avaient d'ailleurs les oreilles pointues. Leur force et leur ardeur au combat rivalisaient avec celles des nains. Ils étaient de nature loyale, et, leurs coutumes ridicules mises à part, faisaient des fantassins de rêve. Il se battaient à l'épée courte, à l'épée longue, et à l'arc.

— Il faut informer le capitaine de notre arrivée, et lui dire que nous n'avons rencontré aucune résistance, déclara le chevalier.

Son camarade hocha la tête. Il sortit de sa ceinture un drapeau de soie rouge, le déroula et l'agita trois fois au-dessus de son crâne à l'attention du monstrueux navire ancré au loin dans la baie.

Pendant ce temps, le premier chevalier formait des équipes de barbares et les envoyait explorer les recoins de l'île. Pour en avoir fait le tour avant d'aborder, il savait qu'elle n'était pas grande ; les patrouilles n'en auraient pas pour longtemps. Les deux hommes allèrent s'asseoir à l'ombre d'un arbre rabougri et se partagèrent l'eau de leur gourde.

— Pouah, elle est chaude ! s'exclama l'un d'eux avec une grimace de dégoût.

— Pas étonnant : tu l'avais laissée en plein soleil.

— Où voulais-tu que je la mette ? Il n'y avait pas d'ombre sur ce maudit bateau. J'ai l'impression qu'il n'en reste plus nulle part. Je n'aime pas du tout cet endroit, il me fiche la trouille, comme s'il était magique ou je ne sais quoi...

— Je vois ce que tu veux dire, acquiesça le

deuxième chevalier. ( Il grimaça. ) On nous avait pourtant conseillé de ne pas venir...

— « On » ? répéta son camarade. Qui, « on » ?

— Lumlane. Le conseil venait du seigneur Ariakan en personne.

— Ce n'est pas une information secrète ?

— Tu connais mal Steel de Lumlane, si tu penses qu'il trahirait un serment, ou divulguerait des informations qu'on lui a demandé de garder pour lui. Il se laisserait plutôt brûler la langue au fer rouge. Non, le seigneur Ariakan en a discuté ouvertement avec ses officiers avant de prendre une décision, répondit le chevalier.

Son camarade haussa les épaules ; ramassant une poignée de graviers, il entreprit de les jeter dans l'eau.

— Ce sont les Chevaliers Gris qui ont commencé. Un augure leur avait révélé l'emplacement de cette île, leur apprenant qu'elle était habitée par de nombreuses personnes.

— Alors, qui nous a conseillé de ne pas venir ?

— Les Chevaliers Gris. L'oracle les avait mis en garde contre le désastre qui frapperait si nous envahissions l'île. Ils ont tenté de persuader le seigneur Ariakan, mais...

— Mais ?

— Mais l'invasion de l'Ansalonie est imminente, et le général jugeait ce mouvement nécessaire pour protéger nos flancs. Après tout, s'il y a ici une armée de Chevaliers Solamniques, nous avons intérêt à résoudre le problème sans tarder. Tu connais le vieux dicton nain : mieux vaut partir en quête du dragon plutôt que de laisser le dragon partir en quête de soi...

Son compagnon sonda les dunes couvertes d'herbes grises et, plus loin, la forêt d'arbres tordus qui couvrait les collines.

— Tout de même, je ne vois pas ce que les Solamniques foutraient ici. Ou n'importe qui d'autre...

— Des elfes ne voudraient pas d'un endroit aussi

laid. Il n'y a pas de cavernes, donc ça ne peut pas être des nains. Des minotaures nous auraient déjà attaqués. Des kenders nous auraient volé le bateau et nos armures ; des gnomes nous auraient accueillis à bord d'une machine à pêcher. Seuls des humains comme nous seraient assez fous pour élire domicile sur cette île, marmonna le premier chevalier.

— Il s'agit peut-être une bande de gobelours ou de draconiens renégats, suggéra son compagnon. Ou d'ogres qui se seraient échappés il y a vingt ans, après la Guerre de la Lance... ils se seraient dirigés vers le Nord pour ne pas être capturés par les Solamniques.

— Dans ce cas, ils seraient de notre côté, objecta le premier homme. Ah, revoici nos éclaireurs. Nous allons bientôt être fixés.

Les chevaliers se levèrent. Les barbares revenaient vers eux, le corps luisant de sueur. La peinture bleue censée leur conférer une protection magique contre les attaques dégoulinait le long de leurs bras.

— Qu'avez-vous trouvé ? demanda un des chevaliers à leur chef.

Celui-ci était un homme gigantesque, aux cheveux roux. Il aurait sans doute pu soulever son interlocuteur d'une seule main, mais il le regarda avec un profond respect.

— Hommes, répondit-il.

Les barbares avaient assez rapidement assimilé le langage commun aux diverses races de Krynn. Hélas pour eux, tous les étrangers à leur propre race étaient des « hommes ».

— Beaucoup ? s'enquit le chevalier. Dans une ville ? Avec des maisons ? Des fortifications ?

Les soldats éclatèrent de rire.

— Beaucoup hommes, répondit leur chef. Mais pas ville.

Il grimaça, secoua la tête et marmonna quelques mots dans son langage.

— Ce qui signifie ? demanda le premier chevalier en fronçant les sourcils.

— Il a dit « chiens », dit son camarade, qui travaillait avec les barbares depuis un certain temps et comprenait un peu leur langue. A mon avis, il veut dire que ces hommes vivent dans des maisons à peine dignes d'un chien.

Plusieurs barbares se mirent à marcher penchés en avant, balançant leurs bras en grognant. Puis ils se redressèrent, s'entre-regardèrent et éclatèrent à nouveau de rire.

— Au nom de notre Ténébreuse Majesté, que font-ils ?

— Aucune idée. Nous devrions aller voir par nous-mêmes. ( Le chevalier posa sa main droite sur la garde de son épée et fit mine de dégainer. ) Y a-t-il du danger ? demanda-t-il. Aurons-nous besoin de nos armes ?

Le chef des brutes fit une grimace méprisante. Il tira son épée courte, la ficha dans le sable et lui tourna le dos.

Rassuré, le chevalier lui demanda de leur montrer le chemin. Ils s'enfoncèrent dans une forêt d'arbres rabougris et suivirent une piste pendant près d'une lieue avant d'atteindre un village.

Malgré les mimiques des barbares, les chevaliers furent surpris. On eût dit que le temps avait oublié les habitants de l'île...

— Par Hiddukel, souffla un des chevaliers. Je ne sais pas si on peut appeler ça des hommes. Ils ressemblent plutôt à des animaux.

— Je croyais qu'ils avaient disparu depuis l'Age du Crépuscule, approuva son compagnon. Regarde ! Leurs outils et leurs armes sont en bois ! Ils n'ont pas l'air de savoir tailler la pierre. Des huttes de boue, des récipients en argile...

— Pitoyable. Je ne vois pas comment ils pourraient être un danger.

Plusieurs mâles se rapprochèrent des chevaliers. Ils étaient vêtus de peaux de bêtes et marchaient pliés en deux, les bras touchant presque le sol. Leurs visages disparaissaient sous de longs cheveux sales et une barbe emmêlée.

L'un tendit une main crasseuse vers l'armure du chevalier le plus proche. Aussitôt, un barbare s'interposa. Le chevalier le repoussa et tira son épée. Il se dirigea vers un arbre et, d'un geste vif, trancha une de ses branches. Terrifié, l'homme-bête se jeta à terre et se roula dans la poussière en gémissant.

— Je crois que je vais vomir. Même les nains des ravins refuseraient de vivre ici, lâcha le premier chevalier. A nous deux, nous pourrions tailler en pièces la tribu entière.

— Oui, mais nous ne réussirions jamais à nous défaire de l'odeur. Ils n'ont pas évolué depuis l'Age du Crépuscule, et on dirait qu'ils ne se sont pas lavés non plus depuis, dit son camarade. Je ne vois pas l'utilité de les tuer. Ils ne sont pas une menace... Nous avions ordre de découvrir qui ils étaient, puis de revenir faire notre rapport. Qui sait ? Ils sont peut-être les favoris d'un dieu qui se mettrait en colère si nous leur faisions du mal.

— Ça m'étonnerait. Quel dieu traiterait ses favoris de la sorte ? objecta le premier chevalier

— Morgion, peut-être, grimaça son compagnon.

— Très bien. Dans ce cas, envoyons les soldats fouiller le reste de l'île et rebroussons chemin. J'ai besoin d'air frais.

Une fois revenus sur la plage, les deux chevaliers se reposèrent, puis évoquèrent l'armada aux équipages de minotaures qui traversait l'Océan de Courrain, transportant une armée de barbares.

Tout serait bientôt prêt pour l'invasion de l'Ansalonie, le jour du Solstice d'Eté. Cette fois, la Reine Noire vaincrait, car elle disposait d'une arme qui ferait la différence.

Les barbares revinrent quelques heures plus tard pour faire leur rapport. D'un bout à l'autre, l'île mesurait environ huit lieues. Ils n'avaient pas trouvé d'autres êtres intelligents.

Les chevaliers donnèrent le signal de se retirer vers le navire noir qui portait l'étendard de leur ordre : un lys de la mort, un crâne et une épine. Les soldats remirent le bateau à l'eau ; ils s'éloignèrent rapidement, laissant derrière eux une plage déserte.

Pourtant, comme leur arrivée, leur départ ne passa pas inaperçu.

# 2

## L'ILE MAGIQUE.
## LE DÉCIDEUR.

Une fois le navire noir disparu à l'horizon, les vigiles descendirent de leur arbre.

— Ne risquent-ils pas de revenir ? demanda un homme-bête.

— Si, répondit la femme qui l'accompagnait. Tu les as entendus : ils diront à leurs supérieurs que nous ne sommes pas une menace. Hélas, ils reviendront. Pas tout de suite, mais ils reviendront.

— Que pouvons-nous faire ?

— Je l'ignore. Nous sommes venus vivre sur cette île pour préserver notre secret. Peut-être était-ce une erreur... Peut-être aurions-nous dû rester éparpillés de par le monde. Ici, nous sommes plus vulnérables. Nous ne pouvons pas nous dissimuler au milieu des autres races...

L'homme se tourna vers la mer.

— Tout ça est effrayant, dit-il en réprimant un frisson. Nous devrions prévenir quelqu'un de cette invasion... Les Chevaliers Solamniques, peut-être.

— Ce n'est pas notre problème, répliqua sèchement la femme. Préoccupons-nous de notre survie. Si la situation était inversée, tu peux être sûr que personne ne lèverait le petit doigt pour nous. Allons... reprenons notre forme véritable et rentrons. Le Décideur doit nous attendre avec impatience.

Les deux étranges personnages murmurèrent des paroles qu'aucun mage d'Ansalonie ou d'ailleurs n'aurait pu comprendre, et encore moins reproduire... des mots que n'importe quel magicien d'Ansalonie aurait donné son âme pour connaître. Mais c'était infaisable : les capacités de ces êtres étaient innées *et* impossibles à acquérir.

L'enveloppe crasseuse des hommes-bêtes s'estompa, révélant les deux êtres d'une immense beauté emprisonnés à l'intérieur comme des papillons dans leur chrysalide.

Il est difficile de décrire la beauté des Irda — puisqu'il faut les appeler par leur nom. Grands et minces, une ossature délicate, des immenses yeux lumineux...

Ces quelques mots ne suffisent pas à leur rendre justice.

Les critères de la beauté changent selon les races. Les nains tiennent pour ravissantes les moustaches de leurs femmes, et ils trouvent que le visage nu des humaines manque de caractère. Pourtant, ils auraient admis que les deux créatures étaient superbes... comme un coucher de soleil sur la montagne, comme la brume matinale montant de la vallée.

D'un mot, les Irda transformèrent leurs peaux de bête en vêtements de soie fine et irisée. D'un autre, ils rendirent à l'arbre dans lequel ils s'étaient cachés sa forme originelle. Le tronc se redressa : ses branches parurent se déplier, et il se couvrit de feuilles d'un vert profond sous lesquelles se nichaient des fleurs au parfum délicat.

Les deux êtres quittèrent la plage et se dirigèrent en silence vers leur village. Ils n'éprouvaient pas le besoin de parler. Les Irda aimant la solitude, ils n'appréciaient même pas la compagnie de leurs semblables. Il avait fallu une situation de crise pour que les deux vigiles tiennent une aussi longue conversation.

Voilà pourquoi la scène qu'ils découvrirent à leur retour fut presque aussi choquante pour eux que la vue des huttes de boue l'avait été pour les chevaliers. Les membres de leur peuple, soit plusieurs centaines d'individus, s'étaient rassemblés sous un saule gigantesque — un événement sans précédent dans l'histoire des Irda.

Les arbres rabougris avaient disparu, remplacés par une luxuriante forêt de pins et de chênes autour desquels étaient nichées de petites maisons. Ces dernières comprenaient généralement quatre pièces : une pour cuisiner, une pour méditer, une pour travailler et la dernière pour dormir. Les plus grandes abritaient un enfant, qui vivait avec un de ses parents jusqu'à ce qu'il atteigne l'Année de l'Identité. Alors, il partait construire sa propre demeure.

Chaque Irda se suffisait à lui-même. Il faisait pousser sa nourriture, allait chercher son eau, poursuivait des objectifs qui lui étaient propres. Les échanges sociaux n'étaient pas interdits ou mal vus : ils n'existaient tout simplement pas.

Les Irda ne s'accouplaient qu'une seule fois dans leur existence, afin de se reproduire. C'était une expérience traumatisante pour le mâle comme pour la femelle, car l'amour n'y jouait aucun rôle. Le couple se formait sous la pression d'une pratique magique appelée Valin. Institué par les anciens afin de perpétuer leur race, le Valin poussait l'âme d'un Irda à prendre possession de celle d'un partenaire de sexe opposé. Il ne souffrait aucune échappatoire, ne permettait aucun choix. Lorsqu'il se produisait, les deux « victimes » devaient s'accoupler sans tarder, sous peine de dépérir et de mourir.

Une fois que la femme avait conçu, le Valin disparaissait et chacun reprenait sa route, après avoir décidé qui s'occuperait de l'enfant à naître. Cette expérience ne survenait généralement qu'une fois dans la vie d'un Irda ; voilà pourquoi ils étaient si peu.

Depuis leur création, les Irda avaient toujours vécu

sur le continent d'Ansalonie. Pourtant, peu de membres des autres races étaient au courant de leur existence. Pour la plupart des gens, ils appartenaient au folklore.

Tous les petits enfants connaissaient l'histoire des ogres — autrefois les plus belles créatures d'Ansalonie — que les dieux avaient maudits et transformés en monstres à cause de leur vanité. Selon la légende, les Irda étaient des ogres ayant réussi à échapper au courroux divin et à conserver leur magie. A cause de leur puissance et de leur beauté, ils se dissimulaient du reste du monde.

Le folklore prétendait que quelqu'un qui attrape un Irda pouvait l'obliger à exaucer un vœu, une allégation fausse, mais qui justifiait les craintes des créatures. Si d'autres êtres les découvraient, ils tenteraient de s'approprier leur magie ; aussi préféraient-ils vivre seuls et éviter tout contact avec l'extérieur.

Après la Guerre de la Lance, les Irda avaient cru qu'une ère de paix commençait en Ansalonie. Ils avaient été déçus. Les différentes races du continent n'avaient pas réussi à se mettre d'accord sur les termes d'un traité. Pis encore, elles se battaient entre elles... Et selon la rumeur, des forces maléfiques se massaient dans le nord.

Craignant pour son peuple, le Décideur avait alors envoyé des messages à tous ses frères, leur demandant de quitter le continent et de se rendre sur cette île oubliée. Les Irda avaient répondu à son appel ; ils vivaient dans la paix et la solitude depuis près de vingt ans. Hélas, cette situation semblait sur le point de prendre fin...

Ils s'étaient rassemblés sous le saule pour chercher un moyen d'affronter le danger ; pourtant, ils se tenaient à bonne distance les uns des autres et ils avaient du mal à échanger plus de quelques mots à la fois.

La branche tranchée par le chevalier gisait à terre, suintante de sève. L'esprit de l'arbre souffrait, et les Irda ne pouvaient rien pour lui.

— Quelqu'un a traversé notre bouclier magique, dit le Décideur, s'adressant au groupe. Les Chevaliers Noirs savent où nous sommes. Ils reviendront.

— Je ne suis pas d'accord, répondit un mâle, sur un ton respectueux. Nous les avons trompés avec nos déguisements. Ils nous prennent pour des sauvages, à peine humains... Pourquoi reviendraient-ils ? Dans quel but ?

— Tu connais la race humaine, lança le Décideur. Lorsqu'ils auront besoin de main-d'œuvre gratuite, ou d'un endroit pour construire des bateaux, ils penseront à nous. Ils ne savent pas laisser les choses en paix. Ils doivent leur trouver un usage, les démonter pour savoir comment elles fonctionnent, leur découvrir une signification. Il en sera de même avec nous.

Malgré leur caractère solitaire, les Irda avaient besoin de quelqu'un qui puisse prendre des responsabilités pour leur race. Donc ils choisissaient un Décideur, mâle ou femelle, qui n'était ni le plus vieux ni le plus jeune, ni le plus sage ni le plus intelligent, ni le plus fort ni le plus faible : un Irda moyen qui opterait pour la solution la plus profitable à l'ensemble du groupe.

Le Décideur actuel s'était révélé plus agressif que ses prédécesseurs. Un signe des temps, affirmait-il. La plupart des Irda jugeaient qu'il agissait sagement, et les autres ne voulaient rien faire qui puisse perturber l'harmonie de leur existence.

— De toute façon, ils ne reviendront pas immédiatement, intervint la femelle vigile. Leur navire portait l'étendard d'Ariakan, fils de feu Ariakus, le Haut-Seigneur Draconien. Comme son père, c'est un fidèle de la déesse maléfique Takhisis.

— Ils ont parlé d'une guerre, renchérit son compagnon. Envahir l'Ansalonie leur prendra plusieurs années.

— Ah, vous voyez bien ! s'exclama le Décideur, triomphant. La guerre, encore la guerre, toujours la guerre. C'est pour ça que nous avons quitté le continent. J'espérais qu'ici, nous serions en sécurité. ( Il soupira. ) Apparemment, je m'étais trompé.

— Qu'allons-nous faire ?

Les Irda se regardèrent, restant à une distance respectueuse les uns des autres.

— Nous pourrions quitter cette île et aller nous installer autre part, suggéra quelqu'un.

— L'histoire se reproduira, fit remarquer le Décideur. Ils nous ont trouvés ici... ils nous trouveront partout.

— S'ils reviennent, nous les combattrons, dit une jeune Irda, qui avait à peine dépassé l'Année de l'Identité. Je sais que nous n'avons jamais fait couler le sang d'une autre race, préférant nous cacher pour ne pas devoir tuer... Mais nous avons le droit de nous défendre !

Les Irda plus âgés dévisagèrent la jeune femme avec l'air agacé des adultes confrontés à un adolescent frondeur. Aussi furent-ils surpris d'entendre le Décideur répondre :

— Oui, Avril, tu as raison. Nous avons le droit de nous défendre.

— Vous voulez que nous combattions les humains ? s'exclamèrent plusieurs Irda.

— Non. Bien sûr que non. Mais je ne veux pas non plus que nous pliions bagage et abandonnions nos maisons.

Un Irda connu sous le nom de Protecteur — qui s'était déjà plusieurs fois élevé contre les choix du Décideur — prit la parole :

— De tous les endroits où j'ai vécu, cette île est celui qui nous convient le mieux. Nous pouvons y être ensemble et séparément en même temps. Il nous sera difficile d'en partir, mais nous ne pourrons l'éviter. Rien ne sera plus jamais comme avant.

D'un geste du bras, il désigna les petites maisons aux jardins fleuris, entourées de palissades. Les autres Irda comprirent. Les différences étaient invisibles, et pourtant réelles. Les oiseaux s'étaient tus, apeurés.

Les animaux sauvages avaient disparu. L'odeur du sang et de l'acier planait dans l'air.

— Une chose ne changera pas : la violence n'est pas dans nos traditions, répondit doucement le Décideur. Mais j'étudie le problème depuis longtemps. Je rentre d'un voyage sur le continent d'Ansalonie : laissez-moi vous apprendre ce que j'y ai découvert.

Les autres Irda le dévisagèrent, stupéfaits. Ils se côtoyaient si peu que pas un seul ne s'était aperçu de l'absence de leur chef.

— Notre vaisseau magique m'a conduit jusqu'à la cité humaine de Palanthas, dit le Décideur d'une voix grave. J'ai marché dans ses rues, écouté ses habitants. Puis je me suis rendu à la forteresse des Chevaliers Solamniques, et en Ergoth. J'ai traversé le Qualinesti, le royaume des elfes. J'ai franchi les portes de Thorbardin, celui des nains. Invisible comme le vent, j'ai parcouru les terres maudites du Silvanesti et les Plaines de Poussière. J'ai passé du temps à Solace, à Kenderfoule et à Flotsam, avant de me diriger vers la Forteresse des Tempêtes, d'où sont venus les Chevaliers Noirs.

« Plus de vingt-cinq années humaines se sont écoulées depuis la Guerre de la Lance. Le peuple d'Ansalonie espérait la paix... Mais tant que ses dieux lutteront les uns contre les autres, leurs batailles auront des conséquences sur notre plan d'existence. Grâce à ses Chevaliers Noirs, Takhisis est plus puissante que jamais. Leur seigneur, Ariakan, a eu la témérité de révéler à sa déesse son plus grand point faible : « Le mal se retourne toujours contre lui-même. »

« Takhisis a perdu la Guerre de la Lance à cause de la cupidité et de l'égoïsme de ses officiers. Ariakan, prisonnier des Chevaliers Solamniques, a compris que ceux-ci avaient vaincu parce qu'ils étaient prêts à se sacrifier pour leur cause.

« Il a mis ses idées en pratique et créé une armée d'hommes et de femmes dévoués corps et âme à la

Reine des Ténèbres. Pour conquérir le monde en son nom, ils donneraient leur vie. Ils sont liés les uns aux autres par l'honneur et le sang ; cela fait d'eux de redoutables adversaires.

« D'autant que la division règne une fois de plus sur l'Ansalonie. Les elfes se battent les uns contre les autres. Le nouveau dirigeant du Qualinesti est le fils de Tanis Demi-Elfe et de Laurana, fille de l'ancien Orateur du Soleil. Il a été contraint d'accepter son rôle, celui d'un roi-marionnette dont les isolationnistes tirent les ficelles.

« De leur côté, les nains craignent la montée en puissance des elfes et songent à fermer les portes de Thorbardin. Les Chevaliers Solamniques ont été prévenus de l'existence des Chevaliers Noirs, mais ils ont refusé d'y croire. Ils pensent que le mal se retournera contre lui-même, comme il l'a fait durant la Guerre de la Lance.

« Autrement dit, la balance du pouvoir penche en faveur de la Reine Noire. Cette fois, mes amis, je crains bien que personne ne vienne la corriger.

— Et Paladine ? Et Mishakal ? Nous les prions toujours. Ils nous défendront, objecta le Protecteur.

— Paladine nous a-t-il défendus contre les Chevaliers Noirs ? demanda sévèrement le Décideur. Non. Il les a laissés accoster sur notre rivage.

— Ils ne nous ont fait aucun mal.

— Mais notre magie nous a trahis ! Il est temps que nous prenions de plus grandes précautions.

— Visiblement, vous avez quelque chose derrière la tête, constata le Protecteur.

— Je suggère que nous utilisions un des artefacts les plus puissants du monde afin de nous dissimuler une fois pour toutes aux yeux des étrangers. Vous savez de quoi je veux parler : la Gemme Grise de Gargath.

— Elle ne nous appartient pas, protesta le Protecteur.

— Si ! C'est nous qui l'avons cherchée, trouvée et ramenée ici pour la préserver.

— Nous l'avons volée ! A un simple pêcheur qui l'avait trouvée sur le rivage et ramenée chez lui pour décorer sa maison. Il ne connaissait rien à la magie, et la Gemme ne pouvait se servir de lui. Peut-être était-il écrit qu'il devait la garder. Peut-être, en la lui dérobant, avons-nous contrarié les plans des dieux. Peut-être est-ce pourquoi ils ont cessé de veiller sur nous.

— Certaines personnes appelleraient ça du vol, mais je pense qu'en récupérant la Gemme, nous avons fait une faveur au monde. Cet artefact n'a cessé de créer des problèmes partout où il est passé. Il aurait échappé au pêcheur, comme il avait échappé à tous ses propriétaires. Nous l'avons immobilisé par magie, pour le plus grand bien de l'humanité...

— Vous aviez dit que la Gemme nous protégerait contre les incursions, rappela le Protecteur. Cela n'a pas été le cas.

— J'ai passé de longues années à étudier la Gemme, répondit le Décideur, et j'ai fait une grande découverte. La force qui la pousse à arpenter le monde est cachée à l'intérieur du joyau. Si nous la libérons en brisant la Gemme, nous pourrions l'utiliser pour protéger notre île.

Les Irda manifestèrent un manque d'enthousiasme flagrant. De nature contemplative, ils avaient toujours préféré la méditation à l'action. Une solution aussi radicale leur semblait presque impensable !

— Si une force est prisonnière de la Gemme, argumenta le Protecteur, elle doit être très puissante. Etes-vous certain que nous pourrons la contrôler ?

— Oui, répondit le Décideur.

— Qui nous dit que ce n'est pas plutôt elle qui vous contrôle ? intervint une voix dénuée des tonalités musicales propres aux Irda.

Celle qui venait de parler était une jeune humaine d'une vingtaine d'années, une orpheline que les Irda avaient recueillie lorsqu'elle n'était encore qu'une enfant. Malgré ( ou peut-être à cause de ) ce qui passait à leurs yeux pour une laideur extraordinaire, ils la chérissaient, et ils l'avaient toujours gâtée plus que nécessaire.

Aucun Irda n'aurait osé faire une remarque aussi impertinente. Tous se tournèrent vers celui qui s'était chargé de l'éducation de la jeune femme... Pour cette raison, on l'avait baptisé le Protecteur.

— Je ne vois pas ce que tu veux dire, Usha, déclara le Décideur, s'armant de patience. Explique-toi.

Les Irda s'écartèrent pour laisser passer la jeune femme, ravie d'être le centre de l'attention générale. Elle s'avança vers le Décideur.

— Si la Gemme vous contrôlait, vous ne le diriez pas, n'est-ce pas ? avança-t-elle, fière de son argument.

Le Décideur réprima un sourire.

— La Gemme s'est toujours montrée docile depuis que nous sommes entrés en sa possession. Ne t'en fais pas.

Aucune autre race sur Krynn ne possédait des pouvoirs magiques capables de rivaliser avec ceux des Irda ; le Décideur était même convaincu que certains Dieux étaient moins puissants qu'eux. Réorx n'avait-il pas perdu la Gemme ? Sans leur intervention, cette dernière sillonnerait encore le monde, causant la destruction sur son passage.

La réunion se poursuivit, chaque Irda s'efforçant de trouver une solution moins radicale au problème qui s'offrait à eux. Usha s'ennuya bientôt, et dit à son Protecteur qu'elle allait préparer le dîner. Il eut l'air soulagé de la voir partir.

La jeune femme s'éloigna. Bien que mécontente de la façon dont le Décideur avait balayé son objection, elle ne s'apitoya pas longtemps sur elle-même... C'eût été une perte d'énergie.

Au lieu de rentrer, elle se dirigea vers la plage. Là, elle s'agenouilla près d'une série d'empreintes laissées par les chevaliers et les contempla longuement, fascinée. Les deux hommes étaient grands et robustes. Songeant à eux, elle sentit une étrange chaleur monter en elle. C'était la première fois qu'elle voyait d'autres humains. Comparés aux Irda, ils étaient laids... Pourtant, ils lui plaisaient...

La réunion prit fin. Les Irda avaient résolu de laisser le Décideur traiter le problème à sa façon. Ne l'avaient-ils pas choisi pour ça ? Enfin, ils étaient rentrés chez eux, impatients de se retrouver seuls et de ne plus devoir songer à des choses déplaisantes.

Le Décideur demanda à trois des anciens de rester.

— J'ai quelque chose à vous dire, expliqua-t-il. J'ai préféré ne pas aborder la question en public, parce que je savais que notre peuple en souffrirait. Nous sommes immunisés contre les tentations générées par la Gemme Grise, mais parmi nous se trouve une personne qui ne l'est pas. Et elle pourrait, sans le vouloir, nous mettre tous en danger.

Les visages des anciens s'allongèrent. Ils avaient compris de qui le Décideur voulait parler.

— Cela m'afflige autant que vous, mais nous devons bannir Usha de l'île. La Gemme corrompt tous les humains qui s'approchent d'elle, les remplissant de désirs qu'ils ne peuvent contrôler. D'après la légende, les fils du héros Caramon Majere ont failli en être victimes. Réorx lui-même a dû intervenir pour les sauver.

« Il se peut qu'Usha soit déjà sous l'emprise de la Gemme, et qu'elle cherche à semer la dissension parmi nous... Ça expliquerait son attitude de tout à l'heure. Pour sa sécurité autant que pour la nôtre, nous devons la renvoyer.

— Mais elle vit avec nous depuis qu'elle est toute petite ! protesta un des anciens. Cette île est son seul foyer.

— Elle est assez grande pour vivre seule, ou parmi les siens, trancha le Décideur, sévère. Depuis plusieurs années, elle semble s'ennuyer ici. Notre existence studieuse n'est pas faite pour elle. Comme tous les humains, elle a besoin de changement. Cette séparation lui sera bénéfique.

— Il ne sera pas facile de la voir partir, dit un des anciens en essuyant une larme. Tout spécialement pour le Protecteur, qui l'adore.

— Je sais, répondit le Décideur, d'une voix radoucie. Cela peut sembler cruel, mais c'est le seul moyen. Sommes-nous d'accord ?

Les anciens s'en remirent à sa sagesse. Ils rentrèrent chez eux, laissant le Décideur avertir le Protecteur.

## 3

## LES ADIEUX.
## LE CADEAU DU PROTECTEUR.

— Partir ? répéta Usha, incrédule. Quitter l'île ? Quand ?

— Demain, répondit le Protecteur en s'affairant pour rassembler les effets de sa protégée. Nous te préparerons un bateau enchanté qui ne se retournera pas et qui voguera vers ta destination même en l'absence de vent. Tu devrais atteindre Palanthas en moins de douze heures.

« De toutes les cités d'Ansalonie, c'est celle qui te conviendra le mieux. Sa population est variée et elle manifeste une grande tolérance à l'égard de toutes les cultures. Ceci est probablement dû à la présence de la Tour de Haute Sorcellerie et de son maître, Dalamar. Bien qu'appartenant à l'ordre des Robes Noires...

Le Protecteur poursuivit son discours, tel un professeur de géographie. Usha ne l'écoutait déjà plus. Elle savait qu'il se forçait à parler pour la réconforter. Le regard dans le vague, l'Irda ramassa une de ses poupées d'enfant et, s'interrompant, la pressa sur son sein. Les yeux d'Usha s'emplirent de larmes ; elle se détourna pour ne pas qu'il la voie pleurer.

— Si je comprends bien, on m'envoie à Palanthas. Parfait. Ça fait déjà un moment que je songeais à partir. Je n'avais pas encore choisi ma destination. Palanthas fera l'affaire.

Malgré son air détaché, elle avait peur. Cela faisait près de trois ans qu'elle parlait de quitter l'île. Mais elle trouvait toujours une bonne raison de repousser son départ : le temps semblait menaçant, les présages étaient défavorables...

Elle s'essuya les yeux d'un revers de main et se tourna vers l'homme qui l'avait élevée.

— Que fais-tu avec cette poupée ? dit-elle sur un ton qui se voulait enjoué. Je ne vais pas l'emmener à Palanthas, tu sais. Tu n'as qu'à la garder : elle te tiendra compagnie jusqu'à mon retour.

Un silence. Les yeux baissés, le Protecteur lâcha :

— Tu ne pourras pas revenir.

Usha le dévisagea, choquée. Elle commença à trembler et, furieuse, lui arracha la poupée pour la lancer à l'autre bout de la pièce.

— Je suis punie, c'est ça ? Punie pour avoir dit ce que je pensais ! Punie parce que je n'ai pas eu peur du Décideur ! Il me déteste ! Vous me détestez tous parce que je suis laide, stupide et... humaine ! ( Elle serra les dents. ) Très bien. De toute façon, je n'avais pas l'intention de revenir. Qui voudrait vivre dans un endroit où les gens ne s'adressent jamais la parole ? Sûrement pas moi ! Je partirai ce soir — non, maintenant ! Pas la peine de faire mes bagages, je ne veux rien de toi.

Les joues ruisselantes de larmes, rouge de fureur, elle attendit que le Protecteur réagisse.

Les Irda n'avaient pas l'habitude de manifester leurs émotions, à moins que celles-ci ne soient extraordinairement fortes. La palette des sentiments humains les laissait perplexes. Ils ne supportaient pas de voir quelqu'un se mettre dans tous ses états. Usha avait appris très tôt que sanglots et grosses colères lui permettraient d'obtenir ce qu'elle désirait.

Loin de chercher à se calmer, elle se laissa aller à son chagrin. Pas question qu'ils la renvoient. Elle partirait un jour, mais quand *elle* l'aurait décidé. Elle hoqueta de douleur, puis se dit qu'il était temps de laisser au Protecteur une chance de s'excuser. Elle leva la tête...

... et s'aperçut qu'il n'était plus là.

Elle s'essuya les yeux. Le Protecteur l'avait abandonnée !

Stupéfaite, elle se laissa tomber sur son lit. Ce n'était pas possible. Cette maison était la seule qu'elle eût jamais connue. Elle ne gardait aucun souvenir de ses parents, et les Irda avaient toujours refusé de lui parler d'eux. On ne pouvait lui dire qui elle était — seulement qui elle n'était pas.

Elle n'était pas une Irda. Et rien de ce qu'elle pourrait dire ou faire n'y changerait quelque chose.

*
* *

Le lendemain, en milieu de journée, les Irda se réunirent pour dire adieu à leur « enfant » humaine. Usha leur en voulait tellement qu'elle se montra à peine polie.

— Je m'en fiche, grommela-t-elle entre ses dents. Je suis ravie de partir. Vous ne voulez pas de moi. Je me moque bien de ce qui vous arrivera, comme vous vous fichez de mon avenir.

Le Protecteur l'entendit. Il hésita à lui dire qu'elle se trompait, que son départ les emplissait de tristesse. Tous les Irda avaient appris à aimer cette enfant impétueuse et enjouée, qui les avait tirés de leur éternelle méditation, les forçant à ouvrir leur cœur. Du coup, ils l'avaient gâtée — trop, sans doute, se dit le Protecteur. Le monde dans lequel ils l'envoyaient se moquerait de ses états d'âme...

Ils témoignèrent leur affection à la jeune femme de la seule manière qu'ils connaissaient : en lui offrant des cadeaux. Usha les accepta de mauvaise grâce, les jetant dans une sacoche de cuir sans même leur accorder un regard. Elle était blessée, et voulait leur faire mal. Le Protecteur ne pouvait réellement l'en blâmer.

Le Décideur fit un petit discours touchant, mais qui laissa la jeune femme de marbre. Puis le moment du départ arriva. Le vent et la marée étaient favorables. Les Irda murmurèrent des prières et des vœux de bon voyage. Usha leur tourna le dos et s'éloigna en direction de la plage, serrant leurs cadeaux contre sa poitrine.

— Je m'en fiche ! Je m'en fiche ! répétait-elle tout bas, comme pour s'en convaincre.

Seul le Protecteur l'accompagna jusqu'au bateau. Elle refusa de lui parler durant le chemin, mais quand ils arrivèrent en vue des dunes, elle s'arrêta brusquement.

— S'il te plaît ! gémit-elle en lui jetant les bras autour du cou — un geste qu'elle n'avait pas fait depuis des années. Ne me renvoie pas ! Ne m'oblige pas à partir ! Je serai gentille ; je ne vous causerai plus de problèmes ! Je vous aime ! Je vous aime tous !

— Je sais, je sais, dit le Protecteur en lui tapotant maladroitement le dos.

Il l'avait bercée dans ses bras lorsqu'elle était encore un bébé, tentant de son mieux de lui prodiguer l'amour que sa mère disparue ne pouvait lui donner.

Les sanglots de la jeune femme se calmèrent enfin ; il la repoussa gentiment et plongea ses yeux dans les siens.

— Je ne devrais pas te le dire, mais je ne peux pas te laisser croire que nous ne t'aimons plus, ou que tu nous as déçus... Nous allons faire appel à une magie très puissante pour empêcher les chevaliers de revenir. Je ne peux pas te donner de détails, mais cette magie pourrait être néfaste pour toi... parce que tu n'es pas une Irda. Nous te renvoyons uniquement pour te protéger.

L'Irda savait que la vérité était différente : ils la renvoyaient parce qu'elle pourrait être *néfaste* au bon fonctionnement de la magie. En vingt-quatre heures, le Protecteur avait davantage menti qu'en plusieurs siècles. Mais ce mensonge-là, bien innocent, devrait réconforter Usha...

La jeune femme renifla ; il lui essuya le nez comme à une enfant.

— Merci de ton honnêteté, dit-elle en souriant faiblement à travers ses larmes. Je suis désolée d'avoir été méchante avec les autres. Dis-leur qu'ils me manqueront et que... je penserai à eux chaque jour...

Elle sanglota de plus belle.

— Je leur dirai, promit le Protecteur. Maintenant, tu dois partir. Le soleil et la marée n'attendent personne, comme disent les minotaures.

Il se remit en route ; la jeune femme lui emboîta le pas en silence.

Ils atteignirent le bateau : un deux-mâts que les Irda avaient acquis quelques années plus tôt, et dont ils s'étaient servis pour partir en quête de la Gemme Grise. Leur mission accomplie, ils avaient autorisé le Protecteur à enseigner la navigation à sa fille adoptive. Au fond, ils avaient toujours su que le jour du départ viendrait, même s'ils ignoraient dans quelles circonstances.

Usha posa ses deux sacs au fond du bateau. Le premier contenait ses effet personnels, le second, les cadeaux des Irda. Elle était vêtue d'un pantalon de soie verte serré aux chevilles, d'une tunique assortie et d'une veste de velours noir brodée de couleurs vives. Un foulard couvrait sa tête.

— Tous ces paquets... Tu me fais penser à un kender, tenta de plaisanter le Protecteur.

— Un kender ! Tu m'as souvent raconté des histoires à leur sujet. Tu crois que j'en rencontrerai ? demanda la jeune femme, intéressée.

— Bien sûr. Quant à savoir si tu parviendras à t'en débarrasser, c'est une autre question, sourit le Protecteur. Tu verras aussi des gnomes astucieux, des nains grognons, des chevaliers courageux, des elfes à la voix d'argent...

Usha se détourna pour contempler l'horizon.

Une lueur s'alluma au fond des yeux de la jeune femme, dissipant les nuages du chagrin. Ses lèvres s'entrouvrirent, sa respiration se fit plus rapide. Son côté humain venait de prendre le dessus, comprit le Protecteur. Sans le savoir, elle n'attendait qu'une chose : vivre, affronter l'avenir.

Il aurait voulu la mettre en garde contre les dangers qui l'attendaient, contre les draconiens, les gobelins, les humains au cœur corrompu, les prêtres qui commettaient des atrocités au nom de Morgion ou de Chemosh, les magiciens en robe noire, les brigands et les voleurs. Mais il n'avait pas le cœur de ternir son nouvel enthousiasme. Elle apprendrait bien assez tôt... Peut-être les dieux veilleraient-ils sur elle, comme ils veillaient sur les enfants, les animaux et les kenders.

Il aida la jeune femme à monter dans le bateau.

— La magie te guidera jusqu'à Palanthas. Soucie-toi de garder le soleil couchant sur ta gauche. La nuit venue, laisse les vagues te bercer ; demain matin, tu te réveilleras là-bas.

Ensemble, ils levèrent la voile. Le Protecteur tira de sa poche un rouleau de parchemin entouré d'un ruban noir et le tendit à Usha.

— Qu'est-ce que c'est ? demanda cette dernière. Une carte ?

— Non, une lettre.

— Pour moi ? Est-ce que... ( Le visage de la jeune femme s'éclaira. ) Parle-t-elle de mon père ? De la raison pour laquelle il m'a abandonnée ? Tu m'avais promis que tu m'expliquerais un jour.

Pris au dépourvu, le Protecteur rougit.

— Euh... Non. Tu connais déjà toute l'histoire ; je ne vois pas ce que je pourrais ajouter.

— Tu m'as dit qu'il était parti après la mort de ma mère, mais tu ne m'as jamais expliqué pourquoi. Parce qu'il ne m'aimait pas, hein ? Parce que j'avais causé la mort de ma mère. Il me détestait...

— Où as-tu été chercher ça ? s'écria le Protecteur, choqué. Ton père t'aimait tendrement. Tu sais ce qui s'est passé.

Usha soupira. Leurs conversations, à propos de ses parents, s'étaient toujours terminées de la même façon. L'Irda refusait de lui dire la vérité ? Très bien. Elle la trouverait elle-même.

Désireux de changer de sujet, le Protecteur lui agita la lettre sous le nez.

— Cette missive n'est pas pour toi, mais quand tu seras hors de vue de notre île, tu pourras l'ouvrir et la lire. L'homme à qui tu dois la remettre voudra peut-être te poser des questions.

— De qui s'agit-il ?

Le Protecteur secoua la tête, comme s'il hésitait à parler.

— Un puissant mage du nom de Dalamar réside à Palanthas. Il doit savoir ce que nous nous apprêtons à faire, au cas où...

Il s'interrompit, mais la jeune femme avait déjà compris.

— Au cas où quelque chose tournerait mal, n'est-ce pas ? Oh, Protecteur ! s'exclama-t-elle. J'ai si peur !

*Tu auras peur toute ta vie, mon enfant. Telle est la destinée des humains.* Le Protecteur se pencha sur elle et lui posa un baiser sur le front.

— Que la bénédiction de ta mère, et de ton père, t'accompagne.

Il sauta sur le rivage et poussa le bateau pour le mettre à flots.

— Protecteur ! s'écria Usha, la voix brisée par l'émotion, en tendant la main vers lui.

Mais déjà, les vagues et la magie l'emmenaient vers le large.

Le Protecteur regarda l'embarcation s'éloigner. Même après que la petite tache blanche de la voile eut disparu, il demeura immobile sur le sable.

Lorsque la marée effaça les empreintes d'Usha, il se détourna lentement et reprit le chemin du village.

# 4

## UNE LETTRE À DALAMAR.

Usha regarda la silhouette du Protecteur rapetisser, puis le rivage devenir une simple ligne à l'horizon. Quand il eut disparu, elle tourna la barre pour tenter de faire demi-tour. Le gouvernail ne répondit pas. La magie irda poussait le bateau vers Palanthas.

Usha s'allongea au fond de l'embarcation et se laissa aller à son chagrin jusqu'à s'en rendre malade. Les larmes ne soulagèrent pas sa peine et elles lui donnèrent le hoquet, lui brûlèrent les yeux et firent couler son nez.

La jeune femme tâtonna à la recherche d'un mouchoir. Sa main se ferma sur la lettre que lui avait donnée le Protecteur. Elle l'ouvrit sans grand enthousiasme — probablement un chapelet de bonnes excuses pour se débarrasser d'elle — et commença à lire.

*« Mon Usha. Tu n'es pas encore partie, et tu me manques déjà. Je sais que tu es blessée que nous te renvoyions ainsi. Crois-moi, je n'aurais jamais laissé faire le Décideur si je n'étais pas convaincu que ce départ te serait bénéfique.*

*Nous ne sommes pas certains que briser la Gemme Grise soit la meilleure solution. Cependant, nous avons décidé de le faire parce que nous pensions n'avoir pas d'autre choix.*

*Le Décideur a dit que le monde extérieur ne devait pas savoir, mais je pense qu'il a tort. Depuis trop longtemps déjà, nous nous sommes coupés du continent, et de nombreuses tragédies en ont résulté. Ma propre sœur...* »

Le reste de la phrase était barbouillé d'encre. Usha fronça les sourcils. Le Protecteur ne lui avait jamais dit qu'il avait une sœur. Où se trouvait-elle ? Que lui était-il arrivé ? La jeune femme tenta de déchiffrer les mots suivants, sans succès. Elle soupira et reprit sa lecture.

La deuxième partie de la lettre était adressée au seigneur Dalamar, maître de la Tour de Haute Sorcellerie, à Palanthas. Après l'introduction habituelle et une description du vol de la Gemme Grise — sur laquelle Usha passa, car elle connaissait l'histoire par cœur —, les choses devenaient plus intéressantes.

« *La Gemme Grise repose sur l'autel que nous avons bâti pour elle. Son apparence semble anodine, mais nous nous sommes aperçus de quelque chose de très intéressant : sa taille varie selon la personne qui la regarde. Le Décideur affirme qu'elle est aussi grosse qu'un chat, alors qu'à mes yeux elle est plus petite qu'un œuf de poule.*

*Il est impossible de déterminer le nombre de ses facettes. Nous les avons comptées, et nous avons obtenu des chiffres très différents — comme si nous n'examinions pas la même pierre.*

*Nous savons que la Gemme est d'essence chaotique... et que Réorx a essayé en vain de la récupérer.*

*Alors pourquoi avons-nous réussi ?*

*Le Décideur pense que Réorx est faible et facile à manipuler. Mais les autres dieux ont bien dû eux aussi tenter de s'approprier le joyau ; apparemment, ils ont échoué. Cela paraît impossible... à moins que la Gemme soit plus puissante qu'eux.*

*Autrement dit, nous n'avons pas réussi à la contrôler. C'est elle qui nous utilise dans un but que j'ignore, mais qui me remplit d'appréhension.*

*Voilà pourquoi je vous envoie l'histoire de la création du monde et de la Gemme Grise telle que la connaissent les Irda. Vous constaterez que notre version diffère considérablement de la version « officielle ». Il m'a semblé important que le Conclave des Mages la connaisse. Peut-être pourra-t-il en tirer des conclusions utiles. »*

Usha soupira. Encore quelque chose qu'elle avait entendu des milliers de fois. Elle se pencha par-dessus le bastingage et aspergea d'eau son visage rougi par le soleil. Poursuivre sa lecture lui occuperait l'esprit et l'empêcherait de ressasser son chagrin.

*« Nos ancêtres racontent que les trois dieux que nous connaissons — Paladine, Takhisis et Giléan — vivaient ensemble dans le plan des immortels. Tous étaient issus du même géniteur : le Chaos, Père de Tout et de Rien. Paladine était l'aîné, consciencieux et responsable. Giléan, studieux et contemplatif, venait ensuite.*

*Takhisis était la seule fille, la plus jeune et, selon certains, la favorite. Ambitieuse et impatiente, elle voulait régner, mais ne parvint pas à prendre d'ascendant sur ses frères. Paladine était trop volontaire, Giléan trop indifférent.*

*Takhisis pouvait se montrer charmante et maligne lorsqu'elle le désirait. Elle alla trouver ses deux frères, leur proposant de créer le monde de Krynn et de le peupler d'esprits. A Paladine, elle dit que les esprits amèneraient l'ordre dans leurs univers chaotique. Or, son aîné était depuis longtemps troublé par le fait de ne servir aucune cause. Lui et sa bien-aimée Mishakal apprécièrent l'idée de Takhisis et lui donnèrent leur consentement.*

*Alors Takhisis se rendit auprès de Giléan et lui fit miroiter les avantages qu'aurait la création de Krynn : la chance de voir comment d'autres êtres réagiraient dans diverses situations. Giléan fut intrigué. N'ayant plus de consort, il alla consulter Zivilyn, un dieu issu d'un autre plan immortel appelé Au-Delà et qui, selon la légende, existe partout et en tous temps.*

*Zivilyn regarda devant et derrière. Il regarda à gauche et à droite, en haut et en bas, avant de décréter que l'idée était bonne. Giléan donna donc son consentement.*

*Takhisis passa à l'action. Dans l'Au-Delà vivait un dieu du nom de Réorx. On ne savait pas grand-chose de lui, sinon qu'il avait vécu une tragédie qui le poussait à refuser la compagnie de ses semblables. Il passait son temps dans sa forge, à créer des choses magnifiques ou horribles, dont il n'avait aucune utilité. Dès qu'elles étaient finies, il les jetait par-dessus son épaule. Aujourd'hui encore, il arrive que l'une d'elles tombe sur le sol.*

*On les appelle des étoiles filantes.*

*Takhisis alla trouver Réorx et le félicita de son talent.*

*— Quel dommage de le gaspiller ainsi ! dit-elle, hypocrite. J'ai eu une idée. Vous pourriez fabriquer une chose qui, loin de vous ennuyer, vous offrirait de nouveau défis chaque jour de votre vie éternelle. Vous pourriez créer un monde et le peupler d'esprits auxquels vous apprendriez tout ce que vous savez...*

*Réorx fut captivé. Enfin, son travail servirait à quelque chose. Il donna aussitôt son accord.*

*Les dieux se rassemblèrent : Paladine, Mishakal et leurs enfants, Giléan, sa fille naturelle et ses enfants adoptifs, Takhisis avec son consort Sargonnas et leurs enfants. Réorx arriva, monta sa forge et y plaça un morceau de métal chauffé à blanc.*

*Alors qu'il donnait le premier coup de marteau, le Chaos fit son apparition. Très mécontent qu'on ne l'ait pas consulté, il aurait pu détruire ses enfants, mais il préféra leur donner une bonne leçon.*

*— Vous réussirez à créer l'Ordre, tonna-t-il, mais je veillerai à ce que celui-ci engendre la discorde, entre vous comme entre les habitants de votre monde.*

*Il était trop tard pour revenir en arrière. Les étin-*

*celles jaillies du marteau de Réorx s'étaient déjà changées en étoiles, dont la lumière avait donné vie aux esprits.*

*La malédiction du Chaos agit immédiatement. Takhisis voulut contrôler les esprits pour les soumettre à sa volonté et Paladine pour les guider sur le chemin du bien. Giléan, lui, préférait qu'ils restent libres de choisir leur destinée.*

*Les deux frères et leur sœur se querellèrent, entraînant dans la dispute leurs enfants et un certain nombre de dieux venus d'autres plans. Ce fut le début de la Guerre de Tous les Saints. Le Père de Tout et de Rien éclata de rire.*

*Enfin, Paladine et Giléan réalisèrent que la bataille risquait de détruire la création de Réorx. Ils s'allièrent contre leur sœur et, faute de pouvoir la vaincre, l'obligèrent à faire des concessions. Takhisis accepta à contrecœur que tous trois règnent sur le monde, en maintenant un certain équilibre. Ainsi espéraient-ils mettre un terme à la malédiction lancée par leur père.*

*Ils décidèrent que chacun d'eux ferait aux esprits un cadeau leur permettant de vivre et de prospérer. Paladine leur offrit le besoin de contrôler, afin qu'ils maîtrisent leur environnement et aspirent à l'ordre. Takhisis leur donna l'ambition, afin qu'ils cherchent toujours à améliorer leur environnement... et eux-mêmes. Giléan leur conféra le libre arbitre, afin qu'ils puissent prendre leurs propres décisions.*

*Tous ces cadeaux étaient bons, à condition de ne pas sombrer dans l'excès. Le besoin de contrôler peut conduire à la peur du changement et à l'intolérance. L'ambition peut mener à la cupidité et à l'égoïsme ; la liberté, à l'anarchie.*

*Les esprits prirent une forme physique issue de l'imagination des dieux. Paladine engendra les elfes : des créatures aimant modeler le monde à leur image, vivant longtemps et changeant peu. Giléan créa les humains : des êtres influençables, éphémères, mais remplis de désirs. Takhisis imagina les ogres : aussi beaux, ambitieux et égocentriques qu'elle-même.*

*Mais comme ils se laissaient consumer par la vanité, ils se changèrent peu à peu en monstres. Nous, les Irda, vîmes ce qui arrivait au reste de notre peuple. Alors nous nous tournâmes vers Paladine et le suppliâmes de venir à notre aide. Il accepta de nous délivrer du joug de Takhisis, mais le prix à payer fut considérable.*

*Nous ne devions plus nous mêler aux autres races, de peur de succomber de nouveau à la tentation. Même nos semblables nous deviendraient difficiles à supporter, et nous nous reproduirions rarement. Nous avions si peur de suivre le même chemin que les ogres que nous acceptâmes ces conditions. C'est pourquoi, aujourd'hui encore, les autres races sont si mal informées sur nous.*

*Pour s'amuser et augmenter les occasions de discorde, le Père créa les animaux, en dotant certains d'avantages qui irritèrent ses enfants. Les dragons, par exemple, possèdent la sagesse, l'intelligence, la longévité, la magie, la force et de formidables armes naturelles. Depuis leur arrivée sur Krynn, les autres races ont passé le plus clair de leur temps à les combattre ou à tenter de s'allier avec eux.*

*Puis la magie fit son apparition sur la planète. Trois enfants de dieux avaient grandi ensemble, et ils étaient devenus très proches malgré leurs différences : Solinari, fils de Paladine et Mishakal, Nuitari, fils de Takhisis et Sargonnas, et Lunitari, fille de Giléan. Leurs pouvoirs étaient renforcés par leur amour de la magie et par leur dévouement à cet art.*

*Durant la Guerre de Tous les Saints, leurs parents les pressèrent de choisir un camp. Mais les trois cousins craignaient que la magie fût détruite. Aussi firent-ils le vœu de toujours lui rester fidèles et de demeurer unis. Puis ils quittèrent le panthéon et, prenant une forme mortelle, descendirent sur Krynn.*

*Chacun d'eux trouva un apprenti auquel il accorda le don de la magie, un héritage qui pourrait être transmis à d'autres mortels, et qui leur permettait de requérir à tout moment l'aide des trois êtres. Puis ceux-ci s'éloignèrent du monde et se fixèrent dans le ciel, d'où ils purent contempler leurs disciples. Leurs yeux qui ne cillaient pas devinrent les lunes que nous connaissons.*

*Les Irda possèdent de grands pouvoirs magiques, mais ils ignorent d'où ils viennent.*

*Ils coulent dans nos veines, et nous les utilisons comme un de nos sens.*

*Faute de nous comprendre, vous nous considérez comme un danger, voire une menace. C'est pourquoi nous évitons tout contact avec vous.*

*Mais revenons à l'histoire de la création. Réorx, qui se sentait très seul, offrit à un groupe d'humains de leur enseigner ce qu'il savait... entre autres choses, le travail du métal. Ces humains en conçurent une immense fierté. Ils prospérèrent en vendant leurs armes et leurs outils aux autres races, et oublièrent de remercier leur bienfaiteur. Pis, ils osèrent se moquer de lui parce que sa taille était inférieure à la leur.*

*Réorx les maudit. Il leur reprit son enseignement, leur laissant seulement le désir d'inventer et de construire. Il décréta que ces humains seraient désormais très petits, et deviendraient la risée des autres races. Ainsi naquirent les gnomes.*

*Durant cette période, connue sous le nom d'Age du Crépuscule, l'équilibre du monde bascula. Les humains commencèrent à convoiter les possessions de leurs voisins et les ogres à rechercher sans cesse plus de pouvoir. Quant aux elfes, ils voulaient qu'on les laisse tranquilles et ils étaient prêts à se battre pour préserver leur isolement.*

*Hiddukel était un des dieux de l'Au-Delà que Takhisis avait attiré dans ses filets pour l'aider à prendre plus d'emprise sur les humains. Fin négociateur, il réalisa qu'une guerre servirait leurs intérêts : augmentant le volume d'échanges de marchandises, et d'âmes mortelles.*

*Dans l'espoir d'envenimer le conflit, il alla trouver Chislev, déesse des bois et de la nature, et tenta de la convaincre que la fin du monde était proche.*

*— Que suggères-tu que nous fassions pour l'empêcher ? s'enquit Chislev, méfiante.*

*— Si la neutralité gouvernait le monde, l'équilibre se rétablirait de lui-même, expliqua Hiddukel.*

*— Sans doute, mais je ne vois pas ce que..*

*— Va voir Réorx. Demande-lui de créer une gemme qui contienne l'essence même de la neutralité, et qui lui serve de point d'ancrage dans le monde. Les deux extrêmes seront vaincus ; ils ne pourront plus s'écarter du centre, comme ils sont en train de le faire.*

*— Et que deviendra cette gemme ? Je suppose que tu voudras la garder, lança Chislev, sarcastique.*

*— Oh, surtout pas ! s'écria Hiddukel, ouvrant de grands yeux innocents. Je ne voudrais pas d'une telle responsabilité. Donne-la plutôt à un de tes fidèles.*

*Chislev le dévisagea... mais le dieu semblait sincèrement inquiet pour l'avenir du monde. On disait que la Reine Takhisis elle-même s'était plusieurs fois fait berner par Hiddukel.*

*La déesse quitta donc sa forêt céleste pour arpenter Krynn sous une forme mortelle. Ce qu'elle vit confirma les dires d'Hiddukel. Les elfes polissaient leurs épées ; les humains comptaient leur argent ; les ogres s'entraînaient à décapiter les gens. Chagrinée, Chislev décida de faire quelque chose.*

*Elle songea à interroger son consort, Zivilyn, le dieu qui peut voir dans tous les plans et dans tous les temps. Mais celui-ci était perpétuellement indécis. A force de considérer une situation sous tous les angles possibles, il passait son temps à changer d'avis et à ne rien faire.*

*Or, il était urgent d'agir. Ainsi que le lui avait suggéré Hiddukel, Chislev alla trouver Réorx. Celui-ci fut ravi d'avoir une visiteuse — surtout quand sa beauté n'avait d'égale que sa gentillesse. Il s'empres-*

*sa d'accéder à sa requête. Une gemme ? Mais bien sûr ! Il pouvait lui donner toutes celles de l'univers !*

*— Oh, une seule suffira, répondit Chislev, pourvu qu'elle contienne l'essence de la neutralité.*

*Réorx se gratta la barbe.*

*— L'essence de la neutralité ? répéta-t-il. Comment la définiriez-vous ?*

*— Eh bien..., hésita Chislev.*

*— Le Chaos ? suggéra Réorx.*

*— Nous pourrions en capturer un petit bout... juste de quoi ancrer la neutralité dans ce monde.*

*— C'est comme si c'était fait. A qui voulez-vous que je livre le produit fini ?*

*Chislev avait longuement réfléchi à la question.*

*— Donnez-le à Lunitari. Se trouvant le plus près du monde, elle se mêle constamment des affaires des mortels.*

*Réorx acquiesça. Nul ne sait comment il parvint à capturer quelques larmes de l'essence du Père de Tout et de Rien. Mais peu de temps après, il apporta à Lunitari ce qu'il nommait la Gemme Grise. Eblouie par le joyau, la déesse le plaça au centre de sa lune rouge et ne le quitta plus du regard.*

*Une fois revenu dans son plan, Réorx s'aperçut que la Gemme lui manquait. Il rêva d'elle et regretta de s'en être séparé. Alors, il retourna voir Lunitari et demanda humblement s'il pouvait récupérer le joyau.*

*La déesse refusa. Elle aussi rêvait de la Gemme et elle voulait la garder car elle aimait la voir briller à son chevet en se réveillant.*

*Furieux, Réorx chercha un moyen détourné de reprendre sa création. Il choisit le gnome le plus inoffensif qu'il pût trouver ( celui dont les inventions avaient causé le moins de dégâts ) et lui montra la Gemme durant son sommeil.*

*Bien évidemment, le gnome partit en quête du joyau. Après maintes aventures et grâce à une échelle magique, diverses poulies, un filet enchanté et un petit coup de pouce de Réorx, il parvint à s'en emparer.*

*Alors Réorx lui apparut sous les traits d'un autre gnome, et demanda à prendre la Gemme. Ils se querellèrent ; au cours de leur dispute, la pierre glissa hors du filet magique et s'échappa. Abasourdi, Réorx la regarda s'éloigner dans les airs. Il se lança à sa poursuite, mais il ne parvint pas à la récupérer.*

*La Gemme Grise se promena de par le monde, semant le chaos sur son passage. Elle altéra les animaux et les plantes, affecta le lancement de sorts des mages. Bref, elle provoqua de nombreux problèmes.*

*Tous les dieux apprirent son existence. Paladine et Takhisis se fâchèrent contre Réorx, qui n'aurait pas dû la fabriquer sans leur en parler. Honteuse, Chislev avoua la part qu'elle avait prise dans l'affaire et dénonça Hiddukel. Celui-ci se contenta d'éclater de rire.*

*Son plan avait fonctionné à la perfection. Au lieu de rétablir l'équilibre, la Gemme Grise l'avait rendu plus précaire encore. Les elfes se préparaient à une guerre contre les humains, les humains voulaient combattre les elfes, et les ogres étaient prêts à taper sur tout ce qui se présenterait.*

*Finalement, un humain du nom de Gargath parvint à capturer la Gemme. Il l'emprisonna dans son château, usant de plusieurs objets magiques. ( Ou du moins le pensait-il. Pour ma part, je crois que la Gemme s'était laissée prendre volontairement, car aucune magie humaine n'a jamais pu la retenir. )*

*Les gnomes, qui poursuivaient la pierre depuis des dizaines d'années, assiégèrent le château et réussirent par le plus grand des hasards à ouvrir une brèche dans ses fortifications. Ils se précipitèrent sur la Gemme. Certains d'entre eux voulaient la briser pour voir ce qu'elle contenait ; les autres souhaitaient la ramener chez eux et la garder comme un trésor national.*

*Une vive lumière envahit la cour du château. Lorsqu'elle se dissipa, les deux parties étaient en train de se battre. Mais leurs membres n'avaient plus rien de gnomes. Ceux qui convoitaient la Gemme pour sa valeur s'étaient transformés en nains ; ceux qui éprouvaient de la curiosité à son égard étaient devenus des kenders.*

*La Gemme Grise disparut. Plusieurs fois, par la suite, elle se laissa capturer pour des raisons inconnues, puis s'échappa à nouveau.*

*Aujourd'hui, elle se trouve en notre possession. Nous sommes les premiers à l'avoir domptée, si on en croit le Décideur. Cette nuit, il la brisera et ordonnera à la magie qu'elle contient de nous protéger contre les invasions humaines. »*

Ici se terminait la lettre à Dalamar. Au bas de la page, le Protecteur avait rajouté, d'une écriture un peu tremblante :

*« Tout mon amour t'accompagne, enfant de mon cœur — sinon de mon corps. Prie pour nous. »*

Usha se mordit la lèvre, inquiète. Ainsi, le Protecteur avait vu le danger, tout comme elle. C'était pour ça qu'il lui avait donné le parchemin. Les Irda étaient désespérés, prêts à toutes les folies pour défendre leur ultime refuge contre la barbarie humaine.

Les yeux de la jeune femme s'emplirent de larmes. Elle ne pleurait plus sur elle-même, mais sur l'être qui l'avait élevée. Epuisée, bercée par le roulis et le souffle du vent, elle ne tarda pas à s'endormir.

# 5

## LA GEMME GRISE EST BRISÉE.

Lorsque vint le moment de briser la Gemme Grise, le Décideur se dirigea seul vers l'autel. Les autres Irda demeurèrent dans leurs maisons, rassemblant leurs pouvoirs pour lui venir en aide de loin, car ils pensaient que la solitude les aidait à concentrer leurs énergies.

Taillé dans du bois poli et gravé de symboles, l'autel se dressait au centre géographique de l'île, au milieu d'un cercle de sept gigantesques pins que les Irda avaient magiquement transportés là. Le Décideur demanda aux esprits qui les habitaient la permission de pénétrer dans le cercle.

Les branches s'écartèrent pour le laisser passer, puis s'entremêlèrent à nouveau derrière lui. Il leva la tête. Les frondaisons étaient si épaisses qu'il ne pouvait apercevoir Lunitari dans le ciel ; il espéra que cela était réciproque.

La Gemme brillait faiblement sur son autel : juste assez pour qu'il y voie, mais pas suffisamment pour attirer l'attention d'un immortel. Il s'avança et la souleva à deux mains. Ce n'était pas un contact plaisant. Le joyau avait des facettes lisses aux bords tranchants ; il était chaud et froid en même temps et semblait se tortiller entre ses doigts.

L'Irda l'examina soigneusement à la recherche d'un minuscule défaut repéré bien des années auparavant — sans doute le seul point faible de la pierre. Puis il la replaça sur l'autel, dans le filet magique tissé par les Irda pour la retenir. Il eut brièvement l'impression que la Gemme se laissait faire, mais il chassa aussitôt cette pensée déplaisante de son esprit.

Il saisit les outils qu'il avait apportés : une pointe et un marteau d'argent, fabriqués sous la lumière de Solinari et enchantés par ses soins. Il posa la pointe sur la Gemme. L'énergie des autres Irda envahit son esprit, lui apportant la force et la détermination nécessaires.

Il leva son marteau et l'abattit sur la pointe.

*
* *

Sur la plage se posa le plus étonnant des bateaux, car il ne venait pas du large, mais des cieux... Plus précisément d'une minuscule étoile rouge qui brillait dans le lointain. Il transportait un seul passager : un nain à la barbe bouclée et aux courts cheveux noirs, qui sauta aussitôt à terre.

— Voici donc mes voleurs, grommela-t-il. J'aurais dû m'en douter ! Personne d'autre n'aurait pu cacher mon trésor pendant si longtemps.

Un carillon métallique résonna dans la nuit. Le nain inclina la tête.

— Etrange, murmura-t-il. Je ne savais pas que les Irda connaissaient l'art de la forge. ( Il se gratta la barbe. ) Peut-être les ai-je sous-estimés...

Un autre bruit. Oui, c'était bien celui d'un marteau. Mais ce n'était pas la résonance du fer ; on aurait plutôt dit de l'argent. Les Irda devaient fabriquer des théières ou des gobelets fins. Ou des bijoux. Les yeux du nain brillèrent. De beaux bijoux incrustés de gemmes...

De gemmes.

Une gemme.

Un coup de marteau...

Une terreur telle que Réorx n'en avait jamais connue le fit trembler de la tête aux pieds. Il ne savait pas ce qu'il craignait exactement. Il nourrissait bien quelques soupçons, mais jamais il n'avait osé s'avouer ses terreurs. Ce serait trop horrible...

Titubant, il se dirigea dans la direction d'où venait le bruit et atteignit bientôt le bosquet de pins. Une faible lumière grise filtrait entre les arbres. Il chercha un passage, mais les branches étroitement entrelacées le lui refusèrent.

Le tintement argenté se fit plus fort. Le nain jura entre ses dents. Désormais certain de ce que les Irda essayaient de faire, il transpirait à grosses gouttes. Il voulut leur crier d'arrêter, mais le bruit du marteau couvrit sa voix.

Haletant, il tendit un doigt vers les deux plus gros pins et s'écria :

— Par la lueur de ma forge, je jure que si vous ne vous écartez pas, je ferai pourrir vos racines et dévorer vos fruits par les vers !

Les arbres frissonnèrent. Leurs branches s'agitèrent, projetant une pluie d'aiguilles. Puis, avec un craquement, une ouverture apparut, à peine assez large pour le laisser passer.

A cet instant, le Décideur porta à la Gemme un septième coup. Un éclair de lumière déchira la nuit. Même le nain, habitué à l'éclat de sa forge céleste, en fut aveuglé. Le Décideur se prit la tête à deux mains et poussa un hurlement avant de s'effondrer. L'autel où reposait la Gemme s'ouvrit en deux.

La lumière disparut. Le nain se risqua à ouvrir les yeux. Il était maintenant entouré par les ténèbres — pas des ténèbres naturelles, mais des ténèbres sinistres comme celles où il était né.

Il voulut avancer... Ses bottes pesaient plus lourd que le monde qu'il avait autrefois forgé. Il voulut crier un avertissement aux autres dieux, mais sa langue refusa de bouger. Il ne pouvait rien faire d'autre qu'attendre.

Les ténèbres se rassemblèrent, dessinant peu à peu la silhouette d'un géant vêtu d'une armure de métal en fusion. Ses cheveux et sa barbe étaient de flammes ; ses yeux semblaient deux puits obscurs au fond desquels brûlait sa rage.

Le nain tomba à genoux.

— Lui, murmura-t-il, frappé d'horreur.

Le géant poussa un rugissement triomphal. Il s'étira, et ses bras crevèrent les frondaisons. Ses doigts effleurèrent les nuages, en déchirant des lambeaux.

— Libre ! Enfin libre ! rugit-il. ( Il leva la tête vers les étoiles. ) Mes chers enfants, je suis de retour ! Où est mon comité d'accueil ?

Il éclata d'un rire sinistre.

Bien que terrifié, le nain eut la présence d'esprit de ramper jusqu'à l'autel. Il devait faire quelque chose pour empêcher le désastre. L'ennui, c'était qu'il ne savait pas quoi. Il aurait déjà de la chance s'il en réchappait...

A court d'idées, il ramassa les deux morceaux de la Gemme Grise, les dissimula sous les ruines de l'autel et les couvrit d'un peu de terre. Puis il recula en hâte.

Ayant aperçu un mouvement du coin de l'œil, le géant baissa la tête vers lui.

— On essaie de m'échapper, Réorx ? ricana-t-il. Misérable vermisseau ! Ingrat !

Il se pencha vers le nain, des braises tombant de sa barbe. Un peu de fumée monta du tapis d'aiguilles de pin.

— Tu t'es cru malin parce que tu avais réussi à m'emprisonner, n'est-ce pas ?

— R-Révéré Père, balbutia Réorx, c'était un accident ! Je voulais juste capturer un petit bout de chaos — et c'est vous que j'ai eu !

— Pourquoi ne m'as-tu pas libéré aussitôt ?

La colère du géant se mêla à la fumée qui enveloppait le nain. Celui-ci se mit à tousser.

— Je... Je l'aurais fait si je m'en étais aperçu. Mais je vous jure que je ne savais pas...

— Imbécile ! Mes enfants et toi avez conspiré pour m'emprisonner. Tu n'as pas pu réussir seul. Même captif, je ne vous ai pas laissés me contrôler. J'ai passé mon temps à abîmer vos jouets. Puis j'en ai trouvé un que j'ai pu manipuler pour qu'il me libère.

Le géant baissa les yeux sur le Décideur ; délibérément, il l'écrasa sous le talon de sa botte. Réorx entendit craquer les os de l'Irda. Pris de nausée, il détourna la tête. Il avait la fâcheuse impression que ce serait bientôt son tour.

— Oh, je pourrais t'écraser aussi, dit le géant comme s'il avait lu dans ses pensées, mais je ne le ferai pas. Pas encore. ( Il leva les poings vers le ciel. ) Vous avez refusé de m'obéir. Vous avez créé un monde dans mon dos pour le remplir de marionnettes. Sachez, mes enfants, que celui qui vous a donné la vie peut aussi la reprendre.

« Je suis encore faible, mais mon pouvoir croît de seconde en seconde. Dès que je serai prêt, je détruirai votre joujou, puis je vous renverrai au néant dont je vous ai tirés. Prenez garde, enfants ! Le Père de Tout et de Rien est revenu !

Il regarda le nain.

— Tu seras mon messager, Réorx. Va dire à mes enfants ce qui les attend. Je prendrai grand plaisir à les voir tenter de m'échapper. Et s'ils ne te croient pas, montre-leur ceci !

Le géant arracha une des langues de flammes de sa barbe et la jeta parmi les pins.

L'incendie se propagea à toute allure. Ce n'était pas un feu naturel, comprit Réorx ; rien ne pouvait l'arrêter. Il consumait jusqu'à l'air de la nuit. En quelques secondes, il atteignit le village irda.

Quand s'élevèrent les premiers cris d'agonie, le nain se couvrit le visage de ses mains et pleura à gros bouillons. Pour les Irda, pour le monde...

Pour la création entière.

*
* *

Usha se réveilla en sursaut. D'abord, elle ne se souvint pas d'où elle était. Puis la vue du mât, au-dessus d'elle, la rassura.

Un vent chaud soufflait du nord. Le ciel était chargé de nuages ; en entendant le grondement du tonnerre, elle comprit ce qui l'avait tirée de son sommeil.

Elle se tourna en direction de l'île. Une étrange lueur rouge embrasait l'horizon. Le Décideur devait être en train d'agir.

Incapable de se rendormir, elle s'assit à la poupe et regarda la lueur s'intensifier, puis décroître et disparaître.

Elle sourit. La magie ainsi utilisée était sans doute très puissante. Tout avait dû se passer à merveille.

— Tu es en sécurité maintenant, Protecteur, souffla-t-elle.

# LIVRE DEUXIÈME

# 1

## MORTS AU CHAMP D'HONNEUR.

Les cadavres des dix-huit Chevaliers Solamniques avaient été disposés en ligne le long du rivage de la Baie de Thoradin, les corps de leurs écuyers étant étendus derrière eux. Comme ils s'étaient fait massacrer jusqu'au dernier, il ne restait plus que leurs ennemis pour accomplir les derniers rites. De temps à autre, le vent chaud soulevait un coin de la cape rouge qui couvrait les silhouettes immobiles.

— Ils se sont battus avec courage, dit l'officier qui supervisait leur enterrement. Submergés par le nombre, pris par surprise, ils auraient pu tourner les talons et s'enfuir. Mais ils ont fait face alors qu'ils se savaient vaincus...

« Le sol est trop marécageux pour que nous les enterrions ici, mais on m'a dit qu'il y a une caverne à quelques centaines de pas. Nous y enfermerons les corps avant de la sceller et de graver une épitaphe dans la pierre. Chevalier de Lumlane, avez-vous examiné ces hommes ? Existe-t-il un moyen de déterminer leurs noms ?

— Nous avons capturé un survivant, seigneur, rapporta le jeune homme auquel il s'adressait. Un mage en robe blanche.

L'officier fronça les sourcils.

— Je trouve curieux que les Chevaliers Solamniques fassent appel à la magie. Ça ne se serait jamais produit autrefois. Enfin, les temps changent. ( Il soupira. ) Le prisonnier doit connaître les noms de ses camarades. Où se trouve-t-il ?

— Sous la garde des Chevaliers Gris, seigneur.

— Allez me le chercher.

Une agitation inhabituelle régnait sur la plage de sable noir bordant la Baie de Thoradin. De nombreux bateaux étaient alignés le long du rivage, et il en arrivait de nouveaux à chaque minute. Sous la supervision des chevaliers, des équipes de barbares déchargeaient des caisses d'équipement et de provisions. Des cavaliers guidaient leurs chevaux vers la terre ferme — des dragons bleus patrouillaient dans le ciel, surveillant les environs.

Pourtant, le seigneur Ariakan ne craignait guère qu'on vienne interrompre son débarquement. Le temps que les ennemis de la Reine Noire rassemblent leurs forces, il serait loin.

Il avait prévu de faire route vers l'ouest, pour s'emparer de la cité portuaire de Kalaman. Il pourrait alors faire venir le reste de sa flotte, mouillée à la Forteresse des Tempêtes, et lancer l'assaut vers le cœur des Plaines Solamniques en remontant le Fleuve Vingaard. Son objectif : prendre la seule place forte de Krynn qui n'était jamais tombée, celle où on l'avait retenu prisonnier pendant des années : la Tour du Grand Prêtre.

Ensuite, le monde suivrait...

Lumlane se fraya un chemin parmi les officiers qui hurlaient, les barbares qui grognaient sous le poids de leur fardeau et les chevaux qui renâclaient. Il faisait très chaud, et on était à peine au début de l'été. Dès la fin de la bataille, le jeune chevalier avait ôté son armure, ne conservant que son plastron et ses brassards. Cavalier-Dragon, il n'avait pas pris part aux combats qui s'étaient déroulés sur terre.

Les Chevaliers Gris, ou Chevaliers de l'Epine,

avaient dressé leur camp dans un bosquet. *Pas étonnant,* songea Lumlane en réprimant un sourire. *Je n'ai encore jamais rencontré un mage qui ne soit soucieux de son confort...*

Le jeune homme laissa derrière lui la plage bruyante pour pénétrer à l'ombre des arbres. Il ne tarda pas à découvrir ceux qu'il cherchait.

Plusieurs coffres de bois sculpté dégageant une odeur infâme étaient posés au milieu d'une petite clairière. Des apprentis s'affairaient autour, rayant des objets de leurs listes. Lumlane plissa le nez. Pas étonnant que les Chevaliers de l'Epine soient obligés de transporter eux-mêmes leur matériel. Il préférait ne pas savoir ce que contenaient ces coffres.

Il se dirigea vers la responsable de l'ordre, une puissante magicienne portant le titre de Seigneur de la Nuit, et la salua comme il se devait.

— Le chevalier lieutenant Trevalin demande que je lui amène votre prisonnier, expliqua-t-il ensuite. Il a besoin de lui pour identifier les cadavres, afin de les enterrer avec tous les honneurs qui leur sont dus.

Son interlocutrice ne parut pas enchantée par cette requête. Lilith approchait de la cinquantaine. Elle avait appartenu à l'Ordre des Robes Noires avant de changer d'allégeance. Depuis, elle était considérée comme une renégate par les autres mages d'Ansalonie, y compris ceux qui portaient la robe noire, car ils servaient Nuitari, le dieu de la magie maléfique. Les Chevaliers de l'Epine ne connaissaient que le service de Takhisis...

— Pourquoi Trevalin n'a-t-il pas envoyé un autre chevalier ? demanda Lilith en plissant ses yeux verts.

Lumlane haussa les épaules.

— Parce que j'étais le seul disponible, sans doute.

La magicienne sembla indécise.

— Très bien, lâcha-t-elle de mauvaise grâce. Je suppose que c'est la volonté de sa Ténébreuse Majesté. Suivez-moi.

Lumlane ne comprenait pas ses réticences, mais il se garda de poser des questions.

Lilith le conduisit jusqu'au mage en robe blanche, qu'il salua dignement. *Quel que soit leur rang, leur titre ou leur condition, traitez vos ennemis avec le même respect*, enseignait le code des Chevaliers Noirs. *Ainsi, vous ne risquerez pas de les sous-estimer.*

— Seigneur mage, je vous saurais gré de m'accompagner pour identifier les corps de vos compagnons, demanda-t-il poliment. Il apparaît que vous êtes le seul survivant, et...

Le jeune mage pâlit et bondit sur ses pieds.

— Ne me dites pas qu'ils sont tous morts ! s'exclama-t-il. C'est impossible !

— Désolé, mais il semble que ce soit le cas. Nous aimerions connaître leurs noms pour les enterrer avec les honneurs requis, expliqua Lumlane.

— Très bien, soupira le mage. Conduisez-moi à eux.

Il semblait brûlant de fièvre. Du sang maculait sa robe, et il avait des coupures et des contusions à la tête.

Ses geôliers lui avaient retiré ses sacoches et ses bourses de composants, qui gisaient maintenant sur le sol. Un malheureux apprenti serait chargé de les identifier, et il y laisserait sans doute quelques plumes. Les Chevaliers de l'Epine ne pouvaient poser les mains sur des objets marqués par le bien. Mais il leur restait la possibilité de les échanger contre d'autres, plus intéressants pour eux... d'où l'utilité de les identifier.

Lumlane remarqua que le jeune mage avait conservé son bâton, surmonté d'une patte de dragon en argent enserrant un cristal aux multiples facettes. Il se demanda pourquoi les Chevaliers de l'Epine le lui avaient laissé : l'objet devait être magique et avoir une grande valeur.

— Je vous préviens : je dois vous accompagner, annonça Lilith avec une certaine raideur.

— Certainement, ma dame, répondit Lumlane en faisant de son mieux pour dissimuler sa surprise.

Le prisonnier ne devait pas être un mage d'un niveau élevé : d'abord parce qu'il était trop jeune, ensuite parce qu'il ne se serait pas laissé prendre. Pourtant, la responsable de l'ordre des Chevaliers de l'Epine le traitait avec la prudence dont elle aurait fait preuve vis-à-vis du seigneur Dalamar, maître de la Tour de Haute Sorcellerie de Palanthas.

Le jeune mage avait du mal à se déplacer ; chaque pas lui arrachait une grimace de douleur. Il s'appuyait lourdement sur son bâton. *A cette allure,* songea Lumlane, *nous ne serons pas de retour avant la tombée de la nuit. Et Trevalin ne sera pas content.*

Il se tourna vers Lilith. Le mage était son prisonnier : c'était à elle de lui proposer de l'aide. Mais la femme se contentait d'observer les deux jeunes gens, comme si elle attendait de voir ce qui se produirait. Lumlane prit sa décision.

— Appuyez-vous sur mon bras, seigneur mage, proposa-t-il d'une voix froide, mais pleine de respect.

Le jeune homme en robe blanche plissa les yeux, méfiant. Pas besoin d'être devin pour savoir ce qu'il pensait : il se demandait quel tour ses ennemis voulaient lui jouer. Pourtant, épuisé, il accepta. Il parut surpris, voire déçu, que Lumlane ne le pousse pas à terre pour le rouer de coups.

En arrivant sur la plage, il lâcha un soupir découragé.

— Vous êtes si nombreux, murmura-t-il en regardant les troupes.

— Vous n'aviez aucune chance contre nous, acquiesça Lumlane. Votre honneur est sauf.

— Pourtant... ( Le jeune mage ferma les yeux. ) Si j'avais été plus fort...

Il semblait sur le point de s'évanouir. Lumlane lui passa le bras sous les épaules et se tourna vers Lilith.

— Personne n'a soigné ses blessures ? demanda-t-il.

— Il a refusé l'aide de nos prêtres, répondit la magicienne. De toute façon, étant des serviteurs de sa

Ténébreuse Majesté, je doute qu'ils auraient pu faire grand-chose...

— Je vous donnerai la recette d'un onguent à base d'herbes que j'utilise souvent, promit Lumlane au jeune mage. C'est ma mère... ( Il se reprit. ) La femme qui m'a élevé qui me l'a confiée. Vous êtes blessé au flanc ?

Le mage hocha la tête.

— Un coup de lance, expliqua-t-il. Mon frère...

Il s'interrompit, le regard dans le vide.

*Voilà pourquoi il était avec les Chevaliers Solamniques*, songea Lumlane. *Il accompagnait son frère. Et c'est pourquoi il est si impatient de voir les cadavres...*

Alors que le petit groupe se frayait un chemin jusqu'à Trevalin, certains chevaliers jetèrent un regard curieux aux deux jeunes gens. Lumlane sentait les yeux de Lilith rivés sur son dos, et il en conçut un certain malaise.

Lorsqu'ils atteignirent le champ de bataille, il faisait si chaud que le sable fumait presque.

— Messire, voici le prisonnier, annonça Lumlane.

Le lieutenant Trevalin jeta un regard interrogateur à Lilith, dont la présence le surprenait. Puis il se reprit et la salua, car elle était d'un grade supérieur au sien.

— Je vous remercie de votre coopération, ma dame, dit-il poliment.

— Je n'ai pas eu le choix, répondit la magicienne avec raideur. Telle était la volonté de Sa Majesté.

Trevalin se tourna vers le mage.

— Je vous serais reconnaissant de nous donner les noms et les titres de vos camarades, afin que leurs héritiers puissent se souvenir d'eux comme ils le méritent.

Epuisé par sa blessure, la chaleur et la longue marche qu'il venait de faire, le jeune homme contempla la rangée de corps, l'air hébété. Il ferma les yeux. Ses lèvres remuèrent. Lumlane crut l'entendre murmurer « Paladine ». Sans doute récitait-il une prière.

Ayant retrouvé une partie de ses forces, il lâcha le bras du chevalier et se dirigea vers le premier cadavre. Il se pencha pour soulever la cape qui le couvrait. Une expression de chagrin *et* de soulagement s'afficha sur son visage.

— Seigneur Llewelyn ap Ellsar, Chevalier de la Rose.

Il passa aux corps suivants, poursuivant sa macabre tâche.

— Seigneur Horan Devishtor, Chevalier de la Couronne. Seigneur Yori Beck, Chevalier de la Couronne...

Le scribe qu'avait fait appeler Trevalin suivait le jeune homme pas à pas, notant les noms des morts.

Lorsqu'il ne resta plus que deux cadavres, le mage tourna la tête vers le début de la rangée. Son menton s'inclina sur sa poitrine ; il porta une main à ses yeux et demeura immobile. Lumlane comprit qu'il venait de finir de compter les morts.

— Messire, il m'a parlé de son frère... qui se trouvait parmi les chevaliers, chuchota-t-il à Trevalin.

Celui-ci hocha la tête, satisfait. Sans le vouloir, le prisonnier venait de lui apprendre qu'aucun Solamnique ne s'était échappé.

Le jeune mage s'agenouilla entre les deux derniers corps. D'une main tremblante, il souleva la cape qui cachait le premier.

— Je vous demande pardon, dit le scribe, mais je n'ai pas entendu ce que vous venez de dire. Comment s'appelait cet homme ?

— Majere, chuchota le mage d'une voix brisée. Sturm Majere. ( Il dévoila le visage du dernier cadavre. ) Et voici Tanin Majere. Mes frères.

# 2

## SENTENCE DE MORT.
## LES COUSINS.

— Majere, marmonna Steel. Je connais ce nom.

Il s'avança vers le mage — qui, tout à son chagrin, ne lui prêta aucune attention —, et l'étudia attentivement. Bien que ne possédant pas la musculature de ses frères, le jeune homme était grand et robuste. Ses cheveux châtains tirant sur le roux tombaient sur ses épaules. Il avait les mains longues et fines communes aux membres de sa profession.

A présent, Steel voyait la ressemblance... Non seulement avec les chevaliers défunts, mais avec l'homme qui lui avait sauvé la vie autrefois.

— Caramon Majere, dit-il en s'approchant du mage. ( Il désigna les cadavres. ) Je suppose qu'ils étaient ses fils aînés et que tu es le plus jeune.

Le mage hocha la tête.

— Palin, répondit-il, la voix brisée. Je suis Palin Majere.

— Le neveu de Raistlin Majere ! souffla Lilith avec emphase.

Trevalin, occupé à donner des ordres à un subalterne, releva brusquement la tête.

— Le neveu de Raistlin Majere ? répéta-t-il, incrédule.

— Un prisonnier de choix, triompha la femme. Son oncle était le mage le plus puissant que le continent ait connu.

Mais elle gardait les yeux rivés sur Steel qui, à en juger par l'expression sombre de son visage, se trouvait en proie à quelque tourment intérieur.

Enfin, le mage se releva en s'appuyant sur son bâton. Il avait les yeux rougis par les larmes.

— Tu es Steel de Lumlane, dit-il d'un air las. Fils de Sturm...

Sa voix se brisa tandis qu'il prononçait le nom de l'homme à qui ses parents avaient voulu rendre hommage en baptisant son frère.

— Quelle coïncidence que nous nous rencontrions ainsi, murmura Steel.

— Oh non ! lança Lilith, ses yeux verts soudain réduits à de simples fentes sur son visage aux traits aigus. C'était la volonté de sa Ténébreuse Majesté. Mais pourquoi ? Dans quel but ?

Le jeune homme lui jeta un regard exaspéré.

Contrairement aux Chevaliers Solamniques, qui se méfiaient de la magie, les Chevaliers de Takhisis y faisaient régulièrement appel. Leurs jeteurs de sorts avaient un statut et un rang comparables à ceux des guerriers. Pourtant, des frictions demeuraient entre les deux groupes, probablement à cause de leurs modes de pensée si différents. Les soldats ne voyaient que deux points, A et B, et ils cherchaient le meilleur moyen d'aller de l'un à l'autre. Les mages ne voyaient pas seulement A et B, mais tous les plans d'existence nichés entre.

Des Chevaliers de l'Epine, Lilith était sans doute la plus tortueuse : celle qui trouvait toujours six côtés à des objets n'en ayant que quatre, comme disaient les guerriers dans son dos. Celle qui cherchait la signification du moindre incident, et qui s'en remettait à ses instruments divinatoires avant de prendre la plus petite décision.

Il était très difficile de travailler avec elle.

La rencontre avec son cousin n'était qu'une coïncidence, songea Steel, soulagé de n'être pas responsable de la mort des deux fils aînés de Caramon Majere... même s'il aurait fait son devoir en les tuant. Il se tourna vers Trevalin.

— Lieutenant, j'ai une faveur à vous demander. Donnez-moi la permission d'accompagner les corps de ces deux chevaliers jusqu'à leur contrée natale, pour qu'ils y soient enterrés. Ainsi, je ramènerai le mage à son peuple et j'obtiendrai sa rançon.

Palin écarquilla les yeux ; Lilith secoua la tête, l'air désapprobateur.

— Où se trouve leur contrée natale ? s'enquit Trevalin.

— En Abanasinie centrale. Ils venaient de Solace, au nord de Qualinost.

— Mais c'est au cœur du territoire ennemi ! Lumlane, vous êtes un trop bon élément pour que je courre le risque de vous perdre. Je ne peux accéder à votre requête. ( Il fronça les sourcils. ) Il n'est pas dans vos habitudes de faire des caprices. Puis-je connaître vos motifs ?

— Caramon Majere est mon oncle, le demi-frère de ma mère, Kitiara Uth Matar. Les chevaliers et le mage sont donc mes cousins. En outre, poursuivit Steel, impassible, Caramon s'est battu à mes côtés quand j'ai failli me faire capturer, à la Tour du Grand Prêtre. J'ai donc une dette d'honneur envers lui ; selon le seigneur Ariakan, elle doit être remboursée à la première occasion.

Trevalin réfléchit. La bataille était terminée. Les chevaliers mettraient du temps à s'organiser avant de se diriger vers l'ouest. Pendant cette période, un homme de plus ou de moins ne ferait pas une grande différence. Et Lumlane pourrait récolter de nombreuses informations en territoire ennemi...

— Très bien. Vous avez ma permission de ramener chez eux les corps de ces deux hommes. Quant à la rançon du mage, ce n'est pas à moi d'en décider.

Il se tourna vers Lilith, qui annonça brutalement :

— Le mage reste ici. Il a été condamné à mort.

— Pourquoi ? s'exclama Trevalin, incrédule. Il s'est rendu. C'est un prisonnier de guerre. Il a le droit d'être échangé contre une rançon.

— Je le lui ai proposé, et il a refusé.

— Est-ce vrai, jeune homme ? demanda le lieutenant.

— Oui, répondit Palin. Parce qu'elle m'a demandé ce que je ne pouvais lui donner. Mon bâton ne m'appartient pas. On me l'a prêté, c'est tout.

— Son bâton ? répéta Trevalin en regardant Lilith. C'est tout ce que vous vouliez ? S'il vous le refusait, vous n'aviez qu'à lui prendre...

— J'ai essayé, avoua le Seigneur de la Nuit, tendant une main à la paume couverte de cloques.

— C'est vous qui avez fait ça ? demanda Trevalin à Palin, les yeux rivés sur la peau boursouflée.

— Quelle importance ? dit le jeune homme, haussant les épaules. Le Bâton de Magius m'a été confié ; il ne m'appartient pas, et je possède sur lui un pouvoir limité. Je ne m'en séparerai pas, même pour sauver ma vie.

Trevalin le regarda, impressionné.

— Un problème intéressant, fit-il remarquer. Un homme ne peut racheter sa liberté avec ce qui ne lui appartient pas. Le tuer serait une grave erreur, ma dame. Nous ferions mieux de l'échanger contre un artefact puissant appartenant aux mages de Wayreth...

Le visage renfrogné de Lilith s'adoucit. Elle regarda Steel et Palin, hésitante.

— Peut-être, marmonna-t-elle. Peut-être est-ce la raison. ( Puis, plus haut : ) C'est d'accord, lieutenant. Je renoncerai à la vie de Palin Majere si les mages de Wayreth acceptent en échange d'ouvrir le Portail des Abysses.

— Mais... C'est impossible ! s'écria Palin.

— La décision ne vous appartient pas, jeune homme, le rabroua Lilith. Vous êtes sous la juridiction du Conclave. A lui de prendre sa décision.

Palin secoua la tête.

— Vous savez que les mages refuseront. Vous feriez aussi bien de me tuer maintenant. ( Son regard se posa sur les cadavres de ses frères. ) Je ne pourrais mourir en meilleure compagnie, déclara-t-il, la gorge serrée.

— Navré, seigneur mage, mais vous êtes notre prisonnier et vous devez vous soumettre à notre volonté, répondit Trevalin. Steel de Lumlane vous accompagnera à la Tour de Wayreth. Au cas où le Conclave refuserait d'acquitter votre rançon, il vous ramènera ici pour y être exécuté.

« Lumlane, jusqu'à votre retour, vous êtes responsable du prisonnier. S'il s'échappe, vous mourrez à sa place. Vous disposerez de quinze jours pour effectuer le voyage. La première nuit où les lunes rouge et argent brilleront dans le ciel, vous devrez revenir faire votre rapport. Est-ce compris ?

— Oui, lieutenant.

Steel salua, puis s'en fut seller son dragon bleu ; Trevalin ordonna qu'on prépare les deux cadavres pour le voyage. Lilith resta auprès de Palin. Non qu'elle ait peur qu'il s'échappe, mais elle souhaitait l'étudier encore un peu. Takhisis l'avait laissé survivre et rencontrer son cousin. Il devait sûrement y avoir une raison...

Les deux jeunes hommes étaient très différents. Steel de Lumlane avait le corps musclé d'un guerrier. Ses longs cheveux noirs et bouclés encadraient un visage à la mâchoire carrée, aux yeux sombres d'une intensité presque effrayante. Bien que très séduisant, il avait choisi la guerre pour seule maîtresse. Fier et hautain, il n'éprouvait de passion que pour le fracas des armes sur le champ de bataille.

Palin Majere, lui, était plutôt mince. Le teint pâle, il avait les traits finement ciselés, le regard intelligent et les mains habiles de son oncle. Contrairement à son cousin, il n'avait pas encore conscience de sa force. Mais elle se trouvait là, à l'intérieur de lui, n'attendant qu'une occasion de se manifester.

Il s'affaira autour des cadavres de ses frères, leur nettoyant le visage et s'efforçant de les rendre plus présentables.

— C'est ma faute, Tanin, dit-il d'une voix brisée par le chagrin. Ma faute si tu es mort. Je sais que tu me pardonneras : tu me pardonnes toujours. Si ma magie avait été plus puissante ! Si j'avais étudié plus dur ! Si la peur ne m'avait pas paralysé, me faisant tout oublier ! Si je ressemblais plus à notre oncle...

Lilith sursauta. Enfin, elle voyait clair dans le plan de sa Ténébreuse Majesté, ou du moins, autant qu'il était possible pour un esprit humain. Les deux hommes s'étaient rencontrés pour causer leur perte mutuelle !

La magicienne ne faisait pas confiance à Steel de Lumlane. Avant son admission dans les rangs de la chevalerie, elle avait consulté ses pierres divinatoires... pour obtenir de sinistres présages.

*Une pierre blanche sur la gauche.* Elle représentait le père, Sturm de Lumlane, un Chevalier Solamnique que même ses ennemis respectaient pour son courageux sacrifice. *Une pierre noire sur la droite* : pour la mère, Kitiara Uth Matar, général d'une des armées draconiennes, réputée pour ses talents militaires et sa témérité au combat.

Bien que morts depuis longtemps, les parents du jeune homme se disputaient leur fils.

Steel de Lumlane était apparemment tout dévoué à la Reine Noire, mais un terrible conflit intérieur devait le déchirer. Il portait l'épée de son père — celle d'un Chevalier Solamnique —, ainsi qu'un joyau elfique offert à Sturm par Alhana Brisétoile, la reine des elfes du Silvanesti, durant la Guerre de la Lance.

*Au centre, une pierre montrant une forteresse, et par-dessus, une pierre représentant des flammes.* Le jeune homme était déchiré entre ses deux héritages, avait conclu Lilith.

Son dilemme se solderait par un désastre.

Elle s'était opposée à l'admission de Steel de Lumlane au sein des forces de Takhisis, mais personne ne l'avait écoutée. Aujourd'hui, elle tenait une chance de réparer cette erreur. Elle s'approcha de Palin.

— Vous parlez de votre oncle, dit-elle en croisant les bras sur sa poitrine. Mais vous ne l'avez jamais rencontré, n'est-ce pas ? Vous êtes trop jeune...

Palin ne répondit pas. Il avait fait ce qu'il pouvait pour ses frères ; il ne lui restait plus qu'à rentrer chez lui pour apprendre la nouvelle à ses parents. Il était faible, vulnérable, et Lilith avait bien l'intention d'en profiter.

— Il a quitté ce monde, choisissant de rester dans les Abysses, où notre reine le tourmente nuit et jour, reprit-elle.

— Non, objecta vivement le jeune mage. C'est faux. En récompense de son sacrifice, Paladine lui a accordé de reposer en paix. Mon père me l'a dit.

Lilith eut un sourire charmeur. Elle était encore très belle, et, lorsqu'elle le voulait, aussi fascinante qu'un serpent.

— Bien sûr, dit-elle. Je comprends qu'il vous ait dit ça... Et s'il s'était trompé ? Si Raistlin Majere était toujours vivant ? Il vous appelle, n'est-ce pas ?

Elle avait tenté sa chance au hasard. A l'expression choquée de Palin, elle comprit qu'elle avait vu juste. Le jeune homme baissa la tête. Trop tard : elle avait localisé le défaut de l'armure.

— Si Raistlin était encore de ce monde, poursuivit-elle, il vous prendrait comme apprenti. Vous étudieriez avec le plus grand mage de tous les temps. Il vous a déjà donné son bâton : que ne ferait-il pas d'autre pour son neveu adoré ?

Palin leva les yeux vers elle ; Lilith vit une flamme danser dans ses prunelles.

Cette flamme finirait par le consumer.

Satisfaite, elle s'éloigna. Elle pouvait le laisser seul : il était prisonnier de sa propre tentation. Et, sans le vouloir, il entraînerait son cousin avec lui dans les Abysses.

## 3

## PALANTHAS.

La chaleur du soleil matinal se déversait comme de l'huile enflammée dans les eaux de la Baie de Branchala. Le bateau d'Usha arriva à Palanthas vers midi, à l'heure où régnait la plus grande agitation sur les quais. Tant bien que mal, la jeune femme se fraya un chemin parmi les embarcations, jetant des regards effarés autour d'elle. Elle n'avait pas l'habitude d'un tel vacarme, et encore moins d'une telle confusion.

D'énormes galères marchandes, aux équipages de minotaures, se frottaient aux navires de pêche pilotés par les humains à la peau noire de l'Ergoth Septentrional. De petites barges zigzaguaient adroitement entre eux, les marins évitant de leur mieux les pluies d'injures et de poisson pourri venant des ponts des gros bateaux. Pour ajouter au désordre, un vaisseau gnome venait de pénétrer dans le port, et les autres embarcations s'efforçaient de s'en éloigner. Dans sa petite barque aux couleurs vives, le capitaine du port épongeait son crâne rougi par le soleil, hurlant des ordres dans un porte-voix.

Usha faillit remonter sa voile et faire demi-tour. Elle avait peur et ne savait ni où aller ni quoi faire. Par chance, un vieux pêcheur lui indiqua un quai public où étaient amarrées des embarcations de plaisance. La jeune femme s'y rendit, trouva un emplacement libre et jeta l'ancre. Puis elle rassembla ses affaires et sauta sur le quai.

Elle amarra son bateau. Lui jetant un dernier regard, elle s'apprêta à tourner le dos à son existence précédente.

— Où vas-tu comme ça, poulette ? Il faudrait peut-être songer à me payer d'abord.

Usha sursauta. Un nain au visage tanné, couvert de rides, à la barbe grise en bataille, la regardait durement.

— Vous payer ? Je ne sais pas de quoi vous parlez, messire, dit-elle en s'efforçant de ne pas le dévisager trop ouvertement.

— De me payer pour le stationnement de ton bateau ! Tu ne crois tout de même pas que les gens qui travaillent ici le font par bonté d'âme ? Combien de temps comptes-tu rester : une journée, une semaine, un mois ? Les tarifs ne sont pas les mêmes.

— Je... Je ne sais pas, balbutia Usha.

Les Irda ignoraient le concept d'argent. Chacun fabriquait ce dont il avait besoin, soit à la main, soit par magie. Jamais un Irda n'aurait pensé à faire un échange : c'eût été comme vouloir s'immiscer dans l'âme d'un autre.

Usha se rappela une histoire, que son protecteur lui avait racontée, au sujet des nains.

— Voulez-vous dire que si je vous donne quelque chose, je pourrai laisser mon bateau ici pendant un certain temps ? hasarda-t-elle.

Le nain plissa les yeux.

— Ça va pas, poulette ? Tu as reçu un coup sur la tête ? Evidemment que tu dois me donner quelque chose : de préférence du bon acier.

Usha s'empourpra. Elle ne comprenait pas ce qu'il voulait dire par « acier ». Mais des badauds commençaient à s'attrouper, et elle n'avait qu'une envie : s'éloigner au plus vite. Elle plongea la main dans une de ses sacoches et en sortit quelque chose qu'elle tendit au nain.

— Je n'ai pas d'acier. Ceci fera l'affaire ?

Le nain prit l'objet et l'examina. Il écarquilla les yeux.

— Par la barbe de Réorx, du platine ! souffla-t-il dans sa barbe. Et avec un rubis, en plus ! ( Il agita la main pour disperser les curieux. ) Allez-vous-en, ou j'appelle la garde !

Il saisit la manche d'Usha pour l'obliger à se pencher vers lui.

— Dis-moi, ma petite dame, fit-il sur un ton plus amène, tu sais ce que c'est ?

— Une bague, répondit poliment Usha, songeant qu'il n'en avait peut-être jamais vu.

— Oui oui oui... Une bague..., répéta le nain, avide. Et, euh... Tu en as beaucoup d'autres comme ça ?

Usha n'aimait pas son regard. Elle posa la main sur sa sacoche.

— Ça suffira pour laisser mon bateau ici ? demanda-t-elle fermement.

— Oh oui ! Aussi longtemps que tu voudras !

— Parfait. Dans ce cas...

La jeune femme s'éloigna en hâte. Derrière elle, elle entendit le nain soupirer :

— Du platine ! Et avec un rubis, en plus !

*
* *

Elle passa les heures suivantes à déambuler dans les artères poussiéreuses et surpeuplées de Palanthas. A chaque coin de rue, elle découvrait quelque chose qui l'étonnait, la terrifiait ou la dégoûtait. Que faire ? trouver le seigneur Dalamar, puis un endroit pour dormir... Et ensuite ?

Les bâtiments de Palanthas n'avaient rien de commun avec les maisonnettes des Irda. Plus hauts que les pins de son île, ils s'élevaient autour d'elle telle une gigantesque forêt de marbre. Quant aux Palanthiens, ils semblaient tous pressés. Ils marchaient à vive allure et se bousculaient. Le visage luisant de sueur, ils paraissaient toujours à bout de souffle.

Usha fut bientôt en nage. L'air était étouffant. La chaleur montait des rues pavées comme d'un gril chauffé à blanc. Pourtant, il faisait meilleur dehors qu'à l'intérieur des échoppes. Les vendeurs, qui ne pouvaient déserter leur commerce, s'éventaient en essayant de ne pas se liquéfier sur place. Comme tous les étés, les pauvres avaient abandonné leur foyer pour vivre dans les parcs ou sur les toits. Les riches se terraient dans leurs demeures de marbre. Buvant du vin tiède, ils se plaignaient de la chaleur. L'odeur de sueur mêlée à celle des ordures pourrissant au soleil donnait la nausée à Usha. La jeune femme se demanda comment tous ces gens pouvaient vivre de leur plein gré dans un endroit pareil.

En passant devant un énorme bâtiment qu'un panneau désignait comme la Grande Bibliothèque, elle se souvint d'avoir entendu le Protecteur le mentionner. Selon lui, c'était en ce monde la source de toute connaissance. Une des personnes qui l'habitaient pourrait sûrement lui indiquer la tour du seigneur Dalamar.

Elle arrêta un moine en robe de bure qui sortait et lui demanda son chemin. Entendant le nom de Dalamar, l'homme écarquilla les yeux, recula de deux bons pas et lui indiqua le chemin en balbutiant.

Suivant ses indications, Usha arriva bientôt devant un épais bosquet. Elle scruta ses ténèbres insondables et frissonna. Le moine avait dû se tromper ; un seigneur ne pouvait vivre en ce lieu cauchemardesque.

Elle fit demi-tour, passa devant le temple de Paladine, traversa un grand parc et longea de superbes maisons qu'elle prit pour des musées. Dans les rues commerçantes s'alignaient des boutiques emplies de merveilles : joyaux étincelants, armes, armures pareilles à celles des deux chevaliers dont la vue l'avait tant troublée.

Et partout, la foule, grouillante, suante, vociférante.

Affaiblie par la chaleur et la fatigue, se demandant pourquoi son Protecteur l'avait envoyée en ce lieu, Usha se rendit bientôt compte qu'elle attirait l'attention des passants. Certains s'arrêtaient pour la regarder, bouchée bée. D'autres, souvent des jeunes hommes bien habillés, soulevaient leur chapeau à plumes et lui souriaient.

Usha crut d'abord qu'ils se moquaient d'elle... puis elle réalisa qu'ils lui témoignaient leur admiration. Elle se demanda si son voyage l'avait transformée et s'arrêta devant la vitrine d'un magasin pour s'en assurer.

Non, rien n'avait pas changé. Ses cheveux étaient toujours argentés, ses yeux avaient la même couleur bizarre, ses traits réguliers semblaient grossiers comparé au visage fin des Irda. Bref, elle était toujours aussi laide. *Quels gens étranges*, songea-t-elle en voyant un jeune homme occupé à la contempler heurter un arbre.

Le soleil se couchait, et la température fraîchissait enfin. Les ombres s'allongeaient dans les rues ; des mères apparaissaient sur le pas des portes pour rappeler leurs enfants à la maison. Usha regarda par une fenêtre et vit une famille attablée pour le repas du soir. Cela lui rappela combien elle était seule et affamée. Le Protecteur lui avait fourni de la nourriture pour le voyage, mais elle avait tout mangé avant d'arriver au port.

Par chance, elle se trouvait justement dans le quartier marchand. Les vendeurs étaient en train de fermer leurs échoppes. Elle s'approcha d'un étal sur lequel demeuraient encore quelques pommes ridées, chauffées par le soleil. Elle mordit dans l'une et fourra les autres dans sa sacoche. Puis elle se dirigea vers une boulangerie et s'empara d'une miche de pain.

Elle était en train de regarder autour d'elle, cherchant quelqu'un qui lui offrirait du vin, lorsqu'un cri s'éleva :

— Au voleur ! Au voleur ! Attrapez-la !

# 4

## EN PRISON.
## TASS EST SURPRIS.

Stupéfaite, Usha vit un petit homme vêtu d'un tablier de cuir se précipiter vers elle.

— Voleuse ! cria-t-il en tendant un doigt accusateur. Vous avez pris mes pommes !

— Elle m'a dérobé une miche de pain, renchérit une grosse femme essoufflée qui arrivait derrière lui.

Elle tendit la main vers la sacoche d'Usha, mais celle-ci lui flanqua une tape et recula.

— A l'assassin ! ulula la boulangère. Elle a essayé de me tuer !

Une petite foule se massa bientôt autour d'Usha. Un homme vêtu de haillons, au visage grimaçant, la saisit par les poignets.

— Je me porte volontaire pour la fouiller ! s'écria-t-il. On dirait qu'elle a fourré les pommes dans sa chemise !

La foule éclata de rire et se rapprocha. Usha n'avait jamais été traitée de la sorte. Les Irda ne criaient pas, et ils ne levaient jamais la main les uns sur les autres. Elle paniqua. Les mains de l'homme déchirèrent sa tunique, tâtèrent avidement sa chair nue sous les vivats de la foule.

Avec la férocité d'un animal acculé, Usha distribua

des coups de pied et des coups de poing et mordit telle une furie tout ce qui passait à portée de sa main. Elle se moquait de faire mal à ces horribles gens.

Soudain, des mains puissantes l'immobilisèrent.

— On se calme, ma jeune dame, dit une voix claire.

Devant les yeux d'Usha, le brouillard rouge se dissipa. Elle secoua la tête et dévisagea celui qui venait de parler. C'était un homme grand et musclé, vêtu d'une tunique écarlate et d'un pantalon assorti. Autour de lui, les badauds s'égaillèrent rapidement, non sans lancer quelques commentaires acides sur les gardes qui « leur gâchaient toujours le plaisir ». Le vendeur de pommes gisait sur le sol, se tenant l'entrejambe et poussant des grognements de douleur.

— Qui a commencé ? demanda le garde en regardant autour de lui.

— Elle m'a volé un pain, Votre Honneur, cria la boulangère.

— Et à moi, des pommes, grogna son compère. Puis elle a essayé de nous tuer !

— Je... je ne pensais pas à mal, renifla Usha. ( Les larmes l'avaient toujours tirée d'affaire chez elle : pourquoi ne pas essayer ici ? ) J'ai cru que tout le monde pouvait se servir. Je suis fatiguée, perdue et j'ai faim. Et cet homme... Il m'a touchée...

Les larmes qui lui vinrent aux yeux à ce souvenir étaient on ne peut plus sincères. Le garde la regarda avec compassion.

— Ne pleurez pas. La chaleur a dû vous faire tourner la tête. Payez ces gens, et n'en parlons plus.

— C'est que... Je n'ai pas d'argent, avoua Usha en s'essuyant les yeux.

— Mendiante ! s'écria la boulangère. Il faut la faire fouetter !

Le garde n'eut pas l'air ravi, mais il n'avait pas le choix.

— Nous laisserons les magistrats en décider. Venez, jeune dame. Quant à vous deux, vous feriez bien de nous suivre, si vous voulez déposer plainte.

Usha baissa la tête et se laissa conduire jusqu'à un large bâtiment de pierre gardé par des hommes en uniforme écarlate. On la fit pénétrer dans une pièce fraîche où elle attendit, hébétée, qu'on veuille bien s'occuper d'elle. Elle ne se sentait pas vraiment concernée. Tout était la faute de cette horrible ville, qu'elle quitterait dès sa mission accomplie.

Assis à un bureau, un gros homme qui avait l'air de s'ennuyer mortellement gribouillait quelque chose sur un parchemin. Derrière lui, la pièce était pleine de gens assis ou allongés à même le sol. D'épais barreaux métalliques, fixés au sol et au plafond, les séparaient d'Usha et du gros homme.

— En voici une autre, annonça le garde. Une petite voleuse.

Le gros homme leva la tête ; une lueur d'intérêt passa dans ses yeux.

— Si toutes les recrues de la guilde lui ressemblent, je ne tarderai pas à retourner ma veste ! s'écria-t-il. ( Il tendit la main vers Usha. ) Laissez-moi vos sacoches.

— N'y touchez pas ! s'exclama la jeune femme, les serrant contre elle.

— Vous les récupérerez plus tard. Ne faites pas d'histoires.

Comme Usha ne réagissait pas, le gros homme fit mine de s'en emparer par la force.

— Je vous préviens, dit précipitamment la jeune femme, qu'elles contiennent des objets magiques que vous seriez bien inspiré de traiter avec respect. Je suis également en possession d'un parchemin que je dois remettre au seigneur Dalamar. Je ne sais pas de qui il s'agit exactement, mais je suis certain qu'il n'aimerait pas qu'on touche à ses affaires.

Le gros homme retira sa main comme si quelque chose l'avait brûlé. Derrière Usha, le vendeur de pommes s'écria : « Je retire ma plainte ! » et sortit en courant.

— Une sorcière, grommela la boulangère sans

reculer d'un pouce. Je m'en doutais. Brûlez-la en place publique.

— Ça ne se fait plus depuis des années, lui rappela le premier garde. ( Il se tourna vers Usha. ) Vous avez dit Dalamar ?

La jeune femme comprit qu'elle pouvait tirer parti de la situation.

— Oui, dit-elle en hochant la tête. Et vous feriez mieux de me traiter convenablement, ou je suis certaine qu'il sera très mécontent.

Les deux gardes échangèrent quelques phrases à voix basse.

— Crois-tu qu'elle soit dangereuse ? demanda le gros.

— Il faut envoyer chercher dame Jenna. Elle saura quoi faire.

— Et en attendant ? On la boucle ?

Finalement, ils prirent les sacoches et escortèrent la jeune femme dans la grande pièce, derrière les barreaux. Aussitôt, une nuée de ce qu'Usha crut être des enfants humains se précipita vers elle. Elle allait demander quels crimes ils avaient commis quand elle entendit le gros garde vitupérer.

— Rends-moi ça, maudit kender ! Tout de suite ! Asseyez-vous, mademoiselle. Quelqu'un viendra bientôt vous chercher. Hé, toi ! Rends-moi ces clés, ou par Giléan, je...

Ainsi, voilà à quoi ressemblaient les kenders ! Usha les observa, très intéressée par ceux que le Protecteur appelait « les joyeux voleurs de Krynn ». L'intérêt semblait réciproque. Les petits êtres parlaient tous en même temps, posant mille questions, tirant sur ses vêtements et s'efforçant chacun d'attirer son attention.

La chaleur, le bruit, la peur et la faim eurent soudain raison d'Usha. La pièce commença à tanguer autour d'elle, et des étoiles dansèrent devant ses yeux.

Lorsqu'elle reprit conscience, elle était allongée sur

le sol, un kender penché sur elle. Les rides qui sillonnaient ses joues et le coin de ses yeux le faisaient paraître plus âgé. Des fils gris se mêlaient à ses cheveux attachés en queue-de-cheval.

— Que s'est-il passé ? demanda Usha, avant d'essayer de s'asseoir.

— Tu t'es évanouie, expliqua gentiment le kender. Le garde a dit que c'était sans doute parce que tu n'avais pas mangé depuis longtemps. On va nous servir le dîner dans une heure. La nourriture est très bonne ici. La prison de Palanthas est une des meilleures d'Ansalonie. Tu as vraiment des yeux remarquables — dorés, n'est-ce pas ? C'est bizarre, ça me dit quelque chose. Nous sommes-nous déjà rencontrés ? À Solace, peut-être ?

— Je ne crois pas. Je n'ai jamais entendu parler de cet endroit, répondit Usha, l'air las. ( Elle remarqua que quelqu'un avait glissé sous sa tête une cape pliée en quatre, pour lui servir d'oreiller. ) Qui es-tu ?

Le kender lui tendit une petite main brune.

— Je m'appelle Tasslehoff Racle-Pieds, Tass, pour les amis. Et toi ?

— Usha.

— C'est très joli. Tu sais, Usha, tu me rappelles quelqu'un. Je me demande qui...

La jeune femme l'ignorait. Fermant les yeux, elle se détendit et sentit le sommeil la gagner.

Juste avant de s'endormir, elle entendit son nouvel ami murmurer :

— Je sais ! Elle a les yeux de Raistlin !

## 5

## LA SORCIÈRE.

Une odeur de soupe chaude tira Usha de son sommeil. Elle se sentait mieux, mais elle était toujours aussi affamée. Adossée à un mur de pierre, elle but un bol de bouillon en se demandant ce qui allait se passer ensuite. Du moins avait-elle ( involontairement ) résolu le problème du gîte pour la nuit.

Le kender, Tass, lui offrit sa part de pain noir.

— Tiens, tu as l'air d'avoir encore faim.

La jeune femme, qui avait dévoré son morceau en trois bouchées, hésita un instant.

— Tu es sûr que tu n'en veux pas ?

Tass secoua la tête.

— Non, ça ira. De toute façon, je dois avoir quelque chose à manger dans mes sacoches, dit-il en indiquant les sacs pendus à ses épaules et sa ceinture.

Usha fronça les sourcils.

— Comment se fait-il qu'on t'ait laissé garder tes affaires ?

— Oh, c'est toujours comme ça, répondit Tass en haussant les épaules. Ils ne prennent pas les sacs des kenders. Peut-être qu'ils n'ont pas assez de place pour tout stocker. Ou peut-être qu'ils n'auraient pas le courage de chercher à qui appartient quoi, le matin venu... Non que nous nous en soucions, d'ailleurs : les kenders partagent tout.

— Mon peuple aussi, dit Usha sans réfléchir.

— Ton peuple ? D'où viens-tu ? Pas d'ici, c'est sûr ! s'exclama le kender.

— A quoi le vois-tu ? demanda la jeune femme, éludant la question.

— Eh bien... Tu n'es pas habillée comme les gens d'ici. Tu as un accent bizarre... joli, mais bizarre. Et tu es cent fois plus mignonne que toutes les filles que je connais. A part Laurana, évidemment. C'est la femme de Tanis... Tika n'est pas mal non plus. Elle a épousé Caramon, le frère jumeau de Raistlin, expliqua Tass en dévisageant Usha, comme s'il attendait une réaction spéciale de sa part.

La jeune femme soupira.

— C'est gentil de me dire ça, mais je sais bien que je suis laide.

— Tu ne me crois pas ? Demande à ces types, dans le coin de la cellule, dit Tass en désignant un groupe d'humains. Ils n'ont pas arrêté de parler de toi. ( Le kender baissa la voix. ) Mais sois prudente : ce sont des gens peu recommandables : des voleurs !

— Euh... Et toi, alors ? Que fais-tu ici ?

— Moi ? Oh, c'est une terrible méprise, soupira Tass. Ça arrive tout le temps, je ne sais pas pourquoi. C'est comme ça avec les kenders. Mais les gardes ne nous retiennent qu'une nuit ; le matin, ils nous laissent partir. Ensuite, ils passent la journée à nous poursuivre pour nous ramener ici. Je suppose que ça les occupe.

— Tu pourrais peut-être m'expliquer quelque chose, dit Usha. Mon peuple vit un peu comme vous... nous partageons tout ce que nous possédons. Ici, les gens semblent si cupides ! J'ai pris des pommes à un homme — j'avais faim et elles étaient abîmées. Il aurait dû les jeter de toute façon, alors pourquoi s'est-il mis en colère ?

— Je vois ce que tu veux dire. Les humains sont très attachés aux choses, répondit Tass, sentencieux. Ils aiment les posséder, et même quand ils s'en lassent, ils ne veulent pas les donner.

La porte de la cellule s'ouvrit. Le gros garde entra, portant un bâton avec lequel il repoussa les kenders. Puis il plissa les yeux et parut chercher quelque chose dans la pénombre.

— Où est la nouvelle prisonnière ? Ah, vous voilà ! Quelqu'un veut vous parler.

— Qui, moi ? s'étonna Usha.

— Oui, vous. Dépêchez-vous. Dame Jenna n'aime pas attendre.

Usha jeta un regard interrogateur au kender, comme pour lui demander quoi faire.

— Dame Jenna est une magicienne des Robes Rouges, expliqua Tass. Ne t'en fais pas : elle est très gentille. Nous sommes de vieilles connaissances. Elle m'a jeté plusieurs fois hors de sa boutique.

Usha soupira et se dirigea vers la porte de la cellule, le kender sur ses talons. Le gros garde tendit le bras et saisit ce dernier par le col.

— Où croyez-vous aller ainsi, maître Racle-Pieds ?

— Dire bonjour à dame Jenna, bien sûr ! s'indigna Tass. Je ne voudrais pas être impoli.

— Dans ce cas, retournez dans votre cellule, lança le garde en le repoussant à l'intérieur et en fermant la porte à clé derrière lui.

Une femme enveloppée d'une cape de velours rouge se tenait près du bureau, examinant avec grand intérêt les possessions d'Usha alignées devant elle.

— Dame Jenna, voici la prisonnière qui dit avoir un message pour le seigneur Dalamar.

La femme repoussa sa capuche pour mieux voir. C'était une humaine au visage séduisant mais froid, comme taillé dans du marbre. Ses yeux noirs fixèrent Usha ; la jeune femme eut l'impression que leur regard la transperçait et elle se mit à trembler. *Elle sait*, se dit-elle.

— Approche-toi, mon enfant, dit Jenna en tendant vers elle une main délicate. Que je te voie mieux.

Elle n'était sans doute pas beaucoup plus vieille qu'Usha, mais l'aura de pouvoir et de mystère qui l'entourait lui conférait une autorité sans rapport avec son âge.

La jeune femme avança dans la lumière, bien déterminée à ne pas montrer sa frayeur. Jenna écarquilla les yeux.

— Par Lunitari ! souffla-t-elle. ( D'un mouvement vif, elle se tourna vers le garde et déclara : ) C'est bon, je l'emmène.

Elle ramassa les cadeaux des Irda et, avec le plus grand soin, les remit dans leur sacoche avant de la tendre à Usha. Puis les deux femmes se dirigèrent vers la sortie.

— Merci de m'avoir tirée de là, ma dame, dit Usha, reconnaissante. Si je peux faire quoi que ce soit pour vous, n'hésitez pas. On m'a dit que vous aviez une boutique : où se trouve-t-elle ?

— Oh, tu ne vas pas tarder à le découvrir. Comment t'appelles-tu ?

— Usha.

— Eh bien, Usha, tu voulais voir le Maître de la Tour ? Nous y allons de ce pas. Je suis sûr que Dalamar sera ravi de te rencontrer.

— Ça oui alors ! pépia une voix derrière eux. Vu comme elle ressemble à Raistlin...

Jenna s'immobilisa. Pendant dix secondes, elle parut pétrifiée. Puis, lentement, elle revint sur ses pas.

Elle s'approcha du gros garde.

— Relâchez le kender. Je m'en porte garante, ordonna-t-elle sèchement.

L'homme s'exécuta, étonné. Tass sortit de la cellule, un sourire aux lèvres, et tendit sa petite main à Jenna.

— Comment allez-vous ? Je ne crois pas que nous ayons été présentés. Je m'appelle Tasslehoff...

— Je sais qui vous êtes, coupa la magicienne. Je pense que Dalamar voudra vous dire un mot.

— Merveilleux ! Je ne l'ai pas vu depuis des années. C'est vrai que vous êtes sa maîtresse ? Pas la peine de me faire les gros yeux, c'est Caramon qui me l'a dit.

Jenna grimaça et poussa le kender vers la sortie.

— Allons-y, ordonna-t-elle. Restez cinq pas devant moi, gardez vos mains en vue et tout se passera bien. Non, pas par là ! Nous retournons à ma boutique.

— Je croyais que nous nous rendions à la Tour de Haute Sorcellerie ! s'exclama Tass, désappointé. Je voulais traverser le Bois de Shoikan ! Il est horrible et très dangereux. Caramon a failli mourir dedans, vous savez.

— Ne soyez pas stupide ! aboya Jenna. Aucune personne saine d'esprit — mais je vois que cette définition ne s'applique pas aux kenders — ne voudrait traverser le Bois de Shoikan, surtout de nuit. Même moi, je ne m'y risque pas... et j'ai pourtant fait mon apprentissage avec Dalamar. Je nous conduirai là-bas par une route plus sûre.

Tass haussa les épaules.

— Tant pis, soupira-t-il. ( Son visage s'éclaira ; il se tourna vers Usha. ) Au moins, nous allons à la Tour ! C'est un endroit fascinant, tu verras. Plein de magie maléfique très puissante. Dalamar fait partie des Robes Noires, mais je suppose que tu es au courant, puisque tu veux le voir. C'est un elfe noir, sans doute le plus grand jeteur de sorts d'Ansalonie !

Usha s'arrêta net et jeta un regard incrédule au kender.

— Les Robes Noires ? Un elfe noir ? balbutia-t-elle. Tu dois te tromper ! Le Protecteur ne m'aurait pas adressée à... à quelqu'un comme ça. Il doit y avoir un autre Dalamar !

Le rire cristallin de Jenna résonna dans les ténèbres.

— Continue à marcher. Et ne t'inquiète pas : il n'y a qu'un seul Dalamar.

## 6

## LA TOUR DE HAUTE SORCELLERIE.

De jour, la Tour de Haute Sorcellerie de Palanthas était un endroit effrayant que les citoyens évitaient soigneusement. La nuit, c'était pire. Autrefois, il existait cinq tours sur le continent ; aujourd'hui, il n'en restait que deux, dont une dans la Forêt de Wayreth. Personne ne pouvait y accéder, à moins que les mages ne le permettent.

De la même façon, la tour de Palanthas était gardée par le Bois de Shoikan, dont tous les arbres étaient habités par des morts-vivants. Ceux-ci généraient une peur si intense que la plupart des gens ne pouvaient pas supporter la vue du bosquet. Seuls les séides de Takhisis ou les porteurs d'un charme spécial, dispensé par le Maître de la Tour, pouvaient le traverser. Et encore le trajet n'était-il pas une partie de plaisir — loin s'en fallait.

Il était donc plus sage de s'y rendre en empruntant les chemins de la magie.

Jenna guida Tass et Usha hors de la Vieille Ville en forme de roue, dont les huit avenues principales partaient du palais pour conduire à un haut mur de pierre circulaire. Au-delà se dressait la Nouvelle Ville, qui abritait le quartier marchand et le siège de la plupart des guildes.

L'enseigne de la boutique de Jenna représentait les trois lunes de Krynn. Avant d'entrer, la magicienne prit soin de lier les poignets de Tass à l'aide d'une cordelette de soie. Puis elle ôta le sort de protection qu'elle avait placé sur la porte et s'effaça pour laisser entrer ses invités.

— Est-ce vraiment nécessaire ? s'indigna Usha en désignant le kender. Ce n'est pas un voleur, vous savez.

Jenna haussa les sourcils d'un air étonné. La jeune femme se demanda si elle avait gaffé et se mordit les lèvres.

— Oh, ce n'est rien, s'exclama joyeusement Tass. J'ai l'habitude.

Sur un mot de Jenna, une lampe s'alluma.

— Par ici.

Usha traversa la boutique, regardant avidement dans toutes les directions. Elle n'avait pas assez de ses yeux pour contempler les objets étranges disposés sur les étagères. Des jarres d'épices odorantes côtoyaient des plantes dans un état de décomposition avancée. Des livres à la couverture de cuir voisinaient avec de petites vitrines contenant de splendides bijoux.

— Mon laboratoire se trouve dans la cave, expliqua Jenna. Surtout, ne touchez à rien !

Une porte marquée d'un symbole indescriptible s'ouvrit sur un escalier au pied duquel brillait une faible lueur bleue. La magicienne s'y engagea en traînant Tass par les cheveux. Usha les suivit, faisant attention où elle mettait les pieds.

— Restez ici et ne bougez pas ! ordonna Jenna en arrivant en bas des marches.

Elle fit trois pas en avant et chuchota avec un interlocuteur invisible. Usha rattrapa Tass par le col de sa chemise au moment où il s'éloignait.

— Dame Jenna nous a dit de ne pas bouger ! le réprimanda-t-elle.

— Désolé, chuchota le kender, l'air contrit. Je ne voulais pas. Ce sont mes pieds. Ma tête leur ordonne de rester tranquilles, mais on dirait que mes pensées ne descendent pas assez bas. La plupart du temps, elles s'arrêtent au niveau de mes genoux.

Usha poussa un soupir. Mais elle était contente de ne pas se retrouver seule avec la magicienne.

— Je ne sais pas pourquoi elle t'a emmené, s'étonna-t-elle. Elle n'a pas l'air de t'apprécier beaucoup.

— Oh, elle n'a pas eu le choix, répondit le kender avec un sourire malicieux. Pas après ce que j'ai dit au sujet de Raistlin...

— Qui est-ce ? demanda Usha, curieuse.

— Comment ça, qui est-ce ? Tu veux dire que tu n'as jamais entendu parler de Raistlin Majere ? s'écria Tass, stupéfait.

Usha réalisa qu'elle avait fait une erreur et éclata de rire.

— Oh, ce Raistlin-là ! Bien sûr ! Mais dans mon pays, c'est un nom très courant. D'origine elfique, je crois ? dit-elle pour détourner la conversation.

— Ça m'étonnerait ! Raistlin n'était pas un elfe, et Caramon encore moins ! On aurait de quoi fabriquer trois elfes, si on le coupait en morceaux. Et puis, je ne crois pas qu'il y ait beaucoup de jumeaux chez les elfes. Mais ça fait un moment que je n'ai pas été au Qualinesti. Ils ne veulent plus me laisser passer la frontière, même si je connais personnellement le nouvel Orateur du Soleil — c'est Gil, le fils de Tanis. Je suppose que tu sais qui est Tanis Demi-Elfe ?

— Qui n'en a pas entendu parler ? s'esclaffa Usha, qui ne savait absolument pas à quoi il faisait allusion. Elle allait poser une autre question lorsque la lumière s'intensifia. Jenna revint vers eux.

— Très bien, déclara-t-elle. Vous voyez ce cercle de sel par terre ? Entrez dedans, mais faites attention à ne pas l'abîmer.

— Hé, j'ai déjà vu Par-Salian faire ça à Caramon ! s'écria Tass, tout excité. La fois où je me suis transformé en souris. J'étais dans la Tour de Wayreth et j'avais trouvé cet anneau qui...

— Pour l'amour de Giléan, tenez votre langue ! aboya Jenna, exaspérée. Maintenant, prenez ma main et fermez les yeux pour ne pas que la tête vous tourne. Quoi qu'il arrive, surtout ne me lâchez pas.

Elle prononça quelques mots, et le plancher sembla se dérober sous les pieds d'Usha. La jeune femme sentit son estomac faire naufrage ; elle eut l'impression qu'une rafale de vent lui balayait la figure. Terrifiée, elle étreignit la main de Jenna. Pas de danger qu'elle la lâche !

Puis quelque chose de solide se matérialisa à nouveau sous ses pieds. Elle ouvrit les yeux et les referma aussitôt, aveuglée par une vive lueur.

— Nous sommes arrivés, annonça la magicienne.

Usha cligna des paupières et regarda autour d'elle avec appréhension. Elle s'attendait à voir un donjon rempli de squelettes pourrissants ; au lieu de quoi, elle découvrit une pièce meublée et décorée avec goût, dont les murs étaient couverts de tapisseries représentant des animaux mythiques.

— Bienvenue dans ma tour, Usha.

La jeune femme se tourna vers l'homme qui avait parlé. C'était un mage grand et mince, dont les traits auraient pu rivaliser en beauté avec ceux des Irda. Il portait une robe noire ornée de symboles cabalistiques. *Un elfe,* comprit Usha d'après les descriptions du Protecteur.

— Je suis Dalamar.

L'être avait une voix aussi douce et enchanteresse qu'un air de flûte. Il s'avança vers la jeune femme. Ses mouvements étaient fluides et gracieux ; ses cheveux noirs lui tombaient sur les épaules. Usha le jugea captivant... jusqu'à ce que leurs regards se croisent et que celui du mage commence à *absorber* le sien. Elle tenta de détourner la tête, mais sans succès.

— Tes sacoches ont l'air très lourdes. Je vais te les prendre.

Usha ne put s'empêcher de les lui remettre.

— N'aie pas peur, dit Dalamar en constatant qu'elle tremblait. Je ne te veux pas de mal ; au contraire, je pourrais te faire beaucoup de bien. Assieds-toi. Veux-tu un peu de vin ? Quelque chose à manger ?

Il libéra Usha de l'enchantement et désigna une table couverte de compotiers et de marmites fumantes, dont Tass était déjà en train de humer le contenu d'un air approbateur.

— Ça sent vraiment bon. Et je ne sais pas pourquoi, mais je suis affamé. Pourtant, nous avons mangé il y a à peine une heure. Mais la soupe de la prison ne tient pas au corps. Euh... ( Le kender jeta un regard en coin à Dalamar. ) Tu ne leur répéteras pas, n'est-ce pas ? Je ne voudrais pas vexer le cuisinier.

— Je serai muet comme une tombe, promit l'elfe noir avec un sourire amusé.

Usha s'assit sur une chaise, saisit une assiette et y empila de la nourriture sans réfléchir. Puis elle la dévora à belles dents.

— Je... n'ai jamais... rien mangé... d'aussi bon, avoua-t-elle la bouche pleine de poulet.

— Moi non plus, répondit Tass en engloutissant une pomme entière.

Tout à leur festin, ils ne se rendirent pas compte que Jenna et Dalamar, les bras chargés, s'éclipsaient sur la pointe des pieds.

*
**

— Je croyais qu'elle avait un message pour moi, dit Dalamar dans la pièce voisine, contemplant le contenu des sacoches d'Usha dans la pièce voisine.

— C'est ce qu'elle a raconté aux gardes. Soit elle a menti, soit il s'agit d'un message oral, soit elle l'a gardé sur elle, conclut Jenna.

— Je doute qu'elle mente. Visiblement, elle ne sait pas qui je suis.

L'elfe noir tendit les mains au-dessus des cadeaux offerts par les Irda et récita une incantation. Les objets dégagèrent des lueurs d'intensité variable.

— Tu avais raison. Ils sont tous magiques ; certains possèdent même une puissance incroyable. Mais aucun n'a été fabriqué par un représentant des ordres que nous connaissons. Qu'en penses-tu, mon amour ?

— Qu'ils sont sans doute d'origine irda, répondit Jenna. D'après mes analyses, ils ne peuvent être utilisés que par une seule personne ; ce qui me chiffonne, c'est que cette fille n'est pas une magicienne.

— Elle doit en avoir le potentiel, si elle est bien ce que nous croyons, objecta Dalamar.

— Comment ça, « si » ? s'étonna Jenna. Tu as encore des doutes ? Elle a des pupilles couleur d'or liquide, et tu sais qu'un seul homme sur Krynn en avait de semblables. Même le kender l'a reconnue.

— Tasslehoff ? Je me demandais pourquoi tu l'as amené.

— Parce qu'il parlait trop et trop fort, grimaça la jeune femme. Les gens auraient fini par se poser des questions.

Dalamar se dirigea vers la fenêtre et sonda les ténèbres, l'air pensif.

— Se pourrait-il que la légende soit vraie ?

— Tout semble l'indiquer, raisonna Jenna. Cette fille a été élevée à l'écart du continent, elle possède des objets magiques de grande valeur fabriqués par les Irda, elle a les yeux dorés, son âge correspond et...

— Ce pourrait être une coïncidence, l'interrompit Dalamar, les sourcils froncés.

— Bien sûr. Mais dois-je te rappeler que, d'habitude, tu ne crois pas au hasard ?

L'elfe noir soupira.

— Tu as peut-être raison. Tout de même, c'est étrange...

— C'est plutôt *merveilleux* ! s'exclama sa bien-aimée. Songe à ce que cela signifie : nous avons trouvé la fille de Raistlin !

## 7

## CONVERSATION ENTRE DE VIEUX AMIS.

La nuit était tombée sur Solace, amenant avec elle la fraîcheur. C'était l'été le plus chaud que la petite ville ait connu. De profondes craquelures zébraient le sol desséché ; une poussière étouffante planait dans l'air. Les feuilles des arbres pendouillaient lamentablement ; des poissons morts jonchaient le rivage du Lac de Cristalmir.

Les habitants avaient inversé leur rythme de vie, ne sortant plus qu'après le coucher du soleil. Le jour, Solace ressemblait à une ville morte. Les cultures avaient dépéri, entraînant la fermeture du marché. Les mères refusaient de laisser leurs enfants jouer dehors de peur qu'ils n'attrapent une insolation.

— Des chauves-souris, marmonna Caramon Majere, l'air sinistre. Nous nous sommes tous changés en chauves-souris.

— Et les affaires n'ont jamais été aussi mauvaises, fit remarquer Tika. Même pendant la guerre...

Caramon attira sa femme à lui et l'étreignit pour la réconforter.

Perchée au sommet d'un arbre gigantesque, l'*Auberge du Dernier Refuge* évoquait pour Tanis Demi-Elfe la bière fraîche, le cidre fruité et les patates épicées. Mais ce soir-là, comme depuis plusieurs semaines, aucun client n'était venu les déguster.

Outre la sécheresse qui décourageait les villageois, les rumeurs de guerre imminente avaient considérablement ralenti les affaires. Rémouleurs, colporteurs ou ménestrels ne s'aventuraient plus jusqu'à Solace. Les seuls voyageurs étaient les kenders qui passaient généralement leurs nuits en prison.

Les dernières années n'avaient pas été faciles pour Caramon et sa femme. Tous deux travaillaient dur pour faire tourner leur auberge.

Caramon était toujours large comme trois hommes — surtout au niveau de l'estomac. « Il faut bien que quelqu'un goûte la nourriture avant de la servir aux clients », disait-il en guise d'excuse. Ses tempes grisonnaient ; de profondes rides marquaient son front. Mais il n'avait rien perdu de son affabilité. Fier de ses fils, il adorait ses filles et sa femme. Il n'avait qu'un seul regret : la disparition de son jumeau, vingt ans plus tôt.

Quant à Tika, malgré ses cinq grossesses, les hommes se tournaient toujours sur son passage. Un peu empâtée au fil des ans, elle avait conservé son sourire à la gaieté contagieuse et ses boucles d'un roux incendiaire.

Tanis ne pouvait en dire autant. Des fils gris se mêlaient à sa barbe et ses cheveux. Son sang humain refroidissait, et sa moitié elfique ne parvenait plus à le réchauffer. Mais il était encore robuste et capable de se battre en cas de besoin.

— Enfin, soupira Tika en levant la tête vers lui, au moins, ça nous laisse le temps de nous occuper de toi. Quand doivent-ils arriver ?

— Je ne sais pas exactement. Tout dépendra d'Alhana, répondit le demi-elfe.

— Quelle idée de lui faire courir les routes par cette chaleur... et dans son état, grommela Tika. Ah, les hommes !

Elle était d'une mauvaise humeur peu coutumière, réalisa Tanis. D'habitude, en la regardant, le demi-elfe voyait toujours la jeune femme impétueuse, aux yeux verts étincelants, qui assommait les draconiens à coups de bouclier. Mais ce soir, dans son regard, il ne lisait que de la peur.

— Il est arrivé quelque chose aux garçons, déclara-t-elle brusquement. Je le sens.

— Ne dis pas de bêtises, grogna Caramon. Tu es fatiguée ; tu imagines des choses.

— Non, répondit Tika. Mais évidemment, tu ne peux pas comprendre.

Elle se dirigea vers les escaliers, vexée.

— Je la trouve bizarre depuis quelque temps, dit Caramon en baissant la voix. La nuit dernière, elle s'est réveillée en sursaut : elle avait fait un horrible cauchemar. C'est comme ça depuis que les garçons se sont engagés dans la chevalerie. Pourtant, elle était tellement fière lors de la cérémonie d'adoubement. Tu t'en souviens, Tanis ?

Le demi-elfe sourit. Caramon secoua la tête.

— Puis elle a commencé à se faire un sang d'encre. Pourtant, ça ne la dérangeait pas de se battre contre les draconiens, quand elle était jeune. Je le lui ai fait remarquer ; elle m'a traité d'idiot, prétendant que je ne pouvais pas comprendre. Ah, les femmes !

— Où sont tes fils en ce moment ? demanda Tanis.

— Quelque part dans le nord, aux environs de Kalaman. On dirait que le commandement solamnique t'a finalement pris au sérieux. Ce n'est censé être qu'une patrouille de routine, mais... ( Caramon hésita. ) Palin avait un mauvais pressentiment.

— A cause de quoi ? s'enquit le demi-elfe, intrigué.

— De la mort de Justarius, je suppose, répondit Caramon en haussant les épaules.

— Quoi ? Justarius est mort ? hoqueta Tanis.

— Tu n'étais pas au courant ? s'étonna son ami.

— Comment l'aurais-je pu ? Ça fait des mois que je piétine dans les bois en tentant d'empêcher une guerre civile entre elfes. Qui a pris la place de Justarius à la tête du Conclave ?

— Devine, grimaça Caramon. Notre vieil ami.

— Dalamar ? J'aurais dû m'en douter. Mais qu'est-il arrivé à Justarius ?

— Je ne suis pas au courant des détails. Il semble que les mages aient été les premiers à tenir compte de tes avertissements. Justarius a ordonné un assaut sur les Robes Grises de la Forteresse des Tempêtes. A la tête d'un petit groupe, il a pénétré dans la tour. Les autres ont réussi à en sortir vivants ( et encore, tout juste ), mais pas lui.

— Imbéciles, lâcha Tanis. Les sorciers d'Ariakan sont très puissants. Dalamar était-il avec eux ?

— Tu veux dire, avec ceux du Conclave ? grimaça Caramon. Oui. C'est même lui qui a ramené le corps de Justarius. Je suppose qu'il n'a pas eu le choix, vu qu'il fricote avec sa fille, Jenna...

— Hum... Il faudrait que je lui parle, décida Tanis. Peut-être pourra-t-il m'apprendre quelque chose sur les Chevaliers Noirs. Porthios et Alhana vont rester ici plusieurs semaines : Alhana aura besoin de temps pour se remettre, et bien qu'il refuse de l'admettre, Porthios est à bout de forces. Pendant qu'ils se reposeront, je ferai un rapide aller-retour à Palanthas.

« Ça me fait penser que je ne t'ai pas encore remercié pour l'accueil que tu leur réserves. C'est très courageux de ta part. Leur présence pourrait t'attirer de gros ennuis, tu sais. Ils ont été bannis par les leurs et sont devenus des elfes noirs. Autrement dit...

— Peu importe, répliqua Caramon avec un geste insouciant. Les habitants de Solace n'y connaissent rien en elfes. A moins que Porthios et Alhana ne soient devenus violets, personne ne fera la différence.

— On dit que le Silvanesti et le Qualinesti ont lancé des assassins à leurs trousses, lança Tanis, l'air sombre. Je n'arrive pas à y croire. Par leur mariage, Porthios et Alhana avaient uni leurs deux royaumes, constituant ainsi la plus grande nation elfique d'Ansalonie. Ils auraient pu en faire la première puissance politique du continent ! Et voilà que certains trament leur mort : une poignée d'extrémistes souhaitant rétablir l'isolationnisme, assez déterminés pour rallier à leur cause la majorité silencieuse...

— En parlant du Qualinesti, dit Caramon pour détourner la conversation, que devient Gil ?

Tanis ne répondit pas de suite. Plusieurs mois s'étaient écoulés depuis que son fils avait fui la maison, manipulé par les mêmes extrémistes qui avaient fait de lui un souverain fantoche, mais la douleur était toujours aussi vive.

Lorsque Porthios, Orateur du Soleil du Qualinesti, avait quitté son royaume pour se battre au côté des elfes du Silvanesti, les isolationnistes l'avaient fait passer pour un traître et ils s'étaient empressés de lui choisir un remplaçant. Ils avaient opté pour Gilthas dont la mère, Laurana, aurait été en tête de l'ordre de succession si elle n'avait pas renoncé à ce privilège en épousant Tanis Demi-Elfe.

Une fois au Qualinesti, Gil s'était révélé moins facile à manipuler que les extrémistes l'auraient cru. Ils avaient finalement dû recourir à des menaces contre leur prisonnière, Alhana Brisétoile, dirigeante du Silvanesti, pour obliger le jeune homme à faire leurs quatre volontés.

Depuis l'évasion d'Alhana, ils n'avaient plus de prise sur Gil, qui avait décidé de rester au Qualinesti dans l'espoir de ramener la paix dans les royaumes elfiques. Et voilà que Porthios, furieux, s'apprêtait à lui déclarer la guerre !

— Gil va bien, soupira enfin Tanis, du moins, à ce qu'on m'en a dit. Je n'ai toujours pas la permission de le voir. Mais Laurana continue à négocier avec les extrémistes. Il me manque tellement, si tu savais...

Caramon hocha la tête avec sympathie. Il savait. Ses trois fils se trouvaient Paladine sait où ; quant à ses filles, Tika les avait envoyées passer quelques semaines chez Rivebise et Lunedor, afin de ne pas les avoir dans les pattes pendant le séjour de Porthios et d'Alhana.

A cet instant, quelqu'un toqua à la porte.

— Par les Abysses ! s'exclama l'aubergiste. Qui ça peut-il être à une heure pareille ?

— Probablement l'escorte de Porthios, dit Tanis en se levant. Attends, je vais voir.

Il s'approcha de la porte et siffla tout bas. Quelques notes aiguës lui répondirent. Il ouvrit le battant.

Un guerrier elfe se glissa silencieusement dans la grande salle, regarda autour de lui et hocha la tête, l'air satisfait.

— Tout va bien ? demanda-t-il.

— Tout va bien, répondit Tanis. Je te présente notre hôte, Caramon Majere. Caramon, voici Samar de la Maison Protectrice du Silvanesti.

L'elfe esquissa un sourire.

— « Caramon Majere, Héros de la Lance. La taille de son cœur est encore plus impressionnante que celle de son corps. » Telles sont les paroles de ma reine. Je vous salue en son nom.

— Ravi de pouvoir vous être utile, répondit maladroitement l'aubergiste. Mais où est Porthios ? Je croyais que...

Tanis marcha sur le pied de son ami et chuchota :

— Ne parle pas de Porthios devant lui. Je t'expliquerai plus tard. ( Puis, haussant la voix : ) Tu es en avance, Samar. Je ne vous attendais pas avant...

— Sa Majesté ne va pas bien, coupa Samar. Désolé d'être aussi brusque, mais je dois retourner auprès d'elle dans les plus brefs délais. Sa chambre est-elle prête ?

A cet instant, Tika dévala les escaliers.

— Que se passe-t-il ? J'ai entendu des voix et...

Elle s'interrompit en découvrant Samar.

— Ma femme, Tika, dit Caramon en guise de présentation. ( Il se tourna vers elle. ) Chérie, Alhana ne se sent pas bien...

— Les contractions ont-elles commencé ?

Samar s'empourpra. Chez les elfes, ces choses n'étaient pas considérées comme un sujet de conversation convenable entre hommes et femmes.

— Je ne saurais dire, ma dame..., dit-il avec raideur.

— A-t-elle perdu les eaux ? poursuivit Tika sans se démonter.

Samar faillit s'étrangler. Tanis toussota.

— Euh, je ne crois pas que...

— Ah, les hommes ! s'exclama Tika en levant les yeux au ciel. Et comment comptez-vous la faire monter jusqu'ici : en volant, peut-être ?

Samar n'y avait visiblement pas pensé.

— Eh bien..., balbutia-t-il, pris au dépourvu.

Tika se dirigea vers la porte à grandes enjambées.

— Caramon, va chercher Dezra. Vous, ordonna-t-elle en désignant Samar, conduisez-moi jusqu'à Alhana.

— C'est impossible ! protesta le guerrier. J'ai reçu l'ordre de...

Les yeux verts de Tika étincelèrent.

— Tout de suite, ou je me plante sur la place du marché et je hurle à qui voudra m'entendre que...

— C'est bon, c'est bon, capitula Samar. Je vais vous emmener.

# 8

# LE VOL DU DRAGON.

Le dragon bleu quitta Valkinord après le coucher du soleil et survola l'Ansalonie en silence.

Avec ses quarante pieds de long, Flamboyante était plutôt petite pour une créature de sa race ; contrairement à la plupart des dragons, elle ne savait pas utiliser la magie. Jeune, féroce, ardente au combat, elle manquait de la patience nécessaire pour jeter des sorts. Ses griffes, ses dents et les éclairs dévastateurs qu'elle soufflait étaient ses armes préférées. Elle ne tenait pas les mages en très haute estime, et s'était montrée peu ravie en apprenant qu'elle allait devoir en transporter un.

Un cuissot de cerf l'avait amadouée. En revanche, jusqu'au dernier moment, Steel avait craint que Palin ne refuse de monter. A la vue des dragons, la plupart des mortels éprouvaient une peur si intense qu'ils en demeuraient paralysés ou s'enfuyaient, pris de panique.

Comme eux, Palin était devenu livide en découvrant la créature aux écailles bleues luisantes, aux yeux flamboyants, et aux crocs acérés auxquels pendaient encore des lambeaux de viande. Puis il avait regardé les cadavres de ses frères, attachés derrière la selle à deux places que Steel avait sortie pour l'occasion.

Pinçant les lèvres, il s'était avancé résolument et, avec l'aide du chevalier, il était monté à l'arrière. Il tremblait de peur, mais il s'était comporté avec la plus grande dignité, ce qui lui avait valu l'approbation muette du chevalier.

Pour l'heure, le jeune mage dormait, le menton sur la poitrine. A sa demande, le Bâton de Magius avait été attaché derrière lui ; même dans son sommeil, il gardait une main dessus. De temps à autre, il laissait échapper un gémissement.

— Où sommes-nous ? demanda Steel. Je ne reconnais pas le paysage.

— C'est normal, il fait noir comme dans un four, dit Flamboyante. Mais je sais où je vais. J'ai déjà fait ce chemin avec Sara, la nuit où elle a rendu visite à Caramon Majere. La nuit où elle t'a trahi.

Le jeune chevalier ne répondit pas.

— Je suppose qu'elle ne t'a pas donné de nouvelles récemment ? reprit le dragon.

— Non, dit Steel d'une voix tranchante. Et j'aimerais autant que tu ne me parles pas d'elle.

Flamboyante appréciait son maître, et elle ne ratait normalement pas une occasion de lui faire plaisir, même si elle se faisait parfois tirer l'oreille pour obéir. Cette fois, elle insista.

— Pourquoi ? Qui peut nous entendre ? Nous apprendrons peut-être quelque chose à Solace...

— J'espère que non.

— Tu dois avoir raison. Après tout, si nous découvrions où elle se cache, nous serions obligés de partir à sa recherche. Le seigneur Ariakan n'apprécie pas les traîtres...

— Elle ne nous a pas trahis ! aboya Steel, furieux. Elle aurait pu le faire, mais elle nous est restée loyale...

— Elle *t'est* restée loyale, corrigea Flamboyante.

— Evidemment ! s'exclama le jeune chevalier. C'est elle qui m'a élevée. Elle m'aimait !

— Et tu l'aimais aussi, approuva le dragon. Dommage qu'elle n'ait jamais compris notre cause. Elle aurait dû recevoir la Vision, elle aussi... Ce qui me fait penser que tu ne nous as toujours pas révélé la tienne.

Lors de son adoubement, la Reine Noire montrait à chacun de ses chevaliers comment le fil qu'il symbolisait devait se mêler aux autres dans la tapisserie de son plan de conquête.

Steel se raidit.

— Je n'en ai pas le droit. Je crains de ne pas l'avoir bien comprise. J'en ai parlé avec le seigneur Ariakan, et il m'a dit qu'il valait mieux que je garde ma vision pour moi.

Flamboyante secoua la tête, vexée.

— Je vois des lumières, dit Steel pour changer de conversation. Sommes-nous encore loin ?

— Nous allons survoler la cité de Sanction. Puis nous traverserons la Nouvelle-Mer avant d'arriver en Abanasinie, près de Solace. L'aube approche. Je vous poserai tous les deux aux abords du village.

— Où te cacheras-tu ? Il ne faudrait pas que quelqu'un te voie !

— A Xak Tsaroth, je pense. La cité est toujours abandonnée ; les gens la croient hantée, mais elle n'abrite qu'une poignée de gobelins. J'en croquerai quelques-uns pour mon petit déjeuner. Dois-je revenir te chercher au crépuscule, ou attendre que tu m'appelles ?

— Attendre que je t'appelle. Je ne sais pas encore ce que je vais faire, ni combien de temps ça me prendra...

Malgré son attitude nonchalante, Steel était conscient qu'il se trouvait désormais en territoire ennemi et qu'il ne pouvait compter que sur lui-même. Certains chevaliers de l'Ordre de Takhisis vivaient en Ansalonie ; ils s'adonnaient à l'espionnage ou recrutaient des éléments prometteurs pour l'armée de leur reine. Mais ils ne pourraient lui venir en aide, de crainte de se trahir. La Vision leur avait assigné une tâche, et Steel avait la sienne.

Sauf qu'il ne savait pas exactement en quoi elle consistait.

*
* *

Steel et Palin l'ignoraient, mais Flamboyante les avait posés à l'endroit exact où deux amis s'étaient retrouvés, bien des années plus tôt. L'Ansalonie entrait alors dans l'automne ; cela mis à part, les circonstances étaient les mêmes. Une guerre terrible se préparait.

Palin s'adossa au rocher sur lequel s'était reposé Flint Forgefeu. A la recherche de branches convenables pour faire un brancard, Steel de Lumlane arpentait le chemin par lequel était arrivé Tanis Demi-Elfe. Celui-ci terminé, il y chargea les cadavres soigneusement enveloppés des Chevaliers Solamniques.

— On peut y aller, annonça-t-il.

Palin fixait la vallée et les arbres dont les feuilles racornies ne parvenaient plus à masquer les demeures des habitants de Solace. Entendant le brancard racler le sol, il serra les dents.

Il jeta un coup d'œil aux cadavres de ses frères, fit un pas et tituba. Steel tendit la main pour le retenir.

— Tu devrais regarder vers l'avenir, non vers le passé, suggéra le chevalier. Ce qui est fait est fait. Tu ne peux rien y changer.

— Tu parles comme si je venais de casser un vase ! s'emporta Palin. Mais j'ai perdu mes frères ! Savoir que je ne les reverrai jamais, que... ( Il tenta de retenir les larmes qui lui montaient aux yeux. ) Bien sûr, tu ne peux pas comprendre. Tu n'as jamais dû aimer personne. Toi et les tiens, vous ne pensez qu'à massacrer les autres !

Steel ne répondit pas, mais son visage s'assombrit. Il reprit son chemin, tirant le brancard. Ses yeux vifs surveillaient les environs, scrutant chaque bosquet, chaque buisson.

— Qu'y a-t-il ? demanda Palin, s'efforçant de se calmer.

— Cet endroit serait parfait pour une embuscade, fit remarquer son compagnon.

— Ça oui. C'est ici que Toede le seigneur gobelours arrêta autrefois Tanis Demi-Elfe, Flint Forgefeu et Tasslehoff Racle-Pieds pour s'enquérir d'un bâton de cristal bleu. Ils l'ignoraient encore, mais cet instant allait bouleverser leurs vies.

Palin se rembrunit à nouveau en songeant à l'instant qui avait bouleversé *sa* vie. Steel le regarda et demanda brusquement :

— Crois-tu au destin ? Il était peut-être écrit que tes frères devaient mourir sur cette plage...

— Non, dit Palin. Les dieux nous laissent le choix. Sturm et Tanin n'étaient pas obligés de devenir chevaliers. N'étant pas solamniques de naissance, ils ont même rencontré de nombreuses difficultés pour se faire accepter...

— Dans ce cas, ils ont choisi leur mort, dit calmement Steel. Ils auraient pu s'enfuir, mais ils ne l'ont pas fait. C'étaient des hommes honorables.

— Pour le bien que ça leur a fait ! lâcha Palin, amer.

Il se détourna et, sans attendre son compagnon, se remit en route.

## 9

## UN AVERTISSEMENT. LES ELFES EN ARMES.

Un rayon de soleil matinal tomba sur le visage de Tanis. Le demi-elfe cligna des yeux et leva la tête. Etouffant un bâillement, il réalisa qu'il s'était endormi sur sa chaise et jura entre ses dents. Il s'était pourtant promis de monter la garde toute la nuit.

De l'autre côté de la grande salle, Porthios, le roi elfe exilé, était assis devant une table couverte de cartes. Il semblait n'avoir pas bougé depuis la veille. Seul le niveau du vin, dans la flasque, avait descendu.

Tanis avait grandi avec Porthios, son frère Gilthanas et leur sœur Laurana, qu'il avait fini par épouser. En tant qu'aîné, élevé dès son plus jeune âge pour succéder à son père, Porthios avait pris son rôle très au sérieux et il ne s'était pas gêné pour manifester sa désapprobation vis-à-vis d'un mariage qu'il jugeait contre nature.

Porthios était un elfe austère, peu diplomate, auquel faisait défaut le charme de son père, l'ancien Orateur du Soleil du Qualinesti. Beaucoup de gens prenaient sa fierté pour de l'arrogance, et il ne se donnait pas la peine de les détromper. On eût dit qu'il cherchait à s'isoler, même de ceux qui admiraient ses talents de guerrier et de stratège.

Porthios n'avait pas hésité à se porter au secours des elfes du Silvanesti, risquant sa vie pour combattre le cauchemar de Lorac qui menaçait de détruire leur royaume. Pour tout remerciement, ses cousins l'avaient trahi. Il en concevait une immense amertume qui se lisait sur ses traits tirés.

Tanis parcourut la salle du regard. Un contingent de soldats elfiques, dont une moitié faisait la tête à l'autre, occupait tous les sièges disponibles. Le demi-elfe aperçut Caramon.

— Je me suis endormi, avoua-t-il à son ami, penaud, en se grattant la barbe.

— Tu m'en diras tant, grimaça Caramon. Je suis sûr qu'on t'a entendu ronfler dans toute l'Abanasinie.

— Mais je voulais monter la garde ! marmonna Tanis en jetant un coup d'œil à Porthios.

Celui-ci ne le regardait pas ; pourtant Tanis crut déceler du mépris dans son attitude.

— Pour quoi faire ? répondit Caramon. Nous ne sommes pas assiégés par des gobelins, que je sache. Tu avais besoin de repos après ton voyage. Ne te mets pas martel en tête et viens plutôt te laver.

Les deux hommes descendirent au pied de l'arbre dans lequel était nichée l'auberge. Malgré l'heure matinale, le soleil cognait dur. On eût dit que l'air allait prendre feu.

Un énorme tonneau était visible à l'ombre des branches. Caramon regarda à l'intérieur et soupira. Il était à moitié vide.

— Qu'est-il arrivé au puits ? s'enquit Tanis.

— Sec. Il ne reste plus une goutte d'eau dans le sol de Solace. Depuis le début du printemps, nous sommes obligés d'aller en chercher au Lac de Cristalmir... Ça fait une sacrée trotte. Ce tonneau était plein hier soir. La nuit, certains de mes voisins montent la garde près du leur, soupira Caramon.

Il saisit une grosse louche, la plongea dans le liquide saumâtre et l'offrit à Tanis. Celui-ci regarda les empreintes de pieds que les visiteurs nocturnes avaient laissées dans la poussière.

— Mais toi non, dit-il en souriant. Et tes autres voisins en profitent pour te voler.

Caramon rougit.

— Ce n'est pas du vol, protesta-t-il. Je leur ai dit qu'ils pouvaient prendre ce dont ils avaient besoin. Mais ils ont trop honte pour le faire ouvertement. Tu comprends, c'est la première fois qu'ils en sont réduits à demander quelque chose.

Les deux hommes se lavèrent en silence. Ils allaient remonter lorsqu'un des ponts de corde qui reliaient entre eux les différents bâtiments de Solace oscilla. Ils levèrent la tête et virent un guerrier elfique, l'air sombre, qui se précipitait vers l'auberge.

Caramon et Tanis se regardèrent, alarmés, et grimpèrent les marches quatre à quatre. Lorsqu'ils pénétrèrent dans la grande salle, le messager était déjà en train de faire son rapport à Porthios.

— Que dit-il ? chuchota Caramon, qui ne comprenait pas le qualinesti.

Tanis lui fit signe de se taire et tendit l'oreille. Une expression sinistre se peignit sur ses traits. Quelques instants plus tard, il entraîna son ami derrière le comptoir.

— Leurs éclaireurs ont repéré un Chevalier Noir et un jeune mage en robe blanche qui se dirigeaient par ici, dit-il à voix basse.

— Palin ! s'exclama Caramon, tout joyeux, sans se demander ce que son fils pouvait faire en pareille compagnie.

Tanis n'osa pas lui rapporter le reste de la conversation. Le Chevalier Noir traînait un brancard sur lequel reposaient les corps de deux Solamniques. Le demi-elfe pria de toutes ses forces que les cadavres ne soient pas ceux qu'il imaginait...

Porthios donna des ordres. Aussitôt, ses hommes saisirent leurs arcs et leurs flèches.

— Que font-ils ? s'écria Caramon.

Tanis bondit vers son beau-frère.

— Excuse-moi... mais je crois que tu t'apprêtes à

commettre une terrible méprise. Le jeune mage est probablement le fils de notre hôte.

— Ne t'en fais pas, répondit froidement Porthios, nous n'allons pas les attaquer... juste leur ordonner de se rendre. Puis nous les interrogerons.

— Tu sais bien qu'un Chevalier Noir ne se rendra pas, protesta Tanis. Vous allez devoir vous battre et...

Caramon s'approcha, les poings serrés.

— Touchez à un seul cheveu de mon fils, et je vous jure que vous le regretterez, gronda-t-il.

Les elfes du Qualinesti s'interposèrent entre lui et Porthios et tirèrent leurs épées.

— Vous pouvez m'expliquer ce que vous êtes en train de faire ? s'écria une voix furieuse.

Tika dévala les escaliers et vint se planter au milieu de la grande salle, les mains posées sur les hanches.

— Vous êtes devenus fous ou quoi ? ( Elle pointa vers Porthios un doigt accusateur. ) Votre femme est en train d'accoucher ; croyez-moi, ça n'est pas une partie de plaisir. Et tout ce que vous trouvez à faire, c'est de la déranger en produisant un boucan de tous les diables ? Et en vous conduisant comme des enfants ?

Le visage des guerriers elfes se durcit. Ils ne bougèrent pas d'un pouce. Désireux que la situation ne s'envenime pas, Tanis se glissa près de Porthios.

— Ecoute... les deux cadavres dont a parlé le messager sont sans doute les fils de Caramon et Tika, lui chuchota-t-il en langage elfique. Tu ne voudrais pas perturber le repos des morts ?

C'était le seul argument susceptible de faire changer son beau-frère d'avis. A cause de leur longévité exceptionnelle, les elfes respectaient et honoraient les morts.

Porthios regarda Caramon et hésita. Tanis sentit qu'il était fatigué et qu'il se laisserait peut-être convaincre. Il ajouta en hâte :

— Je peux me tromper, mais je crois savoir qui est le Chevalier Noir. Laisse-moi lui parler. Si j'ai raison, serviteur de Takhisis ou non, il est ici pour s'acquitter d'une mission honorable et il le fait au péril de sa vie. Il vaut mieux que j'essaie de tirer cette histoire au clair avant que le sang ne coule inutilement.

Porthios soupira, l'air las.

— Très bien, Demi-Elfe. Va converser avec cet honorable rejeton du mal. De toute façon, tu n'en as jamais fait qu'à ta tête. Mais je te préviens : mes gardes t'accompagneront.

Alors que Tanis ouvrait la bouche pour protester, il ajouta sèchement :

— C'est à prendre ou à laisser.

# 10

## UN ENDROIT RÊVÉ POUR UNE EMBUSCADE.

Dans les bois proches de Solace, Steel leva les yeux et s'immobilisa. Il venait de repérer une forme sombre dans les branches d'un arbre. Palin suivit son regard.

— Ne t'inquiète pas, le rassura-t-il. Ce n'est qu'une cabane. Mes frères et moi venions souvent jouer ici autrefois. Ils étaient les courageux soldats, et moi un puissant magicien. Lorsqu'ils mouraient, j'utilisais mes sorts pour les ramener à la vie...

La voix du jeune mage se brisa. Steel lui agrippa l'épaule.

— Continue à parler, dit-il tout bas.

Il plongea une main sous sa cape et tira sa dague. D'instinct, Palin saisit son sac de composants. Puis il se souvint qu'il était à Solace.

— Si tu as entendu quelque chose, dit-il d'une voix mal assurée, ce ne sont sans doute que des enfants...

— Non, fit Steel, son regard vif fouillant les branches. Des elfes. Fais ce que je te dis, et ne reste pas dans mes pattes. Quels sorts as-tu en tête ?

— Je... Aucun, balbutia Palin. Je ne m'attendais pas à...

Avec un sifflement, une flèche alla se planter dans un tronc, à quelques pouces de sa tête. Cinq guerriers elfes se laissèrent tomber des arbres et atterrirent souplement devant eux. Rapides comme l'éclair, ils bandèrent leurs arcs. Steel rengaina sa dague et tira son épée.

— Vous êtes une créature du mal, déclara un des elfes, sévère. Nous aurions pu vous tuer sur la route, mais votre conversation nous a intéressés. Nous sommes curieux de savoir ce que vous faites avec les corps de deux Chevaliers Solamniques. Les rumeurs que nous avons entendues doivent être vraies ; je suis sûr que mon maître aimerait avoir une conversation avec vous.

— Votre maître peut aller se perdre dans les Abysses, lança fièrement Steel.

Les elfes frémirent. La situation allait dégénérer lorsque Tanis Demi-Elfe, accompagné de six guerriers du Qualinesti, arriva sur les lieux.

— C'est le seigneur Porthios qui m'envoie, déclara-t-il en venant s'interposer entre les archers et leurs cibles. Je connais ces deux hommes, et je pense que vous vous êtes mépris sur leurs intentions.

— Que peut vouloir ce rejeton des ténèbres ? cracha un des elfes. A part notre destruction ?

— C'est ce que j'ai l'intention de découvrir, répondit calmement Tanis. ( Il posa une main sur l'épaule de Steel et chuchota : ) Fais-moi confiance aujourd'hui comme tu m'as fait confiance autrefois à la Tour du Grand Prêtre. Je crois connaître les raisons de ta présence.

Le jeune homme se détendit et, comme à regret, rengaina son épée. Les elfes baissèrent leurs arcs.

— Laissez-nous seuls un instant, ordonna Tanis.

Les elfes reculèrent de quelques pas, demeurant à portée de flèche. Tanis se tourna vers Palin.

— Dis-moi ce qui s'est passé.

Rassemblant son courage, le jeune mage expliqua :

— Le commandement nous avait envoyés à Kalaman pour superviser l'organisation de ses défenses. Nous n'étions qu'une cinquantaine, dont vingt chevaliers. Nous avons passé plusieurs mois là-bas, puis nous sommes partis vers la Forteresse du Nord en longeant la côte. Mais hier matin... ( Sa voix trembla. ) Un bateau est apparu à l'horizon...

— Ne me dis pas que vos dragons ne l'avaient pas repéré ! s'exclama Tanis, incrédule.

— Nous n'avions pas de dragons avec nous, répondit tristement Palin. Le commandement pensait que ça n'était pas nécessaire.

— Imbéciles ! cracha Tanis. Je les avais pourtant prévenus ! Evidemment, ils ne m'ont pas pris au sérieux. Pourquoi n'avez-vous pas battu en retraite pour donner l'alarme ?

— Au début, il n'y avait qu'un seul bateau. Nos officiers ont pensé que nous viendrions facilement à bout de ses occupants. Puis un deuxième est apparu. Et un troisième. Au bout du dixième, nous avons arrêté de compter.

— Pourquoi ne vous êtes-vous pas enfuis plutôt que de vous laisser massacrer ?

— Parce que l'ennemi nous avait vus. De quoi aurions-nous eu l'air ? se défendit Palin.

— De gens sensés, peut-être ? hasarda Tanis, amer. ( Il regarda les deux cadavres et soupira. ) Laisse-moi deviner. Les autres sont tous morts, n'est-ce pas ? Et ce sont tes frères que tu ramènes ?

Le jeune mage hocha la tête, incapable d'articuler le moindre mot.

— Paladine les a accueillis auprès de lui, dit le demi-elfe en passant un bras autour de ses épaules pour le réconforter. Je suppose que tu as été fait prisonnier. Ce qui m'étonne, c'est que Steel de Lumlane ait pris la peine de t'accompagner jusqu'ici. N'importe quel messager aurait pu récolter l'argent de ta rançon...

— Je suis venu m'acquitter d'une dette, répondit le jeune chevalier avec raideur. Les autres... Solamniques ont été placés dans une tombe commune avec les honneurs qui leur sont dus, bien évidemment. Mais la nouvelle de leur mort ne parviendra pas à leur famille avant des mois, dans le meilleur des cas. Je devais à Caramon Majere de lui rapporter les cadavres de ses fils.

— Même au risque de ta vie ? s'étonna Tanis.

Steel haussa les épaules.

— *Est Sularus oth Mithas* ? dit-il.

— Qu'est la vie sans honneur ? traduisit le demi-elfe à voix basse. Tu ressembles tellement à ton père... ( Puis, plus haut : ) Allez-vous attaquer Kalaman ?

— Bien sûr. Et la Forteresse du Nord. Ne te gêne surtout pas pour en parler autour de toi. Le seigneur Ariakan souhaite que les Solamniques aient vent de leur déroute.

Tanis secoua la tête et se tourna vers Palin.

— Nous parlerons de tout cela plus tard. Je vais d'abord te ramener chez toi et t'aider à annoncer la nouvelle à tes parents. Puis nous chercherons un moyen de rassembler ta rançon. Je serai heureux de contribuer à...

— Ils ne veulent pas d'argent, Tanis, l'interrompit Palin en baissant la tête. Après tout, je suis un magicien.

— Juste un apprenti, corrigea le demi-elfe. Tu ne dois pas valoir grand-chose en objets magiques. Les Chevaliers Noirs feraient mieux de...

— Palin n'est peut-être qu'un apprenti, intervint Steel, mais il est aussi le neveu de Raistlin Majere. Son oncle lui a donné le Bâton de Magius ; s'il savait sa vie menacée, que ne ferait-il d'autre !

Tanis écarquilla les yeux.

— Mais Raistlin est mort !

Steel ne broncha pas. Le demi-elfe soupira.

— Très bien : je vois que je perds mon temps. Que veulent tes supérieurs en guise de rançon ?

— Ils exigent l'ouverture du Portail des Abysses, répondit calmement Palin.

# 11

## LA RANÇON. LE PLAN DE PALIN.

— Je le savais ! fut la première réaction de Tika. ( Elle porta une main à son cœur. ) Je le sentais *là*. Oh, vénéré Paladine, pourquoi ?

Elle serra les poings pour ne pas éclater en sanglots.

— Mes fils..., murmura Caramon, sous le choc. Mes fils. ( Il saisit Palin par le bras et l'attira vers lui. ) Au moins, tu es vivant...

Le jeune mage leva ses yeux rougis de larmes vers Tanis.

— Dis-leur, souffla-t-il. Moi, je ne peux pas.

— Dis-leur quoi ? s'alarma Caramon.

— Palin est prisonnier des Chevaliers Noirs, expliqua le demi-elfe. Ils exigent une rançon.

Son ami poussa un soupir de soulagement.

— Bien sûr. Nous la paierons, même si nous devons pour ça vendre tout ce que nous possédons.

— Ils ne veulent pas d'argent, dit lentement Tanis. Ils exigent que le Conclave leur ouvre le Portail des Abysses. Ils veulent utiliser Palin pour libérer la Reine des Ténèbres.

— Comment ? balbutia Caramon. Ils savent bien que c'est impossible ! Jamais les mages n'accepteront... C'est comme s'ils le condamnaient à mort. ( Il serra les dents. ) Mais je ne les laisserai pas faire ! Je ne les laisserai pas prendre mon fils !

Il se tourna vers Steel qui, debout dans l'encadrement de la porte, contemplait la scène sans manifester la moindre émotion.

— Emmène-moi à sa place ! déclara-t-il impulsivement. Ma vie en échange de la sienne. Tu pourras me garder en otage jusqu'à ce que les mages t'aient donné leur réponse.

Le jeune chevalier secoua la tête.

— Tu parles comme tout père qui se respecte, mais je ne peux accéder à ta requête. Nos mages connaissent la valeur du neveu de Raistlin Majere. Ils pensent qu'il aurait assez d'affection pour Palin pour leur ouvrir le Portail, au cas où le Conclave refuserait.

— Mon frère ? s'étonna Caramon. Mais il est mort !

— J'espère pour toi que tu te trompes, répondit froidement Steel. Sinon, tu perdras un troisième fils.

Caramon poussa un cri de rage et de douleur. Aveuglé par le chagrin, il allait bondir sur le jeune homme lorsque Palin le retint.

— Père, je dois te parler, dit-il d'un ton impérieux. Seul à seul. ( Il se tourna vers Steel. ) Je peux ?

Le chevalier hocha la tête.

— Tu m'as donné ta parole que tu ne chercherais pas à t'enfuir.

— Et je l'honorerai, dit Palin avec raideur. Viens, père.

*

**

Peu de temps après avoir acheté l'*Auberge du Dernier Refuge*, Tika et Caramon avaient vendu la belle maison construite par le guerrier pour s'installer au premier étage de l'établissement, ce qui leur évitait des allées et venues innombrables.

Leur ancienne demeure comportait une pièce que

Caramon avait baptisée la Chambre de Raistlin, à l'époque où il espérait encore que son frère tournerait le dos aux ténèbres et reviendrait vivre avec sa famille. Le temps avait passé ; Raistlin était mort, mais le surnom de la pièce était resté.

Peu de temps après leur déménagement, Caramon avait été stupéfait d'entendre ses deux filles, dont la plus âgée ne devait pas avoir huit ans, appeler une des réserves de l'auberge la Chambre de Raistlin. Avec Tika, ils en avaient déduit que les petites essayaient de s'adapter comme elles le pouvaient à leur nouvel environnement. Mais ils avaient pris l'habitude d'appeler la réserve ainsi.

Un soir, un membre des Robes Rouges qui séjournait à l'auberge les avait entendus. Il avait supplié Caramon de le laisser visiter la pièce dans laquelle avait vécu et étudié le plus grand mage de Krynn. Caramon avait fait de son mieux pour le persuader, mais l'homme n'avait pas voulu en démordre.

Il avait trouvé la réserve charmante, bien qu'un peu encombrée, et il avait demandé à laisser là un anneau magique « en gage de son estime ». Caramon ne pouvait refuser cette faveur. Le mage était un bon client : il payait en pièces d'acier, pas en dents de lézard.

Un mois plus tard, deux Robes Blanches étaient venus visiter l'« autel ». Le premier mage avait eu plusieurs coups de chance après son départ de l'auberge, qu'il avait attribués à la protection de Raistlin. Il s'était empressé de répandre son histoire ; à leur tour, les Robes Blanches étaient venus déposer leurs offrandes.

Ainsi un tonneau de bière s'était trouvé l'heureux récipiendaire d'un anneau magique, d'un parchemin et d'une potion. Les Robes Blanches étaient restées à l'auberge deux nuits, dépensant beaucoup d'argent et parlant de Raistlin avec Caramon, toujours heureux d'évoquer la mémoire de son frère.

Quelques semaines plus tard, ce fut le tour d'une

magicienne en robe noire. Bientôt, des jeteurs de sorts de tout le continent vinrent effectuer des pèlerinages à Solace. Certains déposaient dans la réserve des objets magiques, d'autres y laissaient leurs composants quelque temps avec l'espoir que Raistlin en augmenterait la puissance.

Tika avait ri de la crédulité des mages. Caramon ne savait quoi penser jusqu'au jour où, en consultant les plans de l'ancienne *Auberge du Dernier Refuge* ( détruite durant la Guerre de la Lance ), il s'était avisé que la réserve avait été bâtie à l'emplacement exact où son frère aimait autrefois s'asseoir, près de la cheminée.

Il avait commencé à tenir l'inventaire des offrandes. Parfois, il en donnait certaines à des mages dans une mauvaise passe, ou à des apprentis sur le point de passer l'Epreuve, à la Tour de Haute Sorcellerie de Wayreth.

Ce fut dans cette pièce, la Chambre de Raistlin, que Palin décida de parler à son père. La réserve avait changé au fil des ans. Caramon avait dû la vider de ses caisses et de ses balais, amenant des coffres pour ranger les armes, les bijoux et les potions laissés par les mages. Il avait installé des étagères pour leurs parchemins et leurs livres de sorts. Près de la petite fenêtre se dressaient un fauteuil dans lequel les sorciers s'asseyaient pour méditer, et une table toujours ornée de fleurs fraîches.

— Père, commença Palin lorsque Caramon et lui furent enfin seuls, j'ai un plan. Je ne m'attends pas à ce que tu l'approuves, mais... Il faut que tu saches, au cas où quelque chose tournerait mal. Je ne vais pas me rendre à la Tour de Wayreth...

— Brave garçon ! s'exclama Caramon, soulagé. Nous trouverons un moyen de t'aider. Je ne laisserai pas ces Chevaliers Noirs toucher un cheveu de ta tête, même si je dois combattre Takhisis en personne.

— Ecoute-moi : je ne vais pas à la Tour de Wayreth parce que j'ai décidé de me rendre à celle de

Palanthas. Je vais pénétrer dans les Abysses et tenter de retrouver mon oncle.

Caramon regarda son fils, bouche bée.

— Mais Raistlin n'est plus là-bas ! Paladine a accepté son sacrifice et lui a accordé le repos éternel !

— Comment peux-tu en être certain ? Juste parce que tu as rêvé *une fois* qu'il dormait en paix ? souffla Palin, furieux. Ça t'arrange de le croire... Sinon, cela voudrait dire que tu l'as abandonné.

Caramon devint livide. Ouvrant et refermant la bouche, il commença à trembler.

Palin se mordit la lèvre et s'appuya sur son bâton, stupéfait par ses propres paroles. Ce n'était pas ce qu'il avait voulu dire. Les mots lui avaient échappé... mais il était trop tard pour les rattraper. Le mal était fait.

— Tu le penses vraiment ? demanda Caramon d'une voix blanche.

— Non, père. Bien sûr que non. Je suis désolé... Je sais que tu aurais fait n'importe quoi pour ramener Raistlin. Je sais que ce rêve t'a réconforté et que tu y as cru sincèrement. Mais tu pourrais t'être trompé...

Caramon secoua la tête, cherchant en vain quelque argument pour dissuader son fils.

— J'ai bien réfléchi, père, reprit Palin. Steel de Lumlane a juré de m'accompagner. Une fois à la Tour de Palanthas, j'affronterai le gardien. Après tout, il m'a déjà laissé passé une fois...

— C'était une illusion ! protesta Caramon. Les mages te l'ont dit !

— Et ça, père, objecta Palin en tendant le Bâton de Magius devant lui. Est-ce aussi une illusion ?

Caramon ne répondit pas.

— Il était enfermé dans le laboratoire de mon oncle, à côté du Portail des Abysses. Dalamar lui-même ne peut pénétrer dans cette pièce. Pourtant, le bâton est venu à moi. Je vais y aller, père. Je retrouverai Raistlin, et il m'enseignera ce qu'il sait. Plus personne ne mourra à cause de ma faiblesse...

— Comment comptes-tu ouvrir le Portail ? protesta Caramon. Où se trouve le prêtre de Paladine qui t'aidera ? As-tu déjà oublié ? C'est pour ça que ton oncle avait besoin de dame Crysania...

— Je n'ouvrirai rien du tout, père. Raistlin le fera pour moi depuis l'autre côté, dit calmement Palin.

— C'est de la folie ! s'écria Caramon, levant les bras au ciel. Les Chevaliers Noirs exigent une rançon irréaliste ! Tu ne leur dois rien ! Ne t'inquiète pas : à nous deux, Tanis et moi nous réussirons bien à...

— Père, j'ai juré que je ne tenterai pas de m'enfuir, lui rappela Palin. Voudrais-tu que je manque à ma promesse, toi qui m'as toujours appris à respecter la parole donnée ?

Caramon plongea son regard dans celui de son fils, des larmes brillant à ses paupières.

— Tu te crois très intelligent, n'est-ce pas ? Tu m'as coincé ; tu retournes mes paroles contre moi. Ton oncle agissait ainsi. Il savait comment obtenir ce qu'il voulait, et peu importait qui il blessait pour ça. Fais ce que tu veux. Je ne pourrais pas t'en empêcher... pas plus que je n'ai pu le faire avec lui.

Très digne, Caramon sortit de la pièce.

Palin se laissa tomber dans le fauteuil et se prit la tête entre les mains.

*
* *

Une heure plus tard, il sortit de la Chambre de Raistlin et descendit l'escalier conduisant à la salle commune. Tanis Demi-Elfe avança à sa rencontre.

— Caramon m'a dit que tu allais repartir.

Palin hocha la tête.

— Où est-il ?

— Avec ta mère. Il a besoin de temps pour accepter. Ne le brusque pas.

— Je ne voulais pas..., commença Palin avant de se reprendre. Je *dois* le faire, Tanis. Mon père ne comprend pas. Personne ne comprend. Je sais que Raistlin est vivant : j'ai entendu sa voix.

Le demi-elfe lui jeta un regard inquiet.

— Vas-tu au moins rester pour l'enterrement ?

— Oui. Mais je partirai tout de suite après.

— D'ici là, tu ferais bien de manger un morceau et de te reposer. Steel en a tout autant besoin que toi, mais je n'arrive pas à le convaincre que nous ne cherchons ni à l'empoisonner ni à le poignarder pendant son sommeil. ( Tanis désigna du pouce le jeune chevalier, assis très raide dans un coin de la salle. ) Si tu savais comme il me rappelle son père ! Sturm était trop fier pour admettre qu'il connaissait la fatigue comme n'importe quel mortel.

Les deux hommes s'approchèrent de Steel, qui se leva.

— Il est temps d'y aller, dit-il en jetant à Palin un regard sévère.

— Pas question. Je ne partirai pas avant l'enterrement de mes frères. Je vais te faire préparer une chambre.

Le visage du chevalier s'assombrit.

— Je n'ai pas besoin de...

— Il te faut du repos, comme à tout le monde. De toute manière, le voyage jusqu'à Palanthas sera plus sûr de nuit.

— Palanthas ! s'exclama Steel en fronçant les sourcils. Pourquoi voudrais-je me rendre dans une forteresse de la Chevalerie Solamnique ?

— Parce que c'est là que se trouve le Portail, dit Palin.

— Nous devons obtenir l'assentiment du Conclave avant de l'ouvrir, lui rappela Steel.

— Pas la peine. Je m'en chargerai avec l'aide de mon oncle. ( Voyant que le chevalier l'observait en silence, Palin poursuivit : ) Ensuite, j'ai l'intention de pénétrer dans les Abysses pour le retrouver. Tu peux m'accompagner ou pas, mais je pensais qu'il t'intéresserait de rencontrer ta reine.

Une flamme brilla dans les yeux noirs de Steel, mais ce fut d'une voix aussi laconique que d'habitude qu'il répondit :

— Très bien. Nous irons à Palanthas.

Palin soupira. Il venait de gagner deux rudes batailles. A présent, il pouvait s'abandonner au sommeil sans remords. Il monta dans sa chambre en traînant les pieds.

Au moment où il allait s'endormir, il entendit une voix souffler dans sa tête :

*Bravo, mon neveu. Bien joué.*

# 12

## LES DOUTES DE DALAMAR. UNE DÉCOUVERTE ÉTONNANTE.

— Il ne manque qu'une petite cuillère, constata Dalamar au terme d'un rapide inventaire. Et Tasslehoff est resté seul ici pendant plus d'une heure. Je crois que nous venons d'établir un record.

Le mage plongea la main dans la poche du kender pour en sortir une cuillère en argent délicatement ouvragée.

— Je l'ai trouvée par terre..., marmonna Tass, affalé sur sa chaise. Elle est tombée dans ma poche par accident... Tu es sûre que c'est la tienne ? Je pensais que tu n'en voulais plus. Tu l'as oubliée. J'allais juste la laver et te la rendre...

Repu, la tête sur la poitrine, il récitait d'une voix endormie la litanie des excuses kenders.

— Merci, dit Dalamar avec un sourire en coin.

Il reposa l'objet du délit sur la table.

— De rien.

Tass bâilla et ferma les yeux. L'elfe noir se tourna vers Usha, qui lui sourit d'un air béat.

— Tu as une lettre pour moi, je crois.

— Oh, oui. Quelque part par là.

La jeune femme glissa une main dans la poche de son pantalon de soie verte et en sortit un parchemin qu'elle lui tendit mollement.

— Qu'avais-tu mis dans le cidre ? chuchota Jenna à l'oreille de Dalamar.

L'elfe noir ne répondit pas.

— Dis-moi, mon enfant, d'où viens-tu ? demanda-t-il brusquement.

— Je ne suis pas votre enfant, protesta Usha.

— Exact. Parle-moi donc de tes parents.

La jeune femme se sentit mal à l'aise. Elle commençait à avoir la migraine et sa langue était sèche. Elle n'aimait ni cet endroit, ni le mage qui lui posait des questions. Sa mission accomplie, il était temps de partir. Elle se leva et vacilla.

— Je vais y aller, dit-elle d'une voix incertaine. Merci pour le repas. C'était vraiment... très bon.

Elle fit un pas en avant. Jenna lui posa une main sur l'épaule.

— Tu ne peux pas sortir..., dit Dalamar en se tapotant les lèvres à l'aide du parchemin. Pas sans mon aide. Rassieds-toi, je te prie. Le kender et toi êtes mes invités. Là... c'est mieux. Parle-moi de tes parents.

— Je ne sais rien, protesta la jeune femme d'une voix pâteuse. Je suis orpheline. Les Irda m'ont recueillie quand j'étais bébé...

— Et ? insista Dalamar. Ils t'ont bien raconté autre chose ?

— Non, mais une fois, j'ai surpris une conversation entre le Protecteur et le Décideur. Ils ont dit plein de choses que je ne comprenais pas à propos du *Valin*... et ajouté que ma mère était une Irda qui avait quitté les siens pour arpenter le monde. Elle avait rencontré un jeune mage dans une taverne, au milieu d'une forêt enchantée. Des bandits avaient essayé de s'en prendre à elle, mais le mage et son frère aîné...

— Son jumeau, corrigea Tass en entrouvrant les paupières.

— ... L'avaient aidée, et que le mage avait regardé ma mère en pensant que c'était la plus belle femme qu'il ait jamais vue. Et puis le *Valin* était survenu entre eux.

— Le *Valin* ? demanda Dalamar.

— C'est, euh... Quelque chose qui se produit entre un homme et une femme, balbutia Usha en rougissant. Ça les, euh... Ça les oblige à s'unir. Voilà. Mais le Protecteur m'a dit que ça ne m'arriverait jamais, parce que je suis à moitié humaine.

— Qui est ton père ? s'enquit l'elfe noir.

— Le jeune mage de l'histoire. Il s'appelait Raistlin Majere, répondit Usha.

— Je te l'avais bien dit, non ? pépia Tass.

Dalamar s'éloigna de la table et fit signe à Jenna de le suivre.

— Je ne crois pas un mot de ce qu'elle raconte, dit-il à voix basse. Elle tient toute son histoire du kender. C'était une bêtise que de les laisser ensemble.

— Mais ses yeux..., protesta la magicienne.

— Les Irda les ont peut-être de cette couleur, dit Dalamar. Tu en as déjà vu un ? Moi pas.

— Tu devrais lire la lettre. Elle contient sans doute une explication, suggéra Jenna sans se laisser démonter par la mauvaise humeur de son compagnon.

Dalamar ôta le ruban noir qui fermait le parchemin, déroula celui-ci et le parcourut du regard.

— Une histoire de la création du monde, ricana-t-il. Je ne crois pas que nous y trouvions de réponse. ( Il prit l'air songeur. ) Mais il existe un moyen de vérifier si ton hypothèse est la bonne...

— Voir si elle possède le don, acquiesça Jenna. Pendant que tu t'en occupes, je lirai la lettre. Elle doit contenir quelque chose d'important pour que les Irda te l'aient envoyée.

Dalamar revint vers la table et posa une main sur l'épaule d'Usha. Sur la chaise voisine, Tass s'était endormi et ronflait.

— Si tu es bien la fille de Raistlin Majere, tu dois avoir hérité de son talent, commença-t-il.

— Euh... Quel talent ? s'enquit Usha, soupçonneuse.

— Son talent pour la magie. Raistlin était le plus

grand mage de tous les temps ; c'est le genre de don qui se transmet par le sang. Son neveu, Palin Majere, en a hérité ; sa fille aussi, sans le moindre doute. Tu pourrais peut-être me faire une petite démonstration ?

— Les Irda me l'ont interdit, lança précipitamment Usha. Je suis tellement puissante que je pourrais causer beaucoup de dégâts.

— Je prends le risque, déclara Dalamar avec un sourire froid.

— Par Lunitari ! s'exclama Jenna derrière lui.

L'elfe noir se tourna vers elle.

— Que se passe-t-il ?

— Les Irda sont en possession de la Gemme Grise, souffla la jeune femme, éberluée. Et ils ont l'intention de la briser.

— Vraiment ? siffla Dalamar. ( Il regarda Usha, les yeux plissés, tel un serpent sur le point de dévorer sa proie. ) Notre jeune amie doit être au courant... Que sais-tu de la Gemme Grise ?

— Euh, pas grand-chose, admit Usha en se passant la langue sur les lèvres. Je ne l'ai vue qu'une fois. Et elle ne m'a pas plu du tout. En la regardant, je me suis sentie toute bizarre. J'ai eu envie de partir en courant et de faire des choses dépourvues de sens. D'après le Protecteur, c'est à cause de mon sang humain.

— Et les Irda ont l'intention de la briser ? demanda Dalamar d'une voix tendue.

— Oh, c'est déjà fait. C'est pour ça qu'ils m'ont renvoyée. Ils pensaient que je risquais d'interférer avec la magie, alors...

— Tu as eu le temps de voir quelque chose avant de partir ?

— Non. Juste une lueur rouge dans le ciel, comme un gigantesque incendie.

Dalamar entreprit de faire les cent pas dans la pièce.

— Je vais convoquer le Conclave, déclara-t-il enfin. Nous devons partir sur-le-champ pour Wayreth.

— Que veux-tu faire d'Usha ? demanda Jenna. L'emmener avec nous ?

— Non. Elle nous a dit tout ce qu'elle savait. Si la nouvelle se répandait que la fille de Raistlin Majere se balade en liberté sur le continent, nous aurions des problèmes sans fin. Mieux vaut la garder ici, en sécurité. Le kender aussi, d'ailleurs. Il est beaucoup trop bavard... et c'est un ami de Caramon Majere.

Les deux mages se dirigèrent vers la porte.

— Vous n'avez pas le droit, protesta Usha en bondissant sur ses pieds. Je ne veux pas rester ici ! Je vous préviens, je...

Dalamar claqua des doigts. La jeune femme tituba et s'affaissa dans les coussins. Fermant les yeux, elle s'endormit.

L'elfe noir ferma la porte à clé derrière lui et prononça quelques mots de pouvoir, conjurant deux yeux blancs éthérés qui se mirent à flotter devant lui.

— Que puis-je pour vous, maître ? dit une voix caverneuse.

— Monte la garde, ordonna Dalamar, et ne laisse personne entrer ou sortir de cette pièce. Si les deux mortels qui se trouvent à l'intérieur tentent de s'échapper, empêche-les, mais sans leur faire de mal.

— Cela rendra ma tâche plus difficile, fit observer le spectre. Mais j'obéirai, maître.

Ensemble, Dalamar et Jenna entonnèrent leur incantation. Ensemble, ils furent engloutis par les ténèbres.

# 13

## LE SIÈGE DE KALAMAN.

L'aube se levait sur Kalaman, une ville portuaire située le long de la côte septentrionale d'Ansalonie, à l'est de Palanthas. Moins raffinés que leurs voisins, les Kalamantiens possédaient davantage de bon sens. C'était dû à l'émergence d'une classe moyenne, dont le pouvoir et la richesse n'avaient fait que croître depuis la Guerre de la Lance. Si Palanthas était une cité de dames et de seigneurs, de chevaliers et de mages, Kalaman était une ville de marchands et d'artisans, dont les guildes élisaient le gouverneur.

Ce matin-là, alors que les habitants dormaient encore, une flotte de navires noirs à la proue en forme de dragon apparut à l'horizon ensanglanté. Au début, les miliciens ne comprirent pas à qui ils avaient affaire. Puis le bateau de tête hissa son drapeau orné d'un crâne et d'un lys de la mort.

Le temps que l'alarme soit donnée et que le gouverneur, réveillé en sursaut, se rende sur les remparts, les premiers dragons étaient en vue. Le soleil levant faisait scintiller leurs écailles bleues, leur conférant une beauté aveuglante et meurtrière.

— Peut-être qu'ils ne s'arrêteront pas ici, lâcha un garde, plein d'espoir. Peut-être vont-ils à Palanthas.

Le gouverneur, un demi-elfe qui avait servi dans l'armée durant la Guerre de la Lance, secoua la tête.

— Nous n'aurons pas cette chance, grimaça-t-il.

Il avait reconnu les signes et compris ce qui les attendait. Ce n'était pas un homme pieux ; pourtant, il adressa une prière à tous les dieux qui voudraient bien l'entendre.

Les défenses s'organisaient. Les hommes couraient à leurs postes, les femmes remplissaient d'eau tous les récipients disponibles et les vieillards emmenaient les enfants se mettre à l'abri dans les caves. Un messager suivi d'une jeune femme à bout de souffle vint trouver le gouverneur.

— Une armée, messire ! haleta la fille, paniquée. Une armée de géants bleus arrive de l'intérieur des terres ! Ils sont passés devant notre ferme ; ils ont mis le feu à tous les bâtiments !

— C'est exact, confirma le messager. Ils ont des machines de guerre tirées par des monstres abominables...

Alors, le gouverneur cessa de prier.

*
* *

Debout à la proue de son navire, le seigneur Ariakan, une longue-vue collée à son œil droit, contemplait le siège de Kalaman.

Les dragons décrivaient des cercles au-dessus de la ville. Ils n'attaquaient pas, laissant leur aura de terreur ouvrir de larges brèches dans les rangs ennemis. Parfois, l'un d'eux crachait un éclair et mettait le feu à un entrepôt.

Les barbares s'étaient massés autour des remparts, se jetant dessus comme des vagues. Ils cognaient leurs épées contre leurs boucliers, hurlaient des menaces dans leur langue inconnue, tiraient des flèches sur les miliciens assez fous pour se montrer. Mais eux non plus n'attaquaient pas.

La flotte se tenait à bonne distance du port. Dans sa lourde armure, Ariakan transpirait à grosses gouttes, mais il n'en avait cure. Les Kalamantiens devaient transpirer plus encore et pas seulement à cause de la chaleur.

En milieu d'après-midi, il jugea que ses adversaires devaient être à point et envoya son héraut leur proposer de se rendre. Accompagné de trois chevaliers portant un drapeau blanc, l'homme s'avança jusqu'au portail de la ville. Le gouverneur refusa de le laisser entrer, mais accepta de parlementer avec lui depuis le haut des remparts.

— Que voulez-vous, suppôts du mal qui venez sans raison attaquer notre paisible cité ?

— Nous demandons que Kalaman se soumette à la volonté d'Ariakan, seigneur Chevalier de Takhisis et futur souverain d'Ansalonie.

Le gouverneur regarda autour de lui. Il ne restait plus sur les remparts qu'une poignée d'hommes, les autres ayant cédé à la panique en voyant les dragons.

— J'écoute vos conditions, dit-il avec raideur.

— Le peuple de Kalaman déposera les armes et ouvrira les portes de la cité devant l'armée du seigneur Ariakan. Il jurera allégeance à ce dernier. Tous les hommes en âge de combattre se rendront dans le jardin de la ville. Il leur sera donné le choix entre rejoindre les forces du seigneur Ariakan ou se constituer prisonniers.

« Si vous acceptez ces termes, nous épargnerons votre cité. Nous laisserons en paix vos femmes et vos enfants. Si vous les refusez, nous raserons tous les bâtiments jusqu'au dernier, emmènerons vos hommes en esclavage, livrerons vos femmes aux barbares et massacrerons vos enfants sous les yeux de leurs mères. Le seigneur Ariakan vous donne jusqu'au coucher du soleil pour réfléchir.

— Comment pouvons-nous être certains que vous tiendrez parole ? s'enquit le gouverneur, désespéré.

— Nous sommes des Chevaliers de Takhisis, répondit fièrement le messager. Nous honorons *toujours* notre parole. Rendez-vous et vous vivrez. Combattez et vous serez détruits.

Sur ces mots, il se retira.

Le gouverneur conféra brièvement avec les maîtres des guildes. Il ne leur fallut que quelques minutes pour arriver à cette conclusion : s'il y avait la moindre chance que leurs ennemis tiennent parole, ils devaient la saisir. Sinon, ils condamneraient leur peuple à mort.

Au coucher du soleil, les portes de Kalaman s'ouvrirent devant les troupes du seigneur Ariakan. Les citoyens s'attendaient à être brutalisés, torturés, massacrés. Mais tout se passa comme le messager l'avait annoncé.

Aucun homme valide n'accepta de rejoindre l'armée de Takhisis. Tous furent enchaînés et emmenés comme esclaves. Les autres habitants reçurent l'ordre de rentrer chez eux.

Le lendemain, lorsqu'ils s'éveillèrent, dragons, navires et barbares avaient disparu. La cité était intacte, et des marchands — un peu âgés — purent reprendre leurs activités comme si de rien n'était. Des chevaliers patrouillaient dans les rues ; de nombreuses femmes pleuraient le départ de leur mari. Mais ce fut tout.

Kalaman était tombée sans un gémissement.

Assis au bureau du gouverneur, Ariakan déroula une carte d'Ansalonie et se concentra sur Palanthas.

## 14

## LA ROUE TOURNE.

Ce soir-là, au crépuscule, Caramon et Tika enterrèrent leurs fils.

Aidés de tous les hommes du village, qui connaissaient et respectaient la famille Majere, Caramon avait passé l'après-midi à creuser les deux tombes sous un soleil de plomb. Entre l'arrivée du bébé d'Alhana et l'accueil des invités, Tika n'avait pas eu une minute à elle, ce qui l'avait empêchée de s'effondrer. Palin et Steel avaient dormi pour récupérer de leur chevauchée nocturne. Le jeune chevalier s'y était refusé, jusqu'à ce que Tanis s'énerve :

— Lorsque nous t'avons escorté jusqu'à la Tour du Grand Prêtre pour rendre hommage à ton père, nous avons juré de te protéger. Tu nous fais offense en refusant l'hospitalité de Caramon.

Alors, Steel avait consenti avec raideur à se retirer dans une des chambres de l'auberge.

Juste avant le coucher du soleil, une prêtresse de Mishakal rejoignit Caramon, Tika et Palin auprès des tombes. Quand les deux corps enveloppés d'un linceul blanc eurent été déposés à l'intérieur, elle les bénit et invita les habitants de Solace à leur rendre un dernier hommage. Les villageois défilèrent devant les fosses, y jetant de petits gages d'estime ou murmurant une prière pour les deux frères.

Puis les hommes commencèrent à recouvrir les corps. A la surprise générale, Porthios arriva en compagnie d'un contingent de guerriers elfes. Il adressa des condoléances maladroites aux parents, puis entonna un chant funéraire dont personne ne comprit les paroles, mais qui produisit sur la foule un effet étrangement apaisant.

Les villageois allaient reprendre leurs pelles lorsque des murmures mi-effrayés, mi-indignés annoncèrent un nouvel arrivant.

Steel de Lumlane.

Le visage de Porthios se tordit sous l'effet de la colère ; ses guerriers posèrent une main sur la garde de leur épée. Mais le jeune chevalier les ignora et marcha vers les tombes.

— Messire, votre présence ici n'est pas la bienvenue, dit sévèrement la prêtresse de Mishakal.

Caramon jeta à Palin un regard interloqué. Le jeune mage secoua la tête : il n'avait pas la moindre idée de ce que son cousin s'apprêtait à faire.

Steel tenait un long paquet soigneusement enveloppé. Il s'agenouilla devant les tombes et y déposa son contenu : l'épée de Tanin et les deux morceaux de la lance de Sturm. Puis, baissant la tête, il chanta dans une langue inconnue.

— Arrêtez-le ! s'écria la prêtresse. Il est en train de jeter un sort !

— Non, répondit calmement Tanis, dont les yeux s'emplirent de larmes. Il récite la Prière Solamnique pour les Morts.

Quand il eut terminé, Steel se redressa, tira son épée et salua les tombes à la manière des chevaliers : il embrassa la garde de son arme avant de la tendre devant lui en décrivant un arc de cercle. Puis il s'inclina brièvement devant Tika et Caramon, avant de se tourner vers Palin.

— Je te rappelle que tu es toujours mon prisonnier, dit-il, impassible. Fais tes adieux à tes parents. Il est temps pour nous de partir.

— Palin ! s'écria Tika en lançant des mains tremblantes vers son dernier fils.

— Ne t'en fais pas, maman. Les mages paieront la rançon. Je serai bientôt de retour, dit le jeune homme avec une assurance qu'il était loin de ressentir.

Puis, avant que Tika ne voie ses larmes, il étreignit son père et se détourna. Steel et lui disparurent dans les ombres du crépuscule.

Ce soir-là, comme le voulait la coutume, Caramon et Tika plantèrent de jeunes arbres sur les tombes de leurs fils. Alhana Brisétoile, épuisée par son long travail, s'endormit de très bonne heure. Porthios la veilla quelques minutes, puis il rejoignit ses guerriers. Il était plus que jamais déterminé à unir les royaumes elfiques pour son héritier.

Quant à Tanis Demi-Elfe, il partit sans attendre pour la Tour du Grand Prêtre, afin de répéter une fois de plus aux Chevaliers Solamniques ce qu'il essayait de leur faire entendre depuis cinq ans : les forces de la Reine des Ténèbres étaient reparties sur le sentier de la conquête.

Dans son berceau, vêtu d'une brassière humaine trop grande pour lui, le nouveau-né cligna des yeux en découvrant le monde étrange auquel il appartenait désormais.

# 15

## STEEL ET LA VENGEANCE. EN ROUTE POUR PALANTHAS.

Au petit matin, Palin et Steel rejoignirent Flamboyante à cinq lieues au nord de Solace. Le dragon bleu, qui avait passé la journée et la nuit dans les ruines de Xak Tsaroth, était en train de se curer les dents pour en déloger des os de gobelins.

Le survol de la Solamnie s'annonçait plus dangereux que celui de l'Abanasinie. Depuis la Guerre de la Lance, la chevalerie avait retrouvé les faveurs de la population locale. Toutes les familles de noble lignage y enrôlaient un de leurs fils. Les Chevaliers Solamniques n'avaient jamais été aussi nombreux, ni leurs coffres aussi pleins. Ils avaient rebâti la plupart des forteresses en ruines et dépêché des troupes pour les garnir. Leurs alliés, les dragons d'argent, patrouillaient dans le ciel du royaume.

Après avoir été conspués pendant des années, les Chevaliers Solamniques étaient maintenant considérés comme les protecteurs des faibles et des innocents. Au lieu de les lapider, les habitants des villes qu'ils traversaient les traitaient en invités d'honneur et recherchaient leurs conseils.

Lors de sa captivité à la Tour du Grand Prêtre, Ariakan avait appris à connaître ses ennemis : leurs règles, leurs tactiques, la localisation de leurs forteresses... Leurs forces et leurs faiblesses. Et il n'avait pas tardé à mettre ces connaissances à profit.

Quand Tanis avait découvert l'existence des Chevaliers de Takhisis, quelque cinq ans plus tôt, il avait été trouver les Solamniques pour les prévenir.

— Ariakan sait tout de vous, depuis la couleur de vos sous-vêtements jusqu'à vos ordres de bataille. Il a recruté des femmes et des hommes intelligents, qui ont reçu la Vision des mains de sa Ténébreuse Majesté et ne la trahiront pas par cupidité, comme leurs prédécesseurs durant la Guerre de la Lance. Ils sont loyaux à leur cause et les uns envers les autres. Vous devez évoluer, sinon il sera trop tard pour le faire.

Le commandement solamnique avait écouté Tanis poliment, mais il s'était empressé de rire de ses craintes dès qu'il avait eu le dos tourné. Tout le monde savait que les suppôts de la Reine des Ténèbres étaient égoïstes, avares, cruels et dépourvus d'honneur...

Aucune mesure n'avait été prise contre les Chevaliers Noirs.

— Nous longerons la côte jusqu'à Palanthas et pénétrerons dans la ville par le nord, expliqua Steel à Palin.

— Tu n'iras nulle part sans déguisement, fit remarquer le jeune mage.

— Hors de question, répondit son compagnon d'une voix tranchante. Portant cette armure pour la gloire de ma reine, je refuse de dissimuler mon identité.

— Dans ce cas, nous ferions aussi bien de nous rendre à la Tour du Grand Prêtre et de nous constituer prisonniers tout de suite, grimaça Palin.

— Même si les Solamniques n'aiment pas beaucoup les mages, je doute fort qu'ils s'en prennent à toi, fit remarquer Steel. Quant à moi, je suis assez grand pour me défendre.

— À supposer que nous pénétrions sains et saufs à

Palanthas, reprit Palin, il nous restera encore le Bois de Shoikan à traverser.

— Ne t'en fais pas : je sais à quoi m'attendre. Ton père ne t'a-t-il pas dit que j'avais grandi à Palanthas ? Je me souviens encore de la terreur que j'éprouvais à la vue de cet endroit maudit, frissonna Steel. On dit que quelle que soit son allégeance, tout mortel qui y pénètre est voué à une mort certaine. Tu dois bénéficier d'un sauf-conduit, je suppose...

— Pas du tout. Cela dit, je peux toujours demander. Je crois que Dalamar m'aime bien...

A la mention de ce nom, Steel devint livide. Une flamme vengeresse s'alluma dans ses yeux.

— C'est l'homme qui a tué ma mère, gronda-t-il en portant la main à son épée. J'ai hâte de le rencontrer, tu peux me croire.

Palin leva les yeux au ciel. Il avait presque oublié cette histoire. L'elfe noir avait agi en état de légitime défense. Kitiara, son ancienne maîtresse, l'avait attaqué la première.

— Je suppose qu'il ne servirait à rien de te rappeler que Dalamar est le plus puissant mage d'Ansalonie ? soupira-t-il. Il pourrait te faire cracher les tripes d'un simple geste de la main.

— Et alors ? aboya Steel, furieux. Crois-tu que je m'attaque uniquement aux plus faibles que moi ? Mon honneur m'oblige à venger la mort de ma mère.

*Vénéré Paladine, pourquoi n'y ai-je pas pensé plus tôt ?* songea Palin, désespéré. *Steel va se faire tuer ; Dalamar croira qu'il agissait sur mon ordre et...*

*Fais-moi confiance,* dit la voix, à l'intérieur de sa tête. *Je me charge de Dalamar.*

Un frisson d'excitation parcourut Palin. Il n'avait pas rêvé ! Son oncle lui parlait.

Le jeune mage se détendit.

— Nous n'avons pas encore atteint la Tour, rappela-t-il à son compagnon. Avant, il nous faudra traverser Palanthas et le Bois de Shoikan. Je préfère ne rien demander à Dalamar : il voudrait connaître les raisons de ma visite, et je suis certain qu'il s'opposerait à mes actions.

Steel grimaça sans répondre. Les deux jeunes gens montèrent sur le dos de Flamboyante ; dans la lumière sanglante de Lunitari, ils prirent la direction de Palanthas.

Ils volèrent toute la nuit sans rencontrer personne. Au lever du soleil, le dragon bleu devint nerveux.

— Ça sent l'argenté dans les parages.

Steel lui demanda de se poser au pied des Monts Vingaard et décida qu'ils passeraient la journée là. Palin et lui étendirent leurs sacs de couchage sur le sol d'une petite caverne et dormirent huit heures d'affilée sous la garde vigilante du dragon.

Lorsque le jeune mage s'éveilla, son compagnon était déjà en train de seller Flamboyante, autour de qui gisaient plusieurs carcasses de cerfs.

— Je ne suis pas trop en retard ? s'inquiéta Palin.

— Non. Mais tu as ronflé toute la journée, grogna Steel.

Rouge de confusion, le jeune homme marmonna une excuse.

— J'espère au moins que tu as repris des forces. Tu en auras besoin, ce soir.

Le Bois de Shoikan. Un endroit terrible. Caramon avait failli y perdre la vie... Son fils ne pouvait contenir son excitation à l'idée de le traverser.

Il n'avait plus peur. Raistlin veillait sur lui.

# 16

## LA TOUR DU GRAND PRÊTRE.

Construite par Vinas Solamnus durant l'Age de la Puissance, la Tour du Grand Prêtre gardait la seule passe traversant les Monts Vingaard et reliant la cité de Palanthas au reste du continent. Avec ses mille pieds de haut, elle offrait un spectacle impressionnant. Protégée par des sommets enneigés sur trois côtés, elle était entourée de remparts octogonaux dont chaque angle était surmonté par une tourelle.

De nombreuses années avaient passé depuis que Sturm de Lumlane s'était dressé seul sur ces remparts, attendant la mort. Depuis, la Tour avait été modernisée. Malgré la perte des orbes draconiens, elle n'en demeurait pas moins imprenable.

Ce matin-là, un griffon se posa devant la porte principale. Tanis sauta à terre et, après lui avoir exprimé sa gratitude, renvoya l'animal à Porthios qui avait eu l'amabilité de le lui « prêter ». Puis il se dirigea vers le garde en faction et demanda à être conduit auprès de sire Thomas.

Le seigneur Gunthar Uth Wistan, vieil ami de Tanis et ancien commandant des Chevaliers Solamniques, avait pris sa retraite l'année précédente. Il avait été remplacé par Thomas de Thalgaard, un Chevalier de la Rose âgé d'environ quarante-cinq ans, austère mais compétent. Tanis ne le connaissait pas bien ; toutefois, il avait l'impression que l'homme ne manquait ni d'intelligence ni de bon sens.

Il n'eut pas à attendre longtemps. Sire Thomas, qui ne s'embarrassait pas de formalités, vint lui-même à sa rencontre. Voyant la gravité de son expression, il l'invita à l'accompagner sur les remparts.

— Vous avez des nouvelles pour moi..., dit-il dès qu'ils furent seuls. Et à en juger par votre expression, elles ne sont pas bonnes.

— Voulez-vous dire que personne ne vous a prévenu ? s'étonna Tanis.

— Prévenu de quoi ? Je n'ai reçu aucun message important depuis une bonne huitaine.

— Le seigneur Ariakan est passé à l'attaque. Valkinord et la Forteresse du Nord sont déjà tombées ; à l'heure qu'il est, Kalaman doit être en état de siège. Les Chevaliers Noirs progressent en tenailles, une moitié de leur armée traversant les Monts Khalist, l'autre descendant le fleuve.

« Les Chevaliers Solamniques que vous aviez envoyés fortifier Kalaman ont été massacrés. Ils ont combattu bravement, mais leurs adversaires étaient beaucoup plus nombreux. Je vous ai apporté une liste des morts, dit Tanis en la tendant à sire Thomas. Soyons juste avec Ariakan : il les a fait enterrer avec tous les honneurs.

— Ça ne m'étonne pas de lui, murmura Thomas, les dents serrées. ( Il secoua la tête. ) Kalaman en état de siège... C'est difficile à croire. Sans vouloir vous offenser, Demi-Elfe, Ariakan ne doit disposer que d'une poignée d'hommes.

— Vous vous trompez. D'après Palin Majere, le seul survivant de leur premier assaut, une immense armée est sous ses ordres. Il a recruté des barbares des royaumes orientaux, grands et féroces. Leurs officiers sont des chevaliers à dos de dragons bleus... Ils comptent parmi leurs rangs de nombreux magiciens.

Thomas fronça les sourcils. Comme la plupart des membres de son ordre, il méprisait la magie.

— Kalaman peut soutenir un long siège, dit-il fermement. Nous avons tout le temps d'envoyer des renforts.

— Je ne suis pas certain..., commença Tanis.

A cet instant, un jeune page surgit sur les remparts.

— Sire Thomas, s'exclama-t-il, un messager vient d'arriver. Nous avons dû l'aider à descendre de cheval ; il était à bout de forces.

— Encore de mauvaises nouvelles, grommela le chevalier. Bizarrement, personne n'accourt jamais pour nous annoncer les bonnes.

Ils descendirent l'escalier et se dirigèrent vers la porte principale de la forteresse. Un homme gisait sur le sol, une cape roulée en boule sous la tête. Sa livrée tachée de sang était celle de la garde municipale de Kalaman.

— Seigneur ! s'exclama-t-il faiblement à la vue de Thomas.

Il tenta de se lever, grimaça et se laissa retomber.

— Restez calme, mon garçon, dit le chevalier en s'agenouillant près de lui. Qu'avez-vous à me dire ?

— Kalaman, seigneur ! Kalaman... est tombée !

Thomas leva les yeux vers Tanis.

— On dirait que vous aviez raison, constata-t-il, l'air sombre.

— Il en arrivait de partout, seigneur ! Par la terre, par la mer et par les airs ! Nous avons... été pris par surprise. Les habitants ont paniqué... en voyant les dragons. La cité... s'est rendue...

L'homme était au bord de l'évanouissement. Un Chevalier de l'Epée, fidèle du dieu Kiri-Jolith qui lui donnait le pouvoir de guérison, entreprit de le soigner.

— Il a besoin de repos, dit-il en levant la tête vers son supérieur.

— Très bien. Qu'on me prévienne dès qu'il sera en état de faire un rapport.

Tandis qu'on emportait le messager sur un brancard, Thomas se tourna vers Tanis.

— C'est une terrible nouvelle, commenta-t-il. Je comprends le plan d'Ariakan. Il va diviser ses forces pour couvrir plus de terrain et recruter en route les ogres, les gobelins et les draconiens des montagnes. Même sans les troupes laissées en arrière pour protéger ses lignes de ravitaillement, il arrivera ici avec une armée plus puissante que celle qui a attaqué Kalaman...

« Comme je vous le disais, je le connais bien. Du temps où il était prisonnier ici, nous avions de longues discussions stratégiques. C'était un excellent soldat, et je crains que son « séjour » parmi nous ne l'ait rendu meilleur encore.

— A votre avis, quel sera son prochain mouvement ? s'enquit Tanis.

Sire Thomas se tourna vers la porte orientale de la forteresse, l'air sombre.

— Il se dirige vers nous. Et je ne vois aucun moyen de l'en empêcher.

# 17

## UNE ÉTRANGE POISSONNIÈRE.

Steel détacha le sac contenant les armes fixé à l'arrière de la selle de Flamboyante. Il en sortit son épée longue, qu'il accrocha dans son dos et une épée courte qu'il mit à sa ceinture. Il glissa la dague dans sa botte, renonçant provisoirement à son arc et sa lance.

Levant la tête vers les hauteurs de la ville, il vit de vives lumières soulignant les contours de la demeure du seigneur.

— Si ma mère et ton oncle avaient travaillé ensemble au lieu de se disputer, fit-il remarquer, ce serait peut-être moi qui organiserais des fêtes aujourd'hui...

Palin n'aimait pas qu'on lui rappelle le passé de Raistlin. Le souvenir de l'Epreuve était encore trop vivace dans sa mémoire. Il n'avait pas réellement rencontré son oncle... juste une illusion invoquée par Dalamar et les autres. Mais il l'ignorait alors.

Il avait pénétré dans les Abysses. Découvrant que Raistlin était torturé par la Reine des Ténèbres, il l'avait aidé à s'échapper et reconduit jusqu'au Portail. Alors, son oncle avait annoncé son intention de laisser celui-ci ouvert, afin de permettre à Takhisis d'envahir le monde de Krynn. Il avait proposé à Palin de faire de lui son héritier, à condition que le jeune homme renonce à la robe blanche pour adopter la noire.

Son neveu avait refusé, et il s'était préparé à mourir pour l'empêcher de mettre son plan à exécution. Alors le Conclave lui avait révélé la vérité : il venait sans le savoir de passer l'Epreuve. La scène n'avait été qu'une illusion.

Pourtant, le Bâton de Magius était bien réel dans sa main.

— Nous ferions mieux de nous dépêcher, dit-il abruptement. Il est presque minuit.

Steel chuchota quelques mots à l'oreille de Flamboyante, qui prit son essor et s'éloigna dans le ciel nocturne. Faisant signe à Palin de le suivre, le chevalier se dirigea vers un petit bateau de pêche tiré au sec sur le rivage.

Lorsque le jeune mage fut monté à bord, il poussa l'embarcation dans l'eau et sauta souplement à l'intérieur. Assis sur un banc, il rama sous le regard envieux de Palin. Ses mouvements sûrs et réguliers ne lui arrachaient pas le moindre son.

Avec une grande dextérité, il se faufila entre les navires ancrés dans la Baie de Branchala. Se dirigeant vers les quais, il immobilisa le bateau au bas d'une échelle.

Palin grimpa le premier. Encombré par le Bâton de Magius, il avait du mal à se mouvoir en silence. Malgré son armure, Steel ne faisait aucun bruit. Le jeune mage imagina des légions de chevaliers aussi entraînés que son cousin, et ne put réprimer un frisson. Ils n'auraient aucun mal à conquérir l'Ansalonie, surtout quand les forces du bien étaient ainsi divisées...

*Et me voilà allié avec un des responsables de la mort de mes frères ! Je vais le conduire à un endroit où il pourra acquérir encore plus de puissance ! Qu'ai-je fait ? Je devrais appeler la garde, le dénoncer...*

*Non !* dit la voix dans sa tête. *Nous avons besoin de lui pour t'aider à traverser le Bois de Shoikan et à pénétrer dans la Tour. Ensuite, tu feras ce que tu voudras.*

*Ce n'est pas bien,* se dit Palin, mais la voix de sa conscience était moins forte que celle de son oncle, et ses protestations passèrent inaperçues.

D'ailleurs, il avait donné sa parole...

Il pressa le pas. Au lieu de se diriger vers la porte principale de la Vieille Ville, Steel avait bifurqué vers la droite et pénétrait dans une ruelle étroite, dont les bâtiments lépreux se blottissaient au pied du mur d'enceinte. Une odeur déplaisante planait dans l'air.

— Pouah ! grimaça Palin. Ça pue le poisson ! Pourquoi... ?

Steel lui agrippa le bras, lui intimant l'ordre de se taire.

Une patrouille venait vers eux. Les deux hommes se plaquèrent dans le renfoncement d'une porte et retinrent leur souffle. Palin sentit la main de son compagnon glisser jusqu'à sa botte pour y prendre une dague. Il se demanda s'il devait l'aider ou tenter de l'arrêter.

Par chance, un léger raclement attira l'attention des gardes, qui s'engagèrent dans une rue adjacente.

— J'en tiens un ! s'écria une voix triomphante.

Un cri de douleur déchira le silence nocturne.

— Aïe ! Le petit monstre ! Il m'a mordu !

Un bruit de lutte.

— Pas taper, pas taper ! piailla une voix aiguë. Moi rien fait de mal ! Juste chasser rats ! Gros rats juteux ! Vous en vouloir ?

— Un nain des ravins, soupira le garde, dégoûté. Qu'en fait-on, capitaine ?

— Relâchez-le. Si on le boucle, il risque d'infecter la prison. La dernière fois, il nous a fallu des mois pour nous débarrasser de la vermine. Et puis, il n'a pas une tête de contrebandier.

La patrouille s'éloigna. Le calme revenu, Steel bondit hors de sa cachette et courut vers l'endroit où avait eu lieu l'altercation.

— Où vas-tu ? protesta Palin.

Relevant sa robe mouillée, il s'élança à la suite de

son compagnon. Steel tenait par le col une petite silhouette qui se débattait, dégageant une odeur pire que celles des poissonneries alentour.

— A l'aide ! s'égosillait la créature. Au voleur ! A l'assassin ! Pas taper, pas taper ! Vous vouloir rats ?

— Tais-toi, ordonna Steel en le secouant comme un prunier. Je ne vais pas te faire de mal. Je veux juste savoir où se trouve la boutique de Kate la Borgne.

— L-la deuxième à partir d'ici, bégaya le nain des ravins.

Palin soupira.

— Ça ne nous avance pas beaucoup ; cette créature ne doit même pas savoir compter jusqu'à trois. Et que veux-tu faire chez une poissonnière à cette heure-ci ? Aurais-tu une subite envie de hareng ?

Steel jeta un regard agacé à son compagnon et se concentra sur le nain.

— A quoi ressemble cette boutique ?

— Gros poisson avec un seul œil sur l'enseigne.

Le chevalier relâcha son prisonnier, qui détala sans demander son reste.

— Je me demande comment on va faire pour la retrouver, grommela-t-il. Il fait plus noir que dans un four. J'aurais dû...

— *Sharak,* murmura Palin.

Le cristal du Bâton de Magius se mit à luire. Steel fit un hochement de tête approbateur.

— Bien joué.

— Merci, mais je n'ai rien fait, dit Palin, amer. Je ne sais même pas comment ça fonctionne.

— Pourquoi te rabaisses-tu toujours de la sorte ? demanda Steel. Il faut connaître ta propre valeur.

— Je la connais : pour l'instant, elle est nulle. Mais plus pour longtemps.

— Parce que tu comptes retrouver ton oncle, c'est ça ? Si mes souvenirs sont exacts, il portait la robe noire. Ne seras-tu pas obligé d'en changer ?

*Bonne question...*

Palin hésita.

— Non, répondit-il après quelques instants de silence. J'ai pris ma décision durant l'Epreuve. Ce que je suis me convient. Mon oncle comprendra que je veux seulement m'améliorer.

— Ça m'étonnerait qu'il enseigne son art à un mage en robe blanche ! ricana Steel. Tu seras obligé de changer : souviens-toi de mes paroles.

— Et toi, prie pour avoir tort, répliqua vivement Palin. Sinon, je ne me sentirai plus tenu par ma promesse de rester ton prisonnier. Qui sait, je pourrais même te planter une dague dans le dos pendant ton sommeil...

Steel se fendit d'un sourire.

— Bonne réponse, dit-il. ( Il s'arrêta devant une boutique. ) Ah, je crois que nous sommes arrivés !

Il regarda autour de lui, puis frappa à la porte une série de petits coups rapides. Quelques secondes plus tard, un panneau glissa sur le côté, révélant le visage d'une femme dont l'œil gauche était couvert par un bandeau.

— Nous sommes fermés, messires.

— Pourtant, la marée monte, répondit Steel sur le ton de la conversation. Ceux qui veulent en profiter devraient mettre leur barque à l'eau.

Le panneau se referma ; la porte s'ouvrit.

— Entrez, messires, dit la femme. Entrez.

Les deux compagnons pénétrèrent dans l'échoppe. Une odeur de poisson très forte, mais pas aussi déplaisante que le craignait Palin, planait à l'intérieur. La boutiquière verrouilla la porte derrière eux, le regard rivé sur le bâton, dont le cristal brillait toujours.

— Il est magique, expliqua Palin. Mais ne craignez rien, il ne vous fera aucun mal.

La femme éclata de rire.

— Oh, je le sais. Je connais le Bâton de Magius.

Palin sursauta et dévisagea attentivement son interlocutrice. Elle devait approcher de la cinquantaine, pourtant, malgré son bandeau, elle était encore séduisante. Sa voix avait des inflexions raffinées surprenantes chez une poissonnière. Et elle était vêtue comme en plein jour... comme si elle attendait leur arrivée.

— Je suis Steel de Lumlane, ma dame. Chevalier du Lys, dit Steel en baisant la main calleuse de la poissonnière comme si elle eût été une reine.

— J'ai entendu parler de vous, répondit la femme avec un gracieux signe de tête. Je suppose que voilà Palin Majere. Je suis Katherine, Guerrière du Lys. J'ai combattu durant la Guerre de la Lance sous les ordres du seigneur Ariakus. Ainsi, vous cherchez à pénétrer discrètement dans Palanthas ?

— Oui, ma dame, si c'est possible.

— Rien de plus facile. C'est la raison de ma présence ici et de mon déguisement...

Palin dut s'agripper à son bâton pour ne pas vaciller. Ainsi, les serviteurs de la Reine des Ténèbres disposaient d'un moyen d'infiltrer Palanthas ! Des espions, des recruteurs, des assassins arpentaient peut-être déjà les rues de la ville. *Pourquoi m'ont-ils révélé ce secret ?* songea le jeune mage. *Ça n'a pas de sens. A moins, bien sûr, qu'ils sachent que je ne vivrai pas assez longtemps pour le divulguer...*

Malgré lui, il frissonna.

— Par ici, dit Katherine en se dirigeant vers une table posée contre un mur. Il faudrait déplacer ce meuble.

— Laissez-moi faire, ma dame.

Sans le moindre effort apparent, Steel poussa le meuble sur le côté. Katherine appuya sur un bloc de pierre. Un pan de mur pivota, révélant un passage secret.

— L'autre extrémité donne dans une ruelle située sur le territoire de la Guilde des Voleurs, expliqua-t-elle. Œil-Jaune vous accompagnera pour s'assurer que vous n'aurez pas de problèmes.

Elle siffla. Palin entendit un croassement rauque, un battement d'ailes, et vit un corbeau fondre sur lui. Il leva instinctivement les bras pour se protéger, mais l'oiseau se posa en douceur sur son épaule et inclina la tête comme pour le jauger. Sous la lueur de la lampe à huile, ses yeux brillaient telle de l'ambre.

— Il vous aime bien, dit Katherine. C'est un bon présage.

— Pour vous ou pour moi ? siffla Palin, amer.

— Un peu de respect, Majere ! gronda Steel.

— Ne soyez pas trop dur avec lui, chevalier. Il ne fait que dire ce qu'il pense. Allons, jeune homme, si Paladine et Takhisis se tenaient devant vous, auquel des deux réclameriez-vous son aide ? Lequel, à votre avis, serait le plus susceptible de vous permettre d'atteindre votre objectif ?

Troublé, Palin ne répondit pas. Il n'avait même pas pensé à prier Paladine pour lui demander de l'aide.

— Nous devrions y aller. Il se fait tard, souffla-t-il, se tournant vers Steel.

Katherine fit un sourire entendu. Les deux hommes prirent congé, puis pénétrèrent dans le tunnel.

Une dizaine de pas plus loin, ils arrivèrent devant une porte. Avant de l'ouvrir, Palin éteignit la lumière magique de son bâton.

Steel entrebâilla le battant. Une lumière argentée pénétra dans le passage : dans le ciel, Lunitari était à son apogée.

— Reste près de moi, chuchota le chevalier avant de se glisser à l'extérieur.

Palin saisit une poignée de pétales de roses dans une bourse accrochée à sa ceinture, et répéta mentalement l'incantation du sort de sommeil. Puis il emboîta le pas à son compagnon.

Ce fut le moment que choisit Œil-Jaune pour lui mordre cruellement le cou. Le jeune mage poussa un cri et porta la main à sa blessure.

— Qu'est-ce que... ? s'exclama Steel en faisant volte-face, l'épée à la main.

— Ce maudit oiseau m'a mordu, répondit Palin, furieux.

— C'est tout ? A t'entendre, on aurait cru qu'une légion de voleurs venait de te sauter sur le paletot !

Avec un haussement d'épaules méprisant, le chevalier se dirigea vers l'extrémité de la ruelle et sonda les ténèbres.

— Voici la Tour, dit-il en tendant le doigt vers la plus haute structure de Palanthas.

Le seul bâtiment que la lumière de Lunitari ne semblait pas toucher.

Palin rejoignit son compagnon et cligna des yeux.

— Où... sommes-nous ? demanda-t-il avec difficulté.

— A l'intérieur de la Vieille Ville de Palanthas, répondit Steel avec un sourire.

— Comment... sommes-nous arrivés ici ?

— Tu ne t'en souviens pas ?

— N-non, dit Palin en portant une main à son front, désorienté.

— C'est l'eau-de-vie naine, expliqua Steel. Tu as une bonne gueule de bois.

— Impossible. Je... ne bois jamais. Surtout pas quand il y a du danger. Explique-moi.

— Plus tard. Viens.

Steel s'éloigna. Avant de le suivre, Palin porta la main à son cou ; elle était tachée de sang. Où s'était-il blessé ?

Eberlué, il se mit en route. Au-dessus de lui s'éleva un croassement moqueur.

# 18

## LE BOIS DE SHOIKAN.

De nombreuses lumières brillaient encore aux fenêtres. Malgré l'heure tardive, une chaleur suffocante régnait sur Palanthas et les habitants avaient du mal à trouver le sommeil.

Steel et Palin se déplaçaient dans l'ombre pour ne pas attirer l'attention. Ils étaient tout près de leur destination, mais le chevalier ne retrouvait pas la rue conduisant à la Tour. Enfin, ils débouchèrent sur une vaste pelouse au pied d'un bâtiment de marbre blanc.

Une douleur depuis longtemps oubliée étreignit le cœur de Steel.

— Je sais où nous sommes, souffla-t-il.

— Le Temple de Paladine ! s'exclama Palin. Nous aurions dû prendre à gauche à la dernière intersection.

Inconsciemment, il se frotta le cou à l'endroit où le familier de dame Katherine l'avait mordu. La douleur s'estompait, mais la magie demeurerait. Jamais le jeune homme ne se souviendrait qu'il avait rencontré une femme chevalier devenue poissonnière.

Steel balaya du regard les jardins du temple. Il les connaissait bien, pour y être souvent venu à l'époque où l'ombre et la lumière se livraient bataille en son âme. Lorsque son cœur était déchiré, il venait s'asseoir sur un des bancs de marbre blanc et méditait jusqu'à ce qu'il se sente mieux. Quelle étrange coïncidence que ses pas l'aient conduit ici ce soir... Un sourire triste naquit sur ses lèvres.

Il avait choisi son chemin. Il ne devrait pas se trouver là. Paladine, comme Takhisis, pourraient en prendre ombrage.

Un grondement menaçant s'éleva derrière lui.

— Ne bouge pas ! souffla Palin dans son dos. C'est un tigre. A dix pas de moi. Il...

— N'ayez pas d'inquiétude, messires, dit une voix féminine, claire comme de l'eau de roche. Tandar est mon guide ; il ne vous fera pas de mal. Il est bien tard pour rendre visite au temple. Etes-vous perdus ou dans la peine ? Puis-je faire quelque chose ?

Steel pivota, la main sur la garde de son épée. Les yeux verts dangereusement intelligents d'un tigre blanc étaient posés sur lui. La bête avait des pattes énormes, de la taille d'une tête d'homme. Un collier doré portant un médaillon frappé du symbole de Paladine pendait à son cou.

La femme sortit de l'ombre et posa une main sur l'encolure de la bête. « Mon guide », avait-elle dit. *Pas étonnant,* songea Palin *: elle est aveugle.*

Steel reconnut aussitôt la Révérée Prêtresse Crysania, chef du culte de Paladine sur le continent.

Vingt ans s'étaient écoulés depuis que la jeune femme rongée par l'ambition avait accompagné Raistlin Majere dans les Abysses. Elle avait failli y laisser la vie, et n'avait perdu que la vue. Désormais, elle était aveugle aux beautés de ce monde, mais plus à ses souffrances. L'église avait prospéré sous sa direction.

Sa peau était blanche comme la lueur de Solinari, ses cheveux noirs étant retenus par un filet d'argent. Une aura de sérénité émanait d'elle.

— Un mage et un chevalier, dit-elle en s'approchant des deux hommes. Je suppose que vous êtes en mission. Etes-vous venus chercher la bénédiction de Paladine ?

Le tigre se remit à gronder. Steel donna un coup de coude à son compagnon.

— Euh, pas exactement, Révérée Prêtresse, bredouilla Palin, le front luisant de sueur.

— Palin Majere, constata dame Crysania. Je te souhaite la bienvenue en ces lieux.

— Comment... Comment avez-vous su ?

Crysania éclata d'un rire argentin.

— Il m'a suffi de sentir l'odeur d'épices et de pétales de rose qui t'entoure pour deviner que tu étais un mage. Et lorsque tu as parlé, j'ai reconnu ta voix : un mélange de celles de ton père et de... ton oncle, termina-t-elle à voix basse. ( Elle se reprit et se tourna vers Steel. ) Quant à ton compagnon, le frottement de son épée contre son armure me dit qu'il porte l'attirail d'un chevalier. Lequel de tes frères est-ce donc : Tanin ou Sturm ?

Steel hésita. Le plus facile serait de mentir, d'échanger quelques politesses avec Crysania et de repartir tranquillement. Pourtant...

— Vous vous trompez, Révérée Prêtresse, dit-il en se redressant de toute sa stature. Je suis Steel de Lumlane, Chevalier du Lys. J'ai l'honneur de servir sa Ténébreuse Majesté, Takhisis.

Palin leva les yeux au ciel.

— Il l'a fait ! murmura-t-il, incrédule.

— Et vous osez le proclamer dans l'enceinte de Palanthas ? demanda Crysania d'une voix plus étonnée que menaçante.

— A vous, il est normal de le dire, Révérée Prêtresse. N'importe qui d'autre s'en apercevrait en me voyant. Mais il serait déshonorant de tirer parti de votre handicap, et plus encore de mentir à une femme aussi noble et courageuse.

— Ainsi, Tanis Demi-Elfe disait vrai, soupira Crysania. Que Paladine nous vienne en aide ! ( Elle se tourna vers Palin. ) Que fais-tu ici, jeune mage ? Pourquoi voyages-tu en compagnie d'un être voué à la cause du mal ?

— Parce que je suis son prisonnier, Révérée Prêtresse. Mes frères sont morts tous les deux. Les Chevaliers de Takhisis ont accosté non loin de Kalaman ; Tanis est en route pour porter la nouvelle à la Tour du Grand Prêtre.

— Et que faites-vous ici ?

— Les Chevaliers exigent une rançon, expliqua Palin en espérant que Crysania ne lui en demanderait pas la nature. Nous nous rendons à la Tour de Haute Sorcellerie.

— Mais Dalamar n'est pas au courant, n'est-ce pas ? Sans quoi, il vous aurait fait venir à lui par magie. Hum. Je devrais appeler la garde, dit la prêtresse. Pourtant... Je n'ai pas l'habitude de me promener seule la nuit. Ce soir, j'ai ressenti une irrésistible envie de prendre la fraîcheur dans les jardins du temple. J'en conclus donc que Paladine a voulu cette rencontre.

« Vous ne réussirez jamais à traverser le Bois de Shoikan. ( Elle porta les mains à son cou et défit la chaîne d'un médaillon en or. ) Tiens, Palin. Il ne te protégera pas contre les gardiens morts-vivants, mais il te donnera le courage de les affronter.

Le jeune mage se sentit comme un voleur qu'on vient de prendre la main dans le tronc d'une église.

— Je... Je ne peux pas accepter, balbutia-t-il. Vous ignorez...

Crysania posa le médaillon dans sa paume.

— Que Paladine soit avec toi, dit-elle simplement.

— Il est temps de partir, annonça Steel, voyant l'embarras de son compagnon. Je vous proposerais bien de vous raccompagner jusqu'à vos appartements, ma dame, mais je vois que vous n'avez nul besoin de ma protection.

Crysania esquissa un sourire.

— Et vous, sire Chevalier, comment allez-vous pénétrer dans le Bois de Shoikan ? Ce n'est pas Takhisis qui règne là-bas, mais son fils Nuitari.

— J'ai mon épée, ma dame, répondit gravement Steel.

Crysania s'approcha de lui et posa une main sur son plastron. Il se figea.

— Vous aussi, vous avez un gardien, lui révéla la prêtresse. Et même deux. Un de ténèbres, un de lumière. Celui qui se tient à votre gauche est une femme vêtue d'une armure bleue. Elle tient une lance à la pointe rouge de sang. Elle est très proche de votre cœur.

« Le guide de droite est un homme. Il n'a pas d'arme, et un trou béant s'ouvre dans sa poitrine. Il est le plus proche de votre âme. Ces deux personnes veulent vous attirer à elles. Laquelle choisirez-vous de suivre ?

Stupéfait, Steel dévisagea Crysania. Pour la première fois de sa vie, il se trouvait à court de mots. La prêtresse venait de lui décrire la Vision envoyée par Takhisis le jour de son adoubement.

Sans remarquer le trouble du chevalier, Crysania prit congé des deux hommes et, suivant Tandar, s'éloigna en direction du temple.

Palin fronça les sourcils. Mi-furieux mi-embarrassé, Steel tourna les talons et revint rapidement sur ses pas.

— Je n'ai pas besoin de guide, marmonna-t-il entre ses dents. J'ai grandi seul. Je n'ai besoin d'aucun de vous deux.

Perdu dans ses sombres pensées, il ne s'arrêta qu'en arrivant à la lisière du Bois de Shoikan. Palin le rejoignit, essoufflé.

— Tu aurais pu m'attendre !

Il existait autrefois cinq Tours de Haute Sorcellerie. Forteresses des mages d'Ansalonie, elles étaient considérées comme une menace par ceux qui craignaient leur puissance. Afin de se protéger, les mages les avaient entourées d'une forêt gardienne.

Celle de la Tour de Daltigoth provoquait la léthargie. Celle de la Tour d'Istar, effondrée durant le Cataclysme, suscitait l'oubli. Celle de la Tour des Ruines éveillait chez ses visiteurs une passion si dévorante qu'ils perdaient tout intérêt pour leur mission. Celle de la Tour de Wayreth se déplaçait constamment, afin qu'on ne puisse pas la trouver.

De toutes, celle de la Tour de Wayreth était la plus terrible.

Les autres forêts avaient été bénies par des fidèles de Lunitari et de Solinari ; celle-ci, par des disciples de Nuitari. Les mortels approchant du Bois de Shoikan ressentaient une terreur primitive qui les paralysait. La plupart ne supportaient même pas la vue de ses arbres. Comme eux, Steel de Lumlane sentit une poigne glacée lui étreindre le cœur.

Il ne redoutait pas la mort. Mais il avait toujours cru qu'il tomberait au combat, pleuré par ses camarades et honoré par ses ennemis, pas déchiré par d'immondes griffes, entraîné sous le sol, étouffé et forcé après son trépas de servir Chemosh, le dieu des morts-vivants. Une terreur innommable lui tordit les boyaux, lui serra la gorge, lui donna des sueurs froides et le fit presque tomber à genoux.

Alors une femme vêtue d'une armure bleue sortit de l'ombre des grands arbres. Elle arborait de courts cheveux noirs bouclés et un sourire ironique.

— Regarde-toi ! s'exclama-t-elle. Tremblant comme un gamin durant la Nuit de l'Œil. Ai-je enfanté un lâche ? Par ma reine, si tel est le cas, je te livrerai moi-même à Chemosh !

— Mère, souffla Steel, éberlué.

— Ne m'appelle pas comme ça ! Si tu es incapable de traverser ce bois, tu n'es pas mon fils.

L'apparition se fondit dans les ombres. Steel serra les dents et posa la main sur la garde de son épée. Il avait oublié jusqu'à l'existence de Palin. Maintenant, ça se jouait entre lui et le Bois de Shoikan. La forêt lui avait lancé un défi.

Les voix des morts-vivants s'élevèrent entre les arbres, aussi sèches et cassantes que de l'os.

— Ton sang, ta chaleur, ta vie. Donne-les-nous ! Approche ! Nous avons besoin de toi. Il fait si froid ici ! Viens nous réchauffer de ta chair, viens !

Un chevalier sortit de l'ombre. Une rose, une couronne et un martin-pêcheur étaient gravés sur son plastron. Il ne portait pas d'épée... et pour cause : elle se trouvait à la ceinture de son fils.

— Tu as juré, sur ton honneur, de pénétrer dans ces bois, dit l'apparition en dévisageant Steel, l'air triste et fier à la fois.

— Oui, père, répondit le jeune homme d'une voix plus assurée.

— *Est Sularus oth Mithas.*

Steel prit une profonde inspiration.

— Je comprends.

Le Chevalier Solamnique tourna les talons et s'enfonça dans le bois. Il sembla à Steel que les ombres s'écartaient pour le laisser passer.

— Mon honneur est ma vie. Je ne ferai pas honte à ma mère. Je ne décevrai pas mon père. Allons-y, Majere, déclara le jeune homme en bombant le torse.

# 19

## TASS S'ENNUIE. LA TRÈS PUISSANTE MAGIE DES KENDERS.

Tass poussa un gros soupir en regardant autour de lui, l'air morne.

— Je m'ennuie, déclara-t-il.

Toute personne ayant vécu sur Krynn aurait pris ses jambes à son cou en entendant ces paroles dans la bouche d'un kender. Mais Usha ne mesurait pas encore les dangers auxquels l'exposait la fréquentation de Tass.

Un jour et deux nuits s'étaient écoulés depuis que Dalamar et Jenna les avaient enfermés dans la Tour. A son réveil, le kender avait commencé par explorer la pièce où ils se trouvaient. Celle-ci était pleine d'objets fascinants, originaires de tous les royaumes de Krynn : statuettes de bois sculptées par les elfes sauvages, coquillages et éponges pêchés au fond de la Mer Sanglante d'Istar, boîtes de porcelaine fabriquées en Ergoth Septentrional, lourds coffres de cèdre ouvragé en provenance de Thorbardin, et bien d'autres choses encore.

Toutes ces merveilles auraient pu finir dans les poches du kender. Et elles y séjournèrent toutes un bref instant... Avant de revenir d'elles-mêmes se placer sur leur étagère.

— Regarde ça ! s'exclama Tass, ravi.

Mais Usha avait d'autres soucis en tête.

— Je veux partir d'ici, déclara-t-elle fermement. Tu viens ? Je n'ai pas l'intention d'attendre le retour de ce Dalamar. Il ne me plaît pas du tout.

La jeune femme ramassa ses sacoches et, sans attendre la réponse du kender, se dirigea vers la porte. Elle était fermée.

— Oh, s'écria-t-elle, dépitée.

Tass ne parut pas surpris.

— Les gens veulent toujours m'empêcher d'entrer quelque part ou d'en sortir. On s'habitue, tu sais. Laisse-moi faire.

Il prit ses outils de crochetage et s'agenouilla devant la serrure. Mais lorsqu'il tenta d'y introduire un instrument, celle-ci l'expulsa. Quelqu'un s'était donné beaucoup de peine pour « immuniser » la pièce contre le passage éventuel d'un kender.

— C'est pas du jeu ! protesta Tass.

— Que fera-t-on une fois sortis d'ici ? demanda Usha par-dessus son épaule.

— Je suppose qu'il faudra traverser le Bois de Shoikan. ( Le visage du kender s'éclaira. ) C'est une horrible forêt pleine de morts-vivants qui voudront dévorer nos corps et tourmenter nos âmes jusqu'à la fin des temps. Je n'ai encore jamais réussi à y entrer, mais Caramon, oui. C'est toujours les mêmes qui ont de la chance.

Ragaillardi par la perspective de se colleter avec des morts-vivants, Tass se remit au travail.

— Tu... Tu crois ? balbutia Usha, peu rassurée. Peut-être que... qu'on ferait mieux d'attendre le retour de Dalamar, après tout.

Un déclic.

— Ça y est ! s'écria Tass, triomphant.

Il bondit sur ses pieds, ouvrit la porte et se retrouva nez à nez ( enfin, façon de parler ) avec une paire d'yeux blancs éthérés.

— Euh... Bonjour, dit-il, surpris.

— Ferme la porte ! hurla Usha. Vite, avant que ce.. cette chose ne rentre ici !

Tass haussa les épaules.

— Ce n'est qu'un spectre. ( Il tendit sa petite main. ) Comment allez-vous ? Je m'appelle Tasslehoff Racle-Pieds. Oh, excusez-moi. Je ne voulais pas être impoli ; je n'avais pas réalisé que vous n'aviez pas de mains. À votre place, je serais drôlement embêté. Ravi de faire votre connaissance. Quel est votre nom ?

Le spectre ne répondit pas.

— Pas bavard, hein ? Ça ne fait rien, nous allions justement partir. Si vous voulez bien vous pousser un peu...

Le spectre toisa le kender en silence. Un courant d'air glacial envahit la pièce.

— Écoutez, dit Tass en faisant un pas en avant, je...

La porte lui claqua au nez. Il buta dedans et tomba assis sur le sol.

— Que... C'était quoi ? bégaya Usha, effrayée. Pourquoi ne veut-on pas nous laisser partir ?

— Sans doute parce que tu es la fille de Raistlin, suggéra Tass en se relevant et en époussetant son pantalon. Dalamar était son apprenti, mais aussi un espion du Conclave. Les mages ne faisaient pas confiance à Raistlin.

« Ton père a découvert la vérité et puni Dalamar en lui faisant des trous dans la poitrine. Je crois que ça n'a jamais guéri et que ça lui fait toujours mal, mais ne lui demande pas de te montrer, parce que ça a tendance à le mettre en rogne. Tu peux me croire, j'ai déjà essayé.

« Dalamar a ensuite failli tuer Raistlin alors qu'il avait presque vaincu la Reine des Ténèbres et qu'il voulait revenir dans notre monde par le Portail des Abysses. C'est là que Caramon a essayé de traverser le bois et que Tanis a failli se battre avec le seigneur Soth, un autre mort-vivant très puissant. Mais il n'a pas pu, parce qu'il avait perdu son bracelet magique et...

Tass s'arrêta pour reprendre son souffle. Usha le dévisagea, éberluée.

— Ce Raistlin... Je veux dire, mon père... Il a fait tout ça ! ( Elle se laissa tomber sur une chaise, découragée. ) Pas étonnant que Dalamar n'ait aucune confiance en moi. Il ne me laissera jamais partir ! Peut-être même qu'il me tuera !

— Oh, je ne crois pas. Je pense plutôt qu'il t'emmènera voir le Conclave et que...

— Je ne veux voir personne ! gémit Usha. Je voudrais juste rentrer chez moi !

Affligé de la *vagabondite* dès son plus jeune âge, c'était une notion que Tass avait du mal à comprendre.

— Tu peux peut-être nous sortir d'ici en utilisant un de tes objets magiques, dit-il en tendant le doigt vers la sacoche d'Usha.

— Euh... non, répondit la jeune femme, mal à l'aise. Il n'y a rien là-dedans qui puisse nous être utile. Et dans les tiennes ?

— Voyons voir...

Tass s'assit en tailleur et entreprit de vider ses nombreuses poches. Il en sortit un morceau de fromage desséché, une chauve-souris empaillée, une toupie rouge, un encrier vide, un livre portant le nom d' « Haplo », un œuf dur et une cuillère en argent.

— Ha ha ! s'exclama-t-il, triomphant. Regarde ça ! C'est un vieil artefact kender : la Cuillère à Repousser les Morts-Vivants !

— Comment ça fonctionne ? s'enquit Usha, l'air dubitatif.

— Il suffit de la brandir sous le nez du spectre, du guerrier-squelette ou de la goule que tu as la chance de rencontrer, et de dire très fermement : « Va-t'en ! » A moins que ce soit : « Fiche le camp ! »

— Et il obéit ? s'étonna Usha.

— Evidemment ! s'indigna Tass. Tu vas voir !

Il rassembla ses affaires ( plus quelques-uns qui n'étaient pas à lui, mais qui ressortirent aussitôt de ses poches ) et se dirigea vers la porte.

— Ouvre-la, ordonna-t-il à Usha.

— Pourquoi moi ? geignit sa compagne.

— Parce que je dois brandir la cuillère, dit le kender, irrité. Je ne peux pas tout faire !

Peu rassurée, la jeune femme se plaqua contre le mur et tendit une main tremblante vers la poignée de la porte. Du bout des doigts, elle appuya.

Le battant s'entrouvrit. Deux yeux désincarnés flottèrent à l'intérieur de la pièce.

— Va-t'en, ordonna Tass de sa voix la plus autoritaire. Retourne à... là d'où tu viens. ( Les spectres sortaient sans doute des Abysses, mais il n'en était pas certain, et il ne voulait pas vexer celui-là. ) Cesse de hanter cette porte.

Les yeux considéraient la cuillère avec un manque de respect évident. Usha voulut en profiter pour se faufiler à l'extérieur et avança sur la pointe des pieds. Mais le spectre la repéra et se tourna vers elle. Un courant d'air glacial s'engouffra à nouveau dans la pièce.

— Cours, Usha ! s'écria Tass.

La jeune femme en était incapable ; on eût dit que son sang avait congelé dans ses veines. Elle tremblait de la tête aux pieds, sans pouvoir esquisser un geste. Le spectre fondit sur elle.

— Fiche-lui la paix ! Va-t'en ! ordonna Tass.

Les yeux reportèrent leur attention sur le kender. Soudain, ils s'écarquillèrent, se refermèrent et disparurent. Le courant d'air s'évanouit. La porte demeura ouverte. Au loin résonna un faible carillon argentin.

Pétrifiée — de stupeur, cette fois — Usha fixait du regard le fond de la pièce.

— Je l'ai repoussé ! s'écria Tass, tout excité. Tu as vu ça ?

— Non, mais j'ai vu autre chose, répondit la jeune femme d'une voix blanche. Derrière toi. Un homme qui portait une robe noire. Il avait la figure dissimulée par une capuche.

— Encore un spectre, lâcha Tass, méprisant, en faisant volte-face. Où est-il, que je lui fasse passer l'envie d'effrayer les honnêtes gens ?

— Il est parti en même temps que l'autre.

— Oh. Tant pis. Une autre fois, peut-être. Maintenant, dépêchons-nous de filer.

Le kender rempocha sa précieuse cuillère et se dirigea vers la porte, Usha sur les talons.

Ils débouchèrent sur le palier d'un escalier qu'éclairaient des lumières tremblotantes et invisibles. Descendant les marches d'un pas prudent, ils arrivèrent bientôt au rez-de-chaussée de la Tour où vivaient les apprentis de Dalamar.

Des bruits de voix résonnaient dans les couloirs. Les deux compagnons hésitèrent.

— Que fait-on maintenant ? souffla Usha.

A cet instant, un mage en robe rouge surgit au détour d'un couloir. Il sursauta et dévisagea les deux intrus.

— Qui êtes-vous et que venez-vous faire ici ?

— Euh... Je m'appelle Usha..., balbutia la jeune femme.

— Majere, compléta fermement Tass.

— Majere ! répéta l'apprenti, sous le choc, en manquant lâcher son livre de sorts.

Usha se reprit. Ce n'était qu'un humain, guère plus âgé qu'elle. Rien d'aussi terrifiant que le spectre de la pièce du haut. Elle jeta un regard sévère au kender.

— Tu vois bien que tu n'aurais pas dû le dire !

— Désolé ! s'excusa Tass en posant une main sur sa bouche.

— Et moi qui voulais rester incognito, soupira Usha. La célébrité est parfois fatigante. Vous n'en parlerez à personne, n'est-ce pas ? Dalamar n'apprécierait pas...

L'apprenti la fixait avec un air d'adoration béate.

— Bien sûr que non ! s'écria-t-il. Je vous le promets.

— Merci, répondit gracieusement Usha, avec un sourire qui aurait fait fondre un glacier. Il est possible que je vienne étudier avec vous ; je n'ai pas encore pris ma décision.

— Oh, je suis sûr que vous vous plairez beaucoup ici, lâcha précipitamment l'apprenti.

— Dans cette tour obscure, humide et qui sent bizarre ? Je connais des prisons plus salubres, fit remarquer Tass, sévère.

L'apprenti cligna des yeux, comme s'il venait juste de remarquer la présence du kender.

— Que faites-vous là ? demanda-t-il en fronçant les sourcils.

Usha le prit par le bras et lui chuchota sur un ton confidentiel :

— Nous étions en train de dormir lorsque nous avons entendu sonner une cloche d'argent. Nous avons pensé que...

— Qu'il y avait peut-être un incendie, acheva Tass. Et nous n'avions pas envie de finir grillés comme des poulets, alors...

— Une cloche d'argent ! s'exclama l'apprenti. Je... Je dois y aller.

— Pourquoi ? s'étonna Usha. Ne pouvez-vous pas éteindre les flammes par magie ?

— Ce n'est pas un incendie ! La cloche d'argent signale que quelqu'un vient de pénétrer dans le Bois de Shoikan, expliqua l'apprenti, très agité.

— Le visiteur va se faire tailler en pièces par les squelettes, et je ne serai pas là pour voir ça, se lamenta Tass. A moins que... ( Ses yeux s'illuminèrent. ) A moins que j'aille à son secours !

Avant qu'Usha ou l'apprenti puissent l'arrêter, il sortit sa Cuillère à Repousser les Morts-Vivants et s'élança vers la porte de la Tour.

# 20

# ROBE BLANCHE ET ARMURE NOIRE.

Les voix hideuses se taisaient. Les mains squelettiques s'agitaient fébrilement sous les feuilles pourrissantes, mais n'attaquaient pas. Les arbres montaient la garde, laissant passer le mage et le chevalier.

Les deux hommes progressaient côte à côte dans la sinistre forêt. Faute de chemin, ils devaient se battre à chaque pas avec des buissons constellés d'épines. L'odeur de mort et de pourriture les faisait presque suffoquer. A l'extérieur, le sol était desséché, brûlé par le soleil ; ici, il était couvert d'une boue gluante dans laquelle leurs empreintes s'effaçaient aussitôt.

Steel avait pris la tête. L'épée à la main, il se mouvait avec une extrême prudence. Palin suivait, brandissant son Bâton de Magius, dont la lueur semblait repousser les mains squelettiques.

Les deux compagnons avaient l'impression de marcher depuis des heures. Le sol était de plus en plus spongieux ; avec ses lourdes bottes et son armure, Steel s'enfonçait jusqu'aux chevilles. A chaque pas, il peinait davantage pour arracher ses pieds à la boue avec un écœurant bruit de succion. Bientôt, il fut en nage. Il avait les poumons en feu, et se sentait aussi fatigué que s'il n'avait pas dormi depuis plusieurs jours.

Palin, lui, avançait sans difficulté. Mais il avait du mal à respirer. L'air paraissait liquide, il pénétrait dans son nez et sa bouche telle une eau noirâtre, huileuse. Le jeune mage prit une profonde inspiration, et toussa comme s'il avait bu la tasse. Des étincelles dansèrent à la périphérie de sa vision. Il se sentit perdre conscience et s'immobilisa. Pas fâché de cette pause, Steel se rapprocha...

Aussitôt, les morts passèrent à l'attaque. Des mains squelettiques jaillirent de la fange et saisirent les chevilles du chevalier. Des éclats de rire qui ressemblaient à des croassements retentirent sous les frondaisons obscures. Avec une force inhumaine, les morts-vivants tentèrent d'entraîner Steel dans leur trépas sans repos.

L'épée du chevalier décrivit de grands moulinets. Mais chaque fois qu'elle tranchait une main, celle-ci était remplacée par une autre. Steel allait perdre la bataille, et il le savait. Déjà, il avait de la boue jusqu'aux cuisses.

Palin vola au secours de son compagnon. Il voulut lancer un sort, mais les mots moururent sur ses lèvres. Il lui restait juste assez de souffle pour faire fonctionner ses poumons. Désespéré, il frappa avec son bâton.

Un craquement sinistre. Les os des morts-vivants explosèrent au contact du bois. Encouragé, le jeune mage continua à taper au hasard. Steel reprit espoir.

— Attrape-le ! s'écria Palin en lui tendant le bâton.

Des doigts squelettiques le saisirent à la gorge. Une douleur intense lui traversa le corps. Le mage poussa un cri et lâcha le bâton, dont la lumière s'éteignit.

Comme si elle n'avait attendu que cet instant, une obscurité *palpable* fondit sur les deux hommes. Palin se débattit. Il se souvint d'une manœuvre qu'il avait vu exécuter par ses frères à l'entraînement et, prenant fermement appui sur ses deux pieds, agrippa les poignets de la créature qui le tenait par-derrière. Puis il se pencha d'un coup, la projetant en avant de toutes ses forces. Déséquilibré, il tomba assis dans la boue.

Il tâta sa gorge douloureuse. Il devait se relever, avant qu'un autre mort-vivant ne profite de cette aubaine. Mais son corps refusait de lui obéir.

Levant les yeux, il vit une étoile briller dans les ténèbres. Il se demanda comment cela était possible, avant de réaliser que la lumière provenait d'un bijou pendu au cou de Steel : un joyau elfique. Le chevalier lui tendit la main. Palin la refusa et tâtonna frénétiquement autour de lui.

— Que cherches-tu ?

— Mon bâton.

— Dépêche-toi ! Ils ne vont pas tarder à revenir !

Steel se plaça au-dessus de son compagnon pour le protéger de son corps et de son épée.

— Je l'ai ! s'écria Palin, soulagé.

Dès que sa main se referma sur le bâton, le cristal se remit à luire. Les deux hommes sursautèrent.

La Tour de Haute Sorcellerie se dressait à quelques pas d'eux. C'était un haut bâtiment de marbre noir, que seules les trois lunes éclairaient.

Ils s'approchèrent prudemment du portail de fer forgé.

— Après toi, dit Steel à son compagnon.

Peu rassuré, Palin chercha une serrure du regard. Il n'y en avait pas. Le mage tendit la main et poussa. Le portail s'ouvrit.

— Et voilà, dit-il, rayonnant comme s'il venait d'accomplir un exploit.

A présent, Steel se trouvait sur *son* terrain.

Les deux hommes pénétrèrent dans un étrange jardin où poussaient des herbes et des fleurs utilisées comme composants de sorts : orchidées et roses noires, gui, pavots, jusquiames et bien d'autres encore, dont le parfum âcre semblait suspendu dans l'air.

— Ne touche à rien, ordonna Palin en s'engageant sur le chemin pavé.

— Comme si j'allais m'amuser à faire des bouquets, marmonna Steel.

Le jeune mage se demandait comment ils allaient

rentrer dans la Tour lorsqu'il les vit. Des yeux : des centaines d'yeux sans crâne ni cou, sans membres ni torse. Steel se rapprocha de lui.

— C'est quoi ? siffla-t-il à son oreille.

— Les gardiens de la Tour, répondit Palin. Ne les laisse pas te toucher !

— Et comment pourrais-je les en empêcher ? grogna Steel en se plaçant dos à lui. Fais quelque chose ! Dis quelque chose !

— Je... Je suis Palin Majere ! Laissez-nous passer !

*Majere... Majere... Majere...* Le nom parut se répercuter le long des murs de la Tour, tel le chant discordant d'une cloche fêlée. Le jeune mage frissonna.

Les yeux se rapprochèrent. Des mains pâles jaillirent des ténèbres, leurs doigts squelettiques pointés vers le cœur des êtres vivants qui osaient les narguer. Un seul contact, et le sang des deux compagnons glacerait dans leurs veines...

— Je suis venu rendre visite à Dalamar, ajouta précipitamment Palin.

*Mensonge... Mensonge... Mensonge...* murmurèrent des centaines de voix, pareilles au bruissement d'invisibles robes de soie.

Dos à dos, les deux compagnons sentirent la sueur ruisseler sur leur front. Steel fendit l'air de son épée, mais celle-ci passa au travers des spectres sans les toucher.

— Mon oncle ! s'écria Palin, désespéré. C'est toi que je suis venu voir !

La porte de la Tour s'ouvrit. Les mains s'immobilisèrent ; les yeux se tournèrent dans sa direction. Le jeune mage trembla de terreur et de soulagement mêlés. Il plissa les yeux.

— Mon oncle ? C'est toi ? demanda-t-il, hésitant.

— Ne bouge pas ! Reste où tu es ! Je viens te sauver ! s'écria une voix enthousiaste.

— Oncle Tass ! s'écria Palin, stupéfait.

## 21

## LE JARDIN DE NUITARI.

— Je suppose que ce n'est pas l'oncle que tu avais en tête, grommela Steel.

— Bien sûr que non, admit Palin. Je ne comprends pas...

— J'arrive ! le rassura le kender. Ne t'inquiète pas. Il dévala les escaliers de la Tour et fonça sur les spectres. Palin voulut lui crier un avertissement, mais il était trop tard.

— Allez-vous-en, vilains fantômes ! ordonna Tass en brandissant une cuillère en argent. On ne veut pas de vous ici. Et que ça saute !

Steel ferma les yeux.

— Nous allons mourir, lâcha-t-il, résigné.

— Non, répondit Palin après quelques secondes de silence. Regarde !

Deux par deux, les yeux éthérés se fermèrent. Les mains disparurent dans des manches invisibles ; bientôt, il ne resta plus dans la cour que les humains et le kender.

— Vous avez vu ça ? pavoisa ce dernier. C'est grâce à ma Cuillère à Repousser les Morts-Vivants.

Palin allait demander à l'examiner, mais avant qu'il puisse ouvrir la bouche, Tass l'avait déjà rangée dans sa poche de chemise. Il se dirigea vers Steel auquel il tendit sa petite main.

— Bonjour, comment allez-vous ? dit-il poliment. Je suis Tasslehoff Racle-Pieds. Mes amis m'appellent Tass, sauf Palin et ses frères qui préfèrent « oncle Tass ». Je ne sais pas pourquoi, vu que nous n'avons aucun lien de parenté. Je suis simplement un ami de Caramon. Quand ils étaient petits ils m'appelaient « grand-père », mais ils ont changé le jour où ils se sont aperçus qu'ils étaient plus grands que moi. Ça devenait un peu ridicule.

« Vous avez une armure magnifique. Ces crânes et ces lys de la mort vous donnent un air maléfique très réussi. Je sais ! Vous devez être un Chevalier de Takhisis ! J'ai entendu parler de votre ordre, mais c'est la première fois que je rencontre un de ses membres. Je suis très honoré.

— Je ne parle pas avec les kenders, répondit Steel, très raide.

— Même avec ceux qui viennent de te sauver la vie ? souffla son compagnon.

Le chevalier s'inclina brièvement.

— Steel de Lumlane, se présenta-t-il à contrecœur.

— Je te connais ! Tanis m'a parlé de toi ! Tu es le fils de Sturm ! s'écria Tass, tout joyeux.

Il ouvrit grand les bras et se prépara à étreindre le chevalier, mais celui-ci lui plaqua une main sur la tête et le maintint à bout de bras.

— Je te dois la vie, kender, et mon honneur m'impose de rembourser cette dette dès que possible. En revanche, rien ne m'oblige à te laisser approcher de moi. Je te serais reconnaissant de garder tes distances.

Il repoussa Tass, qui trébucha et tomba dans les bras de Palin.

— J'avais oublié que tu étais aussi le fils de Kitiara, grommela le kender.

Une voix féminine s'éleva à l'intérieur de la Tour.

— Tasslehoff ? Où es-tu ?

Palin leva les yeux vers la porte et eut un hoquet de surprise. Les spectres avaient failli lui glacer le cœur, et voilà que celui-ci s'embrasait tout à coup pour une inconnue.

Jamais il n'avait vu une femme comme elle. Ses cheveux argentés encadraient un visage d'elfe où brillaient d'immenses yeux dorés. Ses larges vêtements de soie verte lui conféraient une allure exotique, comme si elle venait de tomber d'une étoile.

— Tass ! s'exclama-t-elle, soulagée, en dévalant les marches. Heureusement que je t'ai retrouvé ! Nous allons pouvoir quitter cet horrible...

Elle s'arrêta net, dévisageant Steel et Palin.

— Oh. ( Elle jeta un regard en biais au kender. ) Qui sont ces deux messires ?

— Des amis à moi ! s'exclama Tass, enthousiaste. Steel, Palin, je vous présente Usha.

— Enchanté, dit le jeune mage.

*Envoûté* eût été plus exact. Mais Usha n'avait d'yeux que pour son compagnon. Palin fut d'abord déçu, puis étonné de voir une ombre passer sur son beau visage.

— Ils étaient comme vous ! s'écria-t-elle d'une voix tremblante de colère. Ceux qui sont venus bouleverser nos vies... Pourquoi ? Que vous avions-nous fait ? Nous ne constituions pas une menace !

— De quelle cité venez-vous, ma dame ? demanda Steel avec intérêt. De Kalaman ?

Usha ouvrit la bouche, la referma, et déclara enfin :

— Non. De... D'un peu plus loin. ( Puis, reprenant de l'assurance : ) Vous n'aviez pas le droit de nous envahir !

— Quels que soient les préjudices que vous nous reprochez, sachez qu'ils ont été infligés au nom du progrès, objecta Steel. Mais inutile que je vous explique : je pense que vous ne comprendriez pas. ( Indifférent à la détresse d'Usha, il reporta son attention sur la Tour. ) Tu viens, Majere ? Nous avons une mission à accomplir.

— Je sais, répondit Palin à regret.

La jeune femme se tourna vers lui.

— Je n'ai pas bien compris votre nom.

— Palin. Palin Majere, dit-il avec empressement.

— Majere ? Mais... s'étonna la jeune femme.

— Elle s'appelle comme toi ! intervint Tass, tout excité. C'est la fille de Raistlin. N'est-ce pas merveilleux ?

— Non ! s'exclama Palin.

Effrayée par les accents passionnés de sa voix, Usha recula.

— Que... Ça ne va pas ? balbutia-t-elle.

— Je suis le neveu de Raistlin, expliqua le jeune mage, le cœur brisé. Ça veut dire que nous sommes cousins germains.

— C'est tout ? demanda Usha, soulagée. Ce n'est pas bien grave.

Elle lui sourit ; Palin eut l'impression d'être enveloppé par de la poussière d'étoile.

— Maintenant que nous avons résolu les problèmes généalogiques, grogna Steel, exaspéré, peut-on enfin pénétrer dans cette maudite tour ?

— Vous voulez rentrer là-dedans ? s'étonna Usha. Nous venons juste de nous en échapper. ( Elle prit la main de Palin. ) Oh, je vous en prie... Le mage en robe rouge m'a dit que vous deviez être très puissant pour avoir traversé le Bois de Shoikan. Raccompagnez-nous jusqu'à sa lisière !

Sa peau était douce et fraîche, ses yeux implorants. Palin déglutit avec peine.

— Je ne peux pas, avoua-t-il à regret. J'ai quelque chose à faire ici. Et vous ne devriez pas vous aventurer dans le bois toute seule, c'est beaucoup trop dangereux. Pourquoi Dalamar vous retenait-il prisonnière ?

— Parce qu'elle est la fille de Raistlin, bien sûr ! s'écria Tass.

*Bien sûr,* songea amèrement Palin. *C'est peut-être à cause d'elle que mon oncle m'a attiré ici... parce qu'il la veut. Pourquoi s'encombrerait-il d'un neveu quand il peut avoir sa propre fille ?*

Le jeune homme se dégagea de l'étreinte d'Usha. Des crocs empoisonnés venaient de se planter dans son cœur. Il était attiré par cette femme *et* jaloux d'elle. Pour la première fois, il comprit la relation étrange qui avait dû exister entre son père et son jumeau.

Usha ressentit cette soudaine froideur.

— Vous ne voulez pas nous aider. Très bien, dit-elle en relevant le menton avec une bravoure feinte. Nous nous débrouillerons seuls.

— Non, attendez ! ( Palin se racla la gorge. ) Vous feriez mieux de venir avec nous. Je vais parler à Dalamar, et...

— Il n'est pas là, coupa Usha. Il est parti assister à une réunion de mages.

— Dalamar n'est pas là, répéta Palin à voix basse.

Au fond, cela n'avait rien d'étonnant. Raistlin ne lui avait-il pas promis qu'il s'en chargerait ?

— Alors, tu viens oui ou non ? s'impatienta Steel.

Un mage en robe rouge se découpa dans l'encadrement de la porte.

— Que faites-vous là ? s'exclama-t-il en découvrant Steel et Palin. Comment avez-vous traversé le Bois de Shoikan ? Où sont les gardiens ?

Palin se creusait la cervelle à la recherche d'une réponse plausible, lorsque Tass prit la parole.

— Ils ont été invités par Dalamar, expliqua le kender.

L'apprenti fronça les sourcils.

— Invités par Dalamar ? Un Robe Blanche et un Chevalier Noir ? répéta-t-il, incrédule.

Steel ouvrit la bouche pour protester, mais Tass lui donna un vigoureux coup de coude.

— Ça fait une bonne moyenne, non ? Réfléchissez... Nul ne peut traverser le bois sans un charme donné par Dalamar. Et maintenant, si vous voulez bien nous excuser, nous allons monter dans les appartements de votre maître pour l'attendre.

Il se dirigea d'un pas assuré vers l'escalier, faisant signe aux autres de le suivre. Usha hésita.

— Ecoute, lui dit Palin à voix basse, tu ne peux pas

partir seule... Viens avec nous. Tout se passera bien, je te le promets.

L'apprenti avait pris sa décision. Le plus sûr semblait de boucler ces gens étrangers dans les appartements de Dalamar.

— Je vais vous conduire chez mon maître, proposa-t-il. Nous l'attendrons ensemble.

Steel et Palin échangèrent une grimace. Ça ne leur allait pas du tout ; ils devaient trouver le Portail des Abysses et le franchir avant le retour du mage.

— Merci, mais ce ne sera pas nécessaire, intervint Tass. Nous connaissons le chemin. Et Palin est déjà venu. C'est un ami personnel de Dalamar ; vous ne le reconnaissez pas ? Palin Majere, voyons, le neveu de Raistlin ! Usha est sa fille : celle de Raistlin, je veux dire. Et voici Steel de Lumlane, son demi-neveu. Enfin, je crois... ( Le kender fronça les sourcils. ) Kitiara étant la demi-sœur de Raistlin, Steel n'est peut-être que son quart de neveu...

— Bref, coupa le chevalier, c'est une réunion de famille.

Il pénétra dans la Tour d'un pas décidé. L'apprenti n'osa s'y opposer, mais il s'assura que plusieurs spectres gardiens suivaient le petit groupe et se postaient devant les appartements de Dalamar.

— Comment allons-nous atteindre le laboratoire, maintenant ? se lamenta Palin.

— Ben, il suffit de monter l'escalier, dit Tass, l'air innocent. D'accord, c'est un peu haut, mais...

— Les spectres ne nous laisseront jamais faire !

— Ne t'inquiète pas pour ça : nous avons ma Cuillère à Repousser les Morts-Vivants.

— Ecoute, soupira Palin, ce n'est qu'une cuillère ordinaire...

Un mouvement attira son attention. Un mage vêtu d'une robe noire se tenait derrière le kender. Il avait des cheveux blancs, la peau dorée, des pupilles en forme de sablier.

— Oncle..., commença Palin, stupéfait.

Raistlin fit un signe de dénégation. Son regard se posa sur Tass, puis il disparut.

— Oui ? Tu disais ? s'enquit le kender.

Palin jeta un coup d'œil à ses compagnons. Steel fouillait la pièce à la recherche d'une autre issue ; Inconsolable, Usha s'était roulée en boule dans un fauteuil.

— Ce n'est pas une cuillère ordinaire, reprit Tass, mais une relique sacrée ! Tu l'as vue fonctionner, non ?

Raistlin était apparu à Palin, et à lui seul. La fatigue, la douleur et le découragement du jeune homme se dissipèrent comme par enchantement. Il réussirait à pénétrer dans le laboratoire. Il en était persuadé.

— Fais-moi voir ça, dit-il en prenant la cuillère à Tass et en feignant de l'examiner. Oui, tu as raison. C'est bien un artefact.

# 22

## SOUPÇONS. L'ANTRE DE RAISTLIN.

Ils sortirent des appartements de Dalamar sur les talons de Tass, qui brandissait fièrement sa cuillère. A son approche, les yeux éthérés se fermèrent et disparurent.

Eclairés par le Bâton de Magius, les quatre compagnons gravirent un interminable escalier. Nul ne tenta de les en empêcher : cette partie de la Tour était déserte.

— Pourquoi les avons-nous emmenés ? demanda Steel, mécontent, sans même se donner la peine de baisser la voix.

— Parce que seul un kender peut utiliser la Cuillère à Repousser les Morts-Vivants, répondit Palin avec un demi-sourire.

Le chevalier comprit qu'il lui cachait quelque chose, et décida de redoubler de vigilance.

— Parle-moi du Portail.

— A vrai dire, je ne sais pas grand-chose, admit Palin à contrecœur.

— Moi, si ! s'écria Tass, peu rancunier. J'étais avec Caramon et Raistlin, quand Raistlin n'était pas Raistlin mais Fistandantilus, et qu'ils l'ont franchi pour aller se battre contre la Reine des Ténèbres. Tu veux que je te raconte ?

— Non, répondit sèchement Steel. C'est à Palin que j'ai posé la question.

— Eh bien... D'après ce qu'on m'a enseigné à l'école, il existait autrefois cinq Portails : un dans chaque Tour de Haute Sorcellerie. Les mages les avaient créés pour se rendre de l'une à l'autre sans avoir à lancer de sorts de téléportation.

« Ils ne s'étaient pas avisés qu'ils avaient ouvert un chemin vers un autre plan d'existence. Or, depuis longtemps, Takhisis cherchait un moyen de pénétrer dans notre monde. Choisissant un mage en robe noire susceptible de céder à la tentation, elle hanta ses rêves sous la forme d'une très belle femme.

« Obsédé par cette vision, le mage jura de la trouver et de la faire sienne. Alors elle lui raconta qu'elle était prisonnière d'un autre plan, que lui seul pouvait la délivrer en empruntant le Portail...

« Personne ne sait ce qu'il advint du malheureux. Mais dès l'ouverture du Portail, Takhisis et ses dragons maléfiques déferlèrent sur Krynn. Ce fut la Première Guerre des Dragons.

« Huma parvint à repousser les forces des ténèbres et les renvoya dans les Abysses. Honteux, les mages voulurent fermer les Portails. Mais leurs créateurs étaient morts pendant la guerre, et leur savoir avait disparu avec eux. En désespoir de cause, ils crurent sceller les Portails en imposant pour leur ouverture une condition impossible à remplir : l'alliance d'un sorcier en robe noire et d'un prêtre de Paladine.

« Trois des Tours de Haute Sorcellerie et leurs Portails furent détruites durant l'émergence d'Istar. Les mages qui vivaient dans celle de Palanthas acceptèrent de l'abandonner, si on les laissait exercer leurs pouvoirs dans celle de Wayreth. Avant de partir, ils déplacèrent le Portail vers le Château de la Tête de Mort, s'imaginant que personne n'irait le chercher là.

— Moi, je l'ai trouvé ! s'exclama Tass. En quelque sorte... J'avais remonté le temps avec Caramon et Raistlin — évidemment, c'était un accident. Crysania, une prêtresse de Paladine, a ouvert le Portail avec Raistlin ; ils sont entrés dans les Abysses. La Reine des Ténèbres a failli tuer Crysania, mais Caramon l'a ramenée juste à temps. Alors Raistlin s'est rendu compte qu'il avait fait une bêtise, et que Takhisis allait en profiter pour revenir sur Krynn. Et il s'est sacrifié pour l'en empêcher.

— Une minute, intervint Steel, les sourcils froncés. ( Il se tourna vers Palin. ) D'après ton histoire, nous n'avons aucune chance d'ouvrir le Portail. Et tu le savais depuis le début ! M'as-tu attiré dans un piège ?

Il posa la main sur la garde de son épée.

— Ouah ! Vous voulez aller dans les Abysses ? s'étonna Tass. Vous savez, j'ai connu des endroits plus agréables...

— Non, répondit Palin sans tenir compte de l'intervention du kender. Mais tu as raison sur un point : je n'ai pas la moindre idée de la façon dont nous allons nous y prendre.

*

* *

Ils continuèrent à grimper en silence. Chaque marche faisait surgir dans l'esprit de Palin une foule de souvenirs. Il connaissait bien cet endroit. Là, il avait passé son Epreuve. Là, il avait connu l'ultime extase de la magie...

Depuis, il n'avait jamais retrouvé de telles sensations. Il n'éprouvait qu'un léger frisson lorsque ses sorts fonctionnaient, et une terreur sans nom lorsqu'ils ne fonctionnaient pas, ce qui se produisait de plus en plus fréquemment. Parfois, il lui semblait que les mots s'emmêlaient dans sa tête. Il ne se souvenait plus de leur prononciation, ni de l'endroit où il avait rangé les composants nécessaires à leur lancement...

S'il avait eu un maître, il aurait pu en parler avec lui. Mais malgré la couleur de sa robe, aucun mage n'avait voulu du neveu de Raistlin Majere comme apprenti. Palin craignait d'avoir atteint ses limites. Peut-être resterait-il à jamais un mage de faible rang, condamné à faire des tours de passe-passe dans les goûters d'enfants pour gagner sa vie.

Afin de prouver sa valeur, il avait décidé d'abandonner ses études et de partir avec ses frères. Une fois de plus, il avait échoué. Tanin et Sturm avaient perdu la vie en cherchant à le protéger, parce qu'il était incapable de s'en charger lui-même.

Soudain, Palin s'avisa que ses compagnons et lui étaient arrivés sur le dernier palier de l'escalier. Il ne restait plus que quelques marches conduisant à la porte du laboratoire. Le jeune mage cligna des yeux.

— Alors, Majere, qu'attends-tu pour nous faire entrer ? demanda froidement Steel.

— Où... Où est le gardien ? balbutia Palin en regardant autour de lui.

Quelque chose clochait. Il aurait juré entendre comme un murmure excité dans les ténèbres.

*Non, mon neveu. Au contraire, tout va très bien !*

Des larmes picotèrent les yeux de Palin. *Que fais-je là ?* se demanda-t-il, doutant pour la première fois du bien-fondé de son expédition. *Et si Raistlin était en train de m'utiliser...*

— Bof, dit Tass en haussant les épaules. Le gardien a dû entendre parler de ma cuillère, et il aura pris ses jambes à son cou. Enfin, façon de parler. Tu viens ?

Avant que Palin puisse protester, le kender avait bondi jusqu'à la porte et posé sa main sur la poignée.

Le battant s'ouvrit. Un courant d'air glacial s'échappa du laboratoire, chargé d'une odeur de renfermé et d'autres effluves, beaucoup plus déplaisants. Usha manqua s'étrangler et se couvrit le visage de son foulard. Steel grimaça.

— Ouah ! s'exclama Tass, émerveillé, en pénétrant dans le laboratoire.

Des visions apocalyptiques traversèrent l'esprit de Palin.

— Oncle Tass ! s'écria-t-il en se précipitant vers le kender. Sors de là ! Ne touche à rien !

Nerveux, il s'arrêta sur le seuil. Il n'aurait pas dû être là. Pourquoi... ?

Debout au milieu de la pièce, les yeux écarquillés, Tass contemplait une énorme table couverte de parchemins, d'instruments et de potions.

— Sors de là, ordonna Palin.

Derrière lui, il entendit Steel monter l'escalier.

Alors, le cristal de son bâton s'éteignit. Les ténèbres s'abattirent sur les quatre compagnons. Steel jura. Usha poussa un cri.

— *Sharak.*

Mais le bâton refusa d'obéir à Palin.

— J'ai trouvé quelque chose ! s'écria Tass, tout excité. Peut-être que...

— Oncle Tass, non ! hurla Palin en se tournant vers lui.

Un bruit de verre brisé... Tenant son bâton comme une canne d'aveugle, le jeune mage fit quelques pas à l'intérieur du laboratoire.

Derrière lui, la porte se referma au nez de Steel.

# 23

## LE RETOUR DE DALAMAR. LA MAGIE D'USHA.

— Majere ! s'exclama Steel en se jetant contre la porte. Maudis sois-tu ! Ouvre-moi !

— Palin ! s'écria Usha, tapant des poings sur le battant.

Des bruits étouffés leur parvinrent, venant du laboratoire.

— Retournez sur le palier, ma dame, ordonna froidement le chevalier. Je vais essayer d'enfoncer cette porte, et vous ne feriez que me gêner.

A tâtons, Usha s'engagea dans l'escalier. Steel recula. Il allait manquer d'élan, mais...

— Chevalier ! Derrière vous ! hurla la jeune femme.

Il fit volte-face, l'épée levée. Deux yeux pâles luisaient dans les ténèbres.

— Veuillez quitter cet endroit, messire, dit une voix sépulcrale. L'entrée du laboratoire est interdite.

— Vous avez bien laissé passer le mage et le kender, protesta Steel.

— Non. Ce n'était pas moi, mais le Maître de la Tour.

— Le seigneur Dalamar est revenu ? Dans ce cas, dites-lui de me laisser entrer !

Les yeux se rapprochèrent. Steel sentit son sang se glacer dans ses veines et serra les dents pour les empêcher de claquer.

— Je ne faisais pas allusion à Dalamar, répondit le spectre. Maintenant, veuillez quitter cet endroit.

— Pas question, grogna Steel.

Sortir de cette étrange tour... il ne demandait que ça. Mais son devoir était de rejoindre Palin et cela importait plus que sa vie.

Son épée fendit l'air en sifflant, traversa le spectre et s'abattit sur le mur dans une pluie d'étincelles.

— A l'aide ! hurla Usha, terrorisée. Au secours !

Steel s'apprêta à frapper une seconde fois.

— Takhisis ! s'écria-t-il. Aide-moi !

— C'est en vain que vous vous époumonez, sire chevalier. Notre reine n'a aucun pouvoir ici.

Steel se retourna vivement. Une magicienne en robe rouge et un elfe en robe noire se tenaient sur le palier, éclairés par un globe de lumière jaune. *Dalamar le Sombre,* se dit Steel. *Maître de la Tour de Haute Sorcellerie...* Ou du moins, sous-locataire de la Tour de Haute Sorcellerie.

L'elfe noir leva la tête vers lui.

— On m'a dit que deux étrangers s'étaient introduits ici. Au début, j'ai eu du mal à y croire. Je comprends mieux maintenant. Où est Palin Majere ?

— Là-dedans ! s'écria Usha en tendant un doigt vers la porte. Tasslehoff est avec lui.

Dalamar devint livide. Il se tourna vers le gardien.

— Je t'avais ordonné de ne laisser entrer personne !

— Seigneur, telle était la volonté du véritable Maître de la Tour, répondit la voix caverneuse.

Une rage froide, presque palpable, s'empara de l'elfe noir. Usha se colla contre le mur, comme si elle espérait s'y fondre. Malgré elle, Jenna fit un pas en arrière. Seul l'honneur de Steel l'empêcha de les imiter.

Puis Dalamar se détendit. Son regard se fit vague, comme s'il communiait avec lui-même.

— Peut-être est-ce mieux ainsi, murmura-t-il. Peut-être sait-il quelque chose... ( Il reporta son attention sur le chevalier et lui demanda brusquement : ) Seriez-vous Steel de Lumlane ?

— Oui.

— Le fils de Kitiara... La ressemblance est frappante. J'ai bien connu votre mère, dit Dalamar avec un sourire ironique.

— Vous l'avez tuée ! s'exclama Steel en serrant les poings.

Il tira son épée d'un air menaçant.

— Par conséquent, vous êtes obligé de la venger, dit l'elfe noir en haussant les épaules. Très bien. Supposons que vous me provoquiez en duel. J'accepte : je vous tue et Takhisis perdra un bon soldat. Pensez-vous que ce soit sa volonté ? J'ai abattu votre mère au combat. C'était de la légitime défense : elle avait frappé la première. Je peux vous montrer la cicatrice, si vous voulez.

Comme tous les Chevaliers de Takhisis confrontés à un dilemme, Steel se reporta à sa Vision. Une image de sa mère naquit dans son esprit. Epée à la main, Kitiara se dressait dans l'ombre d'un dragon à cinq têtes. Tout ça n'était pas très clair.

— Sire chevalier, poursuivit Dalamar, votre commandant a tenté de vous contacter.

Steel secoua la tête pour s'éclaircir les idées.

— Comment est-ce possible ? Personne ne sait que je suis ici.

— Quelqu'un a dû lui dire, sans doute la même personne qui vous a aidé à traverser le Bois de Shoikan. Si vous voulez, je peux vous mettre en rapport avec lui. De toute façon, vous n'avez plus rien à faire ici. L'oncle est venu chercher son neveu.

— C'est que..., hésita Steel. Palin Majere était mon prisonnier. J'avais accepté sa parole.

— Ah. Dans ce cas, vous vous trouvez face à un choix difficile.

Le chevalier réfléchit quelques instants. Son commandant savait qu'il se trouvait là. Takhisis devait avoir d'autres plans pour lui. Il rengaina son épée et descendit les marches.

— Je vais vous conduire au Bassin de Vision, proposa l'elfe noir. Vous pourrez y communiquer avec votre officier.

— Et moi ? protesta Usha. Qu'allez-vous faire de moi ? Et qu'est-il arrivé à Palin ? Je veux aller avec lui !

— Jenna, occupe-toi d'elle, ordonna Dalamar.

La magicienne hocha la tête. L'elfe noir incanta. D'épaisses ténèbres se refermèrent sur Steel.

*
* *

Usha avait suivi les autres parce qu'elle ne voulait pas rester seule dans les appartements de Dalamar, *et* parce qu'elle trouvait le jeune mage très séduisant. C'était le premier mâle qui ne se montrait pas grossier comme les voyous de Palanthas, effrayant comme l'elfe noir ou froid comme le chevalier.

Palin était différent. Il lui rappelait son Protecteur : il était doux, vulnérable, et il semblait affligé d'un terrible chagrin. Pourtant, il ne manquait ni de volonté ni de courage. Au souvenir de son visage, Usha sentit son cœur de serrer d'une façon à la fois douloureuse et exquise.

— Je veux aller avec Palin, répéta-t-elle.

— Je t'en prie, dit Jenna en désignant la porte du laboratoire, devant laquelle le spectre montait désormais la garde.

— Euh... Réflexion faite, je veux sortir d'ici. Vous ne pouvez pas me retenir contre mon gré.

— Bien sûr que non, répliqua la magicienne, ironique. Tu es tellement puissante...

Usha prit une inspiration.

— Très bien.

Elle ouvrit la sacoche contenant les cadeaux des

Irda. Elle savait qu'ils étaient tous magiques, mais elle n'avait pas écouté les explications de ses amis et ignorait à quoi ils servaient. Il y avait là plusieurs anneaux, trois amulettes, deux parchemins noués d'un ruban violet, une petite bourse contenant des herbes odorantes, un morceau de corde, plusieurs figurines sculptées et une fiole de verre.

Usha ferma les yeux, tentant de se souvenir des paroles des Irda. Des larmes lui brûlèrent les paupières. Elle s'était montrée si capricieuse, si égoïste ! Elle aurait dû leur dire combien elle les aimait, combien elle leur était reconnaissante, combien ils lui manqueraient...

— Si tu te trouves en danger et que tu veux t'échapper, utilise ceci...

Elle revoyait le Protecteur lui mettre un objet dans la main. La fiole.

— Je te suggère de venir avec moi, dit Jenna qui commençait à perdre patience.

— Inutile, je m'en vais.

Usha avait vécu entourée de magie depuis son plus jeune âge. Jusqu'à son arrivée dans la Tour, jamais elle ne l'avait vue utilisée de façon mauvaise ou néfaste. S'en remettre à un enchantement inconnu ne l'effrayait pas : le Protecteur ne lui aurait pas donné quelque chose de dangereux.

Elle sortit la fiole de sa sacoche et la déboucha. Réalisant ce qu'elle était sur le point de faire, Jenna bondit sur elle. Mais il était trop tard.

Une mince volute de fumée jaune pâle s'éleva de la fiole. Elle sentait bon l'herbe coupée. Usha la porta à son nez, inspira et...

Et devint de la fumée.

## 24

## LA CHAMBRE DE VISION.

Dalamar et Steel se tenaient sur une étroite passerelle bordant un bassin rond. Une flamme bleue n'émettant qu'une faible lueur dansait au centre des eaux noirâtres. Elle ne dégageait pas de fumée et son combustible était invisible.

— Voici donc la Chambre de Vision, lâcha Steel en regardant autour de lui.

Quelque chose remua dans les ténèbres. D'instinct, il porta la main à son épée.

— Détendez-vous, suggéra Dalamar. Ils ne peuvent pas vous faire de mal.

Steel n'avait qu'une confiance limitée en la parole du mage.

— Par Takhisis, qu'est-ce donc ? souffla-t-il.

— Au cours de sa carrière mouvementée, mon *shalafi* essaya autrefois de créer la vie. Les Presque Vivants sont le produit de ses expériences.

Des masses larvaires suintantes se tordaient au bord du bassin en émettant des bruits écœurants. Steel avait contemplé bien d'horribles spectacles sur le champ de bataille. Pour la première fois de sa vie, il eut un haut-le-corps et dut détourner le regard.

— Sacrilège, gronda-t-il tout bas.

— C'est vrai, acquiesça Dalamar. Mon *shalafi*

n'avait aucun respect pour les dieux, quels qu'ils soient. Allons, venez. Votre commandant doit vous attendre.

— Où ça ? demanda le chevalier en plissant les yeux, comme s'il s'attendait à voir Trevalin sortir des ombres.

— Je n'en ai pas la moindre idée ; il ne m'a pas fait de confidences. Regardez dans le bassin.

Prenant garde à ne pas heurter les Presque Vivants, Steel se pencha avec méfiance sur les eaux obscures. Il ne vit tout d'abord que le reflet de la flamme bleue. Puis la surface du bassin se plissa, formant une image.

Le lieutenant Trevalin se tenait dans la grande salle d'un château en ruines. Ses murs étaient noircis, ses poutres effondrées ; le ciel lui tenait lieu de plafond. Plusieurs Chevaliers de Takhisis étaient assis autour d'une table, au bout de laquelle Steel distingua une silhouette vêtue d'une armure Solamnique en aussi piteux état que les murs du château.

Il crut d'abord avoir affaire à un prisonnier. Puis il remarqua les flammes rouges qui brillaient à l'intérieur de son heaume, et sut alors où se trouvaient ses camarades : à la Forteresse de Dargaard, demeure du seigneur Soth.

— Lieutenant Trevalin, salua-t-il.

— Ah, Lumlane ! Je vois que vous êtes toujours à la Tour de Haute Sorcellerie. ( L'officier se tourna vers Dalamar. ) Je vous remercie, seigneur, d'avoir transmis mon message.

L'elfe noir se fendit d'un rictus. Il n'aimait pas beaucoup les Robes Grises, mais il était tenu d'aider ceux qui, comme lui, servaient Takhisis.

— Où en est votre mission, Lumlane ? s'enquit Trevalin.

— J'ai échoué, lieutenant, répondit Steel, impassible. Palin Majere m'a échappé.

— C'est très fâcheux, commenta gravement Trevalin. Avez-vous une chance de le reprendre ?

— Il semble que non.

— Vous affronterez donc la sentence de mort à sa place. Mais avant, vous aurez l'occasion de vous défendre devant le seigneur Ariakan. Vous avez de la chance : il est très occupé pour le moment. Votre jugement sera donc reporté.

« En attendant, je vous ordonne de regagner votre bataillon. J'ai déjà envoyé Flamboyante vous chercher. Retrouvez-nous dans les Monts Vingaard. Demain à l'aube, nous attaquerons la Tour du Grand Prêtre. Vous ne devriez pas avoir de problèmes à nous trouver : depuis les cieux, les dieux eux-mêmes nous verront.

*
**

Durant la conversation entre Steel et Trevalin, Jenna pénétra dans la Chambre de Vision et s'approcha de Dalamar.

— La fille est partie, dit-elle à voix basse.

— Partie ? Comment ? s'étonna l'elfe noir.

— Par magie, bien sûr. Elle a utilisé une potion qui l'a changée en fumée. Je n'ai pas eu le temps de l'en empêcher.

— De toute façon, tu n'aurais rien pu faire, dit Dalamar. Personne ne sait comment fonctionne la magie des Irda. ( Il soupira. ) Peu importe. Nous avons plus urgent sur les bras : les Chevaliers de Takhisis veulent attaquer la Tour du Grand Prêtre à l'aube.

— Par Giléan ! s'exclama Jenna.

— Fais-moi confiance : ils gagneront, lâcha Dalamar, l'air sombre.

— Je ne vois pas en quoi ça peut te déplaire, fit remarquer la jeune femme. N'es-tu pas du côté de ta reine ?

— Je le serais si elle était de mon côté aussi, dit amèrement l'elfe noir. Mais ça n'est pas le cas. Elle a créé un nouvel ordre de mages pour la servir. Si la Tour du Grand Prêtre tombe demain, Palanthas se rendra, et nous serons à la merci des Robes Grises.

— Ils n'oseraient quand même pas te prendre la Tour ? s'exclama Jenna, stupéfaite.

— Crois-tu qu'ils se gêneraient ? Le Conclave protestera, mais nous l'avons déjà vu à l'œuvre lors de l'assaut sur la Forteresse des Tempêtes.

Jenna hocha la tête, très pâle. Son propre père, Justarius, avait perdu la vie au cours de cette attaque.

— Nuitari a du mal à se dresser contre sa mère, poursuivit Dalamar. J'ai remarqué que ses pouvoirs diminuaient ces derniers temps.

— Il n'est pas le seul, observa Jenna. Lunitari a les mêmes problèmes. A en croire un Robe Blanche à qui je parlais l'autre jour, Solinari se détache également des siens.

Dalamar médita sur la nouvelle.

— Je crois que je vais faire un petit voyage, annonça-t-il enfin.

— A la Tour du Grand Prêtre ? Je comprends. Que dois-je faire du chevalier ?

— Son dragon vient le chercher. Fais-le monter sur le chemin de ronde. J'entrouvrirai le bouclier de protection pour lui permettre de partir.

— Pourquoi ne pas le garder en otage ?

— Parce que les Chevaliers de Takhisis ne chercheraient pas à le récupérer. En fait, ils l'ont déjà condamné à mort pour avoir laissé s'enfuir un prisonnier.

— Dans ce cas, il ne retournera pas auprès d'eux.

— Si. *Est Sularus oth Mithas* : son honneur est sa vie. Les Chevaliers Noirs obéissent au même code imbécile que les Solamniques. Essaie de l'en dissuader, si ça t'amuse.

— Que devrais-je faire après son départ ?

Dalamar fixa le bassin. La flamme bleue se refléta dans ses yeux sombres.

— Si j'étais toi, mon amour, je commencerais à plier bagage.

## 25

## UN NAIN TRÈS ÉLÉGANT. QUITTE OU DOUBLE.

Usha regarda autour d'elle. Elle se tenait près d'une carriole pleine de fruits, mais elle n'avait pas la moindre idée de la façon dont elle était arrivée là. Son corps la picotait de la tête aux pieds ; son nez la chatouillait comme si elle allait éternuer.

Elle se souvenait vaguement d'avoir débouché une fiole, respiré un parfum agréable... C'était tout. Maintenant, elle se trouvait sur la place du marché d'une ville inconnue. Malgré ou à cause de la foule, personne n'avait remarqué son arrivée.

Elle comprit rapidement pourquoi. Les habitants semblaient avoir assez de leurs propres problèmes. Ce qui circulait le plus n'était pas l'argent, mais les rumeurs. « Kalaman est tombée ! » chuchotait la foule. Usha ne savait pas ce que cela voulait dire.

Regardant plus attentivement, elle réalisa qu'elle se trouvait toujours à Palanthas. Une partie d'elle s'en affligea, car elle aurait aimé s'éloigner davantage de cette maudite Tour. L'autre partie se réjouit de n'avoir pas perdu tout espoir de revoir Palin.

La fumée qui s'attardait encore dans ses narines la fit éternuer. A côté d'elle, un nain somptueusement vêtu sursauta.

— Par la barbe de Réorx, jeune femme, tu m'as fait une de ces peurs ! dit-il en portant la main à son cœur.

— Je suis navrée, messi... A-atchoum !

Le nain s'écarta d'Usha.

— Tu m'as l'air d'avoir un sacré rhume, hein ? Par ce temps, je me demande comment tu t'es débrouillée pour l'attraper.

Il fouilla dans ses poches et en sortit un mouchoir de dentelle brodé aux initiales DR, qu'il tendit à Usha. Embarrassée, celle-ci s'essuya le nez dans un coin avant de le rendre à son propriétaire.

— Comment t'appelles-tu, jeune femme ? demanda le nain en plissant les yeux d'un air calculateur.

— Usha, messire.

— Pas de « messire » entre nous ! Je suis Dougan Rougemartel, à ton service.

Usha savait que les nains étaient de bons artisans, et qu'ils comptaient parmi les meilleurs forgerons de Krynn. Mais elle ignorait qu'ils pouvaient avoir aussi bon goût en matière vestimentaire. Dougan portait une chemise de soie blanche à jabot et un pourpoint de velours rouge et noir avec chausses et souliers assortis. Un beau chapeau à plume trônait sur ses longs cheveux noirs.

Une odeur de fruits frais vint chatouiller les narines de la jeune femme, lui rappelant qu'elle n'avait rien mangé depuis son festin à la Tour de Haute Sorcellerie, deux jours plus tôt. Elle jeta un coup d'œil au vendeur. Par chance, ce n'était pas celui qui l'avait fait arrêter. Mais elle avait bien retenu sa leçon. Avec un soupir, elle détourna la tête.

— A en juger par les gargouillis de ton estomac, tu dois être affamée, commenta Dougan.

Usha s'empourpra.

— Euh... oui. Mais je n'ai pas de... d'acier, expliqua-t-elle, gênée.

— Je vois. ( Le nain se gratta pensivement la barbe. ) Tu viens d'arriver en ville, n'est-ce pas ?

La jeune femme hocha la tête.

— Et tu n'as pas encore trouvé de travail, c'est ça ?

De plus en plus embarrassée, Usha acquiesça.

— Tu as de la chance : je peux peut-être t'aider. Tu m'as flanqué une belle frousse, tu sais ? Je ne t'avais pas entendue arriver, et ça faisait longtemps que personne n'avait pu me surprendre. ( Il examina les mains de la jeune femme. ) Je parie que tu es très adroite.

— Euh, sans doute, balbutia Usha, qui ne voyait pas où l'étrange personnage voulait en venir.

— Et tu as des yeux à faire se relever Chemosh de sa tombe. Oui, je pense que tu pourrais faire l'affaire...

— Mais pour quoi ?

Sans répondre, Dougan saisit une grappe de raisin et la plaça de force dans les mains d'Usha. Il y ajouta quelques pommes et fit mine de s'éloigner.

— Hé, vous ! s'écria le vendeur. Vous n'avez pas l'impression d'oublier quelque chose ?

— Si, dit Dougan en s'emparant d'une poignée de cerises. Merci.

— Je voulais parler de mon argent !

— Mettez donc ça sur ma note.

— Où te crois-tu, minus ? aboya le vendeur en croisant les bras d'un air menaçant. Paie-moi. Tout de suite.

— Très bien, soupira Dougan. ( Il n'aimait pas beaucoup qu'on le traite de « minus ». ) Voici ce que je vous propose. ( Il sortit de sa poche une pièce d'or. ) Face deux fois sur trois, j'emporte les fruits. Pile deux fois sur trois, elle est à vous. D'accord ?

Il lança la pièce, qui retomba dans la carriole côté face. Le vendeur fronça les sourcils.

— Hé, ce n'est pas notre seigneur qu'on voit là-dessus ! On dirait plutôt un nain...

Dougan récupéra prestement la pièce et la relança.

— Face. Dommage pour vous, dit-il en tendant la main.

Mais le vendeur fut plus rapide.

— Ça fait juste le compte, lâcha-t-il avec satisfaction.

— Tricheur ! rugit Dougan.

Le marchand commença à examiner la pièce. Le nain saisit Usha par le bras.

— Tant pis. Après tout, l'important, c'est de participer, dit-il précipitamment.

Il entraîna la jeune femme vers un bout de la place.

— Holà ! cria le vendeur derrière eux. Tu as essayé de me rouler ! Cette pièce a deux côtés face !

— Dépêche-toi, Usha. Nous n'avons pas toute la journée devant nous, dit Dougan en accélérant.

— Et en plus, l'or s'en va quand on frotte ! Au voleur ! Attrapez-le !

Le nain et sa compagne se mirent à courir.

— Ils nous poursuivent ! haleta Usha.

— Je sais. Tourne à droite.

Ils pénétrèrent dans une ruelle obscure. Jetant un coup d'œil par-dessus son épaule, la jeune femme vit que le marchand et ses amis s'étaient arrêtés à l'entrée. Secouant la tête, ils rebroussaient chemin.

— Ils sont partis, déclara Usha, incrédule.

Dougan haussa les épaules.

— Oh, ils ont sans doute remarqué mon épée.

— Mais... vous n'en avez pas !

— Alors c'était leur jour de chance.

Usha regarda autour d'elle. La ruelle était propre et ombragée... la plus tranquille qu'elle ait vue à Palanthas. Elle frissonna.

— Savez-vous où nous sommes ?

— Bien sûr que oui, jeune femme, sourit Dougan. C'est ici qu'habitent tes futurs employeurs. Ils ont besoin de quelqu'un comme toi pour divers petits boulots.

# 26

## TASS PREND L'INITIATIVE ( ENTRE AUTRES CHOSES ).

— Ouah ! chuchota Tass, trop impressionné pour parler à voix haute.

— Surtout ne touche à rien ! répondit Palin.

Cette phrase étant la première que tout être sain d'esprit prononçait en présence d'un kender, elle entra dans la tête de Tass par une oreille et ressortit par l'autre.

*Oh, je suppose qu'il a raison, vu que nous sommes dans le laboratoire du plus grand sorcier qui ait jamais vécu*, pensa le kender. *Si je touche quoi que ce soit, je risque de finir dans un bocal comme cette pauvre chose morte, qui ne verra sûrement aucun inconvénient à ce que je la regarde de plus près...*

— Oncle Tass ! s'écria Palin en lui arrachant le bocal des mains. Je t'avais dit de ne toucher à rien !

— Je le déplaçais pour qu'il ne tombe pas, expliqua innocemment le kender.

Voyant que le jeune mage roulait des yeux furibonds, il gagna l'autre bout du laboratoire.

— Il ne le pense pas vraiment, se rassura-t-il. De toute façon, je touche déjà quelque chose : le plancher, sans quoi, je flotterais en l'air. Ce qui serait intéressant, somme toute. Je me demande si cette fiole ne contiendrait pas une potion de lévitation...

Après avoir ôté des mains du kender la fiole, puis une bougie, une pierre en forme de scarabée et une pelote de ficelle, Palin perdit patience et le poussa vers un coin de la pièce, où il lui ordonna de rester tranquille.

Puis il reprit son exploration.

Le laboratoire était immense : bien plus que ne le laissaient supposer les dimensions extérieures de la Tour. Une épaisse couche de poussière couvrait les meubles et le sol. Tass eut beau se tordre le cou et loucher, il n'y vit pas la moindre trace de pattes de souris.

Une table de pierre sculptée se dressait au centre de la pièce. Les murs étaient couverts d'étagères sur lesquelles s'alignaient parchemins et livres de sorts. Palin s'arrêta devant et, le regard fiévreux, tendit la main vers un gros volume de cuir noir incrusté de runes d'argent. Il se reprit au dernier moment.

— Je deviendrai probablement fou rien qu'en lisant la page de garde, marmonna-t-il, amer.

Pour avoir longtemps voyagé avec Raistlin, Tass savait que les mages de faible rang tentant de lire des sorts d'un niveau trop élevé sombraient aussitôt dans la démence.

— C'est par mesure de sécurité, expliqua-t-il poliment. Raistlin me l'a expliqué une fois où je ramassais un de ses livres. Il l'avait laissé tomber, tu comprends... Il me l'a repris en criant qu'il n'avait pas besoin d'un kender cinglé sur les bras. Je lui ai dit que ça ne me faisait rien, que ce serait sans doute une expérience intéressante, mais il n'a pas eu l'air de partager mon avis.

— Oncle Tass, s'étrangla Palin, je ne voudrais pas manquer de respect à un ancien, mais... Pourrais-tu te taire ?

Le jeune mage poursuivit son exploration. Tass remarqua qu'il évitait soigneusement le coin le plus sombre du laboratoire. Puis il regarda autour de lui comme s'il cherchait quelque chose.

— Je me demande combien de temps il va mettre à se décider, murmura Tass. Il doit sûrement avoir peur. ( Bien que ce sentiment lui soit étranger, le kender hocha la tête avec sympathie. ) J'aimerais quand même qu'il se dépêche. L'heure du repas approche, et d'après mes souvenirs, la nourriture n'est pas terrible dans les Abysses.

Palin examina les parchemins. Enfin, son visage s'éclaira. Il brisa le sceau d'un rouleau et commença à en déchiffrer le contenu.

Pendant ce temps, Tass, qui s'ennuyait ferme, s'approcha de l'estrade de pierre sur laquelle se dressait le Portail des Abysses.

— Regarde ce que j'ai trouvé, annonça Palin en se tournant vers le coin où il avait laissé le kender. Je crois que... Oncle Tass !

— Regarde ce que *j'ai* trouvé ! lança fièrement ce dernier.

Il saisit une corde dorée qui pendait le long d'un rideau de velours pourpre et tira dessus.

— Non ! s'écria Palin en lâchant son parchemin et en bondissant vers lui. Ne fais pas ça ! Tu risques de...

Trop tard. Le rideau se souleva, projetant un épais nuage de poussière.

Puis Tass prononça *le* mot... Souvent, c'était le dernier qu'entendaient ceux qui avaient le malheur de voyager avec un kender.

— Oups !

# 27

# LA GUILDE DES VOLEURS.

La Guilde des Voleurs de Palanthas pouvait se vanter d'être la plus ancienne de la ville, et elle ne s'en privait pas. Ses membres respectaient un code de conduite très strict qui avait fait sa prospérité au fil des ans. Ils ne se marchaient pas sur les pieds et reversaient à l'organisation une part de leur butin, en échange de quoi celle-ci leur fournissait entraînement, alibis et cachettes en cas de besoin.

Le quartier général de la guilde se situait dans un entrepôt abandonné, à l'intérieur de la Vieille Ville. C'était vers là que se dirigeait Dougan. Bien que le quartier eût quelque chose de déplaisant, Usha suivit son compagnon sans mot dire. Elle était prête à tout pourvu qu'on ne l'oblige pas à retourner à la Tour de Haute Sorcellerie. Et puis, avec ses manières désinvoltes et sa mise impeccable, Dougan l'impressionnait. Elle commençait presque à lui faire confiance.

L'entrepôt était un gigantesque bâtiment de pierre, adossé au mur d'enceinte, comme une sorte de monstrueuse verrue boursouflée. La plupart des fenêtres étaient cassées, les autres étant si sales qu'on ne voyait pas au travers. Un symbole était gravé sur la porte de bois.

Dougan frappa selon un code établi. Un panneau

glissa sur le côté, révélant un œil qui toisa les deux visiteurs avec méfiance.

— Des gens vivent ici ? chuchota Usha, étonnée.

— Oui, et ils en sont très fiers, dit Dougan.

La jeune femme ne comprenait pas pourquoi, mais elle jugea préférable de se taire. Jetant un regard en arrière, elle aperçut au loin la Tour de Haute Sorcellerie qui se dressait au-dessus des toits et imagina Dalamar penché à une fenêtre, scrutant la ville à sa recherche. Frissonnant, elle songea que l'entrepôt, en fin de compte, était on ne peut plus sympathique...

La porte s'ouvrit. Au début, Usha ne vit rien ; tout était noir. Puis une épouvantable odeur de poubelle lui assaillit les narines. Baissant les yeux, elle aperçut une petite silhouette dépenaillée, couverte d'une incroyable couche de crasse.

— Oh, un nain ! s'exclama-t-elle.

— Surveille ta langue ! grogna Dougan, vexé. C'est un nain *des ravins*. Ça n'a rien à voir. ( S'adressant à la créature : ) Je veux voir Lynch. Va lui dire que Dougan Rougemartel est là et qu'il veut lui parler.

Pendant que le nain des ravins allait porter le message, Usha demanda :

— Qui est Lynch ?

— Geoffrey le Lynché, corrigea Dougan tout bas. C'est le maître de la guilde. Quand tu le verras, tâche de ne pas lui parler de la brûlure qu'a laissée la corde autour de son cou. Ça a tendance à le mettre en rogne.

Un homme apparut dans l'encadrement de la porte. Il était grand et mince, avec de longs doigts toujours en mouvement. Une cicatrice d'un rouge violacé entourait sa gorge. Des yeux de fouine éclairaient un visage banal.

— Où te cachais-tu, l'ami ? demanda-t-il à Dougan. Nous parlions de toi, hier encore. Tu aurais pu te charger d'un petit travail d'excavation pour nous. Les nains excellent dans ce genre de trucs.

— J'étais occupé ailleurs, répondit brièvement

Dougan. Je te présente une amie. Elle vient d'arriver en ville, et elle n'a nulle part où aller.

— Je ne tiens pas une auberge, répondit sèchement Lynch.

— Laisse-moi finir. Elle cherche un moyen de gagner sa vie, et j'ai pensé que tu pourrais l'entraîner. Je te paierai le tarif habituel.

Le maître de guilde détailla la jeune femme de la tête aux pieds. Mal à l'aise, Usha rougit. Elle n'était plus certaine de vouloir habiter là... Elle allait ouvrir la bouche pour le dire à Dougan quand elle aperçut une silhouette au bout de la ruelle : celle d'un mage en robe noire.

De nombreux sorciers avaient des raisons de traîner aux alentours de la Guilde des Voleurs de Palanthas. Mais la jeune femme crut que c'était Dalamar, et qu'il était venu la chercher. La tête tournée dans la direction opposée, il ne l'avait pas encore vue...

Elle bondit vers Lynch et lui serra vigoureusement la main.

— Ravie de faire votre connaissance, dit-elle très vite. Je travaillerai dur, je vous le promets.

Et, sans laisser le temps de réagir aux deux voleurs, elle se glissa à l'intérieur de l'entrepôt. Dougan et Lynch semblèrent pareillement surpris par ce soudain enthousiasme.

— Il faut reconnaître qu'elle est rapide. Et qu'elle a une bonne poigne, fit remarquer le maître de guilde. ( Il réfléchit quelques instants. ) Marché conclu.

Dougan lui remit une bourse ; ils entrèrent.

— Alors, petite, comment t'appelles-tu ?

— Usha, répondit la jeune femme en regardant autour d'elle.

Seule une partie de l'entrepôt était éclairée. Malgré ce qu'avait dit Lynch, l'endroit évoquait une auberge. Des torches brûlaient aux murs. Une multitude de gens étaient assis autour des tables... Toutes les races de Krynn étaient représentées. Les voleurs de Palanthas avaient de nombreux défauts, mais il fallait leur concéder un bon point : ils n'étaient pas sectaires. Un humain bavardait avec trois elfes ; un nain jouait aux dés avec un ogre ; un gobelours et un kender faisaient un concours de boisson. Une magicienne en robe rouge se disputait avec un minotaure. Des enfants couraient et se bagarraient entre les tables.

Personne ne prêtait la moindre attention à Usha. Pensant impressionner son futur employeur, la jeune femme ajouta :

— Usha Majere. Je suis la fille de Raistlin.

— C'est ça, grogna Lynch. Et moi, je suis sa mère. ( Il se tourna vers Dougan. ) Il va falloir lui apprendre à débiter des mensonges plus convaincants. Bon, je la prends comme apprentie aux conditions habituelles. A quoi la destines-tu ?

— Peu importe, répondit le nain. Je ne te paie pas pour poser des questions.

Lynch plissa les yeux.

— Très bien. Mais n'oublie pas que la guilde prend un pourcentage sur toutes les opérations effectuées à l'intérieur de la ville...

Dougan regarda autour de lui. A la vue des enfants, son expression s'adoucit.

— Ne t'en fais pas. Si nous réussissons, nous en bénéficierons tous, je te le promets. Si nous échouons... ( Il soupira. ) Ça ne vous causera pas le moindre tort.

— Très bien. Que veux-tu que je lui enseigne ?

Les deux hommes s'éloignèrent, abandonnant Usha. La jeune femme s'assit à une table. Un enfant lui amena une assiette de ragoût qu'elle dévora. Elle se faisait du souci pour Palin, mais...

— Les dieux n'auraient pas permis notre rencontre si c'était pour nous séparer à jamais, marmonna-t-elle, la bouche pleine.

Cela prouvait son optimisme et son manque d'expérience.

# LIVRE TROISIÈME

# 1

# TANIS DOIT CHOISIR.

Tanis se tenait sur les remparts de la Tour du Grand Prêtre, surveillant la route déserte qui conduisait à Palanthas. Il imaginait aisément l'agitation qui devait régner là-bas.

La nouvelle de l'invasion avait atteint la ville à l'aube. Il était maintenant midi ; les marchands avaient dû fermer leurs échoppes et se rendre dans les rues pour y écouter des rumeurs qui, hélas, ne devaient pas être loin de la vérité.

Il soupira et fit demi-tour. S'apprêtant à revenir sur ses pas, il buta presque dans un mage en robe noire qui venait d'apparaître sous son nez.

— Dalamar ! s'exclama-t-il, surpris, en reculant. Comment... ? Que... ?

— Ecoute, Demi-Elfe, je n'ai pas de temps à perdre avec tes bégaiements. Es-tu responsable des forces armées, ici ?

— Moi ? Par les dieux, non ! Je ne...

— Dans ce cas, conduis-moi à la bonne personne, coupa Dalamar, impatient. Et dis à ces imbéciles de rengainer avant que je les transforme en flaque de métal fondu.

Plusieurs chevaliers en faction sur les remparts s'étaient rassemblés autour de l'elfe noir, l'épée à la main.

— Rangez vos armes, ordonna Tanis. C'est le seigneur Dalamar de la Tour de Haute Sorcellerie ; il n'hésitera pas à mettre ses menaces à exécution. C'est de guerriers vivants dont nous avons besoin pour défendre Palanthas... Que l'un de vous aille annoncer notre venue à sire Thomas.

— Vivants ou morts, ce n'est pas de guerriers, vivants ou morts, que vous aurez besoin, ironisa Dalamar, mais d'un miracle.

— Paladine en a déjà accompli par le passé, rappela Tanis.

— Oui, mais je ne vois pas de vieux mage marmonnant un sort ou courant après son chapeau. ( Le mage se tourna vers Tanis. ) Tu ne devrais pas être ici mais chez toi, auprès de ta femme. Un mot, et je t'y envoie immédiatement.

— La situation est-elle si dramatique ?

— Oui, répondit Dalamar, avec calme.

— Bien. Je vais attendre un peu avant de prendre une décision. Mais merci de ton offre.

Les deux hommes se dirigèrent vers la chambre du conseil. Arrêtés dans le couloir par des gardes, ils leur expliquèrent la situation.

— Seigneur Dalamar, dit un chevalier, si vous voulez bien me faire part de votre message pour sire Thomas, nous ne vous retiendrons pas plus longtemps.

— Vous ne me retenez pas, répondit froidement Dalamar. Vous en seriez bien incapables. Je suis venu seul et je repartirai de même, mais pas avant d'avoir parlé avec Thomas de Thalgaard.

Le chevalier hésita.

— Si vous me permettez d'être franc...

— Du moment que ça nous fait gagner du temps, soupira l'elfe noir, exaspéré.

— Vous appartenez au camp adverse, seigneur. Vous pourriez vouloir tendre un piège à notre commandant, l'ensorceler...

Dalamar eut un rire sec.

— Si je le voulais, il y a longtemps que ce serait fait, et sans quitter le confort de ma tour.

— Le seigneur Dalamar est de bonne foi, intervint Tanis. J'en réponds sur ma vie.

— Moi aussi, dit une voix claire au bout du couloir.

Escortée par son tigre blanc et par quatre chevaliers, dame Crysania se dirigeait vers le petit groupe. Tandar dévisageait les hommes avec une sagesse et une intelligence humaines. Tanis aurait juré que Dalamar et lui échangeaient un signe de reconnaissance.

Les gardes mirent un genou en terre devant Crysania, qui leur ordonna de se relever.

— A présent, auriez-vous la bonté de nous escorter tous les trois jusqu'à sire Thomas ? demanda-t-elle.

Le seul endroit où les chevaliers eussent volontiers accompagné Dalamar était le donjon. Mais ils ne pouvaient désobéir à une Révérée Prêtresse de leur dieu.

— Par ici, dit l'officier. Sire Thomas a réuni le Conseil des Chevaliers.

Tandis qu'ils se dirigeaient vers la chambre du conseil, Dalamar se rapprocha de Crysania, mécontent.

— Comment avez-vous su que je me trouvais ici ? demanda-t-il à voix basse. Me surveilleriez-vous ?

— Paladine veille sur tous ses enfants... comme un berger sur tous ses moutons, y compris les noirs, répondit la prêtresse avec un sourire malicieux. Mais pour répondre à votre question... j'ignorais tout de votre présence. D'étranges rumeurs circulent à Palanthas ; personne ne pouvant rien m'apprendre, j'ai décidé de venir me rendre compte par moi-même.

Elle avait insisté sur le « personne ». Dalamar plissa les yeux.

— Dois-je comprendre que votre dieu ne vous tient pas informée ? ( Crysania soupira et ne répondit pas. ) La question n'a pas pour but de vous embarrasser, précisa Dalamar. Figurez-vous que, depuis peu, les dieux de la magie semblent eux aussi absents. Comme si tout le panthéon était occupé ailleurs...

— Vous avez raison, acquiesça Crysania. Regardez cette amulette. ( Elle désigna le petit médaillon d'argent orné d'un dragon d'or qu'elle portait autour du cou. ) D'ordinaire, quand je prie Paladine, il se met à luire et je me sens enveloppée par une aura apaisante. Ces derniers temps, il est resté terne... et moi, confrontée à mes doutes.

— Nous en saurons peut-être davantage bientôt. Palin Majere a franchi le Portail, annonça Dalamar.

— Quoi ? s'exclama la prêtresse. Comment... ? Vous aviez scellé le laboratoire !

— Mais quelqu'un l'y a invité quand même. Inutile de préciser qui, je suppose...

Crysania pâlit.

— Raistlin Majere est mort, murmura-t-elle. En récompense de son sacrifice, Paladine lui a accordé le repos éternel. Si Palin a été entraîné dans les Abysses, c'est par quelque autre force...

Dalamar fit un sourire ironique. Mais un froncement de sourcils de Tanis le dissuada de poursuivre la conversation.

Toujours flanqués de leur escorte, les compagnons furent introduits dans la chambre du conseil, où étaient réunis les représentants des trois ordres solamniques : la Rose, l'Epée et la Couronne, ainsi que les chevaliers désireux de participer aux débats.

— Nous assistons à un événement historique, commenta sire Thomas après avoir salué les nouveaux venus, mais, si vous me pardonnez ce commentaire, pas du genre que j'apprécie. ( Il secoua la tête. ) C'est bien la première fois qu'un mage en robe noire demande à parler au Conseil des Chevaliers.

— Et non sans raison, le coupa Dalamar. Demain, à l'aube, les Chevaliers de Takhisis vous attaqueront.

Dame Crysania sursauta.

— Si tôt ? Comment est-ce possible ?

Thomas de Thalgaard tritura l'extrémité de sa longue moustache.

— Je suppose que vous ne m'en voudrez pas,

seigneur Dalamar, de m'interroger sur la raison de cet avertissement ?

— Je n'ai pas de comptes à vous rendre, répliqua l'elfe noir, hautain. Je souhaitais juste vous donner le temps de vous préparer. Si vous voulez savoir d'où je tiens cette information, sachez qu'elle m'a été rapportée par un Chevalier de Takhisis nommé Steel de Lumlane.

— Encore lui ! s'exclama le chef des Chevaliers de la Couronne. Ce pilleur de tombes !

Tanis poussa un soupir exaspéré. Il avait pourtant déjà tout expliqué... Contrairement à ce que croyaient les Solamniques, Steel n'avait pas pénétré dans la Tour du Grand Prêtre pour dépouiller le cadavre de Sturm, mais pour lui rendre hommage. Le spectre du chevalier était alors apparu et avait confié au jeune homme son arme et le joyau elfique autrefois offert par Alhana Brisétoile.

Tanis et Caramon ayant juré de protéger le fils de leur ami, ils l'avaient aidé à s'échapper de la Tour. Plusieurs Chevaliers Solamniques avaient été blessés dans la bataille, et le demi-elfe n'avait jamais pu faire accepter sa version des faits au Conseil.

A cause de son statut de légende vivante, et parce que dame Crysania avait intercédé en sa faveur, il s'en était sorti sans dommages. Pourtant, les Solamniques n'avaient ni pardonné, ni oublié.

Sire Thomas réfléchit quelques instants.

— Je vous remercie pour cette mise en garde, seigneur Dalamar. Vos informations confirment les nôtres. Nous ne nous attendions certes pas à ce que l'attaque survienne si tôt, mais nous avons eu le temps de nous y préparer.

— Vraiment ? siffla l'elfe noir. Ce sont des milliers d'ennemis que vous allez affronter ! Les Chevaliers de Takhisis ont recruté des barbares d'un royaume lointain pour combattre à leur côté. Ils disposent d'une unité de puissants mages n'obéissant pas aux lois du Conclave.

— Nous le savons déjà.

— Mais savez-vous qu'ils se sont rendus à Neraka, où leurs prêtres ont invoqué les ombres des morts ? Puis à la Forteresse de Dargaard, où ils se sont probablement alliés avec le seigneur Soth et ses guerriers ?

Sire Thomas s'agita sur sa chaise.

— La Tour du Grand Prêtre n'est jamais tombée tant qu'elle était défendue par des hommes de foi, fit-il remarquer d'une voix mal assurée.

— Peut-être parce qu'elle n'avait jamais été attaquée par des hommes de foi, lança Crysania de manière inattendue.

— Les Chevaliers de Takhisis ont grandi ensemble, renchérit Dalamar. Leur loyauté envers leur reine et leurs camarades est sans faille. Ils sont prêts à se sacrifier pour leur cause ; ils obéissent à un code d'honneur aussi strict que le vôtre. Ce danger est le plus grand que vous ayez jamais affronté.

— Nous en sommes conscients, soupira sire Thomas. L'armée d'Ariakan se déplace à la vitesse d'un feu de broussailles. On dirait qu'aucun obstacle ne peut l'arrêter. ( Le chevalier se redressa fièrement. ) Mais plus inégale sera la bataille, plus grande sera notre gloire d'être morts pour Paladine et Kiri-Jolith.

Il n'y avait pas grand-chose à ajouter. Crysania prit congé ; elle retournait à Palanthas sur le dos de Feudoré, le dragon qui la servait au nom de Paladine. Dalamar salua l'assistance, puis s'approcha de Tanis.

— Alors, tu viens avec moi ?

Toutes les têtes se tournèrent vers le demi-elfe. Celui-ci se gratta la barbe. L'offre de Dalamar était sa dernière chance de rentrer chez lui avant l'offensive. Seul, il ne franchirait jamais les barrages que l'armée d'Ariakan avait dû dresser sur les routes.

Sire Thomas aurait besoin de tous les guerriers volontaires pour superviser la défense de la Tour. La plupart des Chevaliers Solamniques présents étaient de jeunes recrues, qui manquaient cruellement d'expérience. Et si la Tour du Grand Prêtre tombait, la Solamnie suivrait bientôt...

*S'ils nous avaient écoutés il y a cinq ans. Laurana et moi les avions avertis ; dame Crysania aussi, et même Dalamar. Si les nains, les elfes et les humains avaient oublié leurs querelles et avaient formé une alliance digne de ce nom...*

Mais le temps n'était plus aux regrets. Si Tanis rentrait chez lui, il trouverait la maison vide. Laurana et lui s'étaient dit adieu. Lors de leur dernière séparation, ils savaient qu'ils ne se reverraient peut-être jamais, du moins pas dans ce monde.

Il se souvint...

*
* *

Au cours du voyage le menant de Solace à la Tour du Grand Prêtre, Tanis fit un léger détour pour passer chez lui. Il s'attendait à un accueil chaleureux, mais aucun palefrenier ne sortit de l'étable pour s'occuper de son griffon, et nul domestique ne lui souhaita la bienvenue. Tous semblaient affairés aux préparatifs de quelque long voyage. Des voix excitées et des bruits de pas résonnaient dans les couloirs de la maison.

Tanis découvrit sa femme dans leur chambre, occupée à remplir une malle. Il s'arrêta sur le seuil pour la regarder. Laurana était une elfe qui vieillissait bien plus lentement que les humains. Un observateur non averti lui aurait donné vingt-cinq ans. Pourtant, ses cheveux d'or avaient perdu leur lustre, et un profond chagrin, dans ses yeux, avait remplacé la sérénité : le prix à payer pour avoir quitté son royaume natal et tenté des années durant de maintenir la paix entre elfes et humains.

Tanis s'éclaircit la gorge.

— *Ahem !*

Les servantes sursautèrent. Laurana leva les yeux de la robe qu'elle était en train de plier et sourit. Les deux époux marchèrent l'un vers l'autre et s'enlacèrent tendrement.

— Que se passe-t-il ? demanda Tanis. Pourquoi tout ce remue-ménage ?

— J'ai reçu un message de Gilthas ! expliqua Laurana, les yeux brillants. Il m'a invitée au Qualinesti !

— Comment ?

Tanis était stupéfait. Plusieurs fois déjà, sa femme avait demandé la permission de rendre visite à leur fils. Jusqu'ici, elle lui avait toujours été refusée.

Laurana lui tendit un parchemin. Il le déroula et lut.

— C'est l'écriture de Gil, conclut-il, mais pas ses mots. Quelqu'un lui a dicté cette lettre. Souviens-toi qu'avant son évasion, les extrémistes menaçaient de tuer Alhana s'il ne faisait pas ce qu'ils lui disaient. Je suis sûr que c'est un piège.

Laurana haussa les épaules.

— Evidemment. Mais comme disait Flint : « Un piège n'est efficace que si on ne le voit pas avant d'avoir marché dedans. »

— Hum. Je suppose que l'invitation ne s'adressait qu'à toi ? s'enquit Tanis.

— Oui. Désolée, répondit gentiment Laurana. ( Puis, pour détourner la conversation : ) Au fait, et le bébé d'Alhana ?

— Un garçon. L'accouchement s'est bien passé. Si tu avais vu Porthios le tenir dans ses bras, tu ne l'aurais pas reconnu.

— Bien sûr que si ! Il s'est toujours montré aimant envers moi. D'accord, son attitude à ton égard était discutable. Mais il voulait seulement m'épargner un trop grand chagrin.

— Il a échoué, souffla Tanis, peiné. Tu m'as épousé quand même, et regarde où ça t'a conduite.

— A la maison, mon amour, répondit doucement Laurana. Tu m'as conduite à la maison.

Ils parlèrent du passé, de leurs amis vivants ou disparus, de leur fils, des problèmes du continent, partageant leurs souvenirs, leur amour, leurs espoirs et leurs craintes. Ils savaient que ce moment était précieux, qu'il serait bref... peut-être le dernier passé ensemble.

Puis ils se dirent au revoir. Tanis devait repartir le soir même pour la Tour du Grand Prêtre ; Laurana se mettrait en route le lendemain pour le Qualinesti.

A minuit, elle le reconduisit à la porte. Les domestiques étaient partis se coucher. Tout était silencieux. Ils s'étreignirent une dernière fois, murmurant des mots d'amour et d'adieu avant de se séparer.

En se retournant, Tanis vit Laurana debout dans l'encadrement de la porte. Le clair de lune illuminait sa silhouette. Au lieu de pleurer, elle arborait un sourire radieux. Elle agita la main dans sa direction.

*A la maison, mon amour. Tu m'as conduite à la maison.*

*
* *

Les souvenirs refluèrent. Tanis avait pris sa décision. A quoi lui servirait de rentrer dans une maison vide, pour se ronger les sangs en pensant à ceux qu'il aimait. Ici au moins, il pourrait se rendre utile.

La décision, il l'avait sans le savoir prise le jour lointain où Rivebise, Lunedor et le bâton de cristal bleu étaient entrés à l'*Auberge du Dernier Refuge*. Cet instant avait changé sa vie.

Le demi-elfe ne put s'empêcher de répéter les mots qu'il avait dits alors. Ils ne contenaient pas de grande vérité et ne resteraient pas dans l'histoire, mais ils en révélaient long sur l'improbable groupe qui s'était formé ce soir-là, et qui avait changé la face de Krynn...

« —Nous sortirons par la cuisine. »

Sous le regard éberlué de sire Thomas, il éclata de rire.

# 2

# LE RETOUR.
# LA SENTENCE.

La nuit était tombée sur les Plaines de Solamnie. Autour de leur camp, les armées du mal avaient repoussé les ténèbres. D'énormes globes de cristal lumineux, enchantés par les Chevaliers de l'Epine, brillaient dans les branches des arbres. Le seigneur Ariakan refusait de dissimuler ses troupes : au contraire, il voulait que ses ennemis tremblent en le voyant approcher.

Flamboyante se posa près de l'endroit où s'étaient rassemblées les autres montures des Chevaliers de Takhisis : pour la plupart des dragons bleus. Les dragons noirs étaient trop vicieux et égoïstes pour qu'on leur fasse confiance. Les dragons rouges aimaient la destruction aveugle. Les verts ne se battaient que lorsqu'on les y contraignait, et ils avaient du mal à obéir aux ordres. Quant aux blancs, le climat d'Ansalonie les avait fait fuir depuis plusieurs mois déjà. Les dragons bleus, eux, appréciaient la compagnie des humains ; ils savaient évaluer une stratégie militaire et ils comprenaient la place qu'ils occupaient au sein de la Vision.

Steel laissa Flamboyante en compagnie de ses semblables et pénétra à pied dans le camp. Celui-ci était si vaste qu'il ne put trouver l'étendard de son bataillon, et dut demander son chemin jusqu'à la tente de Trevalin.

— Content de vous revoir, Lumlane, dit le commandant en l'accueillant. Certains pensaient que vous ne reviendriez pas.

Steel se raidit. C'était une insulte à son sens de l'honneur.

— Mais oubliez ça, grimaça Trevalin. Vous avez d'autres soucis sur les bras. Le seigneur Ariakan veut vous voir. Je pense que votre jugement aura lieu aujourd'hui. Vous connaissez son principe : « Pour être efficace, la discipline doit être prompte. »

Steel serra les dents. Des larmes brûlantes lui montèrent aux yeux... des larmes de déception plutôt que de peur. Il allait mourir ce soir ; il ne pourrait pas participer à la bataille décisive contre la Tour du Grand Prêtre.

Il tira son épée du fourreau et la tendit à Trevalin.

— Je vous rends les armes, lieutenant.

Transmise de génération en génération dans la famille de Lumlane, selon la légende, cette épée ne se briserait que si son porteur se brisait le premier. Contrairement à celle des autres Chevaliers de Takhisis, qui émettaient une froide lueur grise, elle brillait de mille feux argentés. Trevalin jeta un coup d'œil à la rose et au martin-pêcheur gravé sur sa poignée, et secoua la tête.

— Je ne la toucherai pas. J'ai besoin de mes mains pour la bataille ; je ne veux pas qu'elles soient brûlées par la colère de Paladine. Je suis très étonné que vous puissiez manier cette arme en toute impunité.

— Elle appartenait à mon père, répondit simplement Steel.

— Peu importe à présent. Venez.

Les deux hommes se dirigèrent vers la tente du seigneur Ariakan. Une foule d'officiers et de messagers attendaient, mais ils furent admis les premiers.

Une grande table sur laquelle des cailloux et des

figurines représentaient le champ de bataille, la Tour du Grand Prêtre et les combattants, occupait le centre de la tente. Au fond, assis derrière un petit bureau, Ariakan écrivait dans un livre relié de cuir. Il leva la tête à l'approche des deux hommes.

— Lieutenant Trevalin, seigneur... Comme vous me l'avez demandé, je vous amène le prisonnier. Ariakan avait une cinquantaine d'années. Grand, musclé, il jouissait encore d'une excellente condition physique. Son nez crochu et ses yeux noirs évoquaient irrésistiblement un faucon. Sa longue chevelure nouée sur la nuque par un lien de cuir grisonnait sur ses tempes. Il avait la peau mate, rasée de près.

Intelligent et charismatique, il avait su s'attirer le respect de tous. Il avait la réputation d'être juste, mais aussi froid et ténébreux que le fond de l'océan. Dévoué corps, cœur et âme à Takhisis, il attendait la même dévotion sans faille chez ceux qui le servaient.

Il dévisagea Steel, qu'il connaissait depuis ses douze ans. Le jeune homme lut de la tristesse dans ses yeux, mais ni compassion, ni miséricorde. Le contraire l'eut étonné et probablement déçu.

— L'accusé se tient devant nous. Où se trouve son accusatrice ?

Lilith sortit de la foule.

— Je suis là, seigneur, dit-elle sans regarder Steel.

— Lieutenant Trevalin, poursuivit Ariakan, vous pouvez rejoindre votre bataillon.

— Avec votre permission, seigneur, j'aimerais d'abord dire un mot en faveur du prisonnier. C'est la Vision qui m'y pousse.

Ariakan haussa les sourcils.

— Très bien, nous vous écoutons.

— Merci, seigneur. Steel de Lumlane est un des meilleurs soldats que j'aie eu le privilège de commander. Sa bravoure et ses compétences sont au-dessus de tout reproche. Sa loyauté n'a jamais été prise en défaut. Sa mort prématurée serait une perte pour nous tous, comme pour la Vision...

— Je vous remercie, lieutenant Trevalin. Je tiendrai compte de vos propos. Vous pouvez vous retirer.

Trevalin salua et, avant de sortir, murmura quelques paroles d'encouragement à Steel.

— Approchez, chevalier, ordonna Ariakan. Posez votre épée devant moi.

Steel s'exécuta. La lame de son arme semblait froide et sans vie, comme « éteinte » par la présence maléfique d'Ariakan. Le jeune homme recula, très droit, le regard fixé devant lui.

Ariakan se tourna vers Lilith.

— Enoncez les charges qui pèsent sur le prisonnier.

La magicienne rappela brièvement toute l'affaire.

— Le chevalier de Lumlane est de retour parmi nous, conclut-elle, mais pas son prisonnier. Il a échoué. Etant donné ses origines, il semble même probable qu'il ait aidé Palin Majere à s'échapper...

— Que voulez-vous dire ? demanda sèchement Ariakan.

Il reconnaissait l'utilité des mages, mais il n'appréciait guère leurs manières tortueuses.

— Ce chevalier porte au cou un bijou elfique et il manie l'épée de nos ennemis. Il ne peut donc être loyal à la Vision.

— Je vous rappelle que je l'ai personnellement autorisé à conserver le bijou et l'épée : des cadeaux de son père qui, bien qu'étant notre ennemi, méritait tout notre respect. Mais peut-être doutez-vous de *ma* loyauté envers la Vision ?

Lilith recula, choquée.

— Non, bien sûr que non. Votre décision était sans doute la bonne à l'époque. Mais le cœur des hommes change... Quoi qu'il en soit, le prisonnier manque à l'appel. Par conséquent, je demande que soit appliquée au chevalier de Lumlane la peine qu'il a lui-même acceptée : la mort.

Ariakan se tourna vers Steel.

— Qu'avez-vous à dire pour votre défense, chevalier ?

Steel aurait pu raconter toute l'histoire et gagner l'admiration de ses pairs en leur révélant qu'il avait traversé le redoutable Bois de Shoikan. Il aurait pu se dérober à la punition en expliquant que Palin Majere avait reçu l'aide de son oncle Raistlin, le plus grand mage ayant jamais vécu sur Krynn.

Mais il dit simplement :

— Je n'ai aucune excuse, seigneur. J'ai accepté cette mission, et j'ai échoué.

— Dans ce cas..., dit Ariakan comme à regret. Vous ne me laissez pas le choix.

Il saisit l'épée de Steel. Une grimace de douleur déforma ses traits, mais il ne lâcha pas prise avant d'avoir pointé la lame sur le jeune homme.

— Chevalier de Lumlane, je vous condamne à mourir par cette épée que vous avez déshonorée. La sentence sera appliquée...

*Tout de suite,* songea Steel, qui avait déjà assisté à des jugements semblables. Il se prépara à affronter sa reine. Que dirait-il à celle qui pouvait lire dans son cœur, celle qui connaissait la vérité ?

Un murmure d'approbation, mêlé à quelques cris d'encouragement, le ramena à la réalité.

— Je... Je vous demande pardon, seigneur ? balbutia-t-il.

— J'ai dit que la sentence serait appliquée dans un mois.

— Est-ce bien sage ? protesta Lilith. Cet homme a admis sa faute et...

— Il a reconnu avoir laissé s'enfuir un prisonnier, coupa Ariakan. Et il est venu se soumettre de lui-même à mon jugement. Souhaitez-vous vous opposer à ma décision ?

Lilith secoua la tête et se retira en marmonnant, non sans avoir jeté à Steel un regard meurtrier.

— Reprenez votre arme, chevalier, dit Ariakan, avec un geste de la main. ( Sa paume était brûlée comme s'il avait empoigné du métal chauffé au rouge. ) Je vous donne une chance de restaurer votre honneur au cours de la bataille à venir, afin que votre âme puisse se présenter fièrement à notre reine, et non en rampant devant elle.

— Merci, seigneur, répondit Steel d'une voix enrouée par l'émotion.

— Mais je vous ordonne de me remettre vos éperons. Je vous déchois de votre rang et de votre titre, et je vous confie le commandement d'une compagnie de fantassins. Vous aurez l'honneur de conduire la charge sur la porte principale.

Steel sourit. Il serait le premier à essuyer le feu de l'ennemi, le premier à mourir. C'était une grande faveur que lui faisait Ariakan.

— Je vous remercie, seigneur. Je saurai me montrer digne de votre confiance.

Steel rengaina son épée et, tandis qu'un prêtre s'empressait auprès d'Ariakan, se glissa à l'extérieur de la tente.

Il mourrait demain, avec honneur. Jamais son seigneur ni ses camarades ne connaîtraient le tumulte de son âme. Jamais ils n'apprendraient la vérité : il avait hésité sur le seuil du laboratoire parce qu'il avait eu peur.

## 3

## LE PLAN D'ARIAKAN.

Quelques heures avant l'aube, les forces du seigneur Ariakan traversèrent les Collines de Virkhus et se dirigèrent vers la Passe de la Porte Occidentale. Steel, qui marchait en tête, se retourna pour surveiller la progression de ses camarades.

Eclairée par des torches et des lumières magiques, l'armée ressemblait à un monstrueux serpent prêt à étouffer l'ennemi dans ses anneaux. Le jeune chevalier imaginait déjà la panique qui s'emparerait de leurs adversaires lorsqu'ils arriveraient en vue de la Tour du Grand Prêtre.

Il avait peu et mal dormi. Toute la nuit, son père et sa mère s'étaient livré bataille dans ses rêves. Kitiara le pressait de se tirer d'affaire en mentant ou en complotant ; Sturm approuvait sa décision de se sacrifier honorablement : n'avait-il pas fait de même vingt-six ans plus tôt, au même endroit ? Steel suivrait son exemple. Il mourrait pendant le siège, et lorsque son âme paraîtrait enfin devant Takhisis, le tumulte, en son cœur, s'éteindrait à tout jamais.

*
* *

Ariakan fit arrêter son armée sur les Ailes d'Habbabuk, un plateau situé sous la Tour du Grand Prêtre. La forteresse n'avait aucun secret pour lui : il en connaissait chaque couloir, chaque sous-sol, chaque passage secret. Cet instant, il l'attendait depuis le jour où il l'avait quittée, de nombreuses années plus tôt. Combien de fois avait-il joué cette scène dans sa tête...

Il ordonna que l'on dresse sa tente. Alors que les premières traînées orange balafraient l'horizon, il fit appeler ses cinq commandants en chef : un pour chacune des trois forces d'assaut, un pour les draconiens, et un pour les Suppôts des Ténèbres — le nom générique donné aux gobelins, aux gobelours, aux minotaures, aux ogres et aux mercenaires humains engagés dans les Monts Khalist. En leur compagnie, il révisa une dernière fois son plan de bataille.

A l'aide des puissants engins de siège, les forces d'assaut devaient éventrer le mur d'enceinte de la Tour pendant que les Suppôts des Ténèbres s'attaqueraient à la porte principale. Montés sur des dragons bleus, les draconiens se laisseraient tomber sur les remparts pour dégager la voie à leurs camarades. Les Cavaliers-Dragons se battraient contre les dragons d'argent afin de les empêcher de voler au secours des Chevaliers Solamniques.

Lorsqu'il en eut terminé avec ses officiers, Ariakan sortit de sa tente, flanqué de ses gardes du corps, de son porte-étendard, de ses mages et de ses prêtres. Enfourchant Vol-de-Nuit, son étalon noir, il se mit en position.

Partout, les étendards se levèrent. Ariakan brandit un bâton d'obsidienne gravé de lys de la mort et surmonté par un crâne grimaçant. Après un dernier coup d'œil autour de lui, il donna le signal.

Les trompettes retentirent. Le cœur de Steel se mit à battre plus fort : le moment était venu. Avec un grondement propre à ébranler les fondations de la Tour, l'armée de Takhisis passa à l'attaque.

# 4

## UNE AUTRE CONVERSATION ENTRE DE VIEUX AMIS.

Peu avant l'aube, Tanis monta sur les remparts. Avec sire Thomas et les autres commandants, il avait passé la nuit à élaborer des plans, cherchant un moyen de réussir l'impossible : retourner la situation en leur faveur.

En découvrant l'armée des ténèbres qui avançait vers la Tour, le demi-elfe perdit tout espoir. Il se laissa glisser contre les créneaux de pierre, non loin de l'endroit où Sturm était tombé autrefois, renversa la tête en arrière et ferma les yeux.

Sturm apparut devant lui. Il portait sa vieille armure, et tenait l'épée de son père. Curieusement, Tanis ne fut pas surpris par sa présence.

— Si tu pouvais me transmettre un peu de ton courage, mon ami, murmura-t-il, l'air las. Nous allons perdre, c'est inévitable. Je le sais, sire Thomas et ses chevaliers aussi.

— Parfois, la victoire se change en défaite, répondit gravement Sturm, et on ne triomphe qu'en perdant.

— Tu parles par énigmes, lui reprocha Tanis.

Le regard du chevalier se porta au-dessus des remparts.

— Mon fils est en bas, lâcha-t-il.

— Vraiment ? Ça ne m'étonne pas. On dirait que nous avons échoué : il a donné son âme à la Reine des Ténèbres.

Sturm se tourna vers son ami.

— Veille sur lui, Tanis.

Le demi-elfe grimaça.

— Il me semble parfaitement capable de le faire tout seul.

Sturm secoua la tête.

— Il lutte contre un ennemi bien plus fort que lui. Son âme n'est pas encore damnée, mais elle le sera s'il perd. Veille sur lui, Tanis. Promets-le-moi.

Le demi-elfe fut troublé par cette prière. Il n'était pas dans les habitudes de Sturm de réclamer des faveurs.

— Je ferai de mon mieux, mais j'avoue ne pas comprendre. Steel sert la Reine des Ténèbres. Il...

— Seigneur.

— Il a tourné le dos à tout ce que tu as tenté de lui apprendre. Je ne...

— Seigneur.

Une main secouait l'épaule de Tanis. Le demi-elfe ouvrit les yeux et sursauta.

— Que se passe-t-il ? demanda-t-il en portant la main à son épée. Est-ce déjà l'heure ?

— Navré de vous déranger, seigneur, mais nous avons besoin de connaître vos ordres, dit un jeune chevalier.

— Bien sûr...

Tanis se frotta les yeux. Il commença à donner ses instructions et à répondre aux questions de ses hommes. Mais chaque fois que le silence retombait, la voix de son ami résonnait à ses oreilles.

*Promets-le-moi...*

*
* *

Le soleil était haut dans le ciel ; la chaleur devenait insupportable. Tanis s'essuya le visage.

— Qu'attendent-ils pour passer à l'attaque ? s'interrogea-t-il à voix haute.

— Que nous perdions courage, répondit sire Thomas.

— Oh, je crains que ça ne soit déjà fait, constata amèrement le demi-elfe. Je n'avais jamais vu d'armée aussi impressionnante... pas même durant la Guerre de la Lance, avant la chute de Neraka.

Des trompettes résonnèrent dans l'air lourd du matin.

— Les voilà, dit sire Thomas avant de s'éloigner pour prendre position avec ses troupes.

Tanis poussa un soupir de soulagement. Tout plutôt que la terrible indécision de l'attente. Ses hommes se détendirent, oubliant leur peur. Il ne leur restait plus qu'à donner le meilleur d'eux-mêmes et à remettre leur sort entre les mains de Paladine.

L'armée des ténèbres chargea. L'ombre des dragons bleus aux écailles luisantes tomba sur le cœur des défenseurs en même temps que sur la Tour. La première vague de terreur frappa les chevaliers.

Les dragons d'argent et leurs cavaliers décollèrent aussitôt. Les dragons bleus crachèrent des éclairs ; les dragons d'argent ripostèrent, soufflant des nuages de vapeur qui glacèrent les ailes de leurs ennemis et les firent dégringoler vers le sol.

Une deuxième vague de dragons bleus arriva de l'ouest, chacun portant sur son dos plusieurs passagers. Les jeunes Chevaliers Solamniques n'en crurent pas leurs yeux, mais les vétérans de la Guerre de la Lance surent aussitôt à quoi ils avaient affaire.

— Des draconiens ! hurla Tanis en tirant son épée. Souvenez-vous : dès que vous les aurez tués, jetez-les par-dessus les remparts !

Les draconiens étaient encore plus dangereux morts que vivants. Certains se changeaient en pierre, emprisonnant l'arme de leur adversaire ; d'autres explosaient ou se dissolvaient, formant une flaque d'acide meurtrière.

Ses courtes ailes tendues pour amortir sa chute, un Bozak atterrit près de Tanis. Celui-ci lui bondit dessus avant qu'il ne retrouve ses esprits. D'un coup précis, il le décapita, puis le fit basculer par-dessus les créneaux. Le cadavre tomba au milieu d'un groupe de barbares et explosa, en tuant plusieurs.

Tanis n'eut pas le temps de se féliciter. Déjà, des mammouths tiraient un énorme engin de siège vers la porte principale ; des barbares dressaient des échelles contre les murs. Le demi-elfe ordonna à ses archers de tirer et fit amener un chaudron d'huile bouillante. Avec un peu de chance, peut-être pourraient-ils mettre le feu à l'engin...

*

* *

L'après-midi durant, la marée de ténèbres déferla sur la Tour. Les défenseurs se replièrent, se regroupèrent pour tenter de tenir leur position, puis se replièrent à nouveau. Tanis se battait comme un beau diable. Mais le souffle commençait à lui manquer, et tous ses muscles étaient douloureux.

Autour de lui résonnaient le fracas des armes, les cris des mourants... et le grondement sourd du bélier attaquant la porte principale. Du sang de dragon dégoulinait des cieux, rendant le sol glissant.

Un messager se précipita vers le demi-elfe.

— Ordre de sire Thomas : si la porte tombe, vous devrez renforcer les troupes qui gardent l'entrée.

Tanis eut à peine le temps de hocher la tête avant que retentisse un craquement sinistre. Avec une pluie d'échardes, la porte principale de la Tour vola en éclats. Un bataillon ennemi s'engouffra dans l'ouverture : des barbares et des mages en robe grise conduits par un Chevalier de Takhisis.

Ralliant ceux qui étaient encore en état de se battre, Tanis se précipita à leur rencontre.

## 5

## CHOSE PROMISE, CHOSE DUE !

Steel déploya ses troupes de chaque côté de l'engin de siège. Les brutes étaient de bons archers ; ils tiraient d'étranges flèches qui sifflaient en volant vers leur cible. Le chevalier leur fit nettoyer les remparts pour permettre à l'engin d'entrer en action.

Le fils de Sturm aurait accompli sa tâche plus facilement si un groupe de Solamniques n'avaient pas tenu bon tout l'après-midi, bombardant les assaillants d'huile ( qui faillit mettre le feu à l'engin de siège ), de rochers ( dont l'un écrasa la tête d'un mammouth ) et de flèches d'une précision meurtrière.

Longtemps après que les autres défenseurs eurent battu en retraite, ces soldats luttaient encore sur les remparts. Steel salua leur courage, mais ils ne pouvaient que retarder l'inévitable. Au crépuscule, la porte principale de la Tour céda. L'ingénieur en chef jeta un coup d'œil à l'intérieur et se précipita vers Steel.

— Une herse nous bloque la route ! protesta-t-il comme s'il s'agissait d'un affront personnel. Elle ne se trouvait pas sur les cartes du seigneur Ariakan !

— Une herse ? s'étonna Steel.

Il n'y en avait pas lorsque, cinq ans plus tôt, il était venu à la Tour rendre hommage à son père. Mais depuis, les Solamniques avaient eu le temps de consolider leurs défenses.

Steel envoya chercher trois des Chevaliers de l'Epine qui accompagnaient son unité. Leur commandant était le mage personnel d'Ariakan : un homme d'une cinquantaine d'années qui, ayant combattu durant la Guerre de la Lance, avait l'habitude de travailler en compagnie de soldats.

Steel lui expliqua la situation. Il plaça ses barbares autour des mages pour les protéger, puis leva son épée : un salut à sa reine. Poussant un cri sauvage, il prit la tête de ses troupes tandis qu'elles s'engouffraient dans l'ouverture béante.

Dès que le bataillon eut pénétré dans le couloir conduisant à la cour intérieure, il fut accueilli par une pluie de flèches tirées entre les barreaux de la herse. Les deux assistants du mage se mirent à l'œuvre, lançant des sorts de bouclier ou désintégrant les projectiles avant que ceux-ci n'atteignent leur cible.

Pendant ce temps, le mage sortit de sa ceinture une petite fiole emplie d'un liquide clair. Avec calme, il l'ouvrit et y laissa tomber une pincée de poussière. Chantonnant des incantations, il jeta son contenu sur le mur où était encastrée la herse. Tandis que le liquide dégoulinait sur la pierre, il frappa dans ses mains. Aussitôt, le mur se changea en boue et commença à se dissoudre.

Steel désigna trois des barbares les plus musclés et leur ordonna de pousser. Quelques secondes plus tard, la herse s'abattit dans un nuage de poussière.

Agacés qu'on les ait dérangés pour un problème aussi trivial, les Chevaliers de l'Epine prirent congé de Steel, pas fâché de les voir partir. Il ordonna à ses hommes de lâcher leurs arcs et de tirer leurs épées. A partir de maintenant, le combat allait continuer au corps-à-corps.

Derrière lui, il entendit les officiers de la deuxième force d'assaut mettre leurs troupes en formation, prêtes à se ruer dans la Tour dès que la voie serait dégagée. Il prit la tête de ses barbares et s'avança vers le bout du couloir en pataugeant dans la boue. Arrivé là, il s'arrêta.

La cour intérieure était vide ; il y régnait un calme anormal. *Un piège*, comprit aussitôt Steel. Sans lui, les barbares se seraient précipités dedans tête la première. Il étudia la situation.

La cour avait la forme d'une croix. Sur la droite du chevalier se dressaient deux portes de fer marquées du symbole de Paladine. En face, de l'autre côté de la zone découverte, Steel distinguait une herse flanquée de deux escaliers qui conduisaient aux remparts. Il ordonna aux brutes de se taire et tendit l'oreille. Le grattement du métal contre la pierre...

Très bien. Il savait où se cachaient ses ennemis ; il allait les obliger à se découvrir. Désignant les portes sur sa droite, il dit tout haut :

— Ouvrez-les. Elles mènent aux catacombes de ces maudits Chevaliers Solamniques ; le seigneur Ariakan veut que nous les pillions.

Tandis que quelques barbares s'attaquaient aux serrures et que les autres lui emboîtaient le pas, il s'avança dans la cour et réclama une gourde, à laquelle il but longuement.

En vérité, il n'avait pas l'intention de laisser les brutes pénétrer dans le sanctuaire. Mais à en juger par les murmures indignés qui s'élevaient des remparts, sa tactique avait fait mouche.

— Allons, pressons, invectiva-t-il ses hommes. Vous ne voulez quand même pas que je rappelle les mages ? Une armée de nains des ravins s'en tirerait mieux que vous. Ah, tout de même !

N'y tenant plus, les Chevaliers Solamniques passèrent à l'attaque. Steel fut surpris par leur rapidité et par la pertinence de leur tactique. Les soldats fendirent la masse des barbares et se débrouillèrent pour leur couper la retraite tout en restant groupés.

Steel s'en moquait. Il ne s'attendait pas à gagner cette bataille, seulement à dégager la voie pour la deuxième force de frappe. Laissant ses hommes se débrouiller avec les chevaliers, il se mit en quête de leur chef. « Coupez la tête et le corps tombera » était une des maximes préférées d'Ariakan.

Steel rabattit la visière de son heaume. Il se fraya un chemin vers le centre de la mêlée, ne s'arrêtant que le temps nécessaire pour repousser ses adversaires.

Enfin, il entendit la voix qui donnait les ordres aux Solamniques. Elle appartenait à un homme vêtu d'une simple cuirasse et d'un plastron métallique. Ses longs cheveux bruns striés de gris pendaient sur ses épaules ; une barbe dissimulait partiellement son visage couvert de sang et de sueur.

Steel eut un coup au cœur.

— Tanis Demi-Elfe !

L'interpellé tourna la tête vers lui. Steel le regarda, furieux de ce tour du destin. Son honneur lui interdisait de combattre un homme qui lui avait autrefois sauvé la vie.

Il releva sa visière.

— Tanis. Je ne me battrai pas contre toi, déclara-t-il froidement, mais je te demande de te rendre.

— Steel ?

Le demi-elfe abaissa son épée. La présence du jeune homme ne le surprenait pas vraiment.

Un Chevalier Solamnique bondit vers Steel, un javelot à la main. Le jeune homme leva le bras pour parer l'attaque, glissa sur une flaque de sang et tomba rudement sur le sol. Sous le choc, il lâcha son épée. Le Solamnique se précipita sur lui.

Steel essaya de se relever, mais sa lourde armure le gênait.

— Arrête ! ordonna Tanis.

Le Solamnique s'immobilisa, confus. Tanis se dirigea vers Steel et lui tendit la main. Le jeune homme l'accepta à contrecœur.

— Une fois de plus, je te dois la vie, Demi-Elfe, constata-t-il amèrement.

— Ne me remercie pas, grimaça Tanis. J'ai promis à...

Il écarquilla les yeux ; ses traits se tordirent sous l'effet de la douleur. Il poussa un cri, tituba et tomba à genoux. Derrière lui, un barbare retira de son dos une épée couverte de sang.

Steel retint Tanis et l'aida à s'allonger sur le sol, sentant un flot de liquide chaud et poisseux lui dégouliner sur les mains.

— Demi-Elfe, ce n'est pas moi qui t'ai frappé !

— Je... sais, murmura Tanis avec un léger sourire. Tu es... un « de Lumlane ».

Il se raidit. Du sang coula au coin de sa bouche. Sa respiration se fit sifflante ; sa vision se brouilla.

— Sturm, souffla-t-il. J'ai tenu... ma promesse.

Puis, dans un dernier soupir, Tanis ferma les yeux et mourut.

— Demi-Elfe ! hurla Steel, sachant qu'il n'obtiendrait pas de réponse.

Levant les yeux, il vit un Chevalier Solamnique, ses yeux tristes baissés sur le cadavre. L'homme ne portait ni heaume ni arme, et son armure datait du siècle précédent. Il ne prononça pas un mot, et n'esquissa pas un geste menaçant.

— Père, chuchota Steel, stupéfait.

Sturm de Lumlane se baissa pour ramasser le corps de Tanis Demi-Elfe. Il le souleva dans ses bras, se détourna et, avec un dernier regard peiné pour son fils, s'en fut à pas lents.

## 6

## LE SILENCE DES DRAGONS.

— Oups, répéta Tasslehoff Racle-Pieds, confus. Je crois bien que je l'ai cassé. Je te jure que je ne voulais pas ! Je suis victime d'une malédiction : d'abord l'orbe draconien, puis l'artefact à voyager dans le temps, et maintenant, le Portail des Abysses !

— Ne dis pas de bêtises, aboya Palin d'une voix qui manquait de conviction.

Si quelqu'un au monde était capable de « casser » le Portail, c'était sûrement son oncle Tass. Il s'approcha, perplexe.

— La dernière fois que je l'ai vu, expliqua le kender, les têtes de dragon avaient des couleurs différentes ; elles criaient pendant que Raistlin incantait, et des lumières tourbillonnaient à l'intérieur. Et... Et maintenant...

Tass ne put achever sa phrase tant il était stupéfait.

Palin n'avait jamais vu le Portail : seulement l'illusion créée par Dalamar pour les besoins de son Epreuve. Mais comme tous les mages, il avait passé de nombreuses heures à l'étudier. C'était une porte ovale montée sur une estrade de pierre, entourée par cinq têtes de dragons à la gueule ouverte, dont les cous semblaient jaillir du sol.

Normalement, quand on soulevait le rideau qui

dissimulait le Portail, les têtes s'animaient et dévoraient le mage assez stupide pour tenter d'y pénétrer. Aujourd'hui, elles étaient ternes et sans vie.

— Regarde ! s'écria Tass, tout excité, en tirant sur la manche de Palin. On voit dedans !

Le jeune mage sursauta. Tass avait raison ! La porte s'ouvrait sur une vaste étendue grise et désertique, surplombée par un ciel d'acier.

— Ce sont les Abysses, dit gravement le kender. Je les reconnais... enfin, en quelque sorte. On dirait qu'elles ne sont pas de la bonne couleur. Je ne sais pas si je te l'ai déjà raconté, mais...

— Si, si, murmura Palin, sachant que ça ne ferait aucune différence.

— ... J'y suis allé une fois. Laisse-moi te dire que j'ai été très déçu. J'avais entendu des tas de choses merveilleuses sur les habitants du coin : des démons, des diablotins, des revenants, des fantômes, des âmes en peine... J'avais hâte d'y aller ! En réalité, les Abysses sont vides et terriblement ennuyeuses.

Palin n'écoutait plus. Il réfléchissait, tentant d'expliquer l'inexplicable. Qu'était-il arrivé au Portail ?

— Bref, reprit Tass, la première fois, elles étaient plutôt roses. Peut-être que la Reine des Ténèbres a changé la décoration. Si tu veux mon avis, elle n'a pas de goût. Bon, on y va ?

Palin réussit à rattraper le kender au moment où il se précipitait vers le Portail.

— Quoi ? Qu'est-ce qui ne va pas ? s'étonna Tass.

Le jeune mage était livide.

— Le sort... a pu l'activer... Il ne faut pas... Tu aurais pu... te faire tuer, s'étrangla-t-il.

— Mais regarde ! Raistlin s'impatiente, protesta le kender en tendant un doigt vers le Portail.

Un frisson glacé courut le long de l'échine de Palin. Son cœur manqua un battement.

— Mon oncle ! souffla-t-il.

Raistlin se tenait au milieu de la lande grise, les bras croisés sur la poitrine. Il portait toujours sa robe noire. Parfois, il levait la tête, comme s'il attendait quelqu'un. Puis il retournait à ses pensées, qui, à en juger par l'expression sinistre de son visage, ne devaient pas être plaisantes.

— Mon oncle ! répéta Palin.

Il n'avait pas parlé plus fort que la première fois, mais Raistlin l'entendit et tourna vers lui ses yeux dorés.

— Pourquoi hésites-tu, mon neveu ? demanda-t-il d'une voix rauque. Dépêche-toi, tu as assez perdu de temps. Le kender est déjà venu ; il te guidera.

— C'est moi ! s'exclama joyeusement Tass. Ouah, je vais être le guide de quelqu'un ! Ça ne m'était encore jamais arrivé... sauf la fois où il a fallu aller à Tarsis, qui ne se trouvait plus près de la mer, mais ce n'était pas ma faute. ( Il saisit la main de Palin. ) Viens ! Je sais ce qu'il faut faire...

— Mais..., balbutia Palin. Selon les lois de la magie, nous ne...

Raistlin secoua la tête, amusé.

— Toutes les lois sont provisoirement suspendues, mon neveu. Tu peux franchir le Portail sans crainte : personne ne tentera de t'arrêter. Personne.

L'absence de réaction des cinq têtes semblait corroborer ses dires. *Si je comprends bien,* songea Palin, *éberlué, il n'y a pas le moindre danger...*

— Faux, répondit Raistlin comme s'il avait lu dans ses pensées. Au contraire. Les mortels courent un très grand danger. Viens à moi, et je t'expliquerai. ( Il plissa les yeux. ) A moins que tu n'aies trop peur...

Palin se mordit les lèvres.

— Je n'ai pas fait tout ce chemin pour reculer maintenant, dit-il avec une assurance feinte.

— Parfait. Je suis content de voir que je n'ai pas perdu mon temps avec toi. Viens... Le temps presse.

Le jeune mage prit une inspiration, serra son bâton de la main droite et le bras de Tass de la gauche.

— Je suis prêt.

Il fit un pas en avant, et pénétra dans les Abysses.

# 7

## LES ABYSSES.

Tout était gris autour d'eux. Impossible de savoir où finissait le sol et où commençait le ciel. D'un bout à l'autre de l'horizon, on ne distinguait pas le moindre signe de vie.

— Mon oncle ! appela Palin.

— Silence ! lui enjoignit Tass. Ne dis pas un mot. Ne pense même pas !

— Pourquoi ?

— Parce que les choses fonctionnent bizarrement ici, chuchota le kender en jetant un coup d'œil autour de lui. La première fois que je suis venu, j'ai pensé que ce serait bien de voir un arbre. Et pop ! Un arbre est apparu, juste comme ça. Mais il n'était pas vert et plein de feuilles. Il avait des branches nues, toutes tordues : carrément sinistres. Après, j'ai pensé à Flint, parce que Fizban m'avait dit qu'il m'attendrait sous un arbre dans l'Autre Monde. Un nain est arrivé, mais ce n'était pas Flint. Il s'appelait Arack et il n'était pas gentil du tout. Il tenait un couteau et...

— Ça va, ça va, j'ai compris, soupira Palin. Ici tout ce qu'on souhaite se réalise, mais pas comme on aurait voulu. Je ferai attention. Comment se déplace-t-on : en marchant ?

— On peut, mais le paysage est toujours le même. Et puis, nous ne savons même pas où nous allons.

— Vrai, reconnut le jeune mage.

— La dernière fois, reprit Tass, une espèce de type dégoûtant qui sentait plus mauvais qu'un pique-nique de nains des ravins m'a conduit à la Reine des Ténèbres. Elle m'a dit que...

— Comment t'a-t-il conduit à elle ? coupa Palin, tentant de garder les rênes de la conversation.

Le kender plissa le front.

— Voyons... Ce n'était pas en carriole, sinon, je m'en rappellerais... Ah, j'y suis ! Il a pris dans sa main — en fait, c'était plutôt une horrible serre — le médaillon qu'il portait autour du cou, et pouf ! On s'est retrouvés tous les deux devant Takhisis.

— Tu es certain qu'il s'agissait d'un médaillon ? demanda Palin, déçu.

— J'en mettrais ma main à couper. Je m'en souviens parce qu'il y avait cinq têtes de dragon dessus, et qu'il avait l'air vraiment intéressant. J'aurais bien voulu le lui emprunter, le temps d'y jeter un coup d'œil, mais...

— D'accord, d'accord. Je vais essayer avec mon bâton. Tiens-moi la main, ordonna Palin.

— Tu vas faire un tour de magie ? ( Le visage de Tass s'illumina. ) J'adore la magie. Une fois, Raistlin m'a fait disparaître et réapparaître dans la mare aux canards de...

Palin ferma les yeux et sentit le bois du bâton tiédir entre ses doigts. Il pensa à son oncle, se souvint de sa voix...

*Dépêche-toi ! Viens à moi...*

— Oh ! s'exclama Tass. Ça marche ! Regarde, on bouge !

Palin ouvrit les yeux.

Le paysage gris défilait sous leurs pieds ; le ciel tournoyait au-dessus de leurs têtes ; bientôt le jeune mage eut la nausée. Il ne distinguait plus la gauche de la droite, le haut du bas, comme si on l'avait attaché sur une grande roue...

Soudain, tout s'arrêta. Une main se pressa sur sa bouche. Il se débattit, tenta de se dégager.

— Tiens-toi tranquille, chuchota une voix. Ne remue pas le petit doigt, ne fais pas le moindre bruit ! Nous ne devrions pas être là.

Palin ouvrit les yeux. Un visage à la peau dorée et aux pupilles en forme de sablier se tenait à quelques pouces du sien. La main pressée sur sa bouche était mince et osseuse, les doigts longs et déliés.

Le jeune mage hocha la tête pour montrer qu'il avait compris. Raistlin le lâcha et il put enfin respirer.

Il baissa les yeux. Tasslehoff se trouvait près de lui. Ses lèvres remuaient, mais aucun son ne sortait de sa bouche. Perplexe, le kender se tâta la gorge et recommença. Toujours sans résultat. Il tira la langue, loucha dessus pour tenter de voir ce qui n'allait pas...

— Le sort n'est pas permanent, chuchota Raistlin. Ne le perds pas de vue.

Palin ne comprenait pas pourquoi son oncle avait tenu à ce qu'il emmène Tass. Mais le moment semblait mal choisi pour poser des questions.

Les trois hommes étaient dissimulés dans l'ombre d'une énorme colonne de marbre blanc, rouge et noir. Plus loin, un groupe de gens assis en cercle autour d'un disque de ténèbres tenaient une discussion animée.

Palin jeta un regard éberlué à son oncle. Raistlin hocha la tête et se tapota l'oreille de l'index. Le jeune mage écouta.

Les implications de ce qu'il entendit le rendirent muet de stupeur. Même s'il l'avait voulu, il n'aurait pu émettre le moindre son. Son âme tremblait davantage que son corps. Et Tass demeurait si immobile qu'on l'aurait cru changé en pierre.

Les personnes qu'ils espionnaient étaient les dieux de Krynn.

— Tout ça est la faute d'Hiddukel, dit une déesse dont la chevelure brune était tressée de fleurs et de feuilles. Il nous a menti, il s'est servi de nous, n'est-ce pas, Réorx ?

Son voisin, un nain vêtu de lambeaux, qui tournait

et retournait un chapeau à plumes dans ses mains, leva vers les autres un regard furibond.

— Chislev a raison. C'est moi qui, sur son insistance, ai forgé la pierre. Mais l'idée originale était d'Hiddukel.

L'accusé eut un sourire chafouin. Plissant les yeux, il tourna la tête vers une superbe femme en armure noire.

— Alors ? dit celle-ci d'une voix chargée de ténèbres. Qu'as-tu à dire pour ta défense ?

— J'ai agi de façon légitime, répondit Hiddukel sur un ton obséquieux. Je ne vais pas répéter l'histoire de la Gemme Grise : nous la connaissons tous par cœur. Il ne s'agissait que d'une farce innocente destinée à augmenter le pouvoir de Votre Majesté.

— Et à t'en mettre plein les poches au passage ! gronda Takhisis.

— Où est le mal ? geignit Hiddukel. Il faut bien que je prenne soin de moi. Si certaines personnes sont assez naïves pour s'y laisser prendre, ce n'est pas mon problème. Et si d'autres sont assez stupides pour tenter de capturer le Chaos...

— C'était un accident ! rugit Réorx. J'en voulais seulement un petit bout. ( Il se tourna vers un homme au visage sévère, portant une armure d'argent. ) Je vous le jure, je n'avais pas l'intention de le capturer.

— Je sais, soupira Paladine. Nous sommes tous à blâmer.

— Certains plus que d'autres, grogna Sargonnas, un grand dieu cornu assis près de Takhisis. L'essentiel de la faute incombe à nos enfants rebelles.

Les dieux de la magie se serrèrent les uns contre les autres.

— C'est faux, protesta Lunitari.

— Nous n'étions même pas au courant, renchérit Nuitari.

— Personne ne nous a consultés, ajouta Solinari.

— C'est Lunitari qui a perdu la Gemme ! s'exclama Réorx, les yeux lançant des éclairs.

— Ton gnome me l'a volée : nuance ! rectifia la déesse, furieuse.

— Si seulement quelqu'un m'avait consulté, intervint Zivilyn ; j'aurais pu regarder le futur et vous avertir...

— Mais quand ? lança Morgion, moqueur. D'ici six ou sept millénaires ? C'est à peu près le temps qu'il t'aurait fallu pour te décider.

La discussion s'envenima entre les dieux mineurs. Chacun essayait de rejeter la faute sur son voisin. Les visages étaient las, les traits tendus... Les débats s'éternisèrent. Plusieurs fois, Palin faillit s'endormir. A côté de lui, Tass ronflait déjà. Mais Raistlin écoutait de toutes ses oreilles...

Hiddukel arrivait à la fin d'un long discours creux quand Paladine et Takhisis, qui n'avaient pas ouvert la bouche depuis longtemps, échangèrent un regard.

Un éclair de lumière : Palin cligna des yeux. Lorsqu'il les rouvrit, seuls les trois dieux majeurs se tenaient encore au bord du cercle.

— Ça n'a servi à rien, déclara amèrement Takhisis.

— Il fallait essayer, dit Giléan sans lever la tête du livre dans lequel il était en train d'écrire. Nous aurions pu apprendre quelque chose d'utile.

— Aucun d'eux ne sait ce qui s'est réellement passé, constata Paladine. Nous ne sommes sûrs que d'une chose : le Chaos a été fait prisonnier de la Gemme, et il pense que c'est notre faute.

— S'il dit la vérité, fit remarquer Takhisis. Ce pourrait être une ruse.

— Moi, je le crois, dit Giléan. Ça expliquerait beaucoup de choses : la panique semée par la Gemme Grise sur son passage, le fait que nous n'ayons pu la contrôler...

— Tes Irda y sont arrivés, souffla Takhisis en se tournant vers Paladine.

— C'est du moins ce que le Chaos a voulu leur faire croire, répondit son frère. Ne comprends-tu pas ? Il avait découvert des êtres assez puissants pour le libérer... mais pas assez pour l'arrêter. Les Irda ont payé pour leur folie.

— Et maintenant, c'est notre tour. Le Chaos sera-t-il assez fort pour nous détruire ? Notre puissance s'est beaucoup accrue depuis que Réorx l'a enfermée dans la Gemme Grise.

— Ça ne sera pas suffisant, soupira Giléan. Tu nous l'as dit toi-même, ma sœur : le Chaos a ouvert une brèche dans les Abysses. Son pouvoir dépasse notre imagination. Il est en train d'invoquer des armées de démons, d'ombres guerrières et de dragons de feu pour détruire tout ce que nous avons créé. Lorsqu'il sera prêt, quand la faille sera assez large, elle engloutira le monde.

— Et nous ? demanda Takhisis.

— Le Chaos nous a donné la vie, répondit Paladine, sinistre. Il pourrait nous la reprendre.

— Qu'allons-nous faire ? s'enquit Giléan.

— Il joue avec nous. Il pourrait nous détruire d'un battement de paupières. Mais il veut nous voir souffrir avec notre création.

— Je suggère que nous partions pendant qu'il en est encore temps, dit Takhisis en haussant les épaules. Nous pourrons toujours créer un autre monde.

— Je n'abandonnerai pas ceux qui croient en moi, répliqua Paladine, furieux. Si besoin est, je suis prêt à me sacrifier pour eux.

— Ce n'est peut-être pas le meilleur service à leur rendre, fit remarquer Giléan. Si nous partons, le Chaos se lancera probablement à nos trousses...

— *Après* les avoir détruits, objecta Paladine. Il ne fera preuve d'aucune miséricorde. Non, je suis déterminé à rester et à le combattre.

Les autres dieux réfléchirent.

— Tu as peut-être raison, mon frère, déclara soudain Takhisis. Mais ne crois-tu pas que nous aurons besoin de l'aide des mortels ?

Paladine plissa les yeux, méfiant.

— Ils devront se défendre aussi, je te l'accorde.

— Pour ça, il faudrait déjà qu'ils soient unis, poursuivit Takhisis sur un ton doucereux.

— Oh, ils ne tarderont pas à l'être, grimaça Paladine. Lorsqu'ils prendront conscience de la menace qui pèse sur eux...

— Mais il sera peut-être trop tard.

— Explique-toi, ma sœur. Tu as quelque idée derrière la tête.

— D'accord. Je suggère que nous donnions le contrôle de Krynn à mes chevaliers. Ils sauront faire respecter l'ordre et la loi ; ils feront cesser ces stupides querelles. La paix reviendra sur le continent, et les mortels pourront se défendre contre l'attaque du Chaos.

— Ta paix est une tyrannie, fit amèrement remarquer Paladine, la loi qu'impose le maître à ses esclaves. Je n'arrive pas à y croire : nous n'avons encore jamais affronté pareil danger, et tu ne songes qu'à retourner la situation en ta faveur !

— Attends, intervint Giléan. Je ne doute pas que la proposition de Takhisis soit intéressée. Pourtant, elle n'est pas à rejeter. Unifiée, même sous le règne des ténèbres, l'Ansalonie serait mieux préparée à affronter les armées du Chaos.

— Si je comprends bien, murmura Paladine, troublé, tu la soutiens ?

— Je crains que oui.

— Ne sois pas égoïste, lança Takhisis, moqueuse. Il y a un instant, tu parlais de te sacrifier pour tes précieux mortels. Mais quand il s'agit de passer à l'action, tu hésites...

Paladine réfléchit de longues minutes, le front plissé, le regard perdu dans le vague. Puis il secoua la tête.

— Je ne vois pas l'avenir, dit-il tristement. Les flammes et la fumée obscurcissent ma vision. J'ignore si vous avez raison, mais si vous êtes deux contre moi, je n'ai d'autre choix qu'accepter. ( Il poussa un soupir. ) Ma sœur, l'Ansalonie est à toi.

# 8

## DÉCEPTION. LA VICTOIRE EST À NOUS !

Steel de Lumlane était vivant. Il ne le voulait pas ; il n'était pas censé l'être. Il aurait dû mourir pendant la bataille de la Tour du Grand Prêtre : noblement, en sacrifiant sa vie pour sa reine.

Mais Tanis Demi-Elfe s'était interposé entre lui et son destin. Il était mort à sa place.

Steel se tenait dans la cour intérieure, son épée à la main. Une fureur guerrière brûlait en lui, et il avait du mal à reprendre ses esprits. La vision de son père emportant le cadavre de Tanis le hantait. Ce ne pouvait être une hallucination : le sang du demi-elfe tachait encore le sol à ses pieds.

Après, il ne se souvenait pas de grand-chose. Son esprit avait relégué à l'arrière-plan le fracas des armes, les cris des officiers et les gémissements des mourants pour mieux se concentrer sur ses adversaires.

Puis il n'avait eu plus personne à affronter.

— Victoire ! hurla Trevalin, son armure couverte de sang. Victoire ! ( Il se tourna vers un écuyer. ) Porte la nouvelle au seigneur Ariakan. Dis-lui que les Solamniques veulent discuter les termes de leur reddition.

Le lieutenant regarda autour de lui et aperçut Steel désorienté au milieu de la cour. Il se dirigea vers lui et lui donna l'accolade.

— Lumlane ! Rengainez votre épée : nous avons gagné !

— Gagné, répéta Steel, hébété.

La bataille était finie... et il était toujours vivant.

— Ce jour restera à jamais dans les mémoires ! s'écria Trevalin, enthousiaste. C'est la première fois de l'histoire qu'une armée fait tomber la Tour du Grand Prêtre. Aujourd'hui, Palanthas nous appartient. Quand ils entendront dire que leurs protecteurs ont échoué, les citoyens tomberont dans nos bras comme des fruits mûrs. Quant à vous, félicitations ! On m'a dit que vous aviez vaincu Tanis Demi-Elfe...

— Non, marmonna Steel, abattu. Au contraire, il m'a...

Trevalin n'écoutait déjà plus ; un messager d'Ariakan venait d'arriver.

— Sa seigneurie a vu qu'on déployait un drapeau blanc en haut de la Tour. Elle a également entendu dire que les dragons d'or et d'argent avaient abandonné le champ de bataille. Est-ce vrai, lieutenant ?

— C'est la pure vérité, répondit Trevalin avec un grand sourire. J'ai moi-même vu les dragons s'enfuir. A moins que Paladine ne les ai rappelés...

Le messager ne sembla pas trouver ça drôle.

— Sa seigneurie soupçonne un piège, dit-il sèchement.

— En effet, acquiesça Trevalin. Les dragons sont peut-être partis chercher des renforts. Raison de plus pour accepter la reddition des Solamniques et prendre rapidement le contrôle de la forteresse...

Trois officiers solamniques s'avancèrent dans la cour. Leur commandant, un seigneur chevalier de la Rose, marchait en tête, flanqué des deux autres, légèrement en retrait. Ils avaient ôté leur heaume ; leur armure était couverte de poussière et de sang. Le Chevalier de la Rose boitait ; chaque pas lui arrachait une grimace de douleur.

Le bras d'un de ses compagnons pendait à son côté. Quant au troisième, un bandage grossier lui masquait un œil. Entre eux, les trois hommes tenaient un linge blanc.

Le messager se porta à leur rencontre, les salua et s'enquit des termes de leur reddition. Le Chevalier de la Rose, un homme d'âge mûr qui semblait porter le poids du monde sur ses épaules, passa une main lasse sur son visage.

— Dites à sa seigneurie que nous demandons la permission d'enlever nos morts du champ de bataille. Et que nous acceptons de lui livrer la Tour à condition que le sang cesse de couler. Trop d'hommes valeureux sont déjà morts aujourd'hui.

— Bien, sire chevalier.

Le messager s'en fut à bride abattue. Les trois Solamniques vaincus demeurèrent immobiles au milieu de la cour, très droits, le regard rivé sur l'horizon.

— Ariakan acceptera, dit calmement Trevalin. Inutile de poursuivre le massacre. Et il veut prendre le contrôle de la Tour avant l'éventuel retour des dragons. ( Le lieutenant se tourna vers Steel. ) Avant de rejoindre mes hommes, je dois vous informer que Flamboyante a survécu, sans blessure majeure. Elle s'est bien battue même si elle n'a pas fait preuve de sa fougue habituelle. Je suppose que son cavalier lui manquait.

Sans répondre, Steel dégaina son épée.

— Que faites-vous ? s'étonna Trevalin.

— Je vous rends les armes, lieutenant. Je me constitue prisonnier.

— Diantre ! J'avais complètement oublié cette histoire. ( Trevalin se racla la gorge. ) Ecoutez, Lumlane, après l'exploit que vous avez accompli aujourd'hui, je pense que le seigneur Ariakan vous pardonnera.

En silence, Steel rengaina, défit la ceinture à laquelle était attaché son fourreau et tendit le tout à son commandant.

— Mais enfin, Lumlane ! s'écria Trevalin. Je ne vous comprends pas. Très bien : j'intercéderai personnellement en votre faveur. Je parlerai au seigneur Ariakan de votre bravoure et...

— N'en faites rien, coupa froidement Steel. Je vous remercie, mais je refuse. Je ne supplierai pas le seigneur Ariakan pour qu'il m'épargne.

Trevalin attendit quelques instants. Lorsqu'il parut évident que le jeune homme ne changerait pas d'avis, il secoua la tête.

— Très bien, soupira-t-il. Si c'est ce que vous voulez...

Il fit signe à Steel de le précéder vers les geôles de la Tour.

# 9

# LE PORTAIL. LA CONFESSION DE TASS.

— Ça alors, marmonna Tass. Comme aurait dit Boupou, c'est un sacré ragoût ! ( Le kender cligna des yeux. ) Hé, ça y est ! Ma voix est revenue ! Tu as entendu, Palin ?

— Plus tard, coupa sèchement Raistlin. Nous devons partir très vite, avant d'être découverts.

Soulagé de pouvoir parler, et excité à l'idée d'être téléporté une deuxième fois, Tass espéra qu'ils atterriraient dans un endroit intéressant : une mare aux canards, par exemple.

Raistlin ne dit rien et ne fit pas le moindre geste. Soudain, la colonne derrière laquelle ils s'étaient dissimulés scintilla et disparut. Des volutes colorées tourbillonnèrent autour du kender, qui sentit son estomac s'aplatir contre sa colonne vertébrale.

Lorsque tous ses organes eurent repris leur place habituelle, il écarta les mèches qui lui tombaient dans les yeux et soupira. Pas de chance : ils étaient revenus devant le Portail. Entre les têtes de dragon, Tass distinguait le laboratoire, ses parchemins, ses potions et ses anneaux magiques. Il avait toujours eu un faible pour les anneaux magiques.

Il fit un pas en avant. Puis, se souvenant de ses

bonnes manières, il se tourna vers Raistlin et lui tendit la main.

— Au revoir, Raistlin, dit-il poliment. C'était bon de te revoir. Je t'ai pardonné l'assassinat du pauvre Gnimsh, parce que Caramon a dit que tu t'étais sacrifié pour empêcher la Reine des Ténèbres de franchir le Portail... même si tu savais qu'elle allait t'éventrer et t'arracher les boyaux. ( Le visage du kender s'illumina. ) Tu crois qu'elle va revenir ? Si elle insistait pour te torturer, j'aimerais bien voir ça.

Raistlin plissa les yeux.

— Tu trouves ça amusant ? Je te cède ma place.

Tass réfléchit, puis secoua la tête.

— C'est très généreux de ta part ; je suis sûr que ce serait passionnant. Mais Tanis me passerait un savon : il me dit toujours de prendre garde au danger, et un tête-à-tête avec la Reine des Ténèbres serait un peu risqué, j'imagine.

Palin regarda autour de lui, l'air effrayé.

— Elle ne va pas revenir, n'est-ce pas, mon oncle ?

— Oh, elle le ferait si elle avait une chance de se venger de moi. Takhisis n'est pas du genre à oublier ou à pardonner. Mais je suis protégé contre sa colère, comme l'a dit le kender, en récompense de mon sacrifice.

— Alors, elle ne te torturera pas ? demanda Tass.

— Non. Navré de te décevoir, répondit sèchement Raistlin.

— Ce n'est pas grave, le rassura le kender. Il était très intéressant de voir les dieux de près, et tout ça. Maintenant, je sais à quoi ressemble Paladine quand il n'est pas en train de mettre le feu à sa barbe ou de chercher son chapeau. Giléan m'a semblé familier... mais je ne me souviens pas où je l'ai déjà rencontré. *Che-moche* porte bien son nom. Morgion n'est pas terrible non plus ; il passe sans doute son temps à semer des bouts de lui un peu partout. Beurk.

— Vous devez partir, l'interrompit Raistlin. Ne perdez pas de temps.

— Je suis prêt ! s'écria joyeusement Tass. ( Il se dirigea vers le Portail. ) Au revoir, Raistlin. Je passerai le bonjour à Caramon de ta part, même si tu ne m'as rien demandé. Tu viens, Palin ?

Le jeune mage était resté en arrière.

— Tu... Tu ne viens pas avec nous ? demanda-t-il timidement à son oncle.

— Non, mon neveu.

— Tu pourrais si tu le voulais. Tu n'es pas mort, puisque tu m'as donné ton bâton et que tu nous as amenés ici.

— Oui, je pourrais, reconnut Raistlin. Mais je ne suis pas vivant non plus. Pourquoi reviendrais-je ? Le monde ne réserve aucun plaisir. J'ai rempli ma mission en te montrant le danger. A présent tu dois rentrer chez toi, avertir les gens, convaincre les Chevaliers de Takhisis et de Paladine, ainsi que les mages des quatre ordres, d'accomplir leur devoir. Fais-toi aider par ton père.

— J'essaierai, répondit humblement Palin. Mais je ne suis pas certain d'avoir tout compris. Je leur dirai que le Chaos a l'intention de détruire le monde, et que Paladine nous a abandonnés entre les mains des ténèbres. Je me demande s'ils me croiront. Alors que toi... Toi, ils t'écouteraient !

Raistlin fixa le jeune mage de son regard doré indéchiffrable.

— Est-ce la seule raison pour laquelle tu souhaites mon retour ?

Palin s'empourpra.

— Pas tout à fait. J'aimerais que tu me prennes comme apprenti.

— Tu trouveras un autre professeur. Aucun mage ne refuserait un élève aussi doué que toi.

— Tu te trompes, dit amèrement le jeune homme. Personne ne veut de moi, parce que... Parce que...

— A cause de moi, n'est-ce pas ? demanda Raistlin avec un sourire glacial. Ils me craignent toujours...

— Il faut reconnaître, intervint Tass, que tu n'as pas toujours été irréprochable...

Les yeux d'or se posèrent sur le kender.

— Je crois qu'on t'appelle.

— Qui ça, moi ? s'étonna Tass. Je n'ai rien entendu.

— Là, dit Raistlin en tendant un doigt.

Une voix bourrue résonna aux oreilles du kender.

— Que fais-tu ici, Tasslehoff Racle-Pieds ? Encore en train de préparer quelque bêtise, je parie.

Tass fit volte-face avec une telle rapidité que le rabat de ses sacoches s'ouvrit, et que leur contenu s'éparpilla sur le sol des Abysses. Pour une fois, il n'en avait cure.

— Flint ! s'exclama-t-il, émerveillé.

Il allait se précipiter pour étreindre son ami ( qui détestait ça, mais bon... ) quand il aperçut deux autres silhouettes derrière lui.

— Sturm ! Tanis ! Que faites-vous là ? Je sais : on repart à l'aventure ! s'écria-t-il, tout excité. Où allons-nous ? Je dois avoir une carte : ne vous inquiétez pas, je les ai toutes mises à jour. Tarsis n'est plus à côté de la mer. Arrête de gigoter, Flint, que je t'embrasse.

— Comme si j'allais laisser un kender m'approcher à moins d'un pas, grogna le nain. Garde tes distances, et je garderai ma bourse.

Tass savait que son ami ne le pensait pas vraiment. Il lui jeta les bras autour du cou, mais ne rencontra que de l'air. Il recula.

— Mais enfin, Flint, comment pourrais-je partir à l'aventure avec vous si vous ne me laissez pas vous toucher ?

— Je crains que tu ne puisses nous accompagner, intervint gentiment Tanis. Ce n'est pas que nous ne voulions pas de toi...

— Ce n'est pas non plus que nous en voulions, bougonna Flint.

— ...Mais notre ami ici présent voulait te dire deux mots, acheva le demi-elfe en posant une main sur l'épaule du nain.

Forgefeu s'empourpra et se dandina d'un pied sur l'autre, mal à l'aise.

— Oui, Flint ? demanda Tass d'une toute petite voix.

Son cœur lui faisait un peu mal, comme s'il savait quelque chose que son cerveau ignorait. Peut-être était-ce à cause de Tanis... ça faisait bizarre de le voir ici.

— Eh bien... ( Flint se racla la gorge. ) Je me sens un peu seul. En quelque sorte.

— Tu veux dire, sous ton arbre ?

— Oh, ne te fais pas d'idées, dit précipitamment le nain : il est très bien situé. C'est un grand érable, presque aussi beau que ceux de Solace. Tanis l'a remarqué tout de suite en arrivant. Et il fait chaud à côté de la forge de Réorx. J'aime le regarder travailler ; il raconte des histoires passionnantes sur les autres mondes qu'il...

— Des histoires ! s'exclama Tass. J'adore les histoires ! Je suis sûr qu'il aimerait entendre les miennes, comme celle du mammouth à poils laineux...

— Je n'ai pas fini ! rugit Flint. ( Il croisa les bras sur sa poitrine, prit une inspiration et débita à toute allure. ) Je voulais juste te dire que... Si jamais tu veux venir me voir, tu seras le bienvenu. Je sais qu'un jour, je regretterai ces paroles, mais.... ( Il baissa la voix. ) Tu me manques.

— Evidemment, répondit Tass, étonné que Flint ne s'en soit pas aperçu plus tôt. Sans vouloir offenser ton arbre, rester assis à la même place doit vite devenir ennuyeux. Ce qui me fait penser que tu n'as encore jamais rencontré Palin ! C'est le fils de Caramon et de Tika : je vais te le présenter. You hou, Palin ! Par ici ! ( Le kender fronça les sourcils. ) C'est bizarre, pourquoi ne vient-il pas dire bonjour ?

— Parce qu'il ne nous voit pas, andouille ! dit Flint.

— Bien sûr que si ! Il est trop jeune pour avoir besoin de lunettes.

— Mais nous n'appartenons pas au même royaume, intervint Tanis.

— Ne me dis pas que toi aussi... ? demanda le kender d'une petite voix.

— Je crains que si, dit Tanis, souriant tristement.

— Tu as dû faire quelque chose de dangereux, souffla Tass, clignant des yeux pour chasser les larmes qui s'y formaient. C'était bien la peine de me faire la leçon...

Sa voix se brisa.

— Ne t'inquiète pas : j'ai eu une belle vie. Ce fut difficile de quitter ceux que j'aimais, mais j'ai retrouvé des amis, dit le demi-elfe.

— Et des ennemis, aussi, lui rappela Flint.

— Vrai, acquiesça Tanis, préoccupé. Nous avons une bataille à livrer dans ce royaume... comme Tass dans le sien. Des gens ont besoin de lui.

Le kender sortit un mouchoir brodé aux initiales FB et se moucha bruyamment.

— Je vais te dire un secret, Flint, chuchota-t-il si fort qu'on dut l'entendre dans toutes les Abysses. Je ne suis plus l'aventurier d'autrefois. ( Il poussa un gros soupir. ) Tu ne vas sans doute pas me croire, mais parfois je me dis que ce serait bon de me reposer un peu. Je ne comprends pas ce qui m'arrive.

— Tu te fais vieux, crétin, grommela Flint.

— Vieux, moi ? Oh, non ! D'accord, j'ai parfois mal au dos. Et mes doigts craquent de plus en plus. De temps en temps, je préfère faire la sieste à provoquer les minotaures : ils sont si amusants quand ils se mettent en colère ! Surtout quand on leur crie « Meuh ! ». C'est incroyable comme ils peuvent courir vite s'ils sont énervés.

— Au revoir, Tass, dit doucement Tanis. Puisse les minotaures ne jamais te rattraper.

— Prends soin de toi, mon garçon, ajouta Flint. ( Il se détourna en secouant la tête. ) Crier « Meuh ! » à un minotaure ! A-t-on idée !

— Que Paladine soit avec toi, conclut Sturm.

— Oh, tant qu'il n'essaie pas de lancer des boules de feu..., déclara Tass avec un geste insouciant. Où allez-vous ? Tanis ? Flint ?

Ses trois amis avaient disparu. Il s'essuya le nez et poussa un soupir irrité.

— Des gens ont besoin de moi... Pff ! Comme d'habitude ! Une goule à conjurer par-ci, un gobelin à écrabouiller par-là... Je n'ai jamais une heure tranquille ! Bah, je suppose que c'est la rançon de la gloire.

Il ramassa ses affaires et, traînant ses pieds dans le sable gris, se dirigea vers le Portail. Palin parlait toujours avec Raistlin.

— S'il te plaît, mon oncle. Père serait si heureux de te revoir...

— Tu le crois vraiment ?

Le jeune mage hésita.

— Eh bien...

— Tu vois ? Les choses sont mieux ainsi. Regarde ! ( Une faible lumière soulignait les contours du Portail ; les têtes de dragon reprenaient vie. ) Takhisis vient de s'apercevoir que le Portail est ouvert. Tu dois retourner de l'autre côté et le fermer à l'aide du bâton. Dépêche-toi.

Le gris du ciel avait viré au noir. Palin soupira.

— Très bien. Merci de me faire confiance. J'essaierai de ne pas te décevoir. Viens, Tass.

— J'arrive, répondit le kender sans enthousiasme.

Sa rencontre avec Flint, Sturm et Tanis l'avait abattu, et la perspective de se faire dévorer par les têtes de dragon ne l'excitait pas autant qu'elle l'aurait dû.

— Au revoir, Raistlin. Je dirai à Caramon que tu... Hé, Kitiara ! Bonjour ! Tu te souviens de moi ?

Une femme aux courts cheveux bouclés, portant une armure bleue, repoussa brutalement le kender et vint s'interposer entre Palin et le Portail, une épée à la main.

— Ravie de faire enfin ta connaissance, mon neveu, dit-elle avec un sourire charmeur. Pourquoi veux-tu déjà t'en aller ? Je connais quelqu'un qui a très envie de te rencontrer... ( Puis, menaçante : ) Tu as entendu une conversation qui ne t'était pas destinée. Ma reine déteste les espions !

Elle brandit son épée : Palin leva son bâton pour parer le coup.

Affolé, Tass chercha du regard quelque chose à lancer. Ne trouvant rien, il se jeta en avant dans l'espoir de renverser la guerrière... en évitant de s'empaler sur son arme.

Sa manœuvre n'eut pas tout à fait le succès escompté. Il passa au travers de la guerrière et atterrit à quatre pattes dans le sable.

Pendant ce temps, Palin regardait, incrédule, une tache écarlate fleurir sur le tissu blanc de sa robe. Il agrippa son épaule et tomba à genoux. Kitiara s'apprêta à lui donner le coup de grâce.

Raistlin incanta. Une robe noire tourbillonna devant Tass. Les dragons du Portail poussèrent un hurlement, et quelque chose frappa le kender entre les deux yeux. Il eut juste le temps d'apercevoir une fascinante collection d'étoiles avant de perdre connaissance.

## 10

## PRISONNIER.

Une clé tourna dans la serrure. La porte de la cellule s'ouvrit.

— De la visite pour toi, Lumlane, dit le geôlier.

Steel s'assit en se frottant les yeux. Il ignorait si c'était le jour ou la nuit : situé au premier étage de la Tour du Grand Prêtre, la pièce où on l'avait enfermé ne possédait pas de fenêtres.

A la lueur de la torche, il distingua une tache grise. Il se redressa lentement.

— Seigneur, dit-il, très raide.

Lilith s'approcha, le détaillant de ses yeux, perçants.

— Laissez-nous, ordonna-t-elle au geôlier. Et fermez la porte en sortant.

— Pourquoi êtes-vous venue ? grogna Steel. Pour vous délecter de ma chute ?

— Vous vous trompez, Lumlane. Je ne prends aucun plaisir à cette affaire. J'ai agi pour la gloire de notre reine. Mais je voulais vous expliquer pourquoi vous devez mourir.

Steel haussa les épaules.

— Vous perdez votre temps. Je le sais déjà : parce que j'ai perdu mon prisonnier.

— Non. Vous étiez *obligé* de le perdre, répondit calmement la magicienne. Je vous ai confié une mission que vous n'aviez aucune chance d'accomplir. J'espérais que Palin Majere et vous mourriez dans le Bois de Shoikan, ou que notre reine vous tuerait dans les Abysses. Mon plan n'a pas fonctionné comme prévu.

Steel était confondu par la haine de cette femme. Pourquoi le détestait-elle à ce point ?

— Je ne saisis toujours pas la raison de votre présence, dit-il froidement.

— Il faut que vous compreniez la raison de votre mort, répéta Lilith. Je n'aimerais pas que vous vous plaigniez auprès de notre reine d'avoir été exécuté pour rien. Sa Majesté peut se montrer... rancunière parfois.

« J'ai vu l'avenir, Steel de Lumlane. Je vous ai vu en compagnie de Palin Majere sur un champ de bataille. Vous luttiez côte à côte... Puis la foudre a frappé la Tour, entraînant la destruction et la chute de la chevalerie. Votre disparition, à tous deux, était le seul moyen d'éviter la catastrophe ! Comprenez-vous ?

— J'accepte votre jugement, répondit Steel, choisissant ses mots avec soin. Si ma mort doit bénéficier à mes compagnons, qu'il en soit ainsi.

Lilith ne parut pas satisfaite par la réponse. Plongeant la main dans sa poche, elle y prit ses pierres divinatoires.

La porte de la cellule s'ouvrit de nouveau.

— Un autre visiteur pour toi, Lumlane.

Le lieutenant Trevalin n'eut pas l'air enchanté de la présence de Lilith — et réciproquement. La magicienne sortit de la cellule.

— Que faisait-elle ici ? s'enquit Trevalin dès qu'elle eut disparu.

— Elle m'a dit..., commença Steel, troublé, que ma mort était nécessaire à la survie de la chevalerie. Une vision le lui a révélé.

— Sornettes ! aboya Trevalin. ( Il baissa la voix. ) Je sais que notre seigneur fait grand cas de ces mages, mais vous et moi sommes des soldats. Le futur, nous le façonnons à coups d'épée. Vous êtes un brave ; vous avez bien servi notre reine, et vous devriez en être récompensé. Pour la dernière fois, ne voulez-vous pas que je parle à Ariakan ?

Steel hésita. L'idée de quitter cette cellule obscure, et de reprendre son poste pour participer à la conquête du continent était si tentante...

Palanthas était tombée ; les Chevaliers de Takhisis se préparaient à la guerre contre les royaumes elfiques. Pour échapper à la mort qui l'attendait dans une quinzaine de jours, il n'avait qu'à parler au seigneur Ariakan.

Mais que lui dirait-il ?

— Je suis navré, lieutenant.

Trevalin secoua la tête, visiblement déçu.

— Dans ce cas, je crains que nous ne nous revoyions pas. Notre bataillon s'en ira cet après-midi prendre part aux combats en Ergoth Septentrional. Vous m'auriez été bien utile. ( Il poussa un soupir. ) Que sa Ténébreuse Majesté soit avec vous.

— Et avec vous aussi, lieutenant. Merci pour tout.

Trevalin sortit. Peu de temps après, le geôlier pénétra à son tour dans la cellule.

— Allez, Lumlane. C'est l'heure de se remettre au boulot.

Steel rejoignit un groupe de Chevaliers Solamniques capturés durant la bataille de la Tour et condamnés aux travaux forcés. La plupart étaient très jeunes. Ils savaient que Steel faisait partie des forces ennemies, et qu'il était sans doute responsable de la mort de Tanis Demi-Elfe.

Au début, ils l'avaient pris pour un espion. Mais un geôlier leur avait raconté son histoire, et son courage lui avait gagné l'estime des chevaliers. En outre, il n'utilisait jamais son rang pour obtenir un traitement de faveur.

Les prisonniers furent conduits à la carrière où on les avait affectés. Ils devaient y charger d'énormes blocs de pierre sur des traîneaux que les mammouths tiraient ensuite jusqu'à la Tour, le tout sous une chaleur écrasante et les coups de fouet du contremaître.

Le plus souvent, Steel ne ressentait rien. Ce jour-là encore, ses pensées étaient tournées vers Trevalin et son bataillon. Comme il aurait voulu chevaucher Flamboyante jusqu'en Ergoth Septentrional ! Les humains qui vivaient là-bas avaient une réputation de guerriers doués et courageux.

Steel secoua amèrement la tête. En agissant comme un lâche, il avait perdu le droit de se battre au nom de Takhisis. Il aurait pu pénétrer dans le laboratoire du mage, et cette pensée le rongeait. La porte était restée ouverte un instant. Il aurait pu suivre Palin, mais il avait hésité.

Takhisis avait lu dans son cœur. Elle lui avait refusé une mort honorable. Si Lilith avait raison, au moins son trépas sauverait-il la Chevalerie Noire, comme celui de son père avait autrefois sauvé la Chevalerie Solamnique.

## 11

## LE CHOIX DE RAISTLIN.

Tasslehoff s'éveilla avec un atroce mal de crâne et l'impression d'avoir été piétiné par un troupeau de mammouths à poils laineux. Il s'assit, se frottant la tête.

— Qui m'a frappé ? demanda-t-il, indigné.

— Tu étais sur mon chemin, répondit simplement Raistlin.

Tass cligna des yeux.

— Où suis-je ?

Puis il vit les têtes de dragon multicolores et se souvint.

— Viens par ici, kender, ordonna Raistlin. J'ai besoin de toi.

— Les gens ont toujours besoin de moi, marmonna Tass. Après m'avoir assommé parce que j'étais sur leur chemin ! Et au cas où tu ne t'en souviendrais pas, je m'appelle Tasslehoff.

Raistlin était accroupi près de Palin, inconscient.

— Qu'est-ce qu'il a ? s'inquiéta le kender. Je lui trouve une mauvaise mine. Où est passée Kitiara ?

— Après l'avoir frappé, elle s'est souvenue qu'elle n'était pas de taille contre moi. Je suppose qu'elle est partie chercher des renforts...

Tass se pencha sur la blessure.

— Ça n'a pas l'air bien grave, commenta-t-il, soulagé. Je ne crois pas que les humains aient beaucoup de trucs importants dans l'épaule. Il est juste évanoui.

— Faux, répliqua calmement Raistlin. Si nous ne faisons rien, il va mourir. Il faut le ramener au plus vite dans votre monde.

— Mourir d'une blessure à l'épaule ? Mais il ne perd presque pas de sang !

— La lame qui l'a frappé était de ce royaume, pas du vôtre. Tu as dévié le coup fatal, mais la malédiction est dans sa chair. S'il meurt ici, son âme restera captive de Chemosh.

Raistlin se leva et se tourna vers le Portail. Dans le ciel, des filaments noirs s'étiraient vers lui comme des tentacules.

— Je peux traîner Palin de l'autre côté, proposa Tass, mais que ferai-je dans le laboratoire ? ( Son visage s'éclaira. ) Si tu m'apprenais un tour de magie, je pourrais peut-être...

— J'ai causé assez de torts, répliqua Raistlin. Si j'enseigne la magie à un kender, même Paladine ne pourra plus rien pour m'épargner la damnation.

— Dans ce cas, il faut que tu viennes avec moi, raisonna Tass. Tu peux ?

— Je peux. Mon corps physique n'est pas mort dans votre monde. Mais pourquoi le ferais-je ? Mes pouvoirs sont ma seule source de plaisir, et les dieux ne me laisseront pas les conserver si je vous accompagne.

— Et Palin ? s'exclama Tass. S'il reste là, il va mourir !

Raistlin fit un sourire amer.

— Evidemment. ( Il leva un regard furieux vers le ciel. ) Par conséquent, je n'ai pas le choix. C'est ce que tu voulais, ma reine ? Que je retourne dans le monde plus faible qu'un nouveau-né, pour que tu tiennes enfin ta vengeance !

— Raistlin, l'interrompit Tass d'une voix étranglée, je crois que Palin ne va pas bien du tout.

Les lèvres du jeune mage étaient bleues, sa peau glacée.

— D'accord, soupira Raistlin. Nous allons le porter.

Ses yeux se posèrent sur le Bâton de Magius qui gisait à côté de Palin. Un tremblement nerveux agita le coin de ses lèvres. Il tendit une main impatiente, puis se ravisa.

— Tu portes le bâton, kender, ordonna-t-il. Je m'occupe de Palin.

— Moi ? s'étrangla Tass. Je peux ?

— Puisque je te le dis, s'impatienta Raistlin. Allons, dépêche-toi.

Le kender referma la main autour du bâton qu'il n'avait cessé de convoiter depuis le premier jour où il l'avait vu, à l'*Auberge du Dernier Refuge*.

— Je suis prêt ! déclara-t-il en levant le menton.

N'étant pas assez fort pour soulever Palin, Raistlin le prit sous les aisselles et le traîna jusqu'au Portail. Les têtes de dragon étincelèrent. Le mage fut pris d'une quinte de toux.

— Kender, ordonna-t-il, haletant, lève le bâton bien haut, que ma reine puisse le voir !

— Mon nom est Tasslehoff, rappela machinalement Tass.

Il brandit l'objet magique. Les têtes de dragon poussèrent un cri de rage, mais le Portail resta ouvert. Tass le franchit, gonflé de fierté. Raistlin le suivit à reculons, traînant Palin à sa suite.

Les ténèbres du laboratoire se refermèrent sur eux. Le mage posa son fardeau, puis se redressa et fit un pas vers le Portail.

— Je veux revenir ! cria-t-il. Takhisis ! Fais de moi ce que tu veux, mais ne m'abandonne pas ici, privé de mes pouvoirs !

Un éclair de lumière aveuglante jaillit. Les yeux de Tass le brûlèrent ; ses paupières se fermèrent ; il les maintint ouvertes avec les doigts de peur de rater quelque chose.

Raistlin avança ; l'intensité de la lumière augmenta.

Les paupières de Tass emportèrent la partie. La dernière chose que vit le kender fut Raistlin levant les bras pour se protéger d'un coup.

L'archimage jura. Un courant d'air traversa la pièce, puis la lumière disparut.

Tass rouvrit les yeux. Le rideau de velours pourpre était retombé sur le Portail d'où n'émanait plus qu'une faible lueur. Le reste du laboratoire était plongé dans l'ombre.

— Raistlin ? Où es-tu ?

— De l'autre côté de la pièce. Reste près de Palin, ordonna le mage. Avertis-moi s'il bouge ou qu'il essaie de parler. Et ne t'avise pas d'utiliser le bâton !

Tass, qui y songeait — il était certain de connaître le mot pour faire de la lumière —, se ravisa à regret. Il s'assit près de Palin.

Bientôt Raistlin vint les rejoindre, un chandelier à la main.

— Je crois qu'il va mieux, fit observer le kender en posant une main sur le front de Palin. Il a un peu moins froid... Pourtant, il n'est pas encore réveillé.

— La malédiction court dans son sang, mais je vais pouvoir le soigner. Veux-tu lâcher ce bâton !

Raistlin dut littéralement l'arracher des mains de Tass, qui refusait de s'en séparer.

— Ce n'est pas ma faute ! s'exclama-t-il en ouvrant de grands yeux innocents. Il ne veut pas me quitter ; je crois qu'il m'aime bien. Dis, je ne pourrais pas essayer de faire de la lumière avec, juste une fois ? Je suis désolé de t'avoir pris tes lunettes magiques, dans le temps. C'était juste pour faire une farce. Si je les retrouve, je te les rendrai, promis.

Raistlin parvint à récupérer le bâton. Il le posa contre un mur, aussi peu pressé de le lâcher que le kender quelques instants plus tôt. Il caressa la hampe de bois. Ses lèvres remuèrent brièvement, comme pour donner un ordre magique. Mais rien ne se produisit.

Palin avait repris conscience.

— Tass ? murmura-t-il d'une voix faible.

— Présent ! s'exclama le kender.

— Que... Que s'est-il passé ? J'ai si froid... ( Le jeune mage frissonna et lutta pour se relever. ) Le Portail... La Reine des Ténèbres... Il faut... retourner...

— C'est fait, répondit Tass en le forçant à s'allonger de nouveau. Nous sommes dans le laboratoire ; Raistlin est là aussi.

— Mon oncle ? s'étonna Palin. Il est... venu...

— Oui. C'était le seul moyen de te sauver, expliqua Tass.

Le jeune homme rougit de plaisir.

— Je suis si... heureux. ( Epuisé, il ferma les paupières. ) Que m'est-il arrivé ?

— Tu as été frappé par une arme maudite des Abysses, expliqua Raistlin en revenant vers les deux compagnons, un pot d'onguent à la main. Par chance, elle ne t'a touché qu'à l'épaule. Si elle avait atteint ton cœur, tu serais déjà en train de servir Chemosh.

— Qui était la femme qui m'a attaqué ? Une servante de la Reine des Ténèbres ?

— En quelque sorte... même si je pense qu'elle agissait pour son propre compte. C'était ma sœur, feue ta tante Kitiara.

— Nous n'arrêtons pas de rencontrer de vieux amis, fit remarquer Tass. Enfin, Kitiara n'est plus vraiment une amie, mais elle l'était autrefois. Je me souviens du jour où elle m'a sauvé d'un gobelours. Comment aurais-je pu savoir que ces bestioles dormaient tout l'hiver pour se réveiller affamées ? Enfin... elle est partie. ( Le kender soupira. ) Et Tanis aussi. Nous avons au moins récupéré Raistlin.

— C'est ce qu'on dirait, répliqua celui-ci. ( Il fut secoué par une nouvelle quinte de toux. ) Mais crois-moi, ce n'était pas intentionnel.

Il ouvrit le pot d'onguent, renifla son contenu et badigeonna la blessure de Palin d'une substance bleuâtre.

— Ça va piquer, prévint-il.

Le jeune homme serra les dents.

— Ça m'apprendra à espionner les dieux.

Presque aussitôt, la douleur s'estompa. Il put respirer normalement et cessa de frissonner.

— Ça va déjà mieux, constata-t-il. Est-ce un onguent magique ?

— Oui. Cadeau d'une prêtresse de Paladine, répondit brièvement Raistlin.

— De dame Crysania, je parie ! s'exclama Tass. Elle t'a toujours bien aimé !

L'archimage jeta un regard noir au kender, puis se leva pour aller replacer le pot sur son étagère.

Tass avait toujours mal à la tête. L'idée que Tanis était parti, qu'il n'entendrait plus jamais son rire, qu'il ne se ferait plus gronder et qu'il ne pourrait plus lui emprunter ses bracelets lui serrait le cœur. Pour couronner le tout, il commençait à s'ennuyer dans cet affreux laboratoire. S'il osait regarder une chauve-souris morte, Raistlin et Palin lui crieraient dessus. Peut-être même qu'ils le transformeraient en balai...

Le kender se dirigea vers la porte du laboratoire et tenta de l'ouvrir... sans succès.

— Malédiction ! Nous sommes coincés ici !

— Non, répondit froidement Raistlin. Mais nous partirons quand je l'aurai décidé.

Tass soupira.

— Ça a l'air bien calme dehors, remarqua-t-il. Steel tambourinait sur la porte quand nous sommes partis. Je suppose qu'Usha et lui en ont eu assez... et qu'ils sont partis dîner.

— Usha ! s'exclama Palin en se redressant. J'espère qu'elle va bien. Il faut que je te la présente, mon oncle.

— Il la connaît déjà, puisque c'est sa fille, souligna Tass.

— Ma fille, répéta Raistlin, plongeant la main dans une jarre d'herbes pour en remplir une petite bourse. Ça m'étonnerait ! Je n'ai jamais eu d'enfant.

Palin se leva et tituba jusqu'à son bâton. Dès qu'il l'eut en main, il parut reprendre des forces.

— Tu pourrais en avoir et ne pas être au courant, fit-il remarquer. A cause de la magie des Irda.

Raistlin toussa et secoua la tête.

— Qu'est-ce que c'est que cette histoire ? Quel rapport a-t-elle avec les Irda ? demanda-t-il, agacé.

— Eh bien... C'est une légende qui court à ton sujet. Père n'y a jamais prêté attention, mais...

— Je serais ravi de l'entendre.

— Il en existe différentes versions, mais toutes s'accordent plus ou moins. Ça se serait passé quand père et toi rentriez de la Tour de Wayreth, après l'Epreuve. Le temps tournait à l'orage, et vous vous êtes arrêtés dans une auberge.

« Une femme est arrivée juste après vous. Elle était enveloppée dans une cape, et un foulard lui masquait le visage. Des brigands l'ont attaquée et père et toi l'avez sauvée. Dans la bagarre, son foulard est tombé... Elle était magnifique, dit Palin d'un air rêveur. Je comprends ce que tu as dû ressentir en la voyant...

— Et ensuite ? demanda Raistlin, impatient.

— Ensuite ? Eh bien... Pour résumer, balbutia Palin en rougissant, disons que vous, euh...

— Que vous avez couché ensemble, termina obligeamment Tass. Mais tu ne t'en souviens pas, à cause de la magie irda. Puis elle a eu un bébé aux yeux dorés, qui est donc ta fille : Usha.

— Parfait, lâcha Raistlin. J'ai couché avec une femme magnifique et je ne m'en souviens pas. C'est bien ma veine.

— Je suis sûr que tu vas adorer Usha, s'exclama Palin, enthousiaste. Elle est adorable. Et très jolie.

— Autrement dit, la probabilité que je sois son père avoisine le zéro absolu, lança Raistlin, sarcastique. ( Il accrocha la bourse à sa ceinture. ) Maintenant, nous devons partir. Nous avons beaucoup à faire et peu de temps devant nous.

— Tu ne veux pas emporter tes livres de sorts ? demanda Palin, les yeux brillants. Je me sens beaucoup mieux. Si tu veux, je les porterai pour toi...

— Ils ne me serviraient à rien, répondit sèchement l'archimage.

— Oh. Dans ce cas, je pourrais peut-être les étudier, hasarda Palin.

— Tu crois ? ricana Raistlin. Pour pouvoir les lire, il faudrait que ta robe fonce de deux ou trois tons...

— Pas forcément. Ce n'est pas parce que jamais un Robe Noire n'a pris un Robe Blanche comme apprenti que c'est impossible. Père m'a raconté comment tu avais changé un sort de drainage de vie en sort de don de vie, le jour où oncle Tass a été empoisonné à Neraka. Bien sûr, ce sera difficile, mais je suis prêt à tout sacrifier pour devenir plus puissant, déclara Palin avec emphase.

— Vraiment ? ( Raistlin haussa un sourcil. ) Nous en reparlerons. A présent, il est temps de nous mettre en route. Comme je vous l'ai dit, le temps presse. Un mois s'est écoulé depuis votre départ d'Ansalonie.

Palin eut un hoquet de surprise.

— Un mois ! Mais nous ne sommes restés que quelques heures dans les Abysses...

— Le temps ne passe pas de la même façon qu'ici. Il y a un mois jour pour jour, le seigneur Ariakan est entré en triomphateur dans la Tour du Grand Prêtre. Aujourd'hui, les Chevaliers de Takhisis règnent sur Palanthas, et bientôt, ils domineront tout le continent.

— Mais alors, s'écria Palin, alarmé, où irons-nous ?

Raistlin mit quelques secondes à répondre.

— Dans un endroit dont je rêve depuis très longtemps, lâcha-t-il enfin. A la maison.

# LIVRE QUATRIÈME

# 1

## LE MONDE CHANGE.
## UN VISITEUR INATTENDU.

La chute de Palanthas entraîna celle de tout le nord de l'Ansalonie. Disposant des richesses de la cité, et de son port, Ariakan ne perdit pas de temps avant de s'emparer des royaumes voisins.

La rumeur fut sa meilleure alliée. Elle se répandit plus vite que ne volaient les Cavaliers-Dragons. On chuchotait qu'il avait pactisé avec des guerriers squelettes, qui buvaient le sang des vivants, et des barbares qui embrochaient les enfants sur leurs lances avant de les faire rôtir. Ajoutés à la terreur des dragons, ces récits suffirent à paniquer la population des villes. La plupart ouvrirent leurs portes aux Chevaliers de Takhisis sans leur opposer la moindre résistance.

Un mois après la bataille de la Tour du Grand Prêtre, Ariakan contrôlait la partie du continent qui s'étendait entre les Monts Khalkist à l'est, les Plaines de Poussière au sud, la Solamnie et l'Abanasinie à l'ouest. Au nord, les Ergothiens tenaient bon.

L'armée ne s'était pas encore approchée des royaumes elfiques. Ariakan espérait que ceux-ci s'entre-détruiraient avant de lui tomber entre les mains comme des fruits pourris. Ensuite, il s'attaquerait aux tribus du peuple des plaines, dirigées par la prêtresse Lunedor et son mari Rivebise.

Même Kenderfoule avait succombé, malgré les efforts de Paxina Brisenœud, la fille du célèbre héros Kronin Brisenœud. La jeune femme avait rallié son peuple en lui disant que les chevaliers venaient piller le royaume. A l'idée de perdre leurs chers trésors, les kenders s'étaient battus avec une férocité qui leur avait valu l'admiration d'Ariakan. Mais ils n'étaient pas de taille contre l'armée des ténèbres.

En quelques semaines, Ariakan avait conquis plus de territoire que les Hauts Seigneurs durant la Guerre de la Lance, et ce avec très peu de pertes d'un côté comme de l'autre.

Pour les peuples conquis, le changement ne fut pas aussi radical qu'ils l'avaient craint. Les chevaliers les traitèrent avec justice, à défaut de miséricorde. Ils édictèrent des lois sévères et ne reculèrent devant rien pour les faire respecter. Les contrevenants étaient aussitôt mis à mort... Une partie de la population s'en montra satisfaite. Au moins, les rues et les routes étaient devenues sûres pour les honnêtes gens. L'autre partie songeait en silence que, même pour la paix, la liberté était un prix trop lourd à payer.

*
* *

Tika Waylan Majere referma la porte sur le dernier client et poussa un soupir. Au lieu de se diriger vers la cuisine, où l'attendait une montagne de vaisselle sale, elle se laissa tomber dans une chaise et se prit la tête entre les mains. Inquiet, Caramon s'assit près d'elle et lui tapota le bras.

— Ça ne va pas ? demanda-t-il doucement.

— Oh, Caramon ! gémit Tika. Qu'allons-nous faire ?

— A propos de quoi ?

— Tu le sais bien !

— Tu veux parler des Chevaliers Noirs ? dit Caramon, embarrassé. Je ne crois pas que nous puissions grand-chose. De toute façon, les affaires ont repris. Peut-être l'occupation n'est-elle pas une si mauvaise chose...

— Caramon ! s'indigna Tika. Comment peux-tu... ?

— Eh bien... Les routes n'ont jamais été aussi sûres. Dès que la chaleur tombera, les gens se remettront à voyager. En outre, les chevaliers sont des gens civilisés, pas comme les draconiens de la dernière guerre. Ariakan n'a pas fait brûler de villes. Ses soldats ne volent pas, ils paient ce qu'ils réquisitionnent, ils ne se saoulent pas, ils ne se bagarrent pas, ils...

— ... ne sont pas humains, acheva Tika en secouant la tête. Ils ressemblent à des machines gnomes qui chercheraient à se faire passer pour des êtres vivants. Ils n'ont pas de cœur, pas de sentiments. Oh, ils sont toujours polis avec moi, mais je sais qu'ils me trancheraient la gorge sans hésitation si leur reine le leur ordonnait.

— C'est vrai, reconnut Caramon. Mais la paix est revenue. Ils maintiennent l'ordre et la loi...

— *Les* lois, tu veux dire, ricana Tika. Nous en avons assez pour étouffer un nain des ravins. Quant à l'ordre... Certaines personnes craignent le changement ; elles marchent sur la route parce qu'elles ont peur de s'en écarter. Ariakan a tracé un beau petit chemin, et il veut que tout le monde reste dessus. Ceux qui préfèrent partir à l'aventure disparaissent dans la nuit. On doit être en sécurité au fond d'un puits, mais je ne crois pas que tu apprécierais.

Caramon hocha la tête.

— Pourquoi ne me dis-tu pas ce qui te tracasse vraiment ? C'est Palin, n'est-ce pas ?

Tika baissa la tête.

— Oui, admit-elle d'une voix étranglée. Je n'arrête pas de penser à lui. Si au moins... Si au moins sa tombe était à côté des deux autres, je...

Elle étouffa un sanglot. Caramon l'entoura de ses bras.

— Sa tombe n'est pas là parce qu'il n'est pas mort, dit-il fermement.

— Tu sais ce que nous a dit Dalamar, gémit Tika. Que Tass et Palin sont entrés dans le laboratoire et n'en sont jamais ressortis. Ça fait plus d'un mois, et qu'ils n'ont pas donné signe de vie...

— Pas de nouvelles, bonnes nouvelles, déclara Caramon avec un sourire forcé.

Tika ne discuta pas. Il faudrait bien que son mari finisse par accepter l'évidence. Tandis qu'il se dirigeait vers la cuisine pour faire un peu de thé, elle se leva et empila les assiettes sales sur un plateau.

Un bruit attira son attention. Fronçant les sourcils, elle tendit l'oreille.

Quelqu'un montait l'escalier de l'auberge. A cette heure-ci, ça ne pouvait être qu'un visiteur mal intentionné. Serrant les dents, Tika posa son plateau et saisit une poêle. Sur la pointe des pieds, elle alla se plaquer contre le mur, à côté de la porte.

— Que... ? s'étonna Caramon en sortant de la cuisine, deux tasses fumantes à la main.

— Chut ! lui ordonna Tika.

La porte s'entrouvrit. Une silhouette se glissa à l'intérieur de l'auberge. Malgré la chaleur, elle était enveloppée d'une cape grise. Tika ne voyait que l'arrière de son crâne. Elle brandit sa poêle et s'apprêta à frapper.

— Palin ! rugit Caramon en lâchant les deux tasses, qui s'écrasèrent sur le sol.

Il se précipita pour étreindre son fils.

— Palin ? chuchota Tika d'une voix rauque.

Elle s'affaissa contre le mur, sonnée, hésitant entre le rire et les larmes.

— Plus d'un mois sans me voir, et c'est comme ça que tu m'accueilles ? plaisanta son fils.

— J'ai cru... J'ai cru que tu étais l'un d'eux, balbutia Tika en s'essuyant les yeux.

— Ce n'est pas grave, dit Palin en l'embrassant. Je comprends. Je sais ce qui s'est passé ici en mon absence. Dalamar nous l'a raconté.

— Nous ?

Le jeune homme recula pour faire face à ses parents.

— Je ne suis pas seul, expliqua-t-il. J'ai ramené quelqu'un... Quelqu'un que vous n'avez pas vu depuis longtemps. Il voulait que je vous parle d'abord. Il n'était pas sûr d'être le bienvenu...

Caramon poussa un cri sauvage et se jeta sur la porte, qu'il ouvrit à la volée.

Une silhouette vêtue d'une robe noire se détachait sur l'obscurité piquetée d'étoiles. A la vue de l'aubergiste, l'inconnu repoussa sa capuche. La lumière qui s'échappait de la grande salle se refléta sur sa peau dorée et dans ses pupilles en forme de sablier.

— Raist ! s'écria Caramon en titubant.

L'archimage ne bougea pas.

— Caramon, dit-il doucement. Caramon, peux-tu... Peux-tu... ( Il toussa, mais lutta pour continuer. ) Me pardo...

Son frère l'invita à pénétrer dans l'auberge.

— Bienvenue à la maison, Raist. Ta chambre est prête. Elle l'a toujours été.

## 2

## LES ORDRES ET LES CHOIX.

Lorsque le soleil se leva, Caramon et Raistlin étaient toujours assis ensemble dans la grande salle. Tika et Palin étaient partis se coucher depuis longtemps, la première épuisée par l'émotion, le second par sa blessure. Mais les deux frères avaient passé toute la nuit à évoquer le passé, et l'avenir tragique qui se profilait.

— La fin de toutes choses, murmura Caramon, hébété. De toutes choses... ( Il secoua la tête. ) Je sais que je vais mourir : tout le monde, y compris les elfes, doit en passer par là. Mais je pensais que le monde serait là après mon départ. Et tu dis... Tu dis qu'il ne restera rien ?

— Lorsque le Chaos viendra détruire le « jouet des dieux », le sol s'ouvrira et crachera le feu. Des milliers d'ouragans attiseront les flammes. L'eau des lacs et des océans s'évaporera à force de bouillir. L'air brûlant tuera tout autour de lui. Rien ni personne ne survivra, répondit calmement Raistlin.

— Mais... Rien n'est sûr, protesta Caramon. Je ne suis pas aussi intelligent que toi, mais je sais une chose : l'avenir est ce que nous en faisons.

— C'est vrai, concéda l'archimage. Il existe des alternatives.

— Nous ne pouvons pas rester là à ne rien faire ! s'emporta Caramon. ( Il serra les poings. ) Nous nous battrons aux côtés des dieux, s'il le faut !

Raistlin toussa et but une gorgée du thé que son frère avait préparé pour lui.

— Oui, déclara-t-il une fois sa quinte terminée. Nous nous battrons ; beaucoup d'entre nous mourront. Il se peut même que nous gagnions, et que ce soit la plus grande défaite de toutes.

— Je ne comprends pas, s'étonna Caramon.

Raistlin soupira.

— Cette fois, moi non plus. ( Son frère se leva et saisit la théière ; il l'arrêta d'un geste. ) Non, merci. J'en ai assez bu comme ça. Le temps presse. Nous avons une longue route à faire.

Caramon hésita.

— Nous ? Tu... Tu veux que je vienne ?

— Bien sûr, répondit sèchement Raistlin. J'aurai besoin de ton bras. En outre, tu es le seul qui sache préparer un thé buvable.

— Très bien, soupira Caramon. Tu sais que je ferais n'importe quoi pour toi. Où allons-nous ?

— A la Tour de Wayreth, pour y rencontrer Dalamar.

— Palin viendra-t-il avec nous ?

— Non, il a autre chose à faire. Il doit se rendre à Palanthas.

— Seul ? s'inquiéta Caramon. Et s'il faisait une mauvaise rencontre en chemin ?

— Ne t'inquiète pas, il empruntera les voies de la magie. Maintenant, va te préparer. Nous devons partir d'ici une heure. Pendant ce temps, je vais dire un mot à Palin.

— Comme tu voudras, Raist.

Caramon regarda son frère se lever sans l'aide de son bâton pour la première fois depuis qu'il avait passé l'Epreuve. La bourse contenant son thé était la seule qui pendait à sa ceinture, et l'odeur de roses si familière ne l'enveloppait plus. Alors, il comprit.

— Ils t'ont pris ta magie, n'est-ce pas ?

Raistlin répondit par une autre question.

— J'ai remarqué que tu ne buvais que de l'eau. Pourquoi ?

Caramon rougit.

— Tu le sais bien. L'eau-de-vie naine me fait perdre la tête. Quand je commence, je ne peux plus m'arrêter. ( Il fronça les sourcils. ) Tu... Tu veux dire que c'est la même chose ?

— Je n'aurais sans doute pas pu résister à la tentation, répondit Raistlin.

— Mais... Nous aurons besoin de pouvoirs !

— Nous devrons nous contenter de ceux de Palin.

— Tu plaisantes ? Il est si jeune ! Il n'a pas encore atteint un rang élevé...

— C'était mon cas. Souviens-toi.

Caramon déglutit, très pâle.

— Oui, mais tu... On t'avait...

— Aidé ? ricana Raistlin. C'est vrai. Fistandantilus était avec moi. Palin aura lui aussi un puissant allié. Ne t'inquiète pas, mon frère. Comme à moi, on lui laissera le choix.

*
* *

Lorsque Palin descendit, il trouva Tika dans la cuisine, tranchant le pain aux fruits qu'elle fourrait toujours dans la besace de ses fils quand ils partaient en voyage. L'odeur raviva des souvenirs à la fois plaisants et douloureux. Il s'arrêta sur le seuil pour dissimuler ses larmes.

Caramon passa devant lui avec un énorme sac à dos qu'il déposa près de la porte.

— Père ? demanda Palin, éberlué. Tu nous accompagnes à Wayreth ?

— C'est *moi* qu'il accompagne, corrigea Raistlin, assis à sa table. Je suis content que tu sois levé : j'allais justement monter te réveiller.

— Je veux venir avec vous, protesta le jeune homme. Mon épaule est encore un peu raide, mais grâce à ton onguent, on ne voit plus trace de la blessure.

— Pas d'affolement, mon neveu. Tu auras toi aussi une mission à accomplir. Je veux que tu retournes à Palanthas...

Palin ouvrit la bouche pour protester.

— ... Afin d'y retrouver la jeune femme dont tu m'as parlé, poursuivit le mage avec un léger sourire. Tu sais, celle qui dit être ma fille.

Caramon se tourna vers Raistlin, l'air étonné.

— Oui, mon oncle, répondit très vite Palin. Bien sûr. Aucun problème. Cela veut-il dire que tu crois à son histoire ?

— Non, mais je serai curieux d'en apprendre davantage sur les Irda.

— Es-tu certain qu'elle se trouve toujours à Palanthas ?

— D'après Dalamar, oui. Jenna, sa maîtresse, est restée en contact avec elle. Elle te dira où la trouver. ( Raistlin plongea la main dans sa poche et en sortit un anneau d'aspect ordinaire. ) Prends ça. Il te ramènera à Palanthas.

Palin prit l'anneau d'un air dépité et le fourra dans sa poche.

— Evidemment, je suis incapable de le faire tout seul. Tu aurais pu me téléporter. J'adorerais entendre prononcer ce sort, même si je ne pourrai peut-être jamais le lancer.

— Ton oncle ne se sent pas bien ce matin, coupa vivement Caramon. Fais ce qu'il te dit et ne l'embête pas.

— Je vais très bien, le contredit Raistlin. Enfin, aussi bien que possible. Palin a le droit de connaître la vérité. J'ai renoncé à mes pouvoirs, mon neveu, tel fut le sacrifice exigé en échange de mon retour en ce monde.

— Je... Je suis désolé, balbutia Palin. C'est ma faute.

— N'aie pas pitié de moi. ( Les yeux de Raistlin flamboyèrent. ) Prends cette perte comme un compliment et comme un signe que la reine me craint toujours. Mais assez bavardé. Caramon, va dire au revoir à Tika, et remercie-la pour son hospitalité. J'ai quelques mots à dire à ton fils... en privé.

— Bien sûr, Raist, murmura Caramon à contrecœur.

Il se dirigea vers la cuisine.

Une fois seuls, Raistlin fit signe à Palin de venir s'asseoir. Il se pencha vers lui et chuchota :

— Quand tu auras trouvé cette jeune femme, emmène-la à la Grande Bibliothèque. Je t'y rejoindrai après-demain à minuit.

— Très bien, mon oncle. J'y serai, répondit docilement Palin.

— Maintenant, tu peux partir. L'anneau est très simple à utiliser : il suffit de l'enfiler et de penser à l'endroit où tu veux te rendre.

— Evidemment, marmonna Palin, amer. Je n'aurais pas pu m'en sortir si ça avait été plus compliqué.

Raistlin dévisagea son neveu en silence, hésita, puis tendit la main et la posa sur son épaule. Ses doigts étaient anormalement chauds, presque brûlants.

— A toi aussi, on te fera une offre, chuchota-t-il.

— Quand ? demanda Palin, le souffle court. Bientôt ?

— Je ne peux pas t'en dire plus. Mais réfléchis bien à ton choix.

— Oh, c'est déjà fait. J'y pense depuis longtemps.

— Tant mieux pour toi, dit Raistlin avec un sourire inquiétant. Maintenant, va chercher ton père. Le temps file, et nous n'avons toujours pas bougé.

# 3

## LES FRÈRES.

Quiconque cherche la Tour de Wayreth ne peut la découvrir : c'est elle qui vous trouve, si elle en a envie. Vous pouvez vous endormir dans une prairie et vous réveiller en pleine forêt. Ce qui survient ensuite est fonction de l'humeur des mages.

Toutes les créatures de Krynn avaient peur de la Tour, y compris les dragons. Celui que Dalamar avait envoyé chercher Caramon et Raistlin refusa de dépasser la route. Il se posa pour laisser descendre ses passagers et, dès que l'archimage lui en donna la permission, bondit à nouveau dans les airs où il décrivit des cercles, comme s'il attendait quelque chose.

— Pouah ! grogna Caramon. Ces dragons noirs puent. Ils me rappellent celui de Xak Tsaroth, qui nous aurait dévorés sans Lunedor et son bâton...

Raistlin ne répondit pas. Il fouilla dans son sac à dos, dont il sortit quelques bourses qu'il accrocha à sa ceinture. Puis il se releva et regarda autour de lui.

— La forêt n'est pas là, constata-t-il.

— Pour changer, grommela son frère. Fais comme si tu ne voulais pas la traverser, et elle te sautera à la figure. Je me demande si nous allons pouvoir trouver un ruisseau que la chaleur n'ait pas asséché. Si je pouvais me laver... Que dirais-tu de ce bosquet de saules ? En général, ils poussent dans les endroits humides.

— Pourquoi pas ? soupira Raistlin. Ici ou ailleurs...

Les deux hommes quittèrent la route et coupèrent à travers champs, soulevant un nuage de poussière sous leurs pas. Caramon éternua, et Raistlin toussa de plus belle. Affaibli, il dut s'appuyer sur son frère pour poursuivre son chemin.

Soudain, Caramon sentit la main de l'archimage se crisper sur son avant-bras.

— Qu'y a-t-il ?

— Chut ! ordonna Raistlin, le souffle court. J'ai entendu quelque chose.

— Quoi ? Où ? demanda Caramon en tournant la tête en tous sens.

— Des voix. Dans le bosquet.

— Veux-tu que nous rebroussions chemin ?

— Non. Ça semblerait suspect. A nous deux, nous avons fait plus de bruit qu'une armée de nains. Qui qu'ils soient, ces gens nous ont déjà repérés.

— Sans doute des fermiers, suggéra Caramon.

— Venus faire quoi ? Récolter des épis desséchés ? ricana Raistlin. Non. La Forêt de Wayreth se refuse à moi alors que j'ai tant besoin d'y pénétrer. Il doit y avoir une raison... et nous venons peut-être de la découvrir.

— Si tu avais encore tes pouvoirs, soupira Caramon. Je ne suis plus le guerrier que j'étais autrefois.

— Peu importe. Si c'est ce que je crois, ton épée ne te servirait pas à grand-chose. Et puis, je ne suis pas sans défense. J'avais prévu des problèmes. ( Raistlin porta la main à sa ceinture. ) Ah, j'avais raison. Regarde, à l'ombre de ce grand saule...

Caramon plissa les yeux.

— Ma vue aussi a baissé, admit-il à regret.

— Des Chevaliers de l'Epine, les mages en robe grise de Takhisis, expliqua Raistlin. Six, je crois.

— Malédiction ! jura Caramon. Qu'allons-nous faire ?

Raistlin dissimula son visage sous sa capuche.

— Utiliser notre cervelle au lieu de nos muscles, répondit-il. Garde le silence et laisse-moi parler.

— Bien sûr, Raist, sourit Caramon. Comme au bon vieux temps.

Les deux hommes pénétrèrent dans le bosquet. Aussitôt, ils furent encerclés par les Chevaliers Gris. Raistlin feignit l'étonnement.

— Bonjour, frères. Quelle surprise de vous rencontrer ici !

— Salutations, Robe Noire, dit une femme qui semblait être le chef des mages. Je suis le Seigneur de la Nuit Lilith. Que fais-tu ici ?

— La même chose que vous, j'imagine, répondit Raistlin sur un ton plaisant. Je cherche la Forêt de Wayreth.

Les Chevaliers de l'Epine échangèrent des regards perplexes.

— Nous avons entendu dire que Dalamar rassemblait le Conclave, lâcha enfin Lilith. Nous espérions assister à la réunion.

— Vous y apprendriez beaucoup de choses, si vous daigniez écouter. Mais je doute que ce soit la véritable raison de votre présence. Combien des vôtres sont tapis dans les environs : une vingtaine ? Une centaine ? A votre avis, sera-ce suffisant pour vous emparer de la Tour ?

— Tu te méprends sur notre compte, répondit Lilith, très calme. Nous ne constituons pas une menace pour nos frères. De quelles « choses » parlais-tu ?

— D'un avertissement contre un péril inimaginable. Contre une mort certaine. Contre la destruction ultime.

Lilith éclata de rire.

— Tu oses menacer les maîtres de l'Ansalonie ? Comme c'est amusant.

— Il ne s'agit pas d'une menace, mais d'une certitude, dit Raistlin, imperturbable. Eh bien, Caramon, pourquoi restes-tu là à bayer aux corneilles ? Va plutôt nous chercher de l'eau.

— Caramon ! s'exclama Lilith en se tournant vers lui. Caramon Majere ?

L'aubergiste jeta un regard hésitant à son frère avant de répondre :

— Oui, c'est bien moi.

Raistlin le congédia d'un signe de tête. Caramon s'éloigna à contrecœur, visiblement inquiet.

— Caramon Majere, soi-disant Héros de la Lance, voyageant en compagnie d'un Robe Noire, murmura Lilith. Comme c'est étrange.

Raistlin repoussa sa capuche en arrière.

— Je ne vois pas ce qu'il y a d'étrange à ce que des frères voyagent ensemble.

Lilith poussa un cri et recula. La peau de l'archimage n'était plus dorée mais blanche comme de l'os. Ses lèvres arboraient une teinte bleuâtre malsaine, et de grands cernes verts soulignaient ses yeux.

— Raistlin Majere ! balbutia Lilith. Par Chemosh ! Mais tu... vous... êtes mort !

— C'est vrai, répondit doucement l'archimage. Et pourtant, je me tiens devant vous. Touchez-moi, si vous ne me croyez pas.

Il tendit une main décharnée vers le Seigneur de la Nuit.

— Bas les pattes ! s'écria cette dernière en portant la main à un pendentif d'argent en forme de crâne.

Les autres Chevaliers Gris sortirent des parchemins ou des composants de sorts.

— Ne faites pas les imbéciles, ordonna sèchement Raistlin. Je ne vous veux aucun mal ; je suis seulement venu vous avertir. C'est notre reine qui m'envoie.

— Takhisis ? demanda Lilith, dubitative.

— Qui d'autre ? Qui d'autre aurait le pouvoir de me redonner une forme humaine ? Si vous possédez une once de sagesse, quittez cet endroit et allez transmettre mon message au seigneur Ariakan.

— Quel message ? s'enquit Lilith, reprenant contenance.

— Dites-lui que sa victoire était dépourvue de sens. Que dans son triomphe, il court un plus grand danger que jamais. Qu'il ne doit pas relâcher sa vigilance, mais la décupler... Qu'il concentre son attention sur le nord, c'est de là que viendront ses adversaires.

— Les Chevaliers Solamniques ? ricana Lilith. Les survivants se sont rendus ; ils sont prisonniers de leurs propres donjons ! Je ne crois pas qu'ils...

— Oseriez-vous contester les paroles de votre reine ? siffla Raistlin. ( Il tendit les mains devant lui. ) Prenez garde à son pouvoir !

Un éclair aveuglant jaillit, suivi par une explosion. Les Chevaliers Gris levèrent les bras pour se protéger. Lilith perdit l'équilibre et tomba sur le sol.

Un nuage de fumée noire nauséabonde se répandit dans le bosquet. Quand il se dissipa, Raistlin avait disparu. De surprise, Caramon qui revenait en lâcha sa gourde.

Lilith se releva, luttant pour ne pas montrer sa peur. Les autres mages se rassemblèrent.

— Que faisons-nous maintenant ?

— Laissez-moi réfléchir.

Le Seigneur de la Nuit jeta un regard soupçonneux à Caramon qui, hébété, tournait la tête de gauche à droite pour chercher son jumeau. Une odeur de soufre planait dans l'air.

— Où est votre frère ? demanda Lilith, les sourcils froncés.

Caramon se gratta la tête.

— Je n'en ai pas la moindre idée, ma dame.

La magicienne plissa les yeux.

— J'ai comme l'impression qu'il nous a joué un tour. Quoi qu'il en soit, nous devons avertir le seigneur Ariakan que Raistlin Majere marche à nouveau parmi les mortels. Peut-être a-t-il été envoyé par notre reine... et peut-être pas. Mais il ne nous appartient pas de décider. ( Elle se tourna vers ses acolytes. ) Nous avons perdu assez de temps ici. Venez.

Elle agita les mains au-dessus de sa tête et se volatilisa, aussitôt imitée par les Chevaliers Gris.

— Raist ? balbutia Caramon une fois seul. Raist ? Où es-tu ? Tu ne vas pas me laisser seul ici ?

Un petit rire retentit derrière lui.

— Je suis là, mon frère. Mais j'ai besoin de ton aide.

Caramon fit volte-face. La voix venait d'un saule pleureur. Il déglutit.

— Raist ?

— A l'intérieur de l'arbre, crétin ! Fais le tour.

Stupéfait, Caramon s'exécuta. Il écarta les branches et découvrit une cavité dans le tronc du saule. Une main cadavérique jaillit et lui fit signe d'approcher.

— Raist ! Tu es vivant ! s'écria Caramon, soulagé. Mais... Comment es-tu rentré là-dedans ?

— Par Hiddukel, ne me dis pas que tu t'es laissé abuser par cette vieille ruse ? Aide-moi. Je ne peux pas bouger. Ma capuche s'est accrochée à quelque chose.

Caramon plongea un bras à l'intérieur de la cavité.

— Tu peux te vanter de m'avoir fait une belle frousse, maugréa-t-il. ( Puis, avec un gloussement : ) Tu aurais dû voir la tête des Chevaliers Gris ! Je peux t'assurer que leurs robes ont changé de couleur, surtout en dessous de la taille. Penche-toi un peu... Là, ça y est !

Raistlin sortit du tronc, chassant les toiles d'araignée qui s'étaient prises dans ses cheveux blancs. Caramon le dévisagea avec fierté.

— C'est quelque chose, ce maquillage. Quand l'as-tu mis ? Je ne t'ai pas vu faire.

— Pendant que nous volions à dos de dragon, expliqua Raistlin. Conduis-moi au ruisseau. Ça commence à me gratter ; il faut que je l'enlève.

L'archimage s'agenouilla et se lava la figure et les mains.

— Quand même, tu aurais pu m'en parler, lui reprocha Caramon. Ça m'a fait un choc.

Raistlin secoua la tête.

— Tu ne sais pas mentir, tu aurais pu tout faire

rater. Déjà que le Seigneur de la Nuit avait des soupçons...

— Dans ce cas, pourquoi est-elle partie ?

— Elle avait une bonne excuse pour s'en aller sans perdre la face. Vois-tu, ils étaient venus attaquer la Tour. Les sorts qu'ils ont jetés pour la localiser flottent encore dans l'atmosphère. Mais la forêt a été plus forte qu'eux, et je doute qu'Ariakan aurait été heureux d'apprendre leur échec. A présent, les Chevaliers Gris ont une raison de retourner auprès de lui.

— Et tu le savais depuis le début..., s'extasia Caramon.

— Disons que je m'attendais à rencontrer des trouble-fête, et que j'avais pris mes précautions. Un peu de maquillage blanc, de la poudre de charbon et des pistaches écrasées, une poignée de poudre explosive, et voilà ! Le Magicien Mort-Vivant des Abysses !

— J'aurais fini par comprendre le reste, mais ta disparition...

— Ah, ça, ce n'était pas prévu. Mais en reculant près de l'arbre, sous couvert du nuage, je me suis rendu compte que celui-ci était creux, et j'en ai profité.

— En tout cas, bravo. C'était très... Hé ! Que... ?

Tournant la tête, Caramon venait d'apercevoir un chêne gigantesque à un endroit où, quelques secondes plus tôt, il n'y avait que de l'herbe. Il regarda Raistlin... et en découvrit un second derrière lui.

Il pivota lentement sur lui-même. Le champ de blé desséché et le ruisseau avaient disparu. Les deux frères se tenaient dans une vaste forêt.

— Du calme. Tu n'as tout de même pas oublié ? ricana l'archimage. La Forêt de Wayreth trouve toujours ceux qui l'intéressent. Ne t'inquiète pas : tu n'auras pas à la traverser. Rentre à la maison.

— Et t'abandonner ici ? Sûrement pas, protesta Caramon.

— Tu es en train de reprendre tes vieilles habitudes, sourit Raistlin. Je te remercie de m'avoir escorté jusqu'ici, mais je n'ai plus besoin de toi. Ta place se trouve auprès de ta famille. Tu dois avertir les habitants de Solace, les préparer à ce qui arrive.

— Ils ne me croiront pas, se lamenta Caramon.

— Je suis sûr que tu trouveras quelque chose. Reviens sur tes pas ; le dragon doit t'attendre près de la route. Il te ramènera chez toi.

— Reviendras-tu ? demanda Caramon, hésitant.

— Ça, mon frère, je ne peux te le promettre, répondit doucement Raistlin.

# 4

## PÈRE ET FILLE.

La Guilde des Voleurs de Palanthas avait subi quelques revers de fortune. Ses membres avaient d'abord été ravis par l'arrivée au pouvoir des Chevaliers de Takhisis. Enfin, les ténèbres allaient gouverner le monde, et ils seraient richement récompensés.

Ils allaient tomber de haut.

Dès le lendemain de son arrivée, Geoffrey le Lynché alla présenter ses respects à Ariakan. Il dut patienter plusieurs heures dans une antichambre bondée avant d'être introduit auprès de sa seigneurie. Une fois dans son bureau, il s'annonça par un tonitruant :

— Enfin ! C'est pas trop tôt !

Ariakan ne leva pas la tête de son parchemin. Sans attendre qu'on l'y invite, Geoffrey se laissa tomber sur une chaise et, levant ses jambes maigres, posa ses pieds sur le bureau de son interlocuteur.

Une hache s'abattit sur ses bottes, tranchant net les talons. Il sursauta. Un des assistants d'Ariakan le saisit par le col, l'obligea à se relever, ôta la chaise et lui ordonna froidement de présenter sa requête à sa seigneurie dans un langage digne d'elle, sans lui faire perdre plus de temps.

Geoffrey rassembla ses derniers lambeaux de dignité et rappela au seigneur Ariakan qu'ils étaient du même bord, que chacun d'eux commandait à des forces considérables, et que la Guilde des Voleurs espérait la collaboration des Chevaliers de Takhisis sur certains de ses projets, en échange d'un confortable dédommagement. En témoignage de sa bonne foi, il posa sur le bureau un sac de pièces d'or.

Ariakan se serait peut-être contenté de le faire jeter dehors si un prêtre de Chemosh n'était arrivé en courant, et en hurlant que quelqu'un avait dérobé les deniers du culte.

Ariakan leva la tête et examina le sac. Il portait un crâne cornu, le symbole de Chemosh. Geoffrey haussa les épaules.

— Bah, de toute façon, l'argent ira à la même cause, pas vrai ? dit-il avec un clin d'œil. Telle est ma façon de servir sa Ténébreuse Majesté.

Pour la première fois depuis le début de l'entretien, Ariakan dévisagea le maître de guilde.

— Et telle est la mienne, dit-il sèchement. Pendez-le.

La sentence fut exécutée aussitôt, sur les remparts de la cité. La pendaison se déroula sans accroc, sûrement parce que Geoffrey avait l'habitude, prétendirent certaines mauvaises langues.

La Guilde fut très affectée par cette nouvelle. Beaucoup de ses membres crièrent à la trahison et changèrent d'allégeance sur-le-champ. Paladine n'avait jamais gagné autant de fidèles en aussi peu de temps. Puis les voleurs se préparèrent à soutenir un assaut et fortifièrent l'entrepôt.

Ceux qui regrettaient sincèrement Geoffrey le Lynché étaient peu nombreux. Usha n'en faisait pas partie. Le voleur lui avait trouvé un logement et un emploi régulier de serveuse, mais il l'avait poursuivie de ses assiduités avec une insistance odieuse.

La jeune femme avait été horrifiée en découvrant quel genre d'enseignement il voulait lui dispenser. Elle se serait bien enfuie, mais Geoffrey lui avait fait comprendre à la pointe du couteau qu'une fois introduit dans la guilde, on n'en ressortait jamais, sinon les pieds devant.

— Sauf si tu peux utiliser ta magie pour t'échapper, Fille de Raistlin ! s'était moqué le voleur.

Le surnom lui était resté.

Usha n'avait personne vers qui se tourner. Dougan Rougemartel n'était pas réapparu depuis le soir où il l'avait confiée à ces mauvaises gens. De toute façon, il n'aurait rien pu faire pour elle. Des espions la surveillaient constamment, jusque dans sa chambre, où un étrange corbeau aux yeux jaunes venait se percher sur la fenêtre chaque fois qu'elle se reposait.

Elle n'osa pas se rebeller ouvertement et apprit donc, malgré elle, l'art de faire les poches, puis celui de se mouvoir sans un bruit dans une pièce obscure. Elle apprit à se concentrer sur son objectif et à l'atteindre quelles que soient les distractions, à escalader les murs, à grimper à la corde et à se glisser par les fenêtres entrouvertes.

Elle appartenait à la Guilde depuis un mois quand fut annoncée la mort de Geoffrey le Lynché. Alors elle décida que le moment était venu de mettre en pratique ce qu'on lui avait enseigné pour s'enfuir.

Les voleurs s'étaient barricadés dans leur entrepôt, prêts à se battre jusqu'à leur dernière goutte de sang ( ou d'eau-de-vie naine, selon l'état des réserves ). Lorsque la nuit tomba, les chevaliers n'étaient toujours pas passés à l'attaque. D'après certains informateurs, ils vaquaient à leurs affaires comme de coutume.

La tension se relâcha un peu, au grand dam d'Usha. Au cours de ses divagations d'alcoolique, Geoffrey avait fait allusion à un passage secret permettant de franchir incognito le mur de la Vieille Ville. La jeune femme avait rassemblé ses maigres affaires dans un baluchon, espérant profiter de la confusion pour s'enfuir.

Une fois sur le port, elle retrouverait son bateau et quitterait à jamais cette cité maudite. Son seul regret était de ne pas avoir revu Palin.

Minuit approchait. Les voleurs pensèrent que les chevaliers avaient renoncé à les attaquer.

— Ils ont peur de nous ! fanfaronna l'un d'eux.

En réalité, le seigneur Ariakan avait trop de choses à faire pour se préoccuper de ce qui n'était, selon ses propres termes, qu'un « nid de cafards ». Quand il règnerait sur le continent, il débarrasserait les villes de leur vermine. Jusque-là...

Abandonnant toute idée de bataille, les voleurs entreprirent de s'enivrer. Bientôt, un tel vacarme régna dans l'entrepôt que personne n'entendit frapper à la porte.

Personne... ou presque. Murf, le nain des ravins qui faisait office de portier, crut discerner le grattement caractéristique des rats. Dans l'espoir d'un dîner, il alla ouvrir et jeta un coup d'œil dans la ruelle.

Une silhouette vêtue de noir se tenait devant la porte. Murf poussa un hurlement strident qu'on dut entendre jusqu'à Solace.

Avec un bel ensemble, les voleurs lâchèrent leurs chopes et saisirent leurs armes. Sept d'entre eux se précipitèrent vers l'entrée, tandis que les autres se regardaient, inquiets. Pourquoi les guetteurs ne les avaient-ils pas prévenus de l'arrivée d'un intrus ?

En se tordant le cou, Usha aperçut l'homme en robe noire qui se tenait dans l'encadrement de la porte. Elle paniqua. Dalamar l'avait retrouvée ! Paralysée de terreur, elle ne pouvait s'enfuir.

Le mage dessina un symbole dans l'air. Le nouveau chef des voleurs, un dénommé Mike le Veuf, poussa un grognement.

— Il connaît le signe. ( Ses hommes se détendirent. ) Que veux-tu, sorcier ? demanda-t-il sur un ton peu amène.

— Je cherche quelqu'un, répondit l'inconnu depuis les profondeurs de sa capuche. Je ne vous veux pas de mal.

— Nous verrons. Qui est ce « quelqu'un » ? s'enquit Mike.

— Ma fille.

Le nouveau chef des voleurs éclata de rire.

— Ha ha ! Tu as entendu ça, Sally Dale ?

Sally, une grande femme portant une tunique rouge et de nombreuses bourses à la ceinture, hocha la tête et fit signe au mage d'approcher. Mike referma la porte derrière lui.

— Enlève ta capuche, ordonna-t-elle. J'aime regarder les gens dans les yeux quand je leur cause.

Lentement, l'inconnu s'exécuta. Sally déglutit avec difficulté. L'homme avait un visage décharné aux pommettes hautes. Il ne semblait pas âgé ; pourtant ses cheveux étaient blancs comme neige. Sa peau était dorée. Et ses yeux...

Mike pâlit.

— Par Hiddukel, sorcier, tu as une face de cauchemar ! J'ai pitié de ta fille, si elle te ressemble.

— Tu peux avoir pitié d'elle tout court, répliqua doucement le mage.

Ses yeux dorés parcoururent la pièce du regard et se posèrent sur Usha, qui commença à trembler.

— Quel est ton nom, petite ?

La jeune femme ouvrit et referma la bouche, incapable d'émettre un son.

— Elle ? s'écria une voix moqueuse. C'est la Fille de Rais... de Rais...

La phrase s'acheva sur un gargouillement incompréhensible. Sally lâcha un hoquet de surprise.

— Emmenez votre fille, maître ! s'écria-t-elle vivement. Nous ne l'avons pas touchée, je vous le jure ! Ne la croyez pas si elle vous dit le contraire ! Nous ne savions pas, maître ! Qui aurait cru... ? Enfin, je veux dire...

— Sortez, ordonna Raistlin. Tous autant que vous êtes.

Il avait murmuré, mais sa voix se répercuta dans les quatre coins de l'entrepôt.

— Nous ? protesta Mike le Veuf. C'est plutôt à vous de sortir. Tout de même, nous sommes chez...

Sally le prit par le bras et le secoua comme un prunier.

— Imbécile ! C'est Raistlin, Raistlin *Majere* ! Le mage qui a combattu la Reine des Ténèbres ! Il pourrait nous envoyer sur Lunitari s'il le voulait !

Mike hésita. Avec calme, Raistlin porta la main à sa ceinture et défit les cordons d'une petite bourse.

En moins de dix secondes, tous les voleurs eurent disparu... sortant de l'entrepôt par la porte, les fenêtres, et toute autre ouverture assez grande pour les laisser passer. Raistlin et Usha se retrouvèrent seuls.

Terrifiée, la jeune femme ne put détacher son regard de celui dont elle avait dit être la fille.

— Apporte-moi une tasse d'eau chaude, ordonna le mage.

Usha s'exécuta sans discuter. D'une main tremblante, Raistlin versa une pincée d'herbes dans le récipient et s'assit pour boire à son aise. Rassemblant son courage, la jeune femme s'assit dans la chaise d'en face. Mais elle ne put se résoudre à regarder le mage, et garda la tête baissée.

Raistlin but quelques gorgées de thé et tendit la main vers Usha. Ses doigts caressèrent ses cheveux, glissèrent le long de sa joue, lui soulevèrent le menton.

— Tu n'es pas ma fille, dit-il doucement.

Il laissa retomber sa main. Usha crut percevoir une certaine tristesse dans sa voix.

— Mais je pourrais l'être, dit-elle tout bas.

— Tu pourrais être la fille de n'importe qui, sauf la mienne, dit le mage. Tu n'as pas la moindre idée de l'identité de celui qui t'a engendré, n'est-ce pas ? Pourquoi m'avoir choisi ?

Usha déglutit.

— Le kender... m'a parlé de la légende, balbutia-t-elle. Tout le monde semblait vous respecter... J'étais toute seule et... ( Elle secoua la tête. ) Je suis désolée. Je ne voulais pas vous causer de tort.

— C'est surtout à toi que tu as failli en causer, dit Raistlin. Je me demande...

Il ne termina pas sa phrase.

— Ils ne voulaient pas me le dire, crut bon d'expliquer Usha. Ils disaient que ça n'avait pas d'importance.

— Veux-tu parler des Irda ?

La jeune femme hocha la tête. Soudain, le mage fut pris d'une effrayante quinte de toux. Elle se leva.

— Vous allez bien ? Vous avez besoin de quelque chose ?

Le mage lui saisit le poignet pour l'empêcher de partir. Un peu de sang coula de sa bouche. L'essuyant avec sa manche, il reprit péniblement son souffle.

— Comment t'appelles-tu ? demanda-t-il d'une voix presque inaudible.

— Usha.

— Sais-tu ce que cela signifie ?

— Euh... Je n'y ai jamais réfléchi. Je ne pensais pas que ça voulait dire quelque chose.

— Ce nom vient d'un autre monde. Il signifie « aube ». Je me demande si celui qui t'a baptisée le savait... s'il était au courant des événements à venir. Il serait intéressant de le découvrir.

Usha se moquait bien de son nom. Elle voulait être la fille de cet homme, pour lui autant que pour elle. Il portait sa solitude comme sa robe noire : avec fierté et un rien de défi.

— Vous pourriez *quand même* être mon père, avança-t-elle. Mes yeux sont pareils aux vôtres.

— Et à ceux de ta mère, lui rappela Raistlin.

La jeune femme le contempla, stupéfaite.

— Vous savez qui étaient mes parents ! Vous savez qui je suis ! s'écria-t-elle en lui prenant la main. Dites-le moi, je vous en prie. Comment l'avez-vous découvert ? Avez-vous vu le Protecteur ? Est-ce que je lui manque ?

— Je n'ai pas rendu visite aux Irda, répondit Raistlin, se dégageant sans brusquerie. Je n'en ai pas eu besoin. Autrefois, on m'appelait le Maître du Présent et du Passé. Le temps n'a pas de secrets pour moi ; ses eaux m'emportent où je le souhaite.

Il but une gorgée de thé et poursuivit :

— La première fois que j'ai entendu parler de toi, je n'ai pas fait très attention. Mon frère m'avait raconté l'histoire de la mystérieuse femme qui m'aurait séduit avant de me jeter un sort d'oubli. Je n'y ai pas cru. Aucune magie au monde, fût-elle celle des Irda, n'aurait pu effacer de mon cœur le souvenir qu'une femme m'avait aimé. Même la mort n'y a pas réussi, dit-il doucement.

Usha garda le silence. Après quelques instants, Raistlin reprit :

— D'après Caramon, tu n'étais pas la première à prétendre être ma fille... je suppose que tu ne seras pas la dernière. Enfin... je n'y ai plus pensé jusqu'au Conclave des Mages. Là, Dalamar a parlé de toi et évoqué notre possible lien de parenté. Il avait l'intention de s'en servir pour avoir de l'emprise sur moi. Je n'avais plus le choix : il fallait que je sache. Alors j'ai remonté le cours du temps. Je me suis aventuré dans les eaux calmes de la mare des Irda, et j'ai découvert la vérité.

« La première fois que j'ai vu tes parents, ils avaient été capturés et réduits en esclavage par des marins minotaures. Bientôt, ils se dirent que la mort ne pouvait être pire que ce qu'ils vivaient. Remettant leurs existences entre les mains de Zeboim, ils se jetèrent à la mer un soir de tempête.

« Zeboim est une déesse capricieuse ; il est très difficile de deviner ses intentions. Toujours est-il qu'elle déposa tes parents sains et saufs sur un rivage. Pas n'importe lequel : celui de l'île des Irda. Ces derniers eurent pitié d'eux et les recueillirent.

« Tes parents ne tardèrent pas à s'ennuyer, et voulurent regagner leur pays natal. Les Irda refusèrent, craignant qu'ils les trahissent en révélant l'emplacement de leur île au reste du monde. Ils firent d'eux des prisonniers. Bien traités, certes, mais des prisonniers quand même. Ton père se rebella. Et les Irda le tuèrent, dit Raistlin en plongeant son regard dans celui d'Usha.

— Non ! s'écria la jeune femme. C'est impossible ! Je ne vous crois pas ! Le Protecteur ne ferait pas de mal à une mouche.

— Oh, les Irda n'avaient pas l'intention de le tuer. Mais tu les connais : ils furent choqués par sa colère, sa violence, et décidèrent de lui donner une leçon. Hélas, leur magie fut trop forte.

« Tu naquis peu de temps après. Brisée par le chagrin, ta mère te coucha dans ton berceau, puis elle se dirigea vers la plage, pénétra dans les flots et se noya. Les Irda découvrirent ses empreintes sur le sable, mais la mer ne rejeta jamais son cadavre. Zeboim l'avait fait sien.

Usha baissa la tête, des larmes au bord des yeux.

— Pris de remords, les Irda t'élevèrent comme leur enfant. Ils te couvrirent d'attentions, ne te refusant rien sauf le secret de tes origines.

— Je comprends, s'étrangla la jeune femme. Ils ne voulaient pas me rendre malheureuse.

— Non : ils ne voulaient pas admettre qu'ils avaient mal agi, corrigea Raistlin d'une voix tranchante. Leur fierté et leur arrogance, qui autrefois condamnèrent leur race, risquent maintenant de nous condamner tous. ( Le mage grimaça. ) Mais ils ont déjà payé pour leur folie...

— Comment ça ? demanda Usha, alarmée.

— Tu le découvriras assez tôt. Je t'en ai déjà trop dit. Laisse-moi tout de même te donner un conseil, Usha dont le nom signifie « aube » : si tu veux quitter la guilde, tu dois le faire ce soir même.

— Mais... Ils ne me laisseront pas...

— Une fois qu'ils sauront qui tu es, ils n'oseront pas t'en empêcher.

— Que voulez-vous dire ? Vous... Vous n'allez pas... ?

— Je ne vois aucune raison de leur révéler la vérité. Tout ceci restera entre toi et moi... et Dalamar, s'il dépasse les bornes. Et ne quitte pas Palanthas. Quelqu'un est en route pour te voir ; je crois que tu ne veux pas le rater. Lui sera ravi d'apprendre que nous n'avons aucun lien de parenté.

— Palin ? chuchota Usha. ( Son visage s'éclaira. ) Il va bien ? Il vient me chercher ?

— C'est moi qui le lui ai ordonné... mais je dois dire qu'il a accepté avec empressement.

Usha s'empourpra : son cœur se mit à battre la chamade. Une idée lui traversa l'esprit et elle se figea. Comment pourrait-elle avouer au jeune homme qu'elle avait menti ? Il ne le lui pardonnerait jamais !

Elle leva la tête vers Raistlin pour lui demander conseil, mais le mage avait disparu. Se dirigeant vers la porte restée entrouverte, elle plissa les yeux et sonda la ruelle.

— Raistlin ? appela-t-elle.

Pour toute réponse, un corbeau passa au-dessus d'elle en poussant un croassement moqueur. Elle revint dans l'entrepôt, saisit son baluchon et prit le chemin de la taverne.

## 5

## RETOUR À PALANTHAS.

Les brumes magiques se dissipèrent. Palin se trouvait dans une rue inconnue. Regardant autour de lui, il aperçut dans le lointain la forme élancée de la Tour de Haute Sorcellerie, plongée dans l'ombre malgré le soleil aveuglant.

Il retira l'anneau de téléportation et le fourra dans sa poche, sans remarquer que les gens faisaient un large détour pour l'éviter. Il était trop surpris de constater que Palanthas ne ressemblait pas à une ville occupée. Des enfants jouaient sur le pavé, des femmes revenaient du marché, des mendiants sommeillaient aux coins des rues. Un instant, le jeune homme se demanda si son oncle ne s'était pas trompé.

D'ailleurs, il s'attendait à apparaître dans la Tour, pas au milieu de la Vieille Ville. Dalamar devait avoir une raison de ne pas l'avoir transporté directement chez lui. Il examina les enseignes des boutiques pour identifier le quartier et tomba presque aussitôt en arrêt devant une échoppe de magie identifiée par le symbole des trois lunes.

Mû par une impulsion, il poussa la porte et entra. S'immobilisant sur le seuil, il cligna des yeux pour s'habituer à la pénombre. Des odeurs familières de plantes, de vieux cuir et de décomposition lui chatouillèrent les narines.

La boutique était grande et apparemment prospère. Contre le mur droit, six vitrines exposaient bracelets, broches, pendentifs et anneaux — du somptueux au hideux en passant par le très ordinaire. Des bocaux de verre remplis de composants s'alignaient sur une étagère. Contre le mur gauche se dressaient des bibliothèques remplies de livres de sorts, classés selon la couleur de leur reliure. Des parchemins noués avec des rubans multicolores reposaient dans de petites cases prévues à cet effet. Une sélection de couteaux et de bourses de différentes tailles était disposée sur une table. Il ne manquait rien, sauf le propriétaire.

Un rideau de velours rouge cachait le fond de la boutique. Palin allait signaler sa présence quand une voix s'éleva derrière lui.

— Dame Jenna vient de sortir. Puis-je vous être utile ?

Un homme vêtu d'une robe grise mais portant une épée se tenait près de Palin. *Un Chevalier de l'Epine*, réalisa le jeune homme. Il connaissait Jenna de nom : une magicienne en robe rouge, fille de Justarius et maîtresse de Dalamar, à en croire la rumeur. Et d'après Raistlin, la personne qui pouvait le mener à Usha.

— Non merci, répondit-il poliment. Je vais attendre dame Jenna. J'ai une question à lui poser au sujet d'un composant de sorts.

— Je peux peut-être y répondre, proposa le mage.

— J'en doute. Vos sorts et les miens n'ont pas grand-chose en commun. Et je ne voudrais surtout pas vous retenir, répondit Palin, nerveux.

— Oh, je n'allais pas partir. J'ai été affecté à la surveillance de cette boutique. D'ailleurs, il faut que vous signiez le registre. Si vous voulez bien me suivre...

Le mage se dirigea vers un comptoir où était posé un gros livre de cuir. Palin y lut une liste de noms, suivis par une description des achats faits dans la boutique.

— Inscrivez votre nom ici, dit le chevalier en désignant une ligne. Puis veuillez me montrer les composants et les objets magiques en votre possession. Je vous rendrai ceux qui ne sont pas sur la liste des marchandises de contrebande et je vous dédommagerai pour les autres.

Palin n'en croyait pas ses oreilles.

— Vous voulez dire que vous les *confisquerez* ?

— Evidemment. C'est la loi, comme on a dû vous le dire lorsque vous avez franchi les portes de la ville.

*Je n'ai rien franchi du tout,* songea Palin. Mais quelque chose lui soufflait qu'il ferait mieux de passer cet épisode sous silence. Il pouvait se battre, mais avec quoi ? Pourquoi cet homme portait-il une épée ? Jusque-là, les dieux avaient interdit aux jeteurs de sorts de mêler magie et acier.

Il n'avait pas le choix. Il devait obéir, et espérer que son interlocuteur ne s'intéresse pas trop au Bâton de Magius.

Appuyant celui-ci contre le comptoir, comme s'il n'avait pas grande importance, il posa devant le Chevalier Gris ses bourses de composants, ainsi que les quelques parchemins en sa possession. Le mage n'en toucha aucun, se contentant de lancer un enchantement. Une faible lueur rouge lui apprenant qu'ils étaient tous magiques, il demanda à Palin de les ouvrir.

Furieux et inquiet, le jeune homme vida les bourses sur le comptoir. Plusieurs anneaux, dont celui de Dalamar, sortirent de l'une d'elles. Puis il déroula les parchemins et les mit sous le nez du Chevalier Gris afin que celui-ci puisse les inspecter.

— Je garde ceci, déclara le mage en désignant une pile d'objets. Mais vous pouvez reprendre ça.

« Ça », c'était le livre de sorts de Palin, une bourse contenant du sable et une autre remplie de fiente de chauve-souris. Le jeune homme ouvrit la bouche pour protester, mais déjà, le Robe Grise louchait sur le Bâton de Magius.

— De quoi s'agit-il ?

— D'un simple bâton de marche, répondit précipitamment Palin. Je n'ai pas encore un rang assez élevé pour posséder un artefact.

— C'est ce qu'il me semble. Pourtant, ce cristal et cette patte de dragon constituent un ornement assez inhabituel...

Le chevalier lança un sort. Paniqué, Palin regarda autour de lui à la recherche d'un objet contondant. A sa grande surprise, le Bâton de Magius, un des plus puissants artefacts de Krynn, ne réagit pas à la détection.

Le Chevalier de l'Epine fronça les sourcils. Il aurait juré que le bâton était magique... pourtant, pouvait-il mettre en doute ses propres capacités ? Il jeta un regard soupçonneux à Palin, qui prit un air innocent et fourra ses mains dans les manches de sa robe.

— Je vous l'avais bien dit, commenta-t-il platement.

— Mouais, lâcha le mage, dubitatif. Si j'étais vous, je ne me promènerais pas avec un objet pareil. Il ne vous attirera que des ennuis, sauf la Nuit de l'Œil, où les gens vous jetteront peut-être des bonbons.

Palin s'empourpra sans oser répondre. Pour se consoler, il imagina l'expression de son interlocuteur s'il apprenait qu'il avait tenu — et laissé filer — le Bâton de Magius.

— Signez ici, ordonna sèchement le chevalier.

Palin allait s'exécuter lorsqu'un bruit de pas et un parfum capiteux attirèrent son attention. Il fit volte-face.

Une femme ravissante venait de pénétrer dans la boutique. Elle portait une robe rouge en velours brodé d'or. De nombreuses bourses de soie pendaient à la ceinture de cuir et d'argent qui soulignait sa taille fine. Ses traits étaient exotiques et mystérieux.

Le Chevalier Gris s'inclina devant elle. S'immobilisant, elle dévisagea Palin, curieuse.

— Bonjour, seigneur mage. Je suis Jenna, la propriétaire de cette boutique. Désolée pour ce retard, mais j'ai été appelée chez un noble. Un de ses serviteurs avait cassé un vase précieux et il a fallu que je le répare. D'ordinaire, je refuse les travaux d'aussi piètre importance, mais il ne reste plus guère de mages en ville. Que puis-je faire pour vous ?

— Dame Jenna, dit Palin avec une admiration non dissimulée, je me nomme Pal...

— Palas ! Palas Margouille ! s'exclama la magicienne en se précipitant vers lui. ( Elle lui serra la main. ) Je ne t'avais pas reconnu : ça fait si longtemps ! La dernière fois que nous nous sommes vus, tu venais de passer l'Epreuve. C'était... voyons, il y a cinq ans. Je suppose que tu es venu pour ta leçon d'écriture de parchemins. Tu es en avance, mais peu importe. ( Elle jeta un regard mécontent au Chevalier Gris. ) De toute façon, les affaires n'ont jamais été aussi mauvaises.

Elle fit mine de l'entraîner vers l'arrière-boutique.

— Il n'a pas encore signé le registre, protesta le chevalier.

— C'est vrai, lança Jenna sur un ton aigre. Où avais-je la tête ? Sans le registre, comment les fidèles serviteurs de Takhisis sauraient-ils qui me rend visite, et pourquoi ? De toute façon, à cette allure, il n'y aura bientôt plus personne pour acheter ou signer quoi que ce soit. Eh bien, *Palas* ( elle insista soigneusement sur ce nom ), vas-y.

La tête emplie de questions, Palin gribouilla avec maladresse une fausse signature. Suivant Jenna au fond de l'échoppe, il arriva en haut d'un escalier. Il voulut refermer les rideaux derrière lui, mais le chevalier s'y opposa.

— Laissez-les ouverts, ordonna-t-il avant de se poster à un endroit d'où il pouvait à la fois surveiller la boutique et ce qui se passait au bas des marches. La porte du laboratoire aussi.

Jenna retint un soupir exaspéré. Précédant Palin jusqu'à une table, elle lui fit signe de prendre place à côté d'elle, puis elle sortit une tablette de cire.

— Les avantages de rédiger un sort sur un parchemin sont évidents, commença-t-elle d'une voix docte : pas besoin de l'apprendre avant de le lancer, donc possibilité de l'utiliser n'importe quand, sans s'encombrer la mémoire avec. L'inconvénient : il s'agit d'un exercice long et difficile, car les lettres doivent être calligraphiées à la perfection. Sinon, le sort ne fonctionne pas.

« Nous n'allons pas rédiger de parchemin aujourd'hui ; tu n'es pas encore suffisamment avancé dans tes études. Pour l'instant, nous nous contenterons de former les lettres sur cette tablette de cire, de façon à ce que tu puisses corriger tes erreurs. Regarde.

La magicienne saisit un stylet et commença à écrire. Palin, qui était parfaitement capable ( et depuis longtemps ) de rédiger ses propres parchemins, la regarda faire sans comprendre.

Jenna lui flanqua un coup de coude et poussa la tablette vers lui.

— Là. Copie ce que j'ai écrit, ordonna-t-elle.

Palin lut : *Les Chevaliers de Takhisis te cherchent. Un mandat a été lancé contre toi. Dalamar m'a dit que tu viendrais. Je crois qu'Usha est toujours à Palanthas, mais je n'ai pas encore pu la localiser. Je ne peux pas faire grand-chose pour toi. Je suis constamment sous surveillance.*

Bien sûr ! Il avait été stupide de ne pas y penser ! Voyant qu'il avait fini, Jenna effaça le message. Palin saisit le stylet et écrivit : *Comment puis-je la retrouver ?*

Jenna répondit : *Il serait trop dangereux de te promener en ville. Les chevaliers patrouillent dans les rues ; ils ont mis en place des tas de contrôles. Mais ne te décourage pas. Mon agent est sur sa piste. Il viendra me faire son rapport tout à l'heure.*

— Vous êtes bien calmes, tous les deux, fit remarquer le Chevalier Gris depuis le haut de l'escalier.

— Evidemment. Nous étudions, lâcha Jenna, méprisante.

Une petite cloche argentée tinta trois fois.

— Si c'est un client, dites-lui que j'arrive, lança la magicienne.

— Je ne suis pas votre serviteur, ma dame.

— Dans ce cas, je ne vous retiens pas, siffla Jenna, acerbe. ( Puis, tout bas, à Palin : ) C'est peut-être mon agent.

Un cri strident résonna dans la boutique.

— C'est lui. Surtout, fais comme si tu ne le connaissais pas. Ne dis pas un mot, ordonna Jenna.

Mystifié, Palin hocha la tête. Il monta l'escalier à la suite de la jeune femme, et... comprit. Le Chevalier Gris tenait à bout de bras un kender qui gigotait comme un beau diable.

Tasslehoff Racle-Pieds.

# 6

## L'ESPION DE JENNA.

— Aïe ! Ça fait mal ! Ça vous plairait que quelqu'un vous arrache le bras ? Je vous ai dit que dame Jenna m'attendait : je suis son agent. Oups ! Désolé. Je ne voulais pas vous mordre, mais vous avez laissé traîner votre main entre mes dents. Je... Hé, arrêtez ! Vous me tirez les cheveux !

— Par Giléan, lâchez-le, soupira Jenna.

— Je ne crois pas que vous vouliez d'un kender en liberté dans votre boutique, fit remarquer le chevalier.

— C'est à moi d'en décider ! aboya la magicienne.

L'homme haussa les épaules.

— Très bien. Mais vous serez seule responsable des conséquences.

— Si j'étais vous, j'irai passer cette blessure sous l'eau, suggéra Jenna. Qui sait, le kender avait peut-être la rage.

— Ça ne m'étonnerait qu'à moitié. Quant à vous, madame, vous feriez bien de vous montrer un peu plus coopérative. Nous tolérons l'existence de cette boutique, mais nous pourrions la faire fermer dans la minute si nous le désirions. Tâchez de vous en souvenir.

Sans répondre, Jenna lança un regard de défi au chevalier. L'homme se dirigea vers l'arrière-boutique. Tass se frotta le crâne.

— Est-ce que j'ai les yeux bridés maintenant ? demanda-t-il, curieux. Ça m'en a tout l'air. Vous trouvez que je ressemble à Dalamar ? ( Il baissa la voix : ) Au fait, j'ai menti. J'ai fait exprès de le mordre. Il n'était vraiment pas aimable avec moi...

— Il l'a bien mérité, acquiesça Jenna. Mais sois plus prudent, la prochaine fois. Je ne pourrai pas toujours te protéger, et aller te chercher à la prison devient lassant. ( Puis, assez fort pour être entendue depuis l'arrière-boutique : ) As-tu trouvé le collier que je t'avais demandé ?

— Oui, dame Jenna ! cria le kender à tue-tête. Je sais exactement où il est.

— Tu n'y as pas touché, n'est-ce pas ? demanda la jeune femme. Son propriétaire actuel ne soupçonne toujours pas sa valeur ?

— Il ne m'a même pas vu, dit fièrement Tass. Le collier non plus...

Jenna leva les yeux au ciel et secoua la tête. Elle se tourna vers Palin.

— Seigneur mage, je crains qu'il ne nous faille interrompre notre leçon. C'est l'heure de ma méditation quotidienne. Auriez-vous la bonté d'aller négocier ce collier pour moi ? Il est magique, mais son propriétaire ne s'en est pas encore aperçu.

Palin avait compris que le « collier » désignait Usha. A l'idée de revoir la jeune femme, son cœur battit plus vite.

— Je serais ravi de vous rendre ce service, dame Jenna, dit-il avec empressement. Où se trouve-t-il ?

— Le kender va vous conduire à lui. Bonne chance.

Palin prit la main de la magicienne et la porta à ses lèvres.

— Merci, chuchota-t-il. Ne voulez-vous pas nous accompagner ? Vous êtes en danger ici.

Jenna sourit.

— Je sais. Mais je suis la seule jeteuse de sorts encore en ville, et le Conclave juge mon travail important. Ne t'inquiète pas, je suis une grande fille. Que Lunitari guide tes pas.

— Que Solinari vous éclaire, répondit Palin.

Jenna se tourna vers le kender et récupéra dans ses poches plusieurs objets malencontreusement tombés des étagères.

— Où allons-nous ? demanda Palin dès qu'ils furent sortis de la boutique.

— Oh, nulle part. J'ai trouvé une petite taverne où on sert une excellente bière au gingembre...

— Nous n'avons pas le temps ! protesta le jeune homme. Je dois retrouver Usha et l'emmener à la Grande Bibliothèque. Nous avons rendez-vous là-bas avec mon oncle.

— Raistlin ? Comment va-t-il ? J'ai des tas de questions à lui poser, pépia le kender. J'aimerais savoir ce que ça fait d'être mort, et...

Palin remarqua deux Chevaliers de l'Epine qui remontaient la rue en les dévisageant. Il plongea la main dans la poche de Tass et saisit la première bourse qu'il y trouva.

— Rends-moi ça, petit voleur ! s'écria-t-il.

A son grand étonnement, il se révéla que la bourse était bien une des siennes : celle qui contenait ses anneaux et que le Chevalier Gris avait confisquée.

— Elle a dû tomber de ta poche, s'excusa Tass.

Les deux chevaliers secouèrent la tête en riant et s'éloignèrent.

— Très bien, soupira Palin lorsqu'ils furent hors de portée d'oreille. Conduis-moi à Usha.

— Je ne peux pas, expliqua Tass. Il ne serait pas convenable de se présenter à la Guilde des Voleurs en plein jour. Ils doivent dormir, et...

— Ne me dis pas qu'Usha est une... une voleuse ! s'étrangla le jeune homme.

— Triste, n'est-ce pas ? commenta Tass en secouant la tête, l'air réprobateur. J'ai été très choqué de l'apprendre. Ma mère me disait toujours que...

— Tu as peut-être commis une erreur, suggéra Palin.

— Ça m'étonnerait. Je vais tout te raconter sur le chemin... de la taverne.

Palin leva les yeux au ciel et hocha la tête à contrecœur.

— La première nuit, après que Raistlin nous eut fait sortir du laboratoire, je me suis retrouvé en prison... un malentendu avec un étameur, expliqua Tass en marchant. Il vendait des petites théières qui sifflaient, et je voulais juste regarder dedans pour...

Palin fronça les sourcils.

— Bref, j'ai passé la nuit à l'ombre, termina hâtivement le kender. Crois-moi, la prison de Palanthas n'est plus ce qu'elle était. Je pensais que les Chevaliers de Takhisis feraient des trucs marrants, comme torturer les prisonniers en les pendant par les pieds... Mais ils entendaient juste nous faire taire, et ils n'avaient pas l'air commode... Tourne à droite. On est presque arrivés.

Le kender s'arrêta devant une taverne, à l'angle de deux rues. *L'Oie et le Jars*, lut Palin. Ses murs étaient noircis par la suie de l'échoppe de forgeron en face. Sur son enseigne étaient peints deux volatiles qui avaient dû être blancs autrefois, mais qui semblaient maintenant sortir d'un bac à charbon.

Quand les deux compagnons pénétrèrent dans l'établissement, le patron leur jeta un regard soupçonneux.

— On paie d'avance, grogna-t-il. Et je préférerais que vous vous asseyiez dans le fond.

— Il ne doit pas aimer les mages, chuchota Tass en se dirigeant vers une petite table.

Palin se garda de le détromper. Le kender se glissa dans sa chaise avec une satisfaction évidente, malgré le bruit, la fumée et les odeurs peu ragoûtantes qui s'échappaient des cuisines.

— La nourriture est infâme, et le vin pire encore, annonça-t-il joyeusement. Mais les Chevaliers de Takhisis ne mettent jamais les pieds ici.

Le tavernier s'approcha pour prendre leur commande.

— Deux bières au gingembre et deux assiettes de

pain de maïs et de haricots. Avec beaucoup de piment, demanda Tass.

— Mais je n'ai pas..., commença Palin.

Le kender lui flanqua un coup de pied sous la table ; il se tut.

— Je vous envoie la serveuse, grommela le tavernier après avoir empoché le montant de l'addition.

— Où en étais-je, déjà ? reprit Tass. Ah oui ! En prison. J'ai rencontré un nain très sympathique. C'était un voleur. Il m'a dit que j'avais le plus beau trousseau d'outils de crochetage qu'il ait jamais vu. Evidemment, les chevaliers me l'avaient confisqué. Mais l'homme m'a proposé de me le racheter quand il serait sorti... pas avant un bout de temps, d'après lui, vu que les chevaliers n'apprécient guère les voleurs.

« Bref, je me suis souvenu que Dalamar cherchait Usha, et j'ai demandé au nain s'il n'avait rencontré personne qui lui ressemble. Je lui ai fait une description et il m'a répondu qu'il connaissait une fille qui y correspondait... elle était élève à la Guilde des Voleurs.

— Bon, soupira Palin. Comment allons-nous pénétrer là-bas ? Je doute qu'on nous ouvre les portes.

— D'autant que les chevaliers ont l'intention de tout faire brûler, renchérit Tass.

— Quoi ? Mais alors, Usha... ! s'écria Palin.

— Ne t'inquiète pas. Elle va bien. Tu peux demander au nain, si tu veux : il est assis juste derrière toi.

Palin se tourna à demi dans sa chaise.

— Enchanté de te revoir, mon garçon, dit le nain en levant sa chope pour le saluer.

— Mais... C'est..., balbutia Palin.

— Dougan Rougemartel, acheva Tasslehoff en agitant la main.

Le nain les rejoignit à leur table.

— J'espère que je ne te dérange pas, mon garçon, dit-il en lui adressant un clin d'œil. Palin Majere, c'est bien ça ?

— Je... je vous connais..., s'étrangla le jeune homme. Vous êtes...

— Chut, lui ordonna Dougan. Les murs ont des oreilles. Si j'étais toi, je mangerais un morceau. Tu es tout pâle.

— Justement, voilà la serveuse, annonça Tass.

Une femme s'approcha d'eux, les yeux dans le vague. Elle portait un lourd plateau ; ses cheveux humides de sueur pendaient sur son front. Ses vêtements usés étaient trop grands pour elle.

— Usha ! s'écria Palin en bondissant sur ses pieds. Usha, c'est moi !

La jeune femme faillit en lâcher son plateau.

— Palin ! souffla-t-elle. Je te croyais mort ! Où étais-tu passé ? Que fais-tu ici ?

— Tass m'a amené... C'est une longue histoire. Je suis venu te chercher.

Les deux jeunes gens restèrent debout l'un en face de l'autre, se dévorant du regard. Plus rien d'autre ne semblait exister pour eux.

— Tu m'as retrouvée, chuchota Usha.

— Et je ne te laisserai plus jamais partir, répondit Palin.

Dougan Rougemartel tortilla le bout de sa moustache.

— On parie ?

# 7

# ÉVASION.

— Je ne te paie pas pour bavarder avec les clients, aboya le tavernier en se dirigeant vers la table des compagnons.

— Désolé. ( Palin prit le plateau des mains d'Usha et le lui tendit. ) Elle vient de démissionner.

— Comment ? Mais je ne peux pas ! s'exclama la jeune femme, consternée. J'ai besoin de ce travail pour...

— Pour voir quel pigeon possède une bourse bien remplie et le désigner à ses amis les voleurs, comme le nain que voilà, ricana le tavernier.

— Moi, un voleur ? rugit Dougan en serrant les poings. Surveille ta langue, mon bonhomme ! Par ma barbe, je ne tolérerai pas un tel affront !

Saisissant une chaise, il l'abattit sur la tête du client le plus proche. L'homme bondit sur ses pieds et voulut lui lancer son poing dans la figure, mais Dougan esquiva, et il ne toucha que le tavernier.

Quelques secondes plus tard, la mêlée était générale.

— Dépêchez-vous de déguerpir, les enfants, cria Dougan par-dessus son épaule. Je m'occupe d'eux !

Un pichet s'écrasa sur son chapeau à plume. La poterie se brisa et une cascade de bière au gingembre ruissela sur ses épaules.

— Par ici, dit Usha en prenant la main de Palin et en l'entraînant vers la porte de service.

Tass leur emboîta le pas. Ils avaient à peine parcouru trois pas dehors qu'un sifflement retentit, bientôt suivi par des cris et un bruit de bottes. Les Chevaliers de Takhisis arrivaient à la charge. Palin passa la tête au coin de la rue.

— Quatre chevaliers viennent d'entrer dans la taverne, rapporta-t-il. Nous ne devrions pas traîner dans le coin.

— Et Dougan ? demanda Usha, inquiète. On ne peut pas l'abandonner. Il s'est montré si gentil avec moi...

— Ne t'en fais pas pour lui, dit Tass. Après tout, c'est un dieu.

Usha écarquilla les yeux.

— Je te demande pardon ?

— C'est un dieu, répéta obligeamment le kender. Réorx. Je le sais parce que je passe beaucoup de temps avec eux. Je suis un ami intime de Paladine, et la Reine des Ténèbres m'aimait tellement qu'elle voulait me garder dans les Abysses.

— Tu sais de quoi il parle ? chuchota Usha à Palin.

— Je t'expliquerai plus tard.

— Où allons-nous maintenant ?

— A la Grande Bibliothèque.

— Ah ! Voir Astinus ! s'écria triomphalement Tass. Qu'est-ce que je disais ? Quand je suis allé dans les Abysses — la deuxième fois, pas la première —, j'ai enfin réalisé où je l'avais déjà vu...

Un fracas métallique s'éleva, provenant de la taverne. Palin s'avança dans la ruelle, mais Usha le retint par la manche.

— Que fais-tu ? Tu ne peux pas sortir comme ça !

— Il le faut, expliqua patiemment le jeune homme. Nous devons nous rendre à la Grande Bibliothèque. Si nous croisons des chevaliers, rien n'indiquera que nous venons de la taverne. Nous aurons l'air de citoyens ordinaires faisant une balade nocturne.

— C'est tout le problème, dit Usha. Les citoyens ordinaires n'ont pas le droit de se balader, passée une certaine heure. Regarde autour de toi.

Palin s'exécuta. Les rues étaient désertes, à l'exception des chevaliers.

— Lis tes papiers d'identité. Si tu as la permission de sortir la nuit, ce doit être marqué.

— Quels papiers d'identité ? demanda Palin en fronçant les sourcils. De quoi parles-tu ?

— Je n'ai pas besoin de papiers, intervint Tass. Je sais qui je suis. C'est ce que je me tue à expliquer chaque soir aux gardes de la prison.

— Mais tout le monde en a à Palanthas ! protesta Usha. Même les touristes... Les chevaliers les distribuent à l'entrée de la ville. Comment êtes-vous entrés ?

— Eh bien, commença Tass, Dalamar a dit quelque chose comme « Oogle bogle bogle », et...

— Peu importe, coupa Palin. Disons que nous avons tous les deux pris des chemins de traverse. Quand cette histoire de papiers a-t-elle commencé ?

— Juste après l'arrivée des chevaliers. Ils ont obligé les gens à se rendre au palais du seigneur pour se faire enregistrer. Ils ont dû déclarer où ils vivaient, qui étaient leurs parents et tout, depuis combien de temps ils habitaient à Palanthas, ce genre de choses. Ceux qui donnaient de mauvaises réponses étaient emmenés ; on ne les a jamais revus. Toutes les familles des Chevaliers Solamniques ont disparu. Leurs maisons ont été confisquées par... Attention !

Les trois compagnons se jetèrent en arrière. Quatre chevaliers venaient de sortir de l'auberge, deux d'entre eux portant Dougan, inconscient, les autres encadrant le tavernier qui les suppliait de ne pas fermer son établissement.

— Ils ont établi un couvre-feu, poursuivit Usha à voix basse. Les gens doivent être rentrés chez eux avant minuit. Et pour « protéger les honnêtes citoyens contre les malfrats », ils ont interdit qu'on se serve de l'éclairage public.

— Je me disais, aussi, murmura Palin. Avant, même la nuit, on y voyait bien dans les rues de Palanthas. ( Il prit une inspiration. ) Nous ne pouvons pas rester ici. Il faut tenter notre chance.

— Et s'ils nous attrapent ? demanda Usha, angoissée.

— Hé, tu pourrais nous emmener là-bas avec ton anneau magique, suggéra Tass, enthousiaste. J'adorerais ça !

— Il ne fonctionne que pour son porteur, grimaça Palin. Dépêchons-nous avant que les chevaliers ne reviennent.

Usha se mordit la lèvre.

— Je connais un chemin plus sûr, mais il ne va pas te plaire.

— Pourquoi ?

— On l'appelle la Voie des Voleurs. Là, je te l'avais bien dit...

Le visage de la jeune femme s'assombrit et elle retira sa main de celle de Palin.

— Usha...

— J'avais faim ! s'exclama-t-elle rageusement. Je n'avais nulle part où aller. Le nain m'a conduite à la Guilde. Là-bas, on ne m'a pas posé de questions. ( Elle coula au mage un regard de reproche. ) On m'a acceptée tout de suite, comme si je faisais partie de la famille. On m'a donné un endroit où dormir, on m'a trouvé un travail... c'est plus que ne peuvent en dire certaines personnes.

Palin fronça les sourcils. Il se retrouvait dans la position de l'accusé, sans avoir compris comment c'était arrivé.

— Je suis désolé, balbutia-t-il, mais je...

— Je n'ai jamais rien volé ! poursuivit Usha en s'empourprant. Ils étaient juste en train de m'apprendre.

Palin lui posa un doigt sur les lèvres.

— Ne dis rien. Je comprends.

Soudain, ils furent dans les bras l'un de l'autre, se

dévorant de baisers comme s'ils étaient seuls au monde. Puis le jeune homme repoussa sa compagne avec peine.

— Non... Il ne faut pas. Tu es ma cousine.

— Et si... ( Mal à l'aise, Usha se dandinait d'un pied sur l'autre. ) Si je te disais que je n'étais pas... Que je ne t'avais pas dit la vérité... ?

— A propos de quoi ? De « l'éducation » de ces dernières semaines ? répondit Palin avec un sourire forcé. Ne t'en fais pas. Je comprends.

Usha poussa un soupir et n'ajouta rien. Tass se racla la gorge.

— Excusez-moi, mais cette ruelle commence à devenir affreusement ennuyeuse.

— Tu as raison, répondit Palin. Nous devons y aller. Usha...

— Suivez-moi.

La jeune femme fit demi-tour et pénétra dans une impasse. Tass marcha sur la queue d'un chat qui poussa un miaulement outragé et s'enfuit.

— Il nous faudrait de la lumière, marmonna Usha.

— *Sharak.*

Sur l'ordre de Palin, une lumière pâle jaillit du cristal du Bâton de Magius. Le jeune mage regarda autour de lui. Pas de chevaliers... mais pas d'issue non plus.

Usha s'agenouilla sur le sol.

— Aidez-moi à soulever la grille.

— Les égouts ! s'exclama Tass, tout excité, en lui prêtant main-forte. Nous allons descendre dans les égouts ! Ouah ! Fantastique !

L'idée inspirait une série d'adjectifs à Palin, mais « fantastique » ne se trouvait pas sur la liste.

— C'est sans doute une bonne cachette, admit-il, mais je ne vois pas comment... Pouah !

Une odeur ignoble venait de le prendre à la gorge. Il se couvrit le bas du visage d'une main.

— Beurk, renchérit le kender en plissant le nez.

Usha saisit deux torchons accrochés à sa ceinture et les tendit à ses compagnons.

— Nouez-vous ça sur la figure. Vous verrez, on s'habitue très vite. Le réseau des égouts peut nous conduire n'importe où dans Palanthas. Ce n'est pas le chemin le plus agréable, mais par les temps qui courent, c'est sans doute le plus sûr.

Elle releva sa jupe et, se glissant dans l'ouverture, empoigna le barreau rouillé d'une échelle qui s'enfonçait dans les ténèbres.

Les égouts de Palanthas étaient une véritable cité souterraine. Selon certaines rumeurs, ils avaient été construits par une nation naine que les humains avaient chassée avant de construire leur ville pardessus.

Les murs de pierre étaient soutenus par des arches ; le sol pavé se révéla régulier, mais le plafond était si bas que seul Tasslehoff tenait debout. Palin et Usha marchaient pliés en deux sur les dalles glissantes. Des rats s'égaillaient à leur approche.

Le passage en croisa bientôt un autre, puis un autre. Entre les virages et les intersections, Palin fut bientôt perdu. Son dos lui faisait mal, et l'air fétide l'étouffait.

— Comment sais-tu où nous allons ? souffla-t-il.

— Vous avez entendu ce bruit ? demanda Tass derrière eux.

— Sans doute des nains des ravins, répondit Usha en haussant les épaules. Palin, éclaire un peu par là.

Elle tendit le doigt vers la partie supérieure du mur gauche, à l'endroit où le tunnel en rencontrait trois autres. Le jeune homme obéit et aperçut deux dessins. Le premier, visiblement très ancien, était fait de tuiles de mosaïque multicolores couvertes de moisissure. Il semblait d'origine naine. Le second était gravé à même la pierre, à l'aide d'un couteau ou d'un objet rudimentaire. Il mêlait flèches et figures géométriques.

— Cette marque, dit Usha en la tapotant de l'index, correspond à la Grande Bibliothèque. Le triangle représente son toit, et les lignes ses colonnes.

— Comment le sais-tu ? s'étonna Palin. Qui a fait ces dessins ?

La jeune femme se mordit les lèvres.

— Devine.

— Les voleurs, bien sûr ! s'exclama Tass. Pour retrouver leur chemin. Je parie que ça, c'est le palais du seigneur, avec ses cinq pignons. Et ce gros rectangle avec un petit triangle sur le dessus doit être la Tour de Haute Sorcellerie. Le dôme rond avec les trucs pointus est le Temple de Paladine. Et les flèches montrent dans quelle direction il se trouve. Ouah ! Il existe beaucoup de dessins comme ça ?

— A chaque intersection, répondit Usha. ( Puis, se tournant vers Palin : ) Alors, on y va ? Je croyais que tu étais pressé.

— Je passe devant ! s'écria Tass. Peut-être que j'en trouverai d'autres.

Palin et Usha restèrent face à face, embarrassés.

— Ecoute..., commencèrent-ils en même temps.

— Toi d'abord, se reprit le jeune homme.

Usha leva la tête vers lui, une expression de détresse dans ses beaux yeux dorés.

— Palin, je...

— Où êtes-vous ? appela Tass, sa voix résonnant étrangement dans les tunnels. Je... ( Il poussa un cri étranglé. ) Cours, Palin. Cours !

Puis le silence tomba.

## 8

## UNE RENCONTRE EFFRAYANTE. LES AMIS D'USHA.

— Tass ?

Les deux compagnons entendirent un homme jurer tout bas. Palin fit un pas en avant ; quelqu'un bondit sur lui et le saisit à la gorge. Surpris, il lâcha son bâton qui roula sur le sol.

— Bâillonne-le ! C'est un mage !

Une main calleuse se posa sur sa bouche.

— Arrêtez ça ! cria Usha. Jack Neuf-Doigts, ne me reconnais-tu pas ?

La lueur d'une chandelle éclaira son visage. Elle sentit qu'on la ceinturait.

— Par Hiddukel, c'est la fille qu'avait ramenée Dougan ! s'écria une voix d'homme. Lâchez-la. Que tiens-tu là, Allen la Balafre ?

— Un kender, grimaça l'interpellé en levant une main ensanglantée. Il m'a donné un coup de couteau.

Dans la lumière de la chandelle, Palin vit que le visage du voleur était barré par une longue cicatrice. Sous un de ses bras massifs, il tenait Tasslehoff qui, malgré le chiffon qu'on lui avait enfoncé dans la bouche, parvenait à formuler toutes sortes de commentaires désobligeants sur ses ascendants et son odeur corporelle. Des gloussements s'élevèrent dans les ténèbres.

— Un kender ! Et quoi encore ? cracha Jack Neuf-Doigts. Je ne supporte pas ces petits voleurs.

— C'est un de mes amis, protesta Usha. Et le mage aussi. Lâche-moi, Sally Dale.

Elle se tortilla pour échapper à la femme qui la tenait. Celle-ci se tourna vers son chef, attendant ses ordres.

— C'est bon, c'est bon, grommela Jack en agitant la main. Laissez partir le mage ; prenez-lui simplement ses bourses et son bâton. Qu'il garde ses mains en vue et ses lèvres closes. S'il prononce la moindre syllabe, assommez-le. ( Il se tourna vers Usha. ) Peux-tu m'expliquer ce que tu fais ici ? Tu ne songerais pas à te mettre à ton compte, j'espère ?

Petit et mince, tout de noir vêtu, Jack Neuf-Doigts devait son surnom à l'absence d'annulaire à sa main gauche. Il avait de longs cheveux noirs et portait une barbe. De nombreuses verrues constellaient sa peau hâlée.

— Je ne suis pas là pour affaires, Jack, répondit Usha. Mon ami le mage doit atteindre la Grande Bibliothèque avant minuit. Comme tu peux le voir, c'est un Robe Blanche, et il n'a pas de papiers.

— N'en dis pas plus, la prévint Palin. Ils nous livreront aux Chevaliers Noirs.

— Je ne crois pas, seigneur mage.

La femme qui venait de parler s'avança dans la lumière. Elle était jeune, portait des vêtements de deuil et avait un bébé dans les bras.

— Ces messieurs nous ont sauvés, mon enfant et moi, expliqua-t-elle en désignant les voleurs. Mon mari était un Chevalier Solamnique ; il est mort à la Tour du Grand Prêtre. Hier, des hommes sont venus chez nous et m'ont dit de me tenir prête ce soir. Ils voulaient m'emmener dans un camp de relogement...

« J'ai eu peur. J'avais entendu parler de ces endroits. Je n'avais personne vers qui me tourner... ( Elle désigna Jack Neuf-Doigts. ) Cet homme est venu, et il m'a proposé de me conduire en lieu sûr.

Ce n'est pas pour moi, car ma vie a pris fin en même temps que celle de mon mari. Mais mon fils...

Elle enfouit son visage dans la couverture qui enveloppait le bébé. Sally Dale la prit par les épaules pour la réconforter. Tasslehoff renifla bruyamment.

— C'est vrai ? demanda Palin, hésitant. Vous allez vraiment l'aider ?

— Ça ne te regarde pas, grogna Jack. Disons que ça nous fait plaisir de jouer un mauvais tour à ces démons en armure noire.

— Je vous ai peut-être mal jugés, dit le mage avec raideur.

Neuf-Doigts éclata de rire.

— Ne te méprends pas sur notre compte ! Si nous te rencontrions dans une ruelle obscure, nous te trancherions la gorge sans aucun remords pour te prendre ta bourse. Nous ne sommes pas des âmes charitables. Mais les Chevaliers de Takhisis nous font la vie impossible avec leurs patrouilles et leur couvre-feu, et nous avons bien l'intention de leur rendre la politesse.

« Quant à vous... Je me demande si nous ne devrions pas nous débarrasser de vous pour être certains que vous n'ébruiterez pas nos secrets.

— Fais ce que tu veux, Jack, intervint Sally, mais fais-le vite. Le bateau sur lequel doit monter la dame partira avec la marée, et il n'attendra pas les retardataires.

— Laissez-nous partir, supplia Usha. Mes amis et moi ne dirons pas un mot.

— Mes frères étaient des Chevaliers Solamniques, ajouta Palin. Je jure sur leur mémoire que je ne vous trahirai pas.

— Hum, marmonna Jack. Je crois que nous pouvons te croire. Les Robes Blanches ont toujours eu une faiblesse stupide au sujet de la parole donnée. Dépêchez-vous de foutre le camp avant que je ne change d'avis.

Il fit signe à Allen le Balafré qui lâcha Tass comme

un vulgaire paquet. Puis le petit groupe s'éloigna aussi silencieusement qu'il était arrivé. Bientôt, il disparut dans les ténèbres.

Palin ramassa son bâton. Sa vision manichéenne du monde venait d'être chamboulée. Il se souvint de ce que son père lui avait dit : certaines personnes étaient reconnaissantes aux Chevaliers Noirs d'avoir rétabli la paix et l'ordre sur Krynn. Il poussa un soupir et se tourna vers Usha.

— Tu allais me dire quelque chose lorsque nous avons été interrompus.

La jeune femme baissa la tête.

— Oh, rien d'important. J'ai oublié.

Tass se releva, crachant de la boue et époussetant ses vêtements.

— Vous avez entendu comment ce type m'a appelé ? « Petit voleur ! » s'écria-t-il, indigné. Comment a-t-il osé ? Et il a pris mon couteau... sauf que c'était le tien, Palin. Mais le sien a disparu : c'est bien fait. D'ailleurs, il me semble que je l'ai ici. Bizarre... Il a dû le laisser tomber...

## 9

## LA GRANDE BIBLIOTHÈQUE. ASTINUS.

— C'est ici, chuchota Usha, au pied d'une échelle rouillée.

— Où allons-nous sortir ? s'enquit Palin.

— Au milieu de la rue, en face de la Bibliothèque.

— Je vais aller jeter un œil, proposa Tass.

Il gravit les barreaux avec l'agilité d'un singe et souleva légèrement la plaque d'égout.

— Une patrouille ! annonça-t-il.

Il lâcha la plaque et rentra la tête dans les épaules.

— *Dulak* ! ordonna Palin.

La lumière de son bâton s'éteignit. Les trois compagnons entendirent un bruit de bottes dans la rue. Retenant son souffle, Usha approcha de Palin et lui prit la main en silence.

Les pas s'éloignèrent ; Tass banda ses muscles. Le visage congestionné par l'effort, il réussit à pousser la plaque sur le côté. Il se glissa par l'ouverture ; donnant un vigoureux coup de reins, il se propulsa dans la rue.

Usha passa en second. Elle n'eut aucun mal à se faufiler à la suite du kender. Palin éprouva plus de difficulté. Il posa son bâton sur les pavés, puis se tortilla sous le regard attendri de sa compagne. Les côtes meurtries, sa robe blanche salie, il prit enfin pied dans la rue.

— Oncle Tass, aide-moi à remettre la plaque en place, grogna-t-il, le souffle court.

La rue était passante. Si les Chevaliers Noirs découvraient la bouche d'égout ouverte, ils se poseraient des questions.

Leur tâche accomplie, les trois compagnons étudièrent la Grande Bibliothèque de Palanthas. Avec ses colonnes de marbre blanc et ses étroites fenêtres, c'était l'une des plus vieilles structures de Krynn. Même le vent soufflant dans les arbres qui garnissaient sa façade semblait murmurer des secrets d'un autre âge.

Les doubles portes de bronze étaient gravées d'un livre : le symbole de Giléan. Palin poussa dessus sans trop d'espoir. Comme il s'y attendait, elles étaient fermées.

— Probablement barrées de l'intérieur, soupira-t-il. Il doit y avoir un autre moyen...

— Peut-être en tirant là-dessus, suggéra Tass.

— Non ! Ne...

Trop tard. Déjà, le kender s'était suspendu à la corde qui se balançait au-dessus de sa tête. Une cloche de bronze sonna, assourdissante dans l'air nocturne. Ses notes profondes se répercutèrent le long des murs et résonnèrent dans les rues.

— Oups ! dit Tass en lâchant prise.

Des lumières s'allumèrent dans la Bibliothèque comme dans les bâtiments alentour. Une petite porte, découpée dans les grandes, s'entrebâilla.

Une tête tonsurée se glissa par l'ouverture.

— Que se passe-t-il ? Un incendie ?

— Non, mon Frère, répondit Palin. Je suis...

Une étrange expression se peignit sur le visage du moine à la vue du mage en robe blanche sale, de la jeune femme en habits de souillon et du kender couvert de boue.

— La Bibliothèque est fermée, dit-il, faisant mine de fermer la porte.

— Attends ! protesta Tass en coinçant son pied dans l'ouverture. Bertrem ! Tu ne te souviens pas de moi ?

— Oh que si, marmonna le moine. Raison de plus. Revenez demain matin. ( Il plissa le nez. ) Après avoir pris un bain.

— Je vous en prie ! supplia Palin. Je suis navré pour l'odeur, mais nous sommes passés par les égouts et...

— Des voleurs ! glapit Bertrem en s'efforçant de repousser Tass. A l'aide ! Au voleur !

— Quelqu'un arrive ! dit Usha d'une voix pressante.

— Nous ne sommes pas des voleurs ! s'écria Palin, désespéré. Je dois retrouver mon oncle ici. Il m'a dit de l'attendre dans le bureau d'Astinus. Laissez-moi voir Astinus !

Bertrem fut si choqué qu'il faillit en lâcher la porte.

— Des assassins ! hurla-t-il. Des assassins qui en veulent à la vie du maître !

— Vite ! supplia Usha. Une patrouille se dirige vers nous !

— Bertrem ! appela une voix depuis l'intérieur de la Bibliothèque.

— Oui, maître ?

— Laisse-les entrer. Je les attendais.

— Mais, maître...

— Dois-je me répéter ?

— Oui, maître. J-je veux dire : non, maître, balbutia Bertrem, très pâle.

Il ouvrit la porte et, se couvrant le nez avec la manche de sa robe, fit signe aux trois compagnons d'entrer

La Bibliothèque était plongée dans l'ombre. Seule la lueur d'une lampe à huile éclairait son hall. Nulle part Palin ne vit celui que le moine avait appelé « maître ».

— Ferme la porte, Bertrem, ordonna la voix. Lorsque les chevaliers viendront te questionner, dis que tu es somnambule et que tu as actionné la cloche dans ton sommeil. Est-ce bien compris ?

— Oui, maître.

— Par ici, jeunes gens. Pendant que je perds mon temps avec vous, l'histoire se poursuit sans personne pour la consigner. Active ton bâton, seigneur mage. Ton oncle t'attend dans mon bureau.

Palin obéit. La lueur du cristal lui révéla l'auteur de tous les écrits contenus dans la Bibliothèque. Son visage, ni jeune ni vieux, était aussi dépourvu d'expression que le papier blanc sur lequel il couchait l'histoire de Krynn. Aucune émotion ne semblait jamais le toucher : il en avait trop vu pour ça.

Il avait assisté à la naissance du monde, à l'ascension de la Maison de Silvanos, à la fabrication de la Gemme Grise, à la construction de Thorbardin, aux exploits du héros Huma durant la Seconde Guerre des Dragons, à la formation des Chevaliers Solamniques, à la fondation d'Istar. Il avait continué à écrire durant le Cataclysme, alors que les murs de la Bibliothèque tremblaient autour de lui...

Il avait consigné la chute des Chevaliers Solamniques, l'ascension au pouvoir des prêtres charlatans, le retour des dragons, la Guerre de la Lance. Certains disaient qu'il avait été au service de Giléan et que celui-ci, impressionné par ses travaux d'historien, lui avait accordé l'immortalité pour qu'il puisse les poursuivre. D'autres pensaient qu'il était Giléan en personne.

Ceux qui le rencontraient se souvenaient rarement de ses traits, mais ils n'oubliaient jamais ses yeux : noirs, profonds, omniscients, dépourvus de compassion.

— Suivez-moi, ordonna-t-il.

Il tourna à droite et s'engagea dans un couloir aux murs garnis d'étagères. Les trois compagnons lui emboîtèrent le pas.

— Bonjour, Astinus ! pépia Tass, pas le moins du monde impressionné. Tu te souviens de moi ? Moi, je me souviens de toi. Je viens juste de voir le dieu Giléan dans les Abysses... C'était toi ? Tu ne lui ressembles pas beaucoup, mais Fizban non plus ne ressemblait pas à Paladine. Dougan Rougemartel a la même tête que Réorx, mais j'ai remarqué que les nains manquent d'imagination. Moi, si j'étais un dieu...

Astinus s'immobilisa.

— Si les kenders étaient des dieux, le monde serait un endroit intéressant, mais personne ne pourrait y garder quoi que ce soit. ( Il se tourna vers une série de portes, sur sa gauche. ) Vous trouverez là de quoi vous laver et vous changer.

— Merci, mais mon oncle m'a dit de me dépêcher, répondit poliment Palin. Je ne crois pas que...

— Cette porte, coupa Astinus sans tenir compte de ses protestations. Maître Racle-Pieds, celle-ci. Et toi, Fille des Irda, celle-là.

— Comment savez-vous... ? balbutia Usha.

Astinus tourna le dos et s'éloigna.

— Vous avez entendu ? Il m'a appelé maître Racle-Pieds ! s'écria Tass, gonflé de fierté.

Palin renonça à discuter. Raistlin n'apprécierait sans doute pas que son neveu se présente à lui puant comme un nain des ravins.

Il pénétra dans une cellule semblable à celles où vivaient les Esthètes, les moines qui consacraient leur existence au service de la Bibliothèque et de son maître. Elle contenait un lit et une table de toilette sur laquelle étaient posés une bassine, un pichet d'eau et une bougie.

Palin se dévêtit. Au fond, il n'était pas fâché de pouvoir se laver. Ses ablutions terminées, il s'approcha du lit sur lequel reposait un petit tas de vêtements.

Il s'immobilisa, le souffle coupé. Saisissant la robe préparée à son intention, il les approcha de la lumière, pensant que ses yeux lui jouaient un tour.

Mais non. Elles étaient noires.

# 10

## LE CHOIX.

Palin crut d'abord qu'Astinus lui faisait une farce. Puis il se souvint de la froideur de ses yeux et il écarta cette idée. Le tissu noir était doux et étrangement tiède sous ses doigts. Le jeune mage se souvint des mots qu'il avait dits à Raistlin dans la Tour de Haute Sorcellerie. *Je suis prêt à tout sacrifier pour devenir plus puissant.*

Etait-ce la réponse de son oncle ?

Quelqu'un toqua à la porte. Avant que Palin puisse répondre, celle-ci s'ouvrit, livrant passage à Astinus. Le Maître de la Bibliothèque tenait un gros livre de cuir, un encrier et une plume.

— Alors ? Qu'attends-tu pour t'habiller ? demanda-t-il.

— Je ne comprends pas. Que signifie... ? balbutia Palin.

— A ton avis ? Tu as déjà pris ta décision. Enfile-les.

— Décision ? Quelle décision ? Je n'ai jamais voulu porter la robe noire. Je ne veux pas utiliser ma magie pour faire du mal aux autres ou les obliger à m'obéir.

— Vraiment ? demanda Astinus, très calme. En ce qui me concerne, laisser un homme mourir à ta place est digne d'un Robe Noire.

— Vous devez vous tromper, protesta Palin. Je n'ai jamais... ( Ses yeux s'écarquillèrent. ) Steel ! C'est de lui que vous voulez parler, n'est-ce pas ? Mais c'est impossible ! Les chevaliers n'ont pas pu l'exécuter. Il a dû leur expliquer les circonstances dans lesquelles nous avons été séparés. Que pouvait-il faire ? L'ont-ils pris pour un menteur ?

Astinus ouvrit son livre et, le tournant vers le jeune mage, désigna une des dernières lignes qu'il avait écrites.

*Ce jour, à l'heure de la Première Garde, Steel de Lumlane a été exécuté. Il est mort à la place de Palin Majere, qui avait donné sa parole d'honneur de revenir et ne l'a pas fait.*

— L'heure de la Première Garde, murmura Palin en levant la tête vers Astinus. Mais elle n'est pas encore passée ! Comment.... ?

— C'est vrai. Il reste plusieurs heures avant le lever du soleil, concéda Astinus. Parfois, j'anticipe sur les événements, quand il n'y a aucune chance pour qu'ils ne se déroulent pas comme prévu.

— Où ? demanda Palin, les doigts crispés sur la robe noire. Où doit-il mourir ?

— A la Tour du Grand Prêtre. Dépouillé de son honneur et de son rang, il posera la tête sur un billot de pierre. Le seigneur Ariakan en personne lui tranchera la tête. Son corps ne sera pas mis en terre, mais jeté du haut des remparts pour que les charognards puissent festoyer dessus. Il servira d'exemple aux autres chevaliers. Tel est le sort de ceux qui désobéissent aux ordres.

Des souvenirs revinrent à la mémoire de Palin : Steel à genoux devant la tombe de ses frères, Steel se battant à ses côtés dans le Bois de Shoikan, Steel lui sauvant la vie...

— Mais quelle importance ? poursuivit Astinus. Cet homme est mauvais. Il a fait don de son âme à la Reine des Ténèbres. Il a tué de nombreux hommes bons : des Chevaliers Solamniques. Il mérite de mourir.

— Pas dans la honte et le déshonneur, protesta Palin, sans pouvoir détacher son regard du gros livre. La Première Garde... C'est trop tard. J'aurais empêché l'exécution si je l'avais pu, mais il me faudrait plusieurs jours pour me rendre d'ici à la Tour du Grand Prêtre. Je n'arriverai pas à temps pour empêcher l'exécution...

Il se sentait triste, mais immensément soulagé. La voix familière chuchota dans sa tête...

*Enfile la robe noire. Alors je t'ouvrirai les livres de sorts de Fistandantilus. Tu l'auras bien mérité.*

Un goût plus désagréable encore que celui des égouts envahit la bouche de Palin.

— Je n'ai rien fait, mon oncle ! Ce n'est pas ma faute ! Je ne pensais pas que Steel serait exécuté à cause de moi... et je ne peux rien pour lui.

*Tu as pris ta décision. Clame-la à la face du monde ! Inutile de mentir aux autres, et de te mentir, mon neveu. Tu pourrais y aller. Le kender t'a rendu l'anneau de Dalamar. Si tu le voulais, tu serais à la Tour du Grand Prêtre dans moins de dix secondes.*

Palin se mit à trembler. Il leva les yeux vers Astinus.

— Vous... Vous avez entendu ?

— Oui. J'entends toutes les paroles, y compris celles de l'âme.

— Est-ce... la vérité ? Pourrais-je empêcher l'exécution ?

Astinus hocha la tête, puis demanda, avec une pointe de curiosité :

— Mais es-tu prêt à mourir à la place de Steel ?

La gorge de Palin se serra.

*Non. Non, je ne suis pas prêt. J'ai peur de la mort, peur de la douleur, peur des ténèbres et du silence éternel. Je veux revoir le soleil se lever, écouter de la musique, boire de l'eau fraîche. J'ai trouvé quelqu'un à aimer. Je veux ressentir encore l'extase de la magie. Et mes parents... leur chagrin serait terrible. Je ne veux pas mourir !*

*Personne ne t'y oblige, mon neveu,* chuchota la voix. *Steel de Lumlane s'est voué corps et âme à la Reine des Ténèbres. Beaucoup considéreraient sa mort comme une bonne chose.*

*J'ai donné ma parole. J'ai promis de revenir,* songea Palin.

*Qu'est-ce qu'une promesse rompue ? Une fois Steel de Lumlane mort, qui le saura ? Qui s'en souciera ?*

*Moi.*

*Que croyais-tu que j'entendais par « sacrifice » ? Laisse-moi te le dire. J'entendais l'abandon de tout ce que tu possédais — ton honneur, ta famille, ton amour, ton âme même — pour la magie. N'est-ce pas ce que tu voulais ? Ou t'attendais-tu à tout recevoir sans rien offrir en échange ?*

*Tu me demandes de donner ma vie.*

*Evidemment.*

*Dans les deux cas,* réalisa Palin.

*Dans les deux cas,* confirma Raistlin.

## 11

## PEINE CAPITALE.

Le corps trempé de sueur froide, vêtu d'une simple chemise noire, Steel de Lumlane gisait sur une paillasse au fond de sa cellule. Il n'avait pas dormi de la nuit.

Le chevalier ne craignait pas la mort. Il l'avait attendue avec impatience, mais elle n'était pas venue quand il le souhaitait. Au lieu d'un trépas glorieux sur le champ de bataille, il connaîtrait celui d'un voleur, d'un lâche et d'un traître. Il partirait dans la honte et le déshonneur.

Dans une heure, quand le soleil se lèverait, il glisserait dans des ténèbres éternelles... à moins que Chemosh ne le renvoie dans le monde des vivants sous la forme d'un de ses immondes serviteurs. Telle était sa seule terreur, sa véritable angoisse. Takhisis lui pardonnerait-elle, ou le livrerait-elle au dieu des morts-vivants ?

Il était en train d'implorer sa miséricorde lorsqu'une clé tourna dans la serrure.

— De la visite, annonça le geôlier d'une voix plus respectueuse que d'ordinaire.

Steel se releva et attendit, espérant que c'était le seigneur Ariakan venu réviser sa sentence.

La porte s'ouvrit. Une silhouette enveloppée d'une

carte noire pénétra dans la cellule. Elle était courbée sous le poids des ans et ne se déplaçait qu'avec l'aide d'un serviteur. Pourtant, sa voix n'était ni faible ni indécise.

— Fermez la porte à clé, ordonna-t-elle.

Steel savait qui elle était. Il l'avait rencontrée bien des années plus tôt, lors de son adoubement. Il se jeta à plat ventre devant elle.

— Votre Sainteté, chuchota-t-il.

La grande prêtresse de Takhisis se dirigea lentement vers lui.

— A genoux, siffla-t-elle. Regarde-moi.

Steel s'exécuta. Le visage de la vieille femme était encadré par des mèches de cheveux gris ; ses lèvres étaient aussi bleues que les veines qui se détachaient sur sa peau parcheminée. Elle ressemblait à une momie. Se retenant d'une main au bras de son acolyte, elle tendit l'autre vers Steel et lui prit le menton. Les ongles longs et crochus s'enfoncèrent dans sa chair.

— Notre reine a entendu tes prières, gronda la grande prêtresse. Elle est contente de toi, Steel Uth Matar de Lumlane. Tu l'as servie mieux que tu ne peux le croire. Aujourd'hui, elle va gagner deux âmes au lieu d'une. Elle t'a préparé une place de choix dans sa garde d'honneur.

Steel ferma les yeux. Des larmes de soulagement et de gratitude jaillirent derrière ses paupières closes.

— Je remercie sa Ténébreuse Majesté de tout mon cœur, chuchota-t-il d'une voix rauque.

— Mais il y a une condition.

Steel rouvrit les yeux. La prêtresse lui lâcha le menton et pointa un index noueux sur sa poitrine.

— Tu dois ôter le talisman.

Steel porta la main à la chaîne d'argent qui pendait à son cou. Seules quatre personnes au monde connaissaient l'existence du joyau elfique, et l'une d'elles, Tanis Demi-Elfe, était morte. Le seigneur Ariakan savait, car Steel le lui avait dit lui-même. La grande prêtresse était au courant, ainsi que Caramon Majere.

Steel se demandait souvent pourquoi il portait le bijou, dont les bords coupants irritaient sa peau. Souvent, il avait voulu s'en débarrasser. Mais chaque fois qu'il le touchait, un sentiment de paix intérieure l'envahissait, telle de l'eau fraîche calmant une soif dévorante. Ses doutes disparaissaient, et il retrouvait sa confiance en lui.

Il n'en avait plus besoin... il connaissait et acceptait son sort.

— Très bien.

Il tira sur la chaîne d'argent. Celle-ci tint bon. La grande prêtresse plissa ses yeux injectés de sang.

— J'attends.

Steel eut la vision effrayante d'une main squelettique jaillissant du sol du Bois de Shoikan, à la recherche de chair vivante pour chasser le froid qui l'étreignait. Et il sut, avec une effrayante certitude, que cette main était la sienne. Désespéré, il tenta d'arracher la chaîne.

— Laisse-moi partir, père ! s'écria-t-il sans savoir pourquoi. J'ai fait mon choix !

Ses doigts touchèrent le joyau ; une douce lumière jaillit entre ses phalanges. Ses terreurs s'évanouirent tels des cauchemars d'enfant, comme si les bras de son père le soutenaient et le protégeaient.

Son amertume s'envola. Il comprit : même si sa mort paraissait déshonorante, ça n'avait pas d'importance. Son âme lui appartenait ; Takhisis ne pouvait pas la prendre de force. Il devait avoir foi en lui-même.

Il lâcha le joyau.

— Sois maudit ! siffla la grande prêtresse. Tu as trahi notre reine. Puissent tes tourments être éternels !

Steel frissonna, mais ne céda pas.

— Fais-moi sortir d'ici, ordonna la vieille femme à son acolyte.

Steel se sentait infiniment las. Il attendait la mort avec impatience... pour qu'enfin cesse cette lutte déchirante entre les deux moitiés de son âme.

Enfin, une trompette annonça l'heure de la Première Garde. La porte s'ouvrit et deux Chevaliers Noirs, membres de la garde personnelle d'Ariakan, pénétrèrent dans la cellule.

— Steel Uth Matar de Lumlane, dit l'un d'eux, solennel, la sentence va être exécutée. As-tu quelque chose à dire ?

— Non, seigneur. J'accepte le jugement et la punition qui l'accompagne.

— Qu'il en soit ainsi, dit le chevalier comme à regret.

Son compagnon et lui lièrent les mains de Steel dans son dos, puis firent mine de lui saisir les bras.

— Je marcherai seul, déclara fièrement le jeune homme.

Il sortit de la cellule ; les voix des prisonniers s'élevèrent des ténèbres.

— Puisse Paladine te défendre, Lumlane !

Alors elles entonnèrent un chant d'une beauté poignante. « *Sularus Humah durvey. Karamnes Humah durvey...* » La Chanson de Huma, héros des Chevaliers Solamniques. Steel en resta sans voix. Des larmes lui picotèrent les yeux.

Le chemin entre la prison et la cour intérieure n'était pas très long. Le jeune homme fut surpris de découvrir que ses pairs s'étaient alignés de chaque côté, comme pour lui rendre un dernier hommage. Loin de le mépriser, ils le considéraient avec respect malgré sa simple chemise de prisonnier.

Steel pénétra dans la cour où Tanis Demi-Elfe était mort, et où lui-même allait périr par l'épée de son père. Au centre se dressait un bloc de marbre noir taché de sang. D'un pas ferme, le jeune homme vint se placer devant.

Le seigneur Ariakan se trouvait là, impassible. Dans ses mains gantées, il tenait l'arme des Lumlane.

— L'accusé a-t-il quelque chose à dire pour sa défense ? demanda-t-il aux chevaliers qui escortaient Steel.

— Non. Il accepte la sentence.

— Qu'il en soit ainsi. Steel Uth Matar de Lumlane, la Reine des Ténèbres sera ton prochain et dernier juge. Lui diras-tu que tu as eu toute latitude de te défendre, mais que tu as refusé de le faire ?

— Oui, seigneur, répondit le jeune homme d'une voix qui ne tremblait pas. J'assume l'entière responsabilité de ma mort.

Ariakan hocha la tête, satisfait. Il n'était pas rare que Takhisis s'offense des mesures prises par les mortels et renvoie l'âme d'une victime sur Krynn afin qu'elle se venge de ses bourreaux.

L'un des chevaliers voulut bander les yeux de Steel, mais celui-ci refusa. Il s'agenouilla devant le billot et, tournant la tête, y posa sa joue gauche. Malgré la chaleur étouffante qui régnait déjà dans la cour, le marbre était froid comme la mort.

— Prie notre reine, Lumlane, dit Ariakan.

— Mes prières sont déjà faites. Je suis prêt, déclara Steel.

Il vit Ariakan lever l'épée de sa famille. Le soleil se refléta sur la lame. Steel ferma les yeux. Cette vision serait la dernière qu'il emporterait. Il se tendit, attendant le coup.

Alors, il sentit un autre corps tomber — ou peut-être se jeter — sur lui. Etonné et presque furieux, il rouvrit les paupières. Qui avait osé... ?

Un jeune homme en robe blanche se tenait au-dessus de lui. Dans ses mains, il tenait un bâton surmonté d'un cristal.

— Au nom de la reine des Ténèbres, qui êtes-vous ? demanda Ariakan.

— Je suis celui que vous cherchez, répliqua le mage. Palin Majere.

# 12

# LES VIEUX AMIS.

Dans le bureau d'Astinus, Raistlin Majere faisait les cent pas, son regard balayant les volumes alignés sur des étagères sans vraiment y prêter attention. Lorsque les cloches de Palanthas sonnèrent l'heure de la Première Garde, il s'immobilisa, se dirigea vers la porte et jeta un coup d'œil dans le couloir, comme s'il attendait quelqu'un.

Mais personne ne vint.

Quelques instants plus tard, il poussa un soupir et revint sur ses pas. Il fit le tour du bureau d'Astinus et se pencha par-dessus l'épaule de ce dernier pour lire ce qu'il venait d'écrire. Satisfait, il hocha la tête.

— Merci, mon ami.

Sans s'interrompre, Astinus répondit :

— C'était peu de choses.

— C'était essentiel, objecta Raistlin. En lui montrant le livre, tu l'as forcé à prendre une décision. Et je sais combien tu détestes te mêler des affaires des hommes.

— Les affaires des hommes sont mes affaires, corrigea Astinus. Comment pourrait-il en être autrement ? Je les écris, je les *vis* depuis des millénaires.

Sa plume ralentit, puis s'arrêta. Le matin même, il avait entamé un nouveau volume, dont les pages de vélin blanc étaient prêtes à recevoir les rires, les larmes, les malédictions, les cris des nouveau-nés et ceux des agonisants. Il le feuilleta jusqu'à la fin.

— Quoi qu'il arrive, dit-il calmement, ce sera le dernier. ( Il leva les yeux vers Raistlin. ) Tu connaissais la décision de ton neveu, n'est-ce pas ?

— Oui. C'est pourquoi j'ai renvoyé Caramon à la maison. Je ne voulais pas qu'il intervienne. Palin devait faire son propre choix.

— Le bon... pour lui.

Raistlin acquiesça.

— Il est jeune : sa vie a toujours été facile. Les gens l'aiment, l'admirent et le respectent. Sa famille est attentive à ses moindres vœux. La seule fois qu'il a vraiment été mis à l'épreuve, il a échoué... ou du moins le croit-il, ce qui revient au même.

« En fait, il s'est bien battu avec le peu de sorts dont il disposait. Mais la bataille était perdue d'avance. La mort de ses frères pèse sur sa conscience. Ce n'est qu'en voyant la robe noire, en réalisant que sa passivité condamnerait un homme, qu'il s'est résolu au sacrifice.

— Il se peut qu'il meure avec son savoir tout neuf, objecta Astinus en recommençant à écrire.

— Tel est le risque que nous prenons tous. Le Conclave en a décidé ainsi...

— Comme il en avait décidé autrefois pour toi.

— J'ai succombé à la tentation, mais j'ai payé le prix. Pourtant, sans mes erreurs, nous aurions sûrement perdu la Guerre de la Lance. ( Raistlin fit un sourire amer. ) Avant de partir, j'aimerais te demander une dernière faveur.

— Laquelle ? s'enquit Astinus sans lever la tête.

— Je voudrais voir dame Crysania.

— Vraiment ? ( Astinus eut l'air surpris, ce qui ne lui arrivait pas souvent. ) Que lui dirais-tu : que tu es désolé ? Ce serait un mensonge.

Le rouge monta aux joues de Raistlin.

— Je l'ai utilisée, comme *elle* m'a utilisé. Malgré la couleur de nos robes, nous étions semblables.

— Elle t'aimait.

— Moins que son ambition.

— C'est vrai. Et elle s'en est aperçue en devenant *aveugle* à tout le reste. Tu n'as pas répondu à ma question : que lui dirais-tu ? Cela m'intéresse d'autant plus que tu n'en auras jamais l'occasion.

— Pourquoi ? Il me suffirait d'aller au temple. Personne n'osera m'empêcher de passer.

— Oh, bien sûr. Va là-bas si ça te chante. Mais dame Crysania a été appelée ailleurs, pour livrer bataille contre le Chaos.

Raistlin baissa la tête.

— Est-elle seule ? demanda-t-il d'une voix hésitante.

— Non. Elle est accompagnée par un homme dévoué dont elle ignore la véritable nature. Mais ceci est une autre histoire. Ne satisferas-tu pas ma curiosité ? Que voudrais-tu : lui demander son pardon ?

— Sûrement pas, dit Raistlin en levant le menton. Je me suis servi d'elle et elle s'est servie de moi. Nous sommes quittes.

— Tu ne veux ni t'excuser ni demander son pardon. Que lui dirais-tu alors ?

L'archimage garda le silence une longue minute, les yeux perdus dans le vague, comme s'il contemplait un temps qui ne viendrait pas.

— Je lui dirais que je rêve souvent d'elle, répondit-il avec douceur.

# 13

## LE PLAN D'USHA.

Usha avait fait une toilette de chat, comme disait le Protecteur. Du moins avait-elle pu se débarrasser de la répugnante odeur des égouts.

Elle avait été stupéfaite en découvrant les vêtements préparés pour elle sur le lit. C'étaient ceux que les Irda avaient tissés pour elle — ceux qui étaient restés dans sa petite chambre, au-dessus de la taverne. A côté se trouvait la sacoche contenant ses objets magiques. Usha ne comprenait pas comment quelqu'un avait pu savoir qu'elle viendrait à la Bibliothèque. Elle en était plus effrayée que reconnaissante.

Elle n'aimait pas cet endroit, ni les gens qu'elle avait rencontrés. La seule personne qui lui plaisait était Palin. Mais il lui plaisait *tellement* que c'en était plus effrayant que tout le reste.

— Pourquoi ne puis-je lui dire la vérité ? se lamenta-t-elle en s'habillant.

Un mensonge par-dessus un autre. Tous innocents au départ, tels de minuscules cailloux, mais qui s'étaient empilés pour former une véritable montagne. Et cette montagne menaçait de s'écrouler sur sa tête au moindre faux pas.

Quelqu'un frappa à la porte.

— Usha ? C'est moi, Tass. Ouvre, vite !

Fronçant les sourcils, elle s'exécuta. Le kender se rua à l'intérieur de la pièce.

— Coucou ! Ça ne te ferait rien de refermer, maintenant ? demanda-t-il très vite. Bertrem s'est pris d'amitié pour moi. Il m'a dit de ne quitter ma chambre sous aucun prétexte, et de ne pas explorer la Bibliothèque sans lui. Mais je m'en voudrais de le déranger : il est tellement occupé ! Il est parti dire à Astinus que nous étions prêts.

— Allons chercher Palin, suggéra Usha.

— Si tu veux.

Sur la pointe des pieds, le kender sortit de la chambre de la jeune femme et se dirigea vers celle du mage. Usha lui emboîta le pas, retenant son souffle et se sentant vaguement coupable.

La porte était fermée. Usha frappa doucement.

— C'est nous, chuchota-t-elle en pressant son visage contre le battant. Tu es prêt ?

Pas de réponse. Elle allait frapper une seconde fois lorsque la porte s'ouvrit.

— Palin ?

Tass pénétra dans la pièce.

— Il n'est pas là, constata-t-il en regardant autour de lui.

— Comment ça ? s'affola la jeune femme.

— Il a laissé un mot, dit le kender en se penchant pour saisir un bout de parchemin posé sur le lit, à côté de vêtements noirs. C'est pour toi. Tu veux que je te le lise ?

Usha lui arracha le message, le parcourut et pâlit.

— Quelque chose ne va pas ? s'inquiéta Tass.

Sans un mot, la jeune femme lui tendit le parchemin. Celui-ci avait été rédigé à la hâte ; des taches d'encre et ce qui ressemblait à des larmes le maculaient.

— Usha, je t'aime de tout mon cœur. Souviens-toi toujours... Je n'arrive pas à lire la suite : c'est à moitié effacé. Quelque chose... parti à la Tour du Grand Prêtre... Quelque chose. Steel... Pff, c'est tout barbouillé, soupira Tass.

— La Tour du Grand Prêtre est la forteresse des Chevaliers Noirs, n'est-ce pas ? demanda Usha.

— Oui, mais pas depuis longtemps. Je me demande pourquoi Palin a été là-bas et pourquoi il ne nous a pas emmenés.

— Ils vont le tuer ! s'exclama Usha, effrayée et furieuse à la fois. Nous devons faire quelque chose !

— Pas de problème. Raistlin nous aidera, dit joyeusement le kender.

Usha secoua la tête.

— Non. Je ne veux pas lui en parler.

— Pourquoi ? s'étonna Tass. Je suis plutôt doué pour sauver les gens, mais j'ai remarqué qu'un mage, ça aide toujours. J'oubliais : tu es de la corporation, toi aussi.

— Euh... oui, oui, bafouilla Usha. Tu as déjà été là-bas ?

— Où, à la Tour du Grand Prêtre ? Plein de fois ! La première, c'était quand Kitiara a attaqué avec tous les dragons et que j'ai cassé l'orbe par accident. Après ça, Sturm est mort et Laurana a pris la Lancedragon... ( Le kender soupira. ) Enfin, je connais bien les lieux. Surtout la prison.

— Parfait, parce que c'est là que nous allons, dit Usha. J'ai une idée.

Elle saisit le vêtement abandonné par Palin sur le lit et l'enfila par-dessus les siens.

— De quoi ai-je l'air ? demanda-t-elle en arrangeant les plis autour d'elle. D'un mage en robe noire ?

— Oui. Mais ceux qui accompagnent les Chevaliers de Takhisis sont en gris, objecta Tass.

— Ah, zut !

Usha se mordit les lèvres. Elle n'avait pas pensé à ça.

— Tu pourrais te faire passer pour une de leurs prêtresses, suggéra le kender. Je les ai vues en ville... ça collerait assez bien.

— Bonne idée.

— Et moi, en quoi je vais me déguiser ?

Usha fronça les sourcils.

— Je ne sais pas. Si on nous arrête, le plus simple sera de dire que tu es mon prisonnier.

— D'accord. J'ai l'habitude, fit Tass avec un sourire rayonnant. Et maintenant, comment allons-nous nous rendre à la Tour du Grand Prêtre ? Palin a dû utiliser son anneau magique, mais à pied, ça fait une trotte...

— Ne t'inquiète pas, dit fièrement Usha. J'ai tous mes objets magiques. Je sais m'en servir... Sally Dale m'a montré. Viens.

Les deux compagnons se glissèrent dans le couloir et, sur la pointe des pieds, revinrent dans la chambre de la jeune femme. Usha sortit de ses affaires une figurine d'argile représentant un cheval. Elle referma sa sacoche, mais dut la rouvrir aussitôt pour en retirer la main de Tass, tombée dedans par inadvertance.

— Ça marche comment ? demanda le kender après avoir dûment sermonné sa main.

— Si je souffle dessus, elle nous emmènera à la Tour du Grand Prêtre à la vitesse du vent. Enfin, d'après Sally.

Usha joignit le geste à la parole et fut stupéfaite de voir la figurine disparaître pour être remplacée par un véritable étalon blanc : une bête magnifique qui piaffait d'impatience dans l'étroite pièce.

La jeune femme n'eut pas le temps de s'émerveiller. Déjà, Tass s'était hissé sur le dos de l'animal. Il hissa Usha, qui n'était jamais montée à cheval de sa vie, puis se cramponna à l'abondante crinière.

— Et maintenant ? demanda-t-il par-dessus son épaule. Comment on va à la Tour du Grand Prêtre ?

— Il suffit de le souhaiter.

*
* *

Assis dans le bureau d'Astinus, Raistlin était plongé

dans un des volumes récemment achevés par l'historien, et qui relataient la chute du Qualinesti. Malgré l'opposition d'un grand nombre de jeunes elfes, qui auraient préféré se battre plutôt que de se soumettre aux Chevaliers Noirs, le sénat avait voté la reddition, à condition que le roi — Gilthas, fils de Laurana et de Tanis Demi-Elfe — demeure à la tête du royaume.

Tous pensaient que le jeune homme n'était qu'une marionnette ; seuls ses manipulateurs allaient changer : au lieu des extrémistes elfes, ce seraient les Chevaliers de Takhisis. En découvrant à quel point ils se trompaient, Raistlin ne put réprimer un sourire.

Sur le manteau de la cheminée, une clepsydre marquait le passage du temps. L'heure de la Deuxième Garde s'achevait.

Un hennissement s'éleva de l'intérieur de la Bibliothèque. Raistlin leva la tête de son livre.

— Un cheval ? s'étonna-t-il.

— On dirait, répondit Astinus avec calme.

Un bruit de course dans le couloir.

— Entre, Bertrem, dit le Maître de la Bibliothèque avant même que son assistant frappe.

Bertrem se glissa dans le bureau, une expression ahurie sur son visage d'ordinaire placide.

— Alors ? demanda Raistlin, impatient. Le kender et la jeune femme sont-ils enfin partis ?

— Euh... oui, répondit le moine avec un rien de soulagement dans la voix.

Il avait repoussé une attaque de draconiens, quand ceux-ci avaient tenté de brûler la Bibliothèque pendant la guerre, et pourtant il n'avait jamais fait de cauchemars à leur sujet. Mais les kenders... C'était autre chose. Chaque fois qu'il les imaginait arpentant en liberté la Bibliothèque, il en avait des sueurs froides.

— Ils sont partis secourir ton neveu, observa Astinus en tournant la tête vers Raistlin. Je suis surpris que tu ne les aies pas accompagnés.

— Ne t'en fais pas. Je suis avec eux, à ma façon, répondit l'archimage en retournant à sa lecture.

## 14

## PALIN ET LA LOYAUTÉ.

Les deux chevaliers qui avaient escorté Steel depuis sa cellule l'aidèrent à se relever. Le jeune homme était légèrement étourdi, comme s'il avait trop bu. Une fois de plus, il aurait dû être mort. Quelle surprise la vie lui réservait-elle encore ?

Le seigneur Ariakan baissa l'épée des Lumlane et ordonna que l'on fasse silence dans les rangs.

— Quelqu'un peut-il m'expliquer ce qui se passe ? Qui est ce Robe Blanche ? demanda-t-il avec un signe de tête vers Palin. S'agit-il du prisonnier que nous cherchons ? Qui peut l'identifier ?

Deux personnes s'avancèrent vivement pour des raisons très différentes. La première était le lieutenant Trevalin, de retour d'une campagne triomphale au Qualinesti. Rayonnant, il adressa un signe de tête à Steel. La seconde était le Seigneur de la Nuit Lilith, qui n'avait d'yeux que pour Palin.

— Seigneur Ariakan, dit-elle en s'inclinant devant lui. C'est bien le prisonnier que j'avais confié à la garde de Steel de Lumlane. Mais je ne crois pas que son retour doive suspendre la sentence, car si le chevalier de Lumlane l'a laissé s'enfuir, ce n'est pas lui qui l'a ramené. Il reste donc coupable.

Ariakan dévisagea Lilith, troublé, puis il se tourna vers Trevalin.

— Je jure par notre reine qu'il s'agit bien de Palin Majere ! s'écria le lieutenant. Par conséquent, Steel de Lumlane est délivré de la sentence de mort.

Il jeta un regard de défi à Lilith. Ariakan eut un léger sourire.

— Seigneur, le prisonnier est le neveu de Raistlin Majere, qui foule de nouveau le sol de ces royaumes ! protesta la magicienne, sentant qu'elle perdait du terrain. Je vous supplie de le remettre, ainsi que Steel de Lumlane, entre les mains des Chevaliers de l'Epine.

« Laissez-nous agir ! Ils complotent contre vous, seigneur... ou le mage ne serait jamais revenu se livrer ! Il pensait qu'il ne risquait rien. Tuez-les tous deux sur-le-champ ! Je vous en conjure ! Sinon, ils entraîneront la perte de la Chevalerie !

Les chevaliers commencèrent à chuchoter à voix basse. La véhémence de Lilith était très convaincante. Ariakan leva la main pour leur imposer le silence.

— Je statuerai ultérieurement sur le sort de Steel de Lumlane, déclara-t-il. Quant au mage... ( Il se tourna vers Palin. ) Palin Majere, vous êtes-vous allié à votre cousin pour nous trahir ? Dites-moi la vérité, car je connais des moyens très déplaisants de vous l'arracher.

— Je porte la robe blanche, dit le jeune homme en levant le menton. Pourrais-je comploter avec un Chevalier Noir ?

Ariakan hocha la tête, apparemment satisfait. Lilith jura entre ses dents.

— Etes-vous venu vous acquitter de la rançon ?

— Non.

— Vous saviez, si vous ne le faisiez pas, que vous seriez condamné à mort. J'ordonne que la sentence soit exécutée sur-le-champ. Avez-vous quelque chose à dire pour votre défense ?

— Non, mais j'aimerais m'excuser auprès du Chevalier de Lumlane, et lui expliquer pourquoi j'ai violé la promesse que je lui avais faite.

— Ne le laissez pas parler ! s'écria Lilith, les yeux lançant des éclairs. C'est une ruse ! Il est le neveu d'un mage puissant ! Comme je vous l'ai dit, j'ai rencontré Raistlin Majere près de la Forêt de Wayreth. C'est lui qui l'a envoyé pour nous détruire !

— Allons, la réprimanda Ariakan, si ce jeune homme pouvait nous détruire, je suis certain que ce serait déjà fait. Que ça vous plaise ou non, je suis curieux d'entendre ce qu'il a à dire à Steel de Lumlane.

Furieuse, Lilith se mordit la langue pour ne pas répliquer. Palin hocha la tête en guise de remerciement et se tourna vers Steel.

— Cousin, tu as agi noblement en ramenant les corps de mes deux frères dans leur contrée natale pour qu'ils y soient enterrés. Tu m'as escorté jusqu'à la Tour de Haute Sorcellerie pour que j'accomplisse la quête imposée par les Chevaliers de l'Epine. Pourtant, tu savais aussi bien que moi qu'il s'agissait d'un piège, qu'on nous tendait pour une raison qui m'échappe encore.

« J'ai pénétré dans le laboratoire de mon oncle, persuadé que tu pourrais m'y suivre. Mais la porte s'est refermée derrière moi ; malgré tous mes efforts, je n'ai pas pu la rouvrir. Faute d'une autre solution, j'ai donc cherché le Portail des Abysses. Je l'ai franchi et...

— Il ment ! s'égosilla Lilith. Aucun mage d'aussi faible rang n'aurait pu accomplir un tel exploit ! Il est écrit que seul un archimage en robe noire accompagné par un prêtre de Paladine...

Elle s'interrompit tout à coup, réalisant ce qu'elle venait de dire. Ariakan fronça les sourcils.

— Mais telle est pourtant la mission que vous lui aviez confiée, non ? Poursuivez, Palin Majere. Votre récit me fait presque oublier que je cuis dans mon armure.

— J'ai franchi le Portail, répéta le jeune homme. Ce ne fut pas difficile : il était grand ouvert. La Reine des Ténèbres l'avait abandonné. ( Quelques murmures surpris montèrent de l'assistance. ) Dans les Abysses, j'ai retrouvé mon oncle. Contrairement à ce que raconte la légende, Takhisis n'était pas en train de le torturer. Il m'a conduit à l'endroit où les dieux tenaient leurs réunions, et j'ai assisté à l'une d'elles.

Les chevaliers secouèrent la tête, l'air incrédule. Certains ricanèrent. Ariakan se pencha vers son aide de camp et murmura :

— Avons-nous le droit d'exécuter les fous ?

Palin entendit sa question.

— Je vous jure, seigneur, par Solinari et Paladine, par Mishakal et tous les dieux du panthéon blanc, que je dis la vérité. Je sais qu'elle semble incroyable, mais ce que j'ai entendu dans les Abysses l'est davantage encore.

« Notre monde court un terrible danger. Les Irda, qui se trouvaient en possession de la Gemme Grise, l'ont brisée. Or, le Père de Tous les Dieux, le Chaos, était emprisonné à l'intérieur.

« Libéré, il a renié ses enfants et juré de détruire leur création. Les dieux se sont alliés pour le combattre, et ils espèrent que les mortels se rejoindront à leur lutte. Si nous ne le faisons pas, Krynn est perdu. Notre monde périra avec les êtres vivants qui l'habitent.

Lilith leva les yeux au ciel et eut un sourire moqueur. Ariakan fronça les sourcils.

— Je suppose que vous n'avez aucune preuve pour étayer votre récit ? Vous conviendrez qu'il me semble... rocambolesque.

— Non, seigneur, répondit calmement Palin. Je n'ai rien. Mais j'ai entendu Paladine conclure un marché avec votre reine. Il acceptait de donner aux Chevaliers Noirs le contrôle du continent afin que tous les peuples s'unissent contre les armées du Chaos. La Tour du Grand Prêtre est donc tombée devant vous, pour la première fois depuis le commencement de l'histoire...

— J'aime à penser que notre écrasante supériorité

numérique y était pour quelque chose, dit sèchement Ariakan.

Steel se tourna vers lui.

— Seigneur, puis-je dire un mot ?

— Certainement.

— Merci. Seigneur, je crois au récit de Palin Majere. Je ne sais pas vraiment pourquoi, dit le jeune chevalier, sinon que j'ai voyagé avec lui et qu'il est à ma connaissance un homme d'honneur... comme le prouve son retour parmi nous.

« Seigneur, souvenez-vous de ce qui s'est passé durant la Bataille de la Tour du Grand Prêtre. Nous pensions que les dragons d'or et d'argent s'étaient retirés pour aller chercher des renforts. Mais ils ne sont jamais revenus. Comment l'expliquer, à moins d'admettre qu'ils ont agi sur ordre de Paladine ?

Ariakan réfléchit. Lui-même avait eu plusieurs fois affaire aux dieux. On chuchotait que sa mère n'était autre que Zeboim, déesse de la mer. Bien des années plus tôt, Takhisis lui avait accordé une audience pour discuter la chevalerie qui lui serait dévouée.

Un cri déchira l'air brûlant de la cour. Une jeune prêtresse fendit la foule des chevaliers et se précipita vers Ariakan. Livide, échevelée, elle avait les yeux écarquillés de terreur.

— Seigneur ! s'écria-t-elle. La grande prêtresse est morte !

Des murmures choqués parcoururent la foule. Après la révélation de Palin Majere, ce n'était pas un bon présage.

— Que s'est-il passé ? demanda Ariakan.

— Depuis sa visite au condamné, Sa Sainteté semblait préoccupée, hoqueta la jeune femme. Alors elle s'est approchée de l'autel pour dire une prière. Elle préparait les sacrifices rituels lorsqu'elle a renversé par mégarde une flasque d'huile bénite. Le liquide s'est répandu sur l'autel ; une étincelle est tombée d'une bougie et y a mis le feu.

« Les flammes ont dévoré les sacrifices avant qu'ils aient été oints. La grande prêtresse est tombée à genoux devant l'autel, avec un air horrifié que je n'oublierai jamais. Enfin, les flammes se sont éteintes d'elles-mêmes. Lorsque nous avons voulu relever Sa Sainteté, elle était morte.

Un grand silence tomba sur la cour, plus accablant que la chaleur matinale. Lilith le rompit :

— Je vous l'avais bien dit, seigneur ! s'écria-t-elle d'une voix aiguë. C'est la faute du mage et du traître ! Ils sont de mèche ! C'est eux les responsables de la mort de Sa Sainteté !

— Dispersez-vous, ordonna Ariakan aux chevaliers. Retournez à vos postes. Seigneur de la Nuit, conduisez Palin Majere dans une cellule. Son exécution est repoussée. Nous l'interrogerons plus tard ; pour l'heure, je me rends au temple afin d'enquêter sur la mort de Sa Sainteté. ( Il se tourna vers Steel. ) Chevalier de Lumlane, vous pouvez rejoindre votre bataillon. Mais je vous interdis de quitter la Tour jusqu'à nouvel ordre.

Lilith voulut protester ; Ariakan lui jeta un regard impérieux qui la fit taire aussitôt. Puis il s'éloigna en direction du temple.

Furieuse, Lilith ordonna à deux de ses acolytes de s'emparer de Palin. Bâillonné, dépouillé de ses composants de sorts, le jeune mage tenait toujours le Bâton de Magius.

Lilith s'approcha ; déterminée à aller jusqu'au bout, elle tendit la main vers l'artefact qu'elle convoitait. Quand ses doigts se refermèrent dessus, elle rentra instinctivement la tête dans les épaules.

Une seconde de flottement...

Ses traits se détendirent ; un sourire victorieux étira ses lèvres. D'un geste presque nonchalant, elle arracha le bâton à un Palin stupéfait.

— On dirait que le Bâton de Magius s'est choisi une nouvelle propriétaire, exulta-t-elle. Une marque d'approbation de sa Ténébreuse Majesté. Le seigneur Ariakan devra se rendre à l'évidence...

Caressant d'une main le bois poli, elle fit signe à ses acolytes d'emmener Palin.

## 15

## LA CROISÉE DES CHEMINS.

Après avoir récupéré son armure et son épée, Steel partit déjeuner en compagnie de Trevalin et du reste de son bataillon. Ses camarades le pressèrent de questions sur Palin, mais ils s'aperçurent bientôt que le jeune homme ne souhaitait pas parler. La discussion porta donc sur la prise du Qualinesti.

— Ces elfes ! cracha Trevalin, méprisant. J'ai vu des crapauds avoir plus d'honneur ! Leurs sénateurs nous ont servi le royaume sur un plateau. L'un d'eux, un dénommé Rashas, nous a fait un beau discours sur la noblesse et l'intégrité elfique — par opposition à notre attitude déshonorante, je suppose —, avant de s'asseoir et de signer la reddition comme si de rien n'était.

« Vous auriez dû voir leur souverain, Lumlane ! Un gamin que ce Rashas menait par le bout du nez. C'est le fils de Tanis Demi-Elfe, mais une chose est sûre : il n'a pas hérité des qualités de son père. Ni de sa mère, si les histoires qu'on raconte au sujet du Général Doré sont vraies.

— Je n'en suis pas si sûr, lieutenant, intervint un jeune chevalier. Le gamin a l'air aussi peureux qu'une souris, mais parfois, son expression... Si j'étais sénateur, je garderai l'œil sur lui.

— Bah ! ricana Trevalin. Le seul elfe qui vaille quelque chose, c'est Porthios, un vrai guerrier, celui-là. Evidemment, ces crétins n'ont rien trouvé de mieux que de le bannir.

Steel n'écoutait pas ; il ne cessait de se repasser les paroles de Palin dans sa tête. S'avisant de son manque d'attention, Trevalin se pencha vers lui.

— Vous devriez aller vous coucher, Lumlane. Je doute que vous ayez beaucoup dormi ces dernières nuits.

Steel obéit, plus pour se réfugier dans la solitude que pour trouver le sommeil. La chaleur était suffocante. Il s'allongea pourtant, songeant à ce que les Chevaliers Gris allaient infliger à Palin. Rien de très agréable...

— Je ferai ce que je pourrai pour que sa mort soit rapide et sans douleur, marmonna Steel, à moitié assommé par la chaleur et la fatigue. Il le mérite bien...

Il ferma les yeux et s'endormit.

*

* *

Quand il se réveilla, la nuit était tombée, apportant avec elle un peu de fraîcheur. Le soleil avait cogné si dur pendant la journée que les gardes avaient dû être remplacés toutes les heures.

Le seigneur Ariakan avait procédé à une enquête minutieuse. Le corps de la grande prêtresse ne portait aucune trace de blessure, magique ou non. Il en avait conclu qu'elle était morte de vieillesse et avait ordonné qu'on brûle le cadavre le soir même. Puis il avait passé le reste de la journée à tenter de calmer les craintes superstitieuses des barbares.

Steel se leva au moment où la plupart de ses camarades se couchaient. Il alla trouver Trevalin et lui demanda ce qu'était devenu Palin. Son lieutenant répondit que les Chevaliers de l'Epine l'avaient conduit à leur quartier général, et conseilla assez sèchement au jeune homme de se tenir loin des mages.

Steel hocha la tête. Il ne pouvait rien faire pour améliorer le sort de Palin. Avec la haine que lui vouait Lilith, il risquait même d'aggraver les choses en tentant d'intervenir en sa faveur.

Il décida de rendre visite à Flamboyante qui, depuis son arrestation, s'était montrée impossible. Elle avait découragé un cavalier après l'autre et cruellement mordu son mâle à plusieurs reprises. Les autres dragons bleus gardaient désormais leurs distances.

Steel connaissait sa monture. Même après son retour, elle passerait une semaine à bouder. Afin d'accélérer leur réconciliation, il eut l'idée de passer aux cuisines et de demander un jarret de porc ; Flamboyante en était friande. Il espérait que la gourmandise la mettrait de bonne humeur.

Il se dirigeait vers les cuisines lorsqu'il aperçut du coin de l'œil une tache de couleur inhabituelle dans un endroit habité par des gens vêtus de noir ou de gris. Il se retourna, mais la tache avait disparu.

Un bruit de voix étouffé monta de derrière un escalier plongé dans l'ombre. Steel se dirigea vers les marches. Sans son armure, il ne faisait pas le moindre bruit. Avec un peu de chance, il pourrait surprendre l'espion, si c'en était un.

Deux silhouettes étaient pelotonnées derrière l'escalier. L'une d'elles, vêtue d'une robe noire, ressemblait à une prêtresse de Takhisis. La présence de l'autre était plus incongrue.

Un kender.

— C'est lui ! chuchota la petite créature. Le fils de Sturm ! Je le reconnaîtrais n'importe où ! Nous devrions lui demander...

Steel tendit la main et saisit le kender par sa queue-de-cheval.

— Me demander quoi ?

— Ouille ! Hé, lâche-moi ! Ça fait mal ! protesta Tass. Tu me tires les cheveux !

La prêtresse se leva.

— C'est mon prisonnier, dit-elle sèchement. Je vous ordonne de le lâcher.

Steel connaissait cette voix. D'un geste vif, il repoussa la capuche qui masquait son visage.

— Que faites-vous ici ? demanda-t-il sévèrement.

Il aurait dû sonner l'alarme, appeler la garde, faire arrêter les deux intrus. Mais une force inconnue l'en empêchait.

— Je ne crois pas que ça vous regarde, répondit Usha, hautaine. Mais si vous voulez vraiment le savoir, je suis devenue prêtresse de Takhisis. J'escortais ce kender à la prison.

— Ce doit être une prise importante pour que vous manquiez la cérémonie funéraire, fit remarquer Steel, sarcastique.

— Que... Quelle cérémonie funéraire ? balbutia Usha. Quelqu'un est mort ? Je ne savais pas...

— Votre Grande Prêtresse. Et cette histoire de prisonnier ne tient pas debout : tout serviteur de la Reine des Ténèbres qui découvrirait un kender ici l'enverrait aussitôt servir Chemosh. Tâchez de trouver quelque chose de plus convaincant.

Il dut reconnaître une chose : la jeune femme acceptait la défaite avec courage. Bien que livide, elle fit face dignement.

— Qu'allez-vous faire de nous ?

— Je me le demande. Que faites-vous ici ? Je veux la vérité, cette fois.

Usha se mordit les lèvres.

— Nous sommes venus délivrer Palin. Mais nous n'arrivons pas à le trouver.

— Il n'est pas dans la prison, intervint Tass, nous avons déjà regardé.

Usha toucha le bras de Steel.

— Si vous savez où il est, dites-le-nous, je vous en supplie ! Je ne vous demande pas de nous y conduire ! Dites-le-nous, et laissez-nous partir. Palin est venu vous sauver la vie. Vous ne pouvez pas le regarder mourir sans rien faire !

Steel maudit silencieusement la jeune femme, le kender et le destin qui les avait mis sur sa route au moment où il se posait tant de questions. A moins... A moins que la Reine des Ténèbres n'ait voulu cette rencontre. Mais sa Vision, toujours énigmatique, ne lui disait pas comment réagir. Devait-il livrer les deux intrus ou les aider à libérer Palin ?

Tout ce qu'il savait, c'était que l'avertissement de son cousin lui avait fait une forte impression. Steel sentait que quelque chose n'allait pas ; le danger crépitait dans l'air.

— Venez avec moi, déclara-t-il abruptement.

— Merci, merci beaucoup ! s'écria Usha avec reconnaissance.

— Ne me remerciez pas encore, dit Steel d'un ton sec. Je ne veux pas libérer Palin, juste lui poser quelques questions au sujet de la Gemme Grise. J'entends garder un œil sur vous, c'est tout. Peut-être vous livrerai-je. Pour l'instant, ne dites pas un mot. Si nous croisons quelqu'un, laissez-moi parler.

Tass et Usha hochèrent la tête ; ils se mirent en route vers le quartier général des Robes Grises.

# 16

## LE PIÈGE À DRAGONS.

Palin n'avait pas été torturé par les Chevaliers de l'Epine. Ceux-ci semblaient l'avoir oublié. Depuis combien de temps était-il enchaîné par la cheville au pied d'une table de marbre gris couverte de symboles cabalistiques ? Des heures, des jours, peut-être...

Le quartier général des Chevaliers de l'Epine se situait au cœur de la Tour du Grand Prêtre, près des pièges à dragons qui avaient permis à ses défenseurs de remporter la victoire durant la dernière guerre. Depuis que Palin avait été abandonné là, nul ne s'était approché de lui. Le bâillon qui maintenait sa bouche ouverte l'étranglait, et sa gorge était desséchée. Les liens de ses poignets lui coupaient la circulation ; il ne sentait presque plus ses mains.

Plus que tout, il était affecté par la disparition du Bâton de Magius et de la voix de son oncle. Pour la première fois depuis l'Epreuve, il se sentait véritablement seul. Plus le temps passait, plus la peur resserrait son étau.

Aussi se réjouit-il presque en voyant arriver Lilith. Mais ce sentiment ne dura guère. La magicienne brandissait le Bâton de Magius dont le cristal étincelait. Palin baissa la tête pour ne pas qu'elle voie ses larmes.

Lilith éclata de rire et posa le bâton contre la table, à quelques pouces de la main de son prisonnier, comme pour le tourmenter davantage.

— Je savais qu'il finirait par venir à moi ! déclara-t-elle, triomphante. Mes pierres divinatoires me l'avaient dit.

Palin marmonna quelque chose.

— Que dis-tu ?

Lilith se pencha sur lui et lui arracha son bâillon. Il passa sa langue sur ses lèvres desséchées.

— De l'eau, murmura-t-il faiblement.

— Je me doutais bien que tu aurais soif.

Lilith saisit une gourde à sa ceinture et l'approcha de la bouche du jeune homme. Celui-ci but à longues gorgées, puis il détourna la tête.

— Pourquoi ne m'avez-vous pas déjà tué ? demanda-t-il. Qu'attendez-vous ?

Le sourire de Lilith lui fit froid dans le dos.

— Ne peux-tu deviner ? Le chasseur ne tue pas le lapin tant que le loup n'a pas passé sa tête dans le collet.

Palin mit un moment à comprendre le sens de cette phrase sibylline.

— Vous voulez tendre un piège ? A qui : à mon oncle ? ( Il faillit éclater de rire. ) J'aimerais bien voir ça.

— Moi aussi, mon jeune ami, murmura Lilith. Moi aussi. ( Elle haussa les épaules. ) Mais ça n'est pas pour tout de suite. En fait, le piège est destiné à un autre membre de ta famille.

— Steel ? hasarda Palin, incrédule.

Lilith leva un sourcil sans répondre.

— Vous n'attraperez pas *ce* loup-là avec cet appât, commenta Palin. Croyez-vous qu'il se soucie assez de moi pour tenter de me libérer ?

Lilith se pencha vers lui.

— Sa Ténébreuse Majesté vous a réunis pour une bonne raison. J'ai lancé les pierres plusieurs fois, et la réponse est toujours la même. Regarde !

Elle sortit une poignée d'agates d'un petit sac attaché à son poignet gauche, puis murmura les paroles d'un sort et jeta les pierres sur la table de marbre gris.

— La pierre noire représente Steel, dit-elle en tendant un doigt osseux. La pierre blanche, c'est toi. Celle-ci, entre vous, figure la forteresse dans laquelle nous nous trouvons. Et celle du dessus, des flammes.

Palin se redressa péniblement. Lilith tendit la main pour récupérer les agates.

— Là ! Si vous disparaissez tous les deux...

— Les ruines demeurent, termina calmement Palin.

Lilith sursauta. Elle avait voulu reprendre toutes les pierres, mais deux étaient restées sur la table : la verte marquée d'une rune, et la rouge marquée d'une flamme. Que cela signifiait-il ?

— Vous avez entendu ce que j'ai dit à propos des dieux, poursuivit Palin. J'ai vu...

— Ce que ton oncle a bien voulu te laisser voir ! aboya Lilith. Un tour de Raistlin Majere. Ah, il faut reconnaître qu'il est très fort. Pas étonnant que tu t'y sois laissé prendre. Mais ta crédulité te coûtera la vie. Tu mourras en même temps que le traître Steel de Lumlane, comme il sied à des cousins.

Ramassant les deux dernières pierres, elle s'en fut, emmenant la lumière du Bâton de Magius avec elle. Palin se retrouva seul dans les ténèbres.

Il se laissa tomber sur le sol, posa sa nuque sur le pied de la table et ferma les yeux.

*
* *

Des voix le tirèrent de son sommeil. Il cligna des yeux, ébloui par la lueur aveuglante d'une torche. A la limite de sa vision, il distinguait vaguement trois silhouettes, deux grandes et une petite, ainsi que le scintillement d'une armure.

Une voix mâle ordonna froidement :

— Restez ici, et ne faites pas le moindre bruit.

Palin reconnut cette voix. Il tenta de parler, de crier un avertissement, mais il était trop ébahi. Steel de Lumlane venait le délivrer.

— Majere ? dit le jeune chevalier en s'avançant vers lui, l'écho de ses pas se répercutant le long des murs. Majere, je dois te parler...

Une vive lumière illumina la pièce, révélant plusieurs Chevaliers Noirs cachés dans les alcôves où, bien des années plus tôt, les Chevaliers Solamniques s'étaient dissimulés pour combattre les mauvais dragons.

— Vous voyez, seigneur ! s'écria Lilith, le Bâton de Magius à la main. Je vous l'avais bien dit !

— De fait, Steel de Lumlane vient de nous prouver sa traîtrise, admit Ariakan. Emparez-vous de lui !

## 17

## LES MÂCHOIRES DU PIÈGE.

Deux chevaliers avancèrent et se saisirent de Steel. Le jeune homme ne résista pas.

— Chevalier de Lumlane, pourquoi êtes-vous là ? demanda Ariakan. Votre bataillon n'est pas de garde. Vous n'avez rien à faire en ces lieux.

— C'est évident, seigneur ! s'exclama Lilith. Il s'est introduit ici pour délivrer le prisonnier.

— Je ne me suis « introduit » nulle part, répliqua froidement Steel. Vous m'avez vu et entendu. Je ne cherchais pas à me cacher.

— Je répète ma question : pourquoi êtes-vous venu ? insista Ariakan. ( Comme le jeune chevalier ne répondait pas, il secoua la tête. ) Vous accepter dans la Chevalerie était une erreur, Lumlane. On m'avait mis en garde contre vous. ( Lilith contint un sourire triomphal. ) Certes, vous êtes un bon soldat, courageux et loyal. Je suis persuadé que vous voulez servir notre reine de tout votre cœur et de toute votre âme.

« L'ambition de votre mère bat dans votre cœur, mais votre âme est habitée par la noblesse de votre père. A cause de vos parents, et sans le vouloir, vous représentez un danger pour la Vision. Par conséquent, je vous condamne à mort. Que la sentence soit exécutée immédiatement.

Un chevalier tira son épée et s'avança vers Steel, qui ne broncha pas.

— Seigneur ! s'écria quelqu'un près des grandes portes de bronze. Il avait des complices !

Un bruit de lutte ; des cris étouffés.

— Par Takhisis, cet homme ne mourra-t-il donc jamais ? s'écria Ariakan, exaspéré. ( Il plissa les yeux. ) A moins que notre reine ne veuille qu'il vive... ( Il fit un signe au chevalier qui se préparait à passer Steel au fil de l'épée. ) Attendez un instant. ( Puis, se tournant vers la herse : ) Qu'avez-vous découvert ?

— Deux intrus, seigneur.

Un chevalier s'avança, traînant un kender et une mince silhouette vêtue d'une robe noire. A sa vue, Palin reprit espoir.

— Mon oncle ! chuchota-t-il. Il est venu me sauver !

Apparemment, Lilith avait eu la même idée. Elle se précipita, le Bâton de Magius à la main.

— Qui êtes-vous ? demanda-t-elle, alarmée. Otez votre capuche !

La silhouette ne bougea pas. Lilith se concentra et s'écria :

— Ce n'est pas un mage !

Tendant la main, elle repoussa elle-même la capuche de l'imposteur. Palin faillit s'étrangler de stupeur.

— Que se passe-t-il ? s'enquit Ariakan, plus étonné que furieux. Que font ici ce kender et cette magicienne en robe noire ?

— Magicienne ? Elle n'est pas capable de lancer le moindre sort, ricana Lilith. Elle est venue ici pour nous espionner !

— Pas du tout, protesta Tass. ( Il s'avança vers Ariakan, la main tendue. ) Enchanté de faire votre connaissance. Je suis Duvet Etancheur, et voici mon amie Usha, une sorcière très puissante. Si j'étais vous, je ne l'embêterais pas : c'est la fille de Raistlin Majere !

Ariakan fronça les sourcils.

— Faites-le taire ! glapit Lilith. Il est venu avec Lumlane, c'est évident.

— Si vous me laissiez parler, déclara dignement Tass, je pourrais vous dévoiler les véritables raisons de ma présence. Vous l'ignorez peut-être, mais je suis un kender maléfique. Je veux offrir mes services à la Reine des Ténèbres. Takhisis a changé ma vie ; je suis très méchant maintenant. Et je le prouve ! Regardez.

Il bondit en avant. Un couteau apparut dans sa main. Plusieurs chevaliers se jetèrent sur lui pour le ceinturer, mais il était trop agile.

— Je vais tuer ce Robe Blanche ! s'écria-t-il.

Il feignit de plonger sa lame dans l'estomac de Palin, mais se contenta de trancher les liens du jeune homme, avant de lui glisser l'arme dans la main.

Les chevaliers tirèrent leur épée et se dirigèrent vers Palin. Tass bondit sur la table de marbre et sauta sur le dos du plus proche, lui enfonçant son heaume sur les yeux.

— Dur comme glace ! s'écria Usha en brandissant un cristal.

Aussitôt, tous les Chevaliers de Takhisis s'immobilisèrent, pétrifiés, le bras levé, la bouche ouverte. Tous, sauf Steel. Peut-être l'épée de son père et le joyau elfique l'avaient-ils protégé contre la magie des Irda.

— Nous sommes cousins, déclara Palin en le regardant bien en face. Je ne veux pas me battre contre toi.

Usha se précipita vers le jeune mage, le cristal dans une main, une figurine représentant un cheval dans l'autre.

— Pourquoi ne pas venir avec nous ? suggéra-t-elle à Steel. Ils veulent vous tuer !

Le chevalier fronça les sourcils, troublé.

— Mon seigneur a raison.

— Raison, mon œil ! railla Palin. Tu n'es qu'un

lâche ! Tu préfères mourir, parce que tu as peur de vivre !

Steel se jeta sur lui et saisit le poignet qui tenait le couteau de Tass. Les deux hommes roulèrent sur le sol.

A cet instant, une explosion assourdissante secoua les fondations de la Tour du Grand Prêtre. Le sol vibra, les murs se craquelèrent. Le cristal tomba des mains d'Usha, atterrit sur la table de marbre et se brisa. Le sort était rompu.

— Par Takhisis, commença Ariakan, que... ?

Une seconde explosion projeta à terre la plupart des chevaliers.

— Que quelqu'un aille voir ce qui se passe ! rugit Ariakan. Sommes-nous en état de siège ?

Une partie des hommes se précipitèrent pour exécuter ses ordres, l'autre encerclant les prisonniers. Un jeune page, les yeux écarquillés de terreur, se fraya un chemin parmi la foule.

— Seigneur ! haleta-t-il. La Tour... Frappée par la foudre ! Deux fois ! C'était... terrible, seigneur ! Je n'avais encore jamais rien vu de pareil. Les éclairs... Descendus des cieux comme des javelots. Et... ( Il prit une inspiration. ) Les dragons, seigneur ! Des centaines ! Des dorés, des argentés...

— Nous sommes en état de siège, grimaça Ariakan en dégainant son épée.

— Non, seigneur ! corrigea le page. Il y a aussi des dragons rouges et bleus. Une lumière terrible éclaire l'horizon vers le nord, une lueur sanglante qui ne cesse de croître, comme si toutes les forêts étaient en flammes. On sent presque la fumée...

Une troisième explosion. Une torchère se détacha du mur et tomba sur le sol. Les chaînes des herses servant à fermer les pièges à dragons se balancèrent en tous sens. Un nuage de poussière tomba du plafond. Les chevaliers se regardèrent, alarmés.

Palin et Usha s'enlacèrent, puisant du réconfort dans leur mutuelle présence. Tass gigota entre les mains du chevalier qui le tenait prisonnier.

— Je veux voir ! supplia-t-il. S'il vous plaît ! Vous pourrez me tuer après, je vous le jure. Parole de kender. Mais laissez-moi y aller !

Ariakan se dirigea vers la sortie criant des ordres :

— Réunissez mes commandants ; je veux qu'ils me fassent un rapport détaillé. Je parlerai aux dragons moi-même. Envoyez chercher le Seigneur du Crâne.

— Que faisons-nous des prisonniers, seigneur ? demanda quelqu'un.

Ariakan eut un geste impatient.

— Je m'en...

— Tuez-les ! hurla Lilith en lui agrippant le bras. Tuez-les tout de suite ! C'est leur faute ! Je l'ai vu dans mes pierres !

Ariakan se dégagea, mécontent.

— Puisse notre reine vous emporter, vous et vos maudites pierres ! grogna-t-il en la repoussant.

Lilith tenta de conserver son équilibre, mais elle trébucha sur le Bâton de Magius et s'étala à terre, sous une herse.

Une quatrième explosion. Affaiblies par l'onde de choc des précédentes, les lourdes chaînes cédèrent. La herse s'abattit sur le corps de la magicienne. Ses barreaux, affûtés pour percer la peau écailleuse des dragons, entrèrent dans sa chair sans difficulté.

Lilith poussa un hurlement atroce ; du sang jaillit de sa bouche. Elle étreignit faiblement le Bâton de Magius ; ses yeux roulèrent dans ses orbites.

Ariakan la dévisagea, horrifié. Il était très pâle sous sa barbe noire.

— J'ai vu mourir beaucoup de gens, mais jamais encore de cette façon. Puisse notre reine avoir pitié de son âme. ( Il regarda autour de lui. ) Majere, viens ici. N'aie pas peur. Ce dont tu nous as parlé dans la cour, à propos de l'attaque du Chaos, est-ce le commencement ?

Palin hésita.

— Je le crois, seigneur, mais je ne puis en être certain.

Ariakan essuya la sueur qui lui couvrait le front.

— Il faut que nous ayons une petite conversation ensemble. Lumlane, tu viens avec nous.

Palin désigna Usha et Tass.

— Je refuse de quitter mes amis. Je veux être certain qu'il ne leur arrivera rien.

— Qu'ils viennent aussi, grogna Ariakan, irrité. Dépêchons-nous de sortir d'ici avant que tout ne s'écroule sur nos têtes.

— Et je veux récupérer mon bâton, poursuivit le jeune mage.

— Prenez-le ! Je doute que quelqu'un en veuille encore après ce qui s'est passé. Lumlane, quand il aura fini, conduisez-le à mes quartiers.

— Oui, seigneur.

Ariakan sortit, flanqué de ses hommes, laissant les quatre compagnons seuls. Palin se dirigea vers l'endroit où gisait le cadavre de Lilith.

Le bâton l'avait-il tuée ? L'avait-il délibérément attirée dans un piège ? Ou s'agissait-il d'un simple accident ? Prenant une longue inspiration, le jeune mage tendit une main tremblante vers l'artefact ; il le dégagea avec précaution, comme s'il craignait que la main de Lilith ne vienne avec.

Lorsqu'il se redressa, une silhouette vêtue de noir se tenait devant lui.

— Mon oncle ? s'écria-t-il, stupéfait.

— Bien joué, mon neveu, dit Raistlin.

Steel porta la main à son épée. Palin ouvrit la bouche pour parler, mais un grondement sourd qui semblait provenir des entrailles mêmes de la terre fit trembler le sol sous ses pieds.

— Je n'ai pas le temps de répondre à tes questions, dit Raistlin en lui saisissant le poignet. ( Il fit signe à Usha et Tass de les rejoindre. ) C'est Dalamar qui m'a envoyé. Il nous attend à la Tour de Haute Sorcellerie.

— Tu n'iras nulle part, Palin, dit Steel d'un air menaçant. Toi et ton oncle, vous allez m'accompagner chez le seigneur Ariakan.

Palin hésita.

— J'ai promis de lui parler, expliqua-t-il à Raistlin.

— Le temps n'est plus aux bavardages, objecta l'archimage. La bataille a commencé. ( Il se tourna vers Steel. ) On a besoin de ton épée ailleurs, fils de Sturm de Lumlane. Laisse-nous partir en paix.

Steel serra les dents et ne bougea pas d'un pouce. Raistlin se dirigea vers lui.

Il dégaina.

— Je reconnais cette épée, dit l'archimage. C'est celle de ton père, n'est-ce pas ? Je n'ai jamais beaucoup aimé Sturm de Lumlane, avec sa façon de me jeter à la figure ses histoires de noblesse et d'honneur chevaleresque.

« Puis j'ai découvert quelque chose de très intéressant à son sujet. Il nous avait menti. Il n'était pas plus chevalier que moi. Il a été adoubé peu de temps avant sa mort. Toutes les années où il a porté son épée et son armure, il l'a fait sans en avoir le droit. ( Raistlin haussa les épaules. ) Tu sais quoi ? Je l'en apprécie davantage.

— Parce qu'il s'était abaissé à votre niveau ? demanda Steel, les yeux lançant des éclairs.

— Il ne m'étonne pas que tu le penses, dit Raistlin avec un sourire amer. Mais tu te trompes. Ton père a menti à tout le monde, sauf à lui-même. Dans son cœur, il était bel et bien un chevalier. Il avait davantage droit à ce titre que la plupart de ceux qui le portaient.

« Il obéissait à des lois que personne n'était là pour faire respecter, vivant selon un code d'honneur auquel personne ne croyait. Il avait prêté un serment que nul n'avait entendu, sinon lui et son dieu. Mais il s'est forcé à le respecter, parce qu'il se connaissait. Il savait qui il était.

« Et toi, Steel de Lumlane, sais-tu qui tu es ? ( Une étrange lueur s'alluma dans les yeux dorés de Raistlin. ) Le sais-tu ?

Toute couleur déserta le visage du jeune chevalier.

Il ouvrit la bouche, mais aucun son n'en sortit. Une larme roula sur sa joue. Il baissa la tête et ses longs cheveux noirs tombèrent devant lui tel un rideau.

D'un mouvement rageur, il rengaina son épée. Il fit demi-tour et, sans jeter un regard à Palin, s'élança vers les portes de bronze.

# 18

# TOUS POUR UN !

Raistlin était debout près d'une des fenêtres de son ancien bureau, au sommet de la Tour de Haute Sorcellerie de Palanthas. Il avait été surpris de constater combien la pièce avait peu changé en son absence. Dalamar avait prélevé quelques objets magiques, pour son propre usage ou celui des apprentis. Mais ses livres de sorts s'alignaient toujours contre les murs ; son bureau sculpté se dressait encore au milieu de la pièce ; le tapis, bien qu'usé, n'avait pas bougé d'un pouce.

— Quelle est cette étrange lueur au nord ? s'enquit-il en plissant les yeux.

— L'Océan Turbidus est en flammes, répondit Dalamar depuis l'autre côté de la pièce où il passait en revue le contenu d'une étagère.

— Quoi ? s'écria Palin en bondissant de sa chaise. Comment est-ce possible ?

— Je veux voir ! s'exclama Tass en se précipitant vers la fenêtre.

— Les membres du Conclave envoyés sur place nous ont dit qu'une faille s'était ouverte entre l'Ansalonie et les Iles Draconiennes, expliqua Dalamar sans se retourner. Elle crache des flammes ; l'océan s'évapore ; d'innombrables dragons de feu montés par des démons et des ombres apparaissent. Déjà, les armées du Chaos assaillent la Tour du Grand Prêtre et les nains de Thorbardin. Bientôt, elles s'en prendront à tous les lieux stratégiques d'Ansalonie.

— Qu'as-tu fait du livre ? demanda Raistlin, impatient.

— Je ne le trouve pas, s'excusa l'elfe noir.

— Et... Et mon peuple ? balbutia Usha, les lèvres tremblantes. Il vit tout près d'ici. Que va-t-il lui arriver ?

— Ton peuple est responsable des catastrophes en cours, répondit sèchement Raistlin.

Usha se recroquevilla dans son fauteuil.

— Que fait le Conclave ? s'enquit Palin, sans remarquer l'air misérable de sa compagne.

— Il essaie de déterminer la nature de ces créatures magiques afin de mieux les combattre. Hélas, il semble que ça ne puisse être réalisé que par une confrontation directe. En tant que chef du Conclave, je me suis porté volontaire, dit Dalamar.

— Une mission bien dangereuse, fit remarquer Raistlin, et dont tu as peu de chances de revenir.

L'elfe noir haussa les épaules.

— Si je ne trouve rien, le monde entier est condamné, et moi avec.

— Je vous accompagne, seigneur, offrit Palin. Je ne suis pas très puissant, mais je pourrai peut-être vous aider.

— Non, jeune mage. Ce ne sera pas nécessaire. Le chef des Robes Blanches, Dunbar, viendra avec moi, ainsi que Jenna. Même si nous échouons, nos découvertes devraient parvenir au Conclave à temps pour que celui-ci puisse faire quelque chose.

— Il sera déjà trop tard pour les défenseurs de la Tour du Grand Prêtre, fit observer Raistlin.

— Dommage que Tanis ne soit pas là, soupira Tass. Il trouvait toujours une solution.

— Tanis Demi-Elfe livre sa propre bataille dans un autre plan, dit Raistlin. Tout comme les elfes, les nains et les kenders dans celui-ci.

— Tu veux dire qu'ils attaquent Kenderfoule ? s'écria Tass, les yeux écarquillés.

— Aucun endroit sur Krynn n'est à l'abri de leur fureur, répondit Dalamar. Tous les êtres vivants, quelle que soit leur allégeance, devront oublier leurs querelles et joindre leurs forces pour survivre.

— Renvoie-moi à la maison, supplia Tass. Laurana m'a appris à être général. Je connais des tas de trucs importants : par exemple, il ne faut pas sonner la retraite au début de la bataille. Même si c'est une jolie musique, ça décourage les troupes. Je veux aider à défendre Kenderfoule !

— Je crains que Kenderfoule ne doive se débrouiller sans ton aide, contra Raistlin. Palin et toi avez une mission très importante à accomplir.

— Ouah ! Tu as entendu ça ? s'écria Tass, tout excité, en se tournant vers le jeune mage.

— J'ai entendu, confirma Palin, l'air peu enthousiaste.

— Le voilà ! s'exclama Dalamar derrière eux.

L'elfe noir sortit un gros volume d'une étagère et le porta jusqu'au bureau. Raistlin s'approcha et entreprit de le feuilleter.

— Ici, dit-il, tapotant un paragraphe de l'index. Je ne m'étais pas trompé.

Dalamar parcourut la page, ses lèvres remuant en silence. Se sentant inutile, Palin se dirigea vers Usha et lui posa une main sur l'épaule. La jeune femme s'accrocha à lui comme à une bouée de sauvetage.

— J'ai peur pour eux, souffla-t-elle, la gorge nouée. Cette lueur... C'est la même que celle qui entourait l'île le soir de mon départ. Mais elle est beaucoup plus vive à présent. J'ai si peur, Palin. Ton oncle a raison : c'est de leur... de *notre* faute si le Chaos ravage Krynn !

— Ne t'inquiète pas, dit gentiment Palin. La magie des Irda est puissante. Lorsque je reviendrai...

— Lorsque tu reviendras ? s'écria la jeune femme. Où vas-tu ? Je veux t'accompagner !

— Je crois que ça règle la question, dit Dalamar en se redressant.

Raistlin ouvrit la bouche pour répondre, mais il fut pris d'une quinte de toux.

On toqua à la porte. Jenna entra dans la pièce sans attendre qu'on l'y invite.

— Dalamar, dit-elle avec calme, il est l'heure. J'ai tous les composants de sorts et les parchemins que tu m'as réclamés.

— Je dois y aller, expliqua l'elfe noir en se tournant vers Raistlin. Nous n'avons plus de temps à perdre. *Shalafi*, donnerez-vous leurs instructions à Palin et au kender ?

Raistlin acquiesça. Dalamar et Jenna firent de brefs adieux ; ils se prirent la main, incantèrent et disparurent. Palin soupira.

— Où dois-je aller, mon oncle ? s'enquit-il. Quelle est ma mission ?

Raistlin lui fit signe d'approcher et désigna une image dans le livre que Dalamar et lui étaient en train de parcourir.

— Tu dois retrouver ceci.

— La Gemme Grise ! souffla Palin. Mais... les dieux ont dit qu'elle était cassée.

— Elle l'est. A toi de la réparer. D'abord, tu devras la voler à ses gardiens. Le kender et la fille t'accompagneront.

— Non ! protesta Palin. C'est trop dangereux.

— Il le faut. Usha est la seule qui connaisse le chemin.

— A la maison ! balbutia la jeune femme en se redressant. Je vais rentrer à la maison.

— Viendras-tu avec nous, mon oncle ? s'enquit Palin, vaincu.

— Mes pensées vous accompagneront. Je regrette de ne pouvoir faire plus, ajouta Raistlin, devant l'air déçu de son neveu, mais je n'appartiens plus à ce monde. Je ne peux agir qu'à travers toi.

Palin baissa la tête.

— Ta confiance me touche, mais... Pourquoi moi ? Des mages plus puissants auraient pu...

— Ils sont occupés ailleurs, mon neveu, coupa Raistlin. Des Robes Rouges aux Robes Grises, des Blanches aux Noires, des archimages aux apprentis. Le Conclave t'a désigné pour cette mission à cause de ta relation avec Usha et des liens qui t'unissent à moi. En outre, tu possèdes le Bâton de Magius, et tu as déjà réussi à contrôler la Gemme.

— Plutôt à la berner, grommela Palin. Avec l'aide de Dougan Rougemartel.

— Tu auras de l'aide cette fois encore, dit Raistlin en jetant un coup d'œil à Tasslehoff, très intéressé par une statuette posée sur la cheminée.

Palin se rapprocha de son oncle.

— Je ferai exactement ce que tu me diras, souffla-t-il à voix basse. Et je comprends qu'Usha doive m'accompagner. Mais est-ce la place d'oncle Tass ? Je l'aime beaucoup, seulement c'est un kender et...

Raistlin posa une main sur l'épaule du jeune homme.

— Justement. Les kenders possèdent une qualité dont tu auras besoin, mon neveu. Ils ignorent la peur. Là où tu vas, ce sera un atout inestimable.

# 19

# LE TONNERRE ET LES FLAMMES.

Palanthas était en effervescence. Au milieu de la matinée, plusieurs navires avaient pénétré dans le port. Les hommes d'équipages, paniqués, racontaient que la lueur rouge, dans le ciel, provenait d'un terrible incendie magique qui consumait l'océan. Bientôt, les citoyens se massèrent sur les quais pour entendre leurs histoires et contempler l'étrange et mortel coucher de soleil.

Puis un messager rapporta que les Monts Vingaard étaient en flammes et que la Tour du Grand Prêtre venait d'être attaquée par une force inconnue. Déjà, un épais banc de fumée se dirigeait vers la ville. Si le vent se levait, l'incendie risquait de se propager jusqu'à Palanthas.

— Crois-tu que tu retrouveras ton bateau ? demanda Palin à Usha alors qu'ils franchissaient le portail de la Vieille Ville et prenaient la direction de la mer.

— Oh, oui. Je me rappelle où il est, et j'ai payé un nain pour le surveiller.

Une foule dense semblable à un mur vivant leur barrait la route. Le front ruisselant de sueur, les citoyens s'éventaient en échangeant des rumeurs d'une voix basse et surexcitée.

Les deux jeunes gens pensaient avoir du mal à se frayer un chemin. A la vue du kender, les badauds s'écartèrent. Quelques « Attention ! » ou « Rends-moi ça ! » s'élevèrent de-ci, de-là.

Des drapeaux rouges pendaient au bout de leur mât à cause de l'absence de vent. Les marins s'en moquaient : aucun d'eux ne se serait risqué en mer dans des circonstances pareilles. Usha ignorait tout de la signification de ces drapeaux. Elle ne savait qu'une chose : elle allait enfin rentrer chez elle. Aussi horrible que soit la vérité, elle voulait la découvrir.

Elle ne mit pas longtemps à localiser son bateau, auquel Palin jeta un coup d'œil critique.

— Il semble petit pour s'aventurer en haute mer.

Le jeune homme parcourut la baie du regard. Il n'y avait décidément pas un souffle de vent. Pas un goéland ne planait au-dessus des flots. Malgré les éclairs et les grondements venant de l'est, aucun nuage n'assombrissait le ciel. L'étrange lueur rouge se reflétait dans la mer pour lui donner la couleur du sang. Palin secoua la tête.

— De toute façon, nous ne pouvons pas ramer jusqu'à ton île. Il va falloir trouver un autre moyen.

— Ne t'inquiète pas : mon bateau est magique, affirma Usha, confiante. Il me ramènera à la maison.

Elle sauta à bord et entreprit de vérifier l'état de la petite embarcation. Palin se demanda si des gens tenteraient de les empêcher de partir et regarda autour de lui, l'air inquiet. Tass s'assit au bord du quai, les jambes pendantes.

— Flint détestait l'eau, dit-il en hochant la tête. Il ne comprenait pas la raison de son existence. « Réorx nous a donné la bière, disait-il toujours. Il aurait dû s'arrêter là. » Je lui ai expliqué que les bateaux ne flottaient pas bien sur la bière. Enfin, je n'ai jamais essayé... mais je suppose que la mousse gênerait. De toute façon, Flint détestait aussi les bateaux, peut-être parce qu'il avait failli se noyer une fois en tombant de l'un d'eux. T'ai-je déjà raconté cette histoire, Palin ? Ce jour-là, ton père...

— Ne parlons pas de noyade, coupa le jeune homme. Ni de mon père.

Avant de quitter Raistlin, il lui avait demandé si Caramon savait ce qu'il était sur le point de faire. L'archimage avait répondu oui : il s'était chargé de l'en informer.

— Et qu'a-t-il dit ?

— Quand tout sera terminé, ta mère et lui t'attendraient pour dîner à la maison.

Palin était heureux que son père ait foi en lui. Il sentit qu'on le tirait par la manche.

— Dis, chuchota Tass, tu ne crois pas qu'Usha va être très malheureuse en découvrant ce qui s'est passé chez elle ? D'après les dieux, ça ne doit pas être beau à voir...

— Oui, oncle Tass, répondit le jeune homme avec calme. Elle sera très malheureuse.

— Ne devrions-nous pas essayer de... de la préparer ? suggéra le kender.

Palin regarda Usha qui s'affairait dans le bateau pour leur faire de la place.

— Elle sait déjà, oncle Tass. Elle sait déjà.

*
* *

Personne ne tenta de les arrêter lorsqu'ils larguèrent les amarres. Nul ne remarqua leur départ ; les habitants avaient d'autres problèmes.

Le vent pour lequel ils avaient prié tout l'été venait de se lever. Mais il n'apportait que la terreur. Les flammes dévalaient le flanc des Monts Vingaard, se dirigeant vers la ville.

Les cloches sonnèrent. Les citoyens se précipitèrent chez eux et commencèrent à faire leurs paquets. La fumée leur piquait les yeux, les cendres planant dans l'air les faisaient tousser.

Debout à l'arrière du bateau, Palin tenta d'imaginer la ville en proie aux flammes. Il songea à son oncle, seul dans la Tour de Haute Sorcellerie. Tous les apprentis étaient déjà partis à Wayreth, mais Raistlin veillait près du Bassin de Vision.

— Je te surveillerai et tenterai de te guider, avait-il promis à Palin avant son départ.

Dans la Grande Bibliothèque, Astinus devait continuer à écrire fiévreusement, tandis que Bertrem et ses frères s'affairaient à empaqueter leurs précieux ouvrages. Mais pour quoi ? Pour qui ? Quand tout serait terminé, il ne resterait peut-être personne pour les lire.

— Ça y est, nous sommes partis ! s'exclama joyeusement Tasslehoff.

*Oui. Partis vers une île en ruines, et vers notre propre mort,* songea Palin, sinistre.

— Tu sais, ajouta le kender avec un soupir ravi, il n'y a rien de plus excitant qu'un nouvel endroit à visiter.

## 20

## LE SOLEIL NE BOUGE PLUS.

Ils sortirent de la Baie de Branchala et pénétrèrent dans l'Océan Turbidus poussés par le vent qui rabattait les flammes sur Palanthas. Puis, aussi vite qu'il était apparu, celui-ci retomba. Usha saisit le gouvernail et fit pivoter le bateau vers le nord.

— A la maison, ordonna-t-elle.

La petite embarcation prit rapidement de la vitesse. Tass, qui s'était tenu debout à la proue pour mieux sentir l'écume sur sa figure, fut projeté dans le fond de la coque, où un rouleau de corde amortit sa chute.

Les trois compagnons se pelotonnèrent les uns contre les autres. De l'eau pénétrait dans le bateau, et ils furent bientôt trempés. Palin avait peur qu'ils coulent, mais Usha le rassura. Epuisés par les émotions des derniers jours, les jeunes gens ne tardèrent pas à s'assoupir.

*
* *

— Le bateau ralentit, dit une voix excitée. Je crois que nous arrivons.

Usha bâilla et se frotta les yeux. Palin se redressa et contempla le soleil, très bas à l'horizon.

— Apparemment, nous avons dormi toute la journée, constata-t-il. C'est le crépuscule.

— Il dure depuis un sacré moment, fit remarquer Tass.

— Que veux-tu dire ?

— J'ai veillé ces trois dernières heures, et le soleil n'a pas bougé d'un pouce.

Palin sourit.

— Ça doit faire moins longtemps que ça. Tu sais à quel point les minutes semblent longues quand on s'ennuie.

Il se tourna vers la proue ; une mince ligne de ténèbres se découpait contre le ciel ensanglanté.

— Ce doit être ton île, Usha, dit-il alors que sa compagne le rejoignait.

— Les arbres ont l'air bizarre, non ? fit remarquer Tass.

Usha fronça les sourcils. Le bateau se rapprocha.

— Vénéré Paladine, souffla Palin.

— Oh, dit Tass d'une petite voix. Ils sont tous brûlés.

— La magie ne fonctionne plus, lâcha Usha, la gorge serrée. Le bateau nous a conduits au mauvais endroit. Ce n'est pas ma maison.

Pourtant l'embarcation se dirigeait vers l'île.

— Je suis désolé, dit Palin en prenant la main de la jeune femme.

Celle-ci se dégagea et se précipita vers le gouvernail pour tenter de modifier la trajectoire du bateau. Sans succès. Elle poussa un hurlement et, le visage inondé de larmes, martela le gouvernail de coups de poings. L'embarcation tangua. Palin ceintura la jeune femme.

— Calme-toi. Tu vas nous faire chavirer.

— Ça m'est égal, sanglota Usha. Ça m'est égal si nous mourons tous.

— Bien sûr que non, chantonna Palin en la serrant contre lui.

Quand le bateau accosta, l'accès d'hystérie de la jeune femme avait cédé la place à un calme presque effrayant. Elle sauta sur la plage où, un mois plus tôt, avaient débarqué les Chevaliers de Takhisis. Le sable blanc avait viré au noir, à moins qu'il ne fût simplement couvert de cendres.

Palin aida Tass à mettre pied à terre. Lorsqu'il reporta son attention sur Usha, celle-ci courait à toutes jambes vers ce qui avait dû être une forêt. Il s'élança à sa suite, mais sa robe mouillée le gênait, et il se fit distancer.

Il n'eut pas de mal à suivre la piste de sa compagne : ses empreintes, profondes de plusieurs pouces, s'enfonçaient dans un champ de souches noircies, de branches tordues, d'herbes calcinées. Une puissante odeur de bois brûlé le prit à la gorge.

Arrivant à l'angle d'un mur de pierre, il s'arrêta pour regarder autour de lui. Tass, haletant, s'immobilisa quelques pas derrière lui.

— Palin ! appela-t-il d'une voix étranglée.

Le jeune mage fit volte-face : Tass désignait quelque chose sur sa droite. Il n'eut pas besoin d'approcher pour savoir ce que c'était.

Les restes d'un cadavre gisaient près de ce qui avait dû être la porte d'une maison, comme si les flammes avaient rattrapé leur victime alors qu'elle tentait de fuir le brasier.

— Ça ressemble à Que-Shu après le passage des dragons, murmura Tass, impressionné. La chose la plus triste que j'aie jamais vue... jusqu'à aujourd'hui. Crois-tu qu'ils... Qu'ils soient tous morts ?

— Nous devons retrouver Usha, déclara Palin en guise de réponse.

Il prit Tass par la main ; tous deux se mirent en quête de la jeune femme.

Ils la trouvèrent plantée devant les restes d'une autre maison effondrée, dont il ne restait que des gravats noircis. Elle ne pleurait pas, ne bougeait pas.

Palin s'avança vers elle et l'enlaça. Le corps raidi, la peau glacée, les yeux grands ouverts, sa compagne était pétrifiée.

— Usha, appela-t-il, effrayé. Usha, ne fais pas ça...

La jeune femme était livide sous son masque de suie. Une larme roula sur sa joue, creusant un sillon grisâtre au milieu des cendres.

— Je suis désolé, dit gentiment Palin. Ils ne sont peut-être pas tous morts...

— Si, répondit Usha d'une voix atone. Le Protecteur le savait, c'est pour ça qu'il m'a éloignée de l'île.

— Certains d'entre eux ont pu s'échapper.

La jeune femme secoua la tête.

— Ils n'auraient jamais abandonné les autres.

La lueur sanglante du soleil traversait les arbres squelettiques. Un rayon tomba dans les yeux dorés d'Usha et les fit étinceler comme du bronze.

Le soleil...

— Tass avait raison ! s'étrangla Palin. Le soleil ne bouge pas ! Oncle Tass, tu... Oncle Tass ?

Il regarda autour de lui. Le kender avait disparu.

## 21

## DOUGAN ROUGEMARTEL.

Tass regarda Palin enlacer Usha. Le véritable amour — pour les spectateurs — a tendance à devenir vite ennuyeux. L'attendrissement du kender se mua bientôt en une furieuse envie de se trouver ailleurs.

Justement, un chemin serpentait entre les souches brûlées. Or...

— ... Tous les chemins mènent quelque part, dit Tass, citant un vieil adage kender. Celui-ci me conduira peut-être à la Gemme Grise.

Il faillit avertir Palin de son départ, puis se dit que le jeune homme ne voudrait sans doute pas être dérangé. Aussi s'éloigna-t-il sans plus de cérémonie.

— Je me demande à quoi ressemble la Gemme, réfléchit-il à voix haute. C'est une bonne chose qu'elle soit déjà cassée... Cette fois, personne ne pourra dire que c'est ma faute !

Il avait bien entendu Raistlin parler de « gardiens », sans y faire très attention. Les joyaux étaient toujours surveillés, souvent par des gens qui n'appréciaient pas beaucoup les kenders. Tass ne comprenait pas pourquoi, mais il s'y était habitué.

Il poursuivit son chemin. De chaque côté du sentier se dressaient des dunes noires... des tas de cendres. Alors, Tass aperçut quelqu'un accroupi derrière une souche.

C'était un nain, richement vêtu, dont les beaux habits étaient couverts de suie. La plume de son chapeau pendouillait. Tournant le dos à Tasslehoff, il semblait observer quelque chose.

— Ça alors ! murmura le kender. Mais c'est Dougan Rougemartel !

Soucieux de ne pas effrayer le nain, il s'approcha et lui tapa poliment sur l'épaule.

Dougan fit un bond étonnant pour quelqu'un de sa corpulence. Tass trébucha et tomba. Le nain se tourna vers lui.

— Toi ! grommela-t-il, rouge de fureur, en reprenant contenance. Que fais-tu là ?

— Raistlin m'a envoyé, claironna fièrement Tass.

Dougan le bâillonna d'une main.

— Plus bas ! aboya-t-il dans son oreille. Elles sont tout près. Je ne suis pas certain qu'elles puissent nous entendre, mais mieux vaut ne pas prendre de risques. Tu disais ?

— Je disais que Raistlin m'a envoyé, répéta obligeamment Tass.

— Toi ! s'exclama à nouveau Dougan, sur un ton que le kender jugea rien moins qu'amène.

— Hé, je suis un Héros de la Lance, crut-il bon de rappeler. J'ai combattu des dragons et capturé un prisonnier, même si Flint pense le contraire. J'ai sauvé Sestun des griffes d'un dragon rouge ; je suis descendu dans les Abysses deux fois et...

— Assez ! ( Dougan se passa une main sur la figure. ) Je suppose que je vais devoir faire avec, grommela-t-il. Un kender, pfft ! Pourquoi pas une colonie de gnomes, pendant qu'on y est ! Allons, viens ici. J'ai quelque chose à te montrer. Tâche de tenir ta langue.

Tass s'exécuta, non parce qu'un dieu le lui avait ordonné, mais parce que le spectacle qui s'offrait à sa vue lui coupa la chique.

Au centre d'un cercle de pins noircis, se dressait un tas de bois inexplicablement épargné par les flammes. A sa base, quelque chose brillait d'une lueur rouge...

— Est-ce la Gemme Grise ? chuchota Tass.

— Plutôt ce qu'il en reste, répondit le nain, l'air sombre. Ses deux moitiés gisent sous l'autel. J'ai réussi à les Lui cacher. Il les a cherchées partout, mais Il ne les a pas trouvées, ce qui m'a donné à réfléchir.

— Réfléchir à quoi ? demanda Tass.

— Peu importe. Il nous faut d'abord la récupérer.

— Ça n'a pas l'air très difficile. Qui pourrait nous en empêcher ?

— Eux, dit Dougan en faisant un geste vers l'autel brisé.

Tass plissa les yeux. Il ne vit ni dragons, ni draconiens, ni gobelins, ni ogres, ni kobolds, ni chevaliers de la mort, ni banshees, ni guerriers squelettes ou autres gardiens habituels des joyaux sacrés. Il n'y avait pas même un soldat, ce qu'il s'empressa de faire remarquer à Dougan.

— Tu as encore forcé sur l'eau-de-vie naine, hein ?

— Mais non ! se défendit Dougan, indigné. Regarde mieux : là, entre les arbres.

— Je ne vois rien à part des ombres.

— Exactement, approuva le nain. Ce sont des ombres guerrières, fidèles servantes du Chaos. Elles sont faites avec les trous qui existent dans la trame de la réalité. Leur royaume est le plan de la non-vie. Si elles te touchent, tu deviens comme elles : un morceau de néant. Tel est le sort que réserve le Chaos à notre monde.

Tass frissonna.

— Tu... Tu en es sûr ? dit-il en se massant l'estomac, comme pour chasser l'espèce de boule qui venait de s'y former.

— Hélas oui, mon garçon, soupira Dougan. C'est ce qu'Il a promis, et il tient toujours ses promesses.

— Tu penses qu'en récupérant la Gemme Grise, nous pourrons l'arrêter ?

— A vrai dire, je n'en suis pas sûr. C'est mon

idée, et comme personne n'en a proposé de meilleure, nous avons décidé de tenter le coup.

— Bon. Alors, on attend quoi ? dit résolument le kender. ( Il fouilla ses sacoches. ) Il se trouve que je possède un artefact très puissant...

— Vraiment ? demanda Dougan, reprenant espoir.

— Oui. C'est mon oncle Chausse-Trappes qui me l'a donné.

— J'aurais dû m'en douter, grommela le nain. Et de quoi s'agit-il ?

— Tu vas voir. Non, ça, c'est un lézard séché, enfin, je crois. Un mouchoir avec les initiales FB ; je me demande à qui il appartient. Ah, la voilà ! ( Tass brandit triomphalement sa découverte. ) La Cuillère à Repousser les Morts-Vivants !

Dougan leva les yeux au ciel.

— A repousser les carottes-zombies, tu veux dire..., ricana-t-il. Mais il m'étonnerait beaucoup que ça marche.

— Ah, vraiment ? lança Tass, vexé. Regarde !

Et, sans hésitation, il s'avança, brandissant tel un étendard la cuillère à thé de Dalamar.

## 22

## TASS A DES ENNUIS. LE PLAN DE DOUGAN.

— Oncle Tass ! Où es-tu ?

Se maudissant d'avoir perdu le kender de vue, Palin fouilla les environs et ne tarda pas à découvrir de petites empreintes.

— Où mène ce chemin ? demanda-t-il à Usha.

— Je ne sais pas, répondit tristement la jeune femme. Tout a l'air si différent... Mais je crois qu'il va vers l'autel que nous avions bâti pour la Gemme Grise.

Palin étouffa un juron, serra son bâton et fit signe à sa compagne de le suivre.

Ils étaient les seules taches de couleur vive dans un monde qui n'en comportait plus que trois : le noir des arbres et des pierres, le gris des cendres et le rouge du ciel. Lorsqu'ils atteignirent le cercle de pins, Palin aperçut un tas de bois et, sur une gemme, un reflet qui aurait pu être celui du soleil. Puis une ombre s'interposa entre les arbres et lui. Il se figea tel le lapin qui sent qu'un faucon le survole.

Bien qu'intense, sa terreur fut passagère. L'ombre disparut entre les pins. Il frissonna et, malgré la chaleur, resserra sa robe autour de lui. Il voulut demander à Usha si elle avait éprouvé la même chose, mais l'attention de la jeune femme était rivée sur une silhouette tapie derrière une souche.

— Regarde, Palin ! N'est-ce pas Dougan Rougemartel ?

— Si. Je me demande bien où est Tass...

Ils avaient parlé à voix basse, mais le nain se retourna et leur fit signe d'approcher.

— Dépêchez, dit-il d'une voix pressante.

Palin s'exécuta avec la sensation désagréable que quelqu'un l'épiait. Il repéra aussitôt le kender, qui avançait vers le centre du bosquet.

— Oncle Tass ! Reviens ! dit-il, se levant pour aller le chercher.

Dougan le retint par la manche.

— Non, mon garçon. Tu ne peux plus rien pour lui. J'ai tenté de l'avertir, mais...

Les épaules du nain s'affaissèrent ; il baissa la tête.

— Au nom de tout ce qui est saint, qu'est-il en train de faire ? s'exclama Palin.

Tass marchait à pas mesurés, l'air solennel, brandissant quelque chose d'argenté.

— Une cuillère ? s'étonna le jeune mage. Je ne... Oh, non ! ( Il pâlit brusquement. ) Il n'a pas compris... C'était mon oncle qui repoussait les spectres ! Qu'espère-t-il donc ?

— Récupérer la Gemme Grise, soupira Dougan en tirant sur sa barbe. Elle est là, sous les restes de l'autel. Gardée par les ombres guerrières.

— Les ombres guerrières ? répéta Palin sans comprendre.

Le nain hocha la tête, l'air grave.

— Des créatures du Chaos, capables de faire disparaître un être comme s'il n'avait jamais existé, physiquement *et* dans le souvenir de ceux qui l'ont connu. Si elles t'attrapaient, personne ne te pleurerait, personne ne prierait pour le repos de ton âme... pas même ta mère.

— Palin ! appela Usha. Je crois qu'elles ont vu Tass !

Sans se laisser distraire, le kender continua à avancer.

— Hors de mon chemin, monstres suceurs d'âme ! Déguerpissez ou subissez le courroux de ma cuillère ! Fuyez avant que l'argenterie de mes ancêtres ne se déchaîne contre vous !

— Tass ! cria Usha.

— Chut ! lui intima Dougan, lui plaquant une main sur la bouche. Elles arrivent !

Les ténèbres venaient de glisser entre les pins, aspirant la lumière, le son, la couleur, le mouvement et l'espoir. Quatre formes imprécises convergèrent vers le kender, oblitérant le soleil, les arbres, le ciel et le sol.

— Regardez ! chuchota Dougan, très excité. Elles laissent la Gemme sans surveillance !

— Imbécile de kender, marmonna Palin en cherchant vainement dans son arsenal de sorts quelque chose qui lui permette de détruire les ombres.

Dougan se tourna vers Usha, les yeux brillants.

— A toi de jouer, petite. Tu as été entraînée pour ça ; d'après Jack Neuf-Doigts, tu étais une des meilleures. Va chercher la Gemme Grise.

— Pourrons-nous nous en servir pour protéger Tass ? s'enquit Usha.

— Peut-être. En tout cas, ajouta Dougan un ton plus bas, ça ne coûte rien d'essayer.

— Essayez donc de me changer en *rien* ! s'exclama le kender d'une voix qui tremblait légèrement. Si vous croyez que je vais vous laisser faire ! Vous pouvez prendre vos ténèbres et vous les mettre là où le soleil ne brille jamais !

Les ombres se rapprochaient.

— Maintenant ! ordonna Dougan.

Ignorant les protestations de Palin, Usha posa ses sacoches et, après avoir posé un baiser sur la joue de son compagnon, se glissa furtivement entre les arbres.

— Je croyais que tu étais un dieu, fulmina le mage en se tournant vers Dougan. Pourquoi n'interviens-tu pas ?

— C'est ce que je viens de faire, protesta le nain. Envoyer la fille chercher la Gemme était mon idée !

— Je veux dire, contre ces créatures !

— Oh... Vois-tu, mon garçon, elles sont formées de la même matière que moi. Ce sont des êtres d'essence divine. Et bien que je sois immortel dans ton plan, je ne le suis pas dans le leur. Que deviendrait le monde si elles me détruisaient ?

— Je n'en sais rien, répondit froidement le jeune mage. On fait l'expérience ?

Dougan se gratta la barbe.

— Tu ferais mieux d'aller aider ton ami le kender. On dirait qu'il a des problèmes.

— S'il lui arrive quelque chose, je te jure que tu le regretteras ! *Sharak*, ordonna Palin à son bâton.

Il se dirigea vers Tass, le cœur battant, sans oser regarder où était Usha de peur d'attirer sur elle l'attention des ombres.

Passant en revue son catalogue de sorts, il chercha un moyen de sauver Tass en détournant l'attention des créatures. Les ombres étaient-elles sensibles à la lumière ?

Palin plongea la main dans une des bourses qui pendaient à sa ceinture, y prit une petite boule de fiente de chauve-souris, la roula dans le soufre et se prépara à psalmodier un sort de boule de feu.

*
* *

« Concentre-toi sur ton butin, aurait dit Geoffrey le Lynché. Fais-le tien par la pensée avant qu'il soit dans ta main. »

*Autrement dit,* songea Usha, *ne laisse rien te détourner de ton objectif. Pense à la Gemme Grise et à ton désir de l'avoir. Ne songe ni à Palin, ni à Tass, ni aux horribles créatures qui essaieront de te détruire. La Gemme Grise, un point, c'est tout.*

Elle jeta un coup d'œil vers le centre du bosquet.

Tass semblait beaucoup moins sûr de lui à présent. Elle aurait juré que la cuillère tremblait.

— Je n'ai pas peur ! clama-t-il. Vous commencez seulement à m'énerver. Allez-vous-en ! Hé, que faites-vous ? Arrêtez de me ressembler !

Il écarquilla les yeux comme s'il contemplait un spectacle atroce.

Palin sortit d'entre les arbres, le cristal de son bâton projetant une vive lueur blanche.

— La Gemme, petite ! ordonna Dougan depuis sa cachette. C'est le seul moyen de les aider !

Usha prit une longue inspiration et se faufila jusqu'aux ruines de l'autel. On eût dit qu'un poing gigantesque s'était abattu dessus et l'avait fait voler en éclats.

Des larmes montèrent aux yeux de la jeune femme au souvenir des Irda travaillant durant de longues heures pour faire de ce lieu un écrin parfait pour la Gemme Grise. Elle les chassa d'un geste rageur. Son peuple était mort. Elle ne pouvait le ramener du néant. Mais il était encore temps de réparer ses erreurs...

La Gemme gisait sur le sol, fendue en deux telle une vulgaire coquille de noix. Elle était creuse, comme si un ver l'avait dévorée de l'intérieur pendant de longues années. Pourtant, même ainsi, elle demeurait fascinante, si belle qu'elle en devenait laide, si grosse qu'elle en devenait petite, si brillante qu'elle en devenait terne.

Usha la souleva à deux mains, consciente qu'elle était à la fois très lourde et légère comme une plume. Elle allait la glisser dans sa sacoche lorsqu'un cri terrifié lui glaça l'âme.

Palin se tenait devant Tass. La lueur du Bâton de Magius diminuait ; les ombres guerrières se rapprochaient. Déjà, Usha ne distinguait plus que la queue-de-cheval du kender. Seuls les épaules et le visage de Palin émergeaient des ténèbres.

Sur son visage se lisait la même horreur que celle qui avait englouti Tasslehoff.

# 23

## JE NE SUIS PAS RIEN !

Palin approchait de Tass. Au lieu de provoquer ses ennemis, le kender semblait maintenant chercher à se rassurer... un fait sans précédent dans l'histoire de Krynn.

— Je n'ai pas peur ! Vous commencez seulement à m'énerver. Allez-vous-en ! Hé, que faites-vous ? Arrêtez de me ressembler !

Intrigué, Palin regarda les créatures en face pour la première fois...

Et il se trouva nez-à-nez avec lui-même.

— Qui êtes-vous ? demanda-t-il, les lèvres tremblantes.

Les yeux de l'ombre guerrière étaient comme deux puits sans fond.

— Qui êtes-vous ? répéta-t-elle, moqueuse.

— Je suis moi, balbutia Palin.

Déjà, il se sentait faiblir, comme si la créature aspirait son âme.

— Tu n'es rien, dit-elle, parlant avec sa voix. Tu es né du néant, et tu y retourneras.

*Tourne la tête !* ordonna Raistlin à son neveu par l'intermédiaire du bâton. *Ne la regarde pas !*

Palin voulut obéir, sans succès. Les paroles de son sort étaient brouillées par les gouttes de ténèbres qui pleuvaient sur son esprit comme des larmes sur le papier, effaçant peu à peu ses pensées.

Il entendit Usha crier son nom et se demanda à qui la jeune femme s'adressait.

*
* *

— Palin ! Tass ! Fuyez !

Paralysés par la terreur, les amis d'Usha ne réagirent pas à son appel.

— Dépêche-toi, petite, ou ce sera la fin ! l'exhorta Dougan.

— Que... Que puis-je faire ? balbutia la jeune femme.

Elle avait laissé auprès du nain la sacoche contenant ses objets magiques, et elle n'avait pas le temps de retourner la chercher.

— La Gemme ! cria Dougan. Essaie d'emprisonner les ombres ! Je vais t'aider.

Usha doutait de l'efficacité de la manœuvre, mais elle n'avait pas le choix. Tenant une moitié du joyau dans chaque main, elle s'approcha des ombres.

— Ne les regarde surtout pas, l'avertit Dougan. Quoi que tu fasses, ne les regarde pas !

Usha n'en avait pas la moindre envie. Elle fixa le visage déformé par la terreur de son bien-aimé...

Et se retrouva face à elle-même.

— Ne la regarde pas dans les yeux ! hurla Dougan.

La jeune femme cligna des paupières, tentant de se concentrer sur Palin, et d'ignorer la voix qui voulait l'attirer dans les ténèbres. Elle détourna la tête, et, à l'aveuglette, tendit les bras vers son double.

Un froid terrible envahit ses doigts. Elle faillit lâcher la Gemme Grise. La douleur était insupportable. Des aiguilles de glace lui couraient dans les veines. Elle perdait conscience, se sentait glisser dans l'obscurité...

— Attrape-les ! cria Dougan. Emprisonne-les !

En un dernier sursaut de volonté, Usha referma les deux moitiés de la Gemme.

Le froid se dissipa.

La lumière chassa les ténèbres.

Les ombres guerrières disparurent.

La jeune femme regarda autour d'elle, incrédule. Elle baissa les yeux vers la Gemme pressée contre sa poitrine et se mit à trembler.

Dougan arriva en courant, ses bottes soulevant des nuages de cendres.

— Bien joué, petite ! Bien joué ! Nous les tenons ! Enfin, en partie. Donne-moi la Gemme, ordonna-t-il avec empressement.

Usha ne se fit pas prier ; elle avait hâte de se débarrasser du joyau.

— Palin ? souffla-t-elle en prenant le jeune mage par le bras. Palin, tu vas bien ?

Son compagnon avait le regard fixe, les traits figés. Au son de sa voix, il se détendit un peu.

— Palin, dit-il lentement. Je suis Palin.

Usha l'étreignit. Il la serra contre lui, les paupières closes, tremblant de la tête aux pieds.

Dougan se pencha sur Tasslehoff qui, à genoux sur le sol, serrait sa cuillère en sanglotant :

— Je ne suis pas rien ! Je ne suis pas rien !

— Elles sont parties, mon garçon, dit le nain en lui tapant dans le dos.

Tass se mit à tousser. Il renifla et, apercevant Dougan, sourit faiblement.

— Tu me reconnais ? demanda le nain.

— Evidemment. Tu es Réorx.

— Et toi, mon garçon, sais-tu qui tu es ? T'en souviens-tu ?

Tass poussa un soupir de soulagement et ouvrit grand les bras.

— Bien sûr ! Je suis moi !

*

* *

La Gemme Grise reposait dans les mains de Dougan. Soudain, le nain parut très vieux. Ses mains tremblaient ; de profondes rides creusaient son visage. Il avait ôté son chapeau, et sa chemise à moitié déboutonnée pendait hors de ses chausses. Les yeux posés sur la Gemme, il prit une inspiration tremblante.

— Je me souviens du jour où je l'ai créée, soupira-t-il. Je ne voulais qu'un petit morceau de Chaos, l'équivalent d'une mèche de cheveux ou d'une rognure d'ongle. Mais à cette époque, votre monde vivait dans l'ordre, et Il ne pouvait le supporter.

« Ils disent que je L'ai emprisonné par erreur. Ils se trompent. Je crois qu'Il a fait exprès de se glisser dans la Gemme, afin de semer l'anarchie sur Krynn. Au début, Il a pris du bon temps : les guerres, le Cataclysme, les disputes incessantes entre ses enfants...

« Puis les Irda ont tout gâché. En brisant le joyau, ils ont mis un terme à Son petit jeu pervers. Puisqu'Il ne pouvait plus influencer la création, Il a décidé de la détruire. Du moins, tel est mon avis.

— Qu'importe que tout ceci soit la faute du Chaos, la tienne ou celle de Takhisis, Giléan et Paladine. Ce qui compte, c'est d'empêcher la destruction de notre monde, intervint Palin.

— Tu as raison, admit Dougan à contrecœur.

— Il doit y avoir un moyen de vaincre le Chaos, fit remarquer Tass. Maintenant que nous avons la Gemme Grise... Dis, je ne pourrais pas la tenir juste une seconde ? Je te la rendrai tout de suite...

Dougan pressa le joyau contre son sein.

— Va-t'en ! siffla-t-il. Eloigne-toi de moi ! Encore !

— Euh... Si je recule encore, je vais tomber dans le fossé, protesta le kender.

— Bon débarras, grogna Dougan.

— Reste où tu es, oncle Tass, ordonna Palin. Ecoute, Dougan, Réorx ou qui que tu sois, il faut agir. Mais par où commencer ?

— La Tour du Grand Prêtre me semble un bon

choix, répondit le nain. C'est là que le Chaos compte frapper les plus puissants de ses enfants : Paladine et Takhisis. Une fois ceux-ci détruits, et ils le seront si la Tour tombe, il enverra ses démons saccager le reste du monde.

— Dans ce cas, nous devons retourner à Palanthas immédiatement !

— Ne t'inquiète pas pour les chevaliers, mon garçon. Ils bénéficieront d'une aide inattendue. Les autres dieux ne sont pas en train de se tourner les pouces, vois-tu. Mais cet objet... ( Le nain caressa amoureusement la Gemme Grise. ) Cet objet est la clé. Si mon idée est bonne, elle nous permettra de bannir le Chaos et Ses démons. Serais-tu prêt à te sacrifier ?

Tass leva la main.

— Je veux y aller aussi ! Raistlin a dit que je pouvais !

— J'accompagnerai Palin, renchérit Usha. ( Elle jeta un regard autour d'elle. ) De toute façon, rien ne peut être pire que ça.

— On parie ? grommela Dougan dans sa barbe.

— Tous les habitants sont en danger, dit Palin. Si je dois mourir, autant que ce soit en me rendant utile.

— Très bien. ( Dougan tendit devant lui les deux morceaux de la Gemme Grise. ) Ta mission consistera à capturer le Chaos et à l'emprisonner ici.

— Tu es fou ! s'étrangla Palin. Je ne suis pas un dieu !

— Tu peux le faire quand même, insista le nain. Les autres pensent que c'est possible. Mais ils ont des problèmes plus urgents. A part Takhisis, qui lutte toujours pour régner sur ce monde, ils sont préoccupés par leur survie. Elle réussira peut-être. Mais si tu n'agis pas, Sa Majesté règnera sur un tas de cendres.

## 24

## LE GUERRIER NOIR.

Les chevaliers se battaient sous la lueur sanglante d'un soleil qui refusait de se coucher. Des éclairs déchiraient le ciel sans nuages et frappaient le flanc de la montagne, allumant de nouveaux incendies. Une couverture de fumée s'était abattue sur la vallée, masquant la progression des ténèbres surnaturelles qui se dirigeaient vers la Tour du Grand Prêtre. Déjà, elles montaient à l'assaut du mur septentrional, engloutissant les flèches des archers et les javelóts des barbares.

Depuis son poste, Ariakan entendit des cris terrifiés. Pas de bruits de bataille, pas de fracas métallique des armes qui s'entrechoquent, pas d'ordres hurlés par les officiers. Les voix des Chevaliers de l'Epine et du Crâne entonnaient sorts et prières, mais elles s'arrêtaient en plein milieu.

— J'y vais, annonça Ariakan sans tenir compte des protestations de ses commandants.

Il n'avait pas fait trois pas vers le nord que les ténèbres battaient en retraite, glissant le long du mur et entre les arbres pour se mettre à couvert sous le nuage de fumée. Les chevaliers postés sur les remparts poussèrent des cris de victoire jusqu'à ce que la lueur rougeâtre du soleil éclaire l'endroit où se trouvaient leurs camarades quelques minutes plus tôt.

Les défenseurs du mur septentrional avaient disparu. Seuls leurs vêtements épars attestaient qu'ils avaient existé. Plastrons, heaumes, tuniques, bottes, robes noires et grises gisaient sur le sol. Mais il ne restait aucun être vivant. Pas une goutte de sang n'avait été versée... Pourtant, ceux qui avaient entendu leurs cris ne doutaient pas qu'ils aient péri dans d'atroces tourments. Pire encore, nul ne se souvenait d'eux. Nul ne se rappelait leur nom ou leur visage...

— De quelle sorcellerie s'agit-il ? gronda Ariakan, le visage couleur de cendre. Et comment la combattre ? Trouvez quelqu'un qui puisse me le dire ! Allez me chercher les prêtres et les Chevaliers Gris !

Aucun magicien n'avait la moindre idée sur le sujet.

— Du moins l'ennemi a-t-il battu en retraite, soupira le lieutenant Trevalin. Bien qu'ayant donné leur vie, nos hommes ont peut-être vaincu.

— Non, répondit Ariakan, les poings serrés, en s'efforçant de percer du regard la couverture de fumée. Les ténèbres se sont repliées pour que nous découvrions le sort de nos camarades. Leur commandant veut nous démoraliser. Par sa Ténébreuse Majesté, je ne permettrai pas une telle chose !

« Que chacun de vous retourne auprès de ses hommes. Faites-leur nettoyer les remparts. Interrogez-les : si l'un d'eux possède la moindre indication sur nos ennemis, amenez-le-moi immédiatement. Je serai dans le Nid du Martin-Pêcheur.

Situé au sommet de la Tour, le Nid du Martin-Pêcheur était une petite pièce circulaire percée de meurtrières d'où on jouissait d'une vue époustouflante sur les Monts Vingaard et les Plaines Solamniques. Pour l'heure, les ténèbres qui avaient envahi jusqu'à la moindre crevasse conféraient au paysage ensanglanté un aspect sinistre.

Ariakan commença à faire les cent pas, les mains croisées derrière le dos. Perdu dans ses pensées, il n'entendit pas que quelqu'un montait l'escalier et pénétrait dans la pièce. C'était un chevalier vêtu d'une armure étincelante, la visière rabattue de son heaume lui masquant le visage.

Ariakan sursauta en l'apercevant.

— Qui êtes-vous, sire chevalier ? M'apportez-vous des nouvelles ? demanda-t-il.

Le nouveau venu ne répondit pas. Il était immense : le plumet noir de son heaume effleurait le plafond. Une lourde épée battait son flanc dans un fourreau décoré de cinq bandes de couleur. La garde était sculptée en forme de dragon à cinq têtes.

Ses yeux étaient pâles et brûlants comme des étoiles. Ariakan déglutit. Il connaissait ce chevalier : il l'avait déjà rencontré une fois. Il tomba à genoux sur le sol.

— Votre Majesté ! balbutia-t-il.

— Redresse-toi, dit une voix aussi profonde que les Abysses. L'heure de l'apocalypse a sonné. Le Chaos, Père de Tout et de Rien, est de retour parmi nous et il veut détruire la création.

— Mes chevaliers et moi sommes prêts, votre majesté, dit Ariakan en se relevant. Ordonnez et nous obéirons.

La Guerrière Noire s'approcha d'une meurtrière et lui fit signe de la rejoindre.

— L'apocalypse est proche, dit-elle doucement, mais la victoire finale aussi ! Si tu abats le Chaos, le peuple de Krynn t'en sera éternellement reconnaissant. Mon règne sur ce monde sera assuré à tout jamais.

— Dites-moi ce que je dois faire.

— Tu vas laisser les forces du Chaos faire le travail à ta place. Paladine a engagé tous ses fidèles dans la bataille. Ils seront anéantis. Nous devons prendre garde à ne pas subir le même sort. Place en réserve un certain nombre de dragons et de chevaliers. Une fois le Chaos vaincu, ils seront frais et dispos, prêts à s'emparer des points stratégiques d'Ansalonie.

— Très bien, votre majesté. Mais nous devons d'abord repousser l'ennemi. Que sont les ténèbres qui nous attaquent, pouvez-vous me le dire ?

— Des ombres guerrières, des créatures sans forme ni substance, constituées de l'essence du Chaos. Les regarder, c'est se perdre. Quand elles attaquent, elles prennent l'apparence de leur adversaire, le plongent dans le désespoir, lui ôtent la volonté de se battre, et finissent par le réduire à néant.

« La prochaine vague d'assaut sera celle des démons guerriers, aussi froids que le vide semé entre les étoiles. Toute arme levée contre eux se brise comme si elle était de glace. Toute chair mortelle entrant en contact avec eux voit s'évaporer à jamais sa chaleur vitale. Ils seront accompagnés de dragons aux griffes de flammes et au souffle empoisonné.

— Comment vaincre de tels adversaires, votre majesté ? grimaça Ariakan.

— A l'aide d'armes sanctifiées par les dieux. Un seul coup suffira contre les ombres guerrières, à condition que tes hommes ne les regardent pas en face. Un seul coup suffira également contre les démons guerriers, mais il réduira en poussière l'arme qui l'a délivré, laissant son porteur sans défense.

— Que peuvent faire les mages et les prêtres ?

— Un sort de lumière empêchera les ombres guerrières de prendre la forme de leurs ennemis. Un sort de feu les détruira, à condition que celui qui le lance parvienne à résister aux voix qui parleront dans sa tête. Un objet béni renverra les démons guerriers dans l'oubli mais disparaîtra avec eux.

Ariakan réfléchit, puis hocha la tête.

— Cette bataille nous affaiblira considérablement, fit-il remarquer.

— Elle affaiblira aussi les forces du bien, lui rappela Takhisis. C'est pour ça que tu dois garder des hommes en réserve. Adieu.

Elle tendit sa main gantée ; Ariakan s'agenouilla pour recevoir sa bénédiction.

— Nous nous battrons jusqu'à la mort, votre majesté, dit-il avec ferveur.

— Je possède suffisamment d'âmes, siffla Takhisis. Ce sont des vivants que je veux.

Ariakan baissa humblement la tête.

Quand il la releva, sa reine avait disparu.

# 25

# LES ORDRES.

— Comment ? s'écria Steel, furieux au point d'en oublier la discipline. Lieutenant, vous plaisantez ?

Autour de lui, les protestations des membres de son bataillon faisaient écho aux siennes.

— Ça ne me plaît pas plus qu'à vous, mais ce n'est pas moi qui décide, expliqua Trevalin. Nous devons nous cacher dans les pièges à dragon et y rester jusqu'à nouvel ordre. Et pas question d'en parler à quiconque : Ariakan a requis le secret absolu.

— Nous sommes punis, se lamenta un chevalier.

— Qu'avons-nous fait pour mériter le courroux de notre seigneur ? demanda un autre.

— C'est assez, messieurs ! s'écria Trevalin, sévère. Il nous appartient d'obéir aux ordres, pas de les discuter. Si vous voulez vous plaindre, faites-le auprès du seigneur Ariakan.

Il jeta un coup d'œil par la fenêtre des baraquements. D'immenses flaques de ténèbres coulaient le long des montagnes pour se rassembler dans la vallée. Elles étaient piquetées d'yeux rouges, seule indication de l'arrivée des démons guerriers.

Partout dans la Tour, les Chevaliers du Lys apprêtaient leurs montures ; ceux du Crâne bénissaient armes, armures et boucliers ; ceux de l'Epine rassemblaient leurs composants et mémorisaient leurs sorts. Pendant ce temps, le bataillon de Steel se préparait à tourner le dos au combat.

— Il est temps d'y aller, annonça Trevalin à contrecœur. Nous devons être en poste d'ici une heure. Pour plus de discrétion, vous vous rendrez là-bas deux par deux, en empruntant différents chemins que le chevalier de Lumlane va vous exposer.

Steel ravala sa colère. Il avait retrouvé son rang de bras droit de Trevalin — en tant qu'officier, il se devait de faire exécuter les ordres. Il réconforta ses hommes en leur disant qu'ils constituaient des « troupes de choc », gardées en réserve pour une « mission secrète ».

— Vous n'êtes pas si loin de la vérité, Lumlane, avoua Trevalin lorsqu'ils se retrouvèrent seuls dans les baraquements. D'après ce que j'ai compris, sa Ténébreuse Majesté est apparue au seigneur Ariakan dans le Nid du Martin-Pêcheur — je le tiens d'un garde du corps qui les a entendus converser. Lorsque Ariakan est redescendu, il était très pâle et il tremblait de tous ses membres. Alors, il m'a fait appeler pour me donner ces ordres.

Le visage de Steel s'illumina.

— Pourquoi ne pas l'avoir dit aux autres ? Ça leur aurait sûrement remonté le moral !

— Parce qu'ils sont censés obéir sans discuter, déclara Trevalin. En outre, cette histoire n'est peut-être que pure invention.

Invention ou pas, Steel se sentit rasséréné lorsqu'il franchit les portes de bronze conduisant aux pièges à dragon. Mais quand les trompettes retentirent, appelant les autres bataillons sur les remparts, son enthousiasme tomba comme un soufflé.

Assis dans l'obscurité, entouré par ses camarades qui faisaient les cent pas, il imagina la bataille qui devait faire rage dans les Abysses. Les dieux s'étaient ligués contre le Chaos, sa reine marchant à leur tête pour les conduire à la victoire. Comme il enviait les morts qui auraient l'honneur de se battre à ses côtés !

Les bruits de combat lui parvenaient, étouffés par les murs de pierre, les coups de tonnerre et le son presque discordant des trompettes. De temps à autre, il captait le hurlement d'agonie d'un dragon.

Deux heures s'écoulèrent. L'attente devenait insupportable. Puis le silence s'abattit sur la Tour. Les chevaliers s'immobilisèrent et tendirent l'oreille.

Steel sentit quelque chose d'humide lui tomber sur le front. Il s'essuya et inspecta sa main, les sourcils froncés.

— Apportez une torche ! ordonna-t-il.

Anxieux, plusieurs hommes se rassemblèrent autour de lui.

— Que se passe-t-il ? demanda Trevalin.

— Vous devriez venir voir, lieutenant, répondit Steel.

Une mare de liquide sombre, gouttant du plafond, était en train de se former à ses pieds.

— Du sang, annonça-t-il, la gorge serrée.

Trevalin prit une décision.

— Je vais voir ce qui se passe. ( Ses hommes poussèrent des hourras. ) Préparez-vous à faire une sortie. Lumlane, j'ai deux mots à vous dire.

Pendant que les chevaliers se dispersaient pour reprendre leurs armes, les deux officiers se dirigèrent vers la sortie.

— Prenez le commandement en mon absence, ordonna Trevalin. ( Il s'arrêta devant les portes de bronze et parut hésiter. ) Lumlane... Avez-vous remarqué quelque chose d'étrange à propos de... de la Vision ?

Steel hocha brièvement la tête.

— Oui, messire. Mais j'espérais être le seul concerné.

— Apparemment non, soupira Trevalin. On dirait qu'elle a... disparu. Elle ne se manifeste plus à nous. ( Il enfila ses gants. ) Je sais que je vais désobéir aux ordres, mais sans la Vision pour me guider, il faut bien que je prenne une décision. Peut-être est-ce le moment d'intervenir. Attendez-moi ici : je ne serai pas long.

Il saisit une torche, souleva la lourde barre qui fermait les portes de bronze et sortit. Steel resta sur le seuil, suivant la flamme du regard jusqu'à ce qu'elle ait disparu. Les autres chevaliers le rejoignirent bientôt, et attendirent dans un silence tendu le retour de Trevalin.

La lueur de la torche réapparut au bout du corridor, vacillant, comme si la main qui la tenait était à bout de forces. Un bruit de pas traînants, irréguliers, se répercuta le long des murs de pierre. Enfin, Trevalin apparut. Il était livide.

Steel le prit par le bras et l'aida à franchir le seuil. Trevalin s'appuya lourdement sur lui et lâcha sa torche, qui roula sur le sol. Personne ne se baissa pour la ramasser.

— Lieutenant, que se passe-t-il ?

— Rien, répondit Trevalin d'une voix sourde. Ils sont... tous morts.

Les chevaliers étouffèrent un hoquet de surprise. L'officier ferma les yeux ; des larmes jaillirent au coin de ses paupières.

— Mon seigneur... Mort, balbutia-t-il. Tous morts... Morts...

Ses genoux cédèrent. Steel le porta plus qu'il ne l'aida à marcher jusqu'à un mur, contre lequel Trevalin appuya.

— Etes-vous blessé ? demanda-t-il anxieusement. Laissez-moi vous ôter votre armure...

— Inutile, lâcha l'officier dans un souffle. Ils m'ont... frappé par-derrière. Comme... des lâches. Je n'ai pas pu... me défendre... Ils n'ont pas... d'honneur.

— L'ennemi s'est-il emparé de la Tour ?

Trevalin secoua la tête. Il ouvrit la bouche pour parler, mais seules des bulles de sang et de salive s'en échappèrent. Lentement, il s'affaissa contre le mur.

Steel l'allongea sur le sol et lui tint la main quelques secondes.

— Puissiez-vous marcher auprès de Takhisis, lieutenant, dit-il tout bas.

A présent, il voyait la hideuse blessure. L'ennemi avait déchiré l'armure de Trevalin comme si elle avait été en papier. Dessous, une plaie béait dans le flanc de l'officier. La chair était brûlée et sanguinolente.

— Qui a bien pu faire une chose pareille ? s'étrangla un jeune chevalier.

— On dirait... une griffe de feu, proposa Steel. ( Il se redressa et se tourna vers la porte. ) Je me demande en quoi consistaient nos ordres.

— Ça n'a plus grande importance, fit remarquer quelqu'un. Quels sont *vos* ordres, messire ?

Alors, Steel réalisa : si Trevalin avait dit vrai, il se trouvait désormais à la tête de la chevalerie.

## 26

## LA VISION.

Malgré la lueur des torches, Steel et ses compagnons n'y voyaient pas à trois pas devant eux. Une obscurité presque surnaturelle régnait dans les couloirs de la Tour du Grand Prêtre.

En atteignant les premières fenêtres, les chevaliers poussèrent un cri de surprise. Le soleil s'était enfin couché ; la nuit était tombée. Mais où se trouvaient les trois lunes qui auraient dû éclairer Krynn ? Et les étoiles, où étaient passées les étoiles ?

Peut-être étaient-elles seulement cachées par les nuages... Le cœur serré, ils se remirent en route.

Peu de temps après, ils découvrirent les premiers stigmates du combat. Les murs étaient noircis du sol au plafond. A certains endroits, des piles de gravats, de cadavres calcinés et d'armures vides bouchaient le passage. Une atroce odeur de chair brûlée planait dans l'air.

Les chevaliers avaient beau tendre l'oreille, ils ne percevaient pas le moindre bruit, rien que le souffle du vent chaud s'engouffrant dans les ruines de ce qui avait été la plus formidable place forte d'Ansalonie.

Les traits tirés, ils poursuivirent leur chemin et arrivèrent bientôt dans la cour intérieure. Celle-ci était encombrée par le corps d'un énorme dragon rouge, portant tant de blessures qu'il était impossible de déterminer laquelle avait causé sa mort. Son sang inondait les pavés et les rendait glissants.

— Déployez-vous, ordonna Steel. Cherchez les survivants et revenez me faire votre rapport.

Les chevaliers se dispersèrent par groupes de deux ou trois, tandis que Steel contournait le dragon rouge à la recherche de son cavalier.

Il ne tarda pas à le découvrir. Le seigneur Ariakan gisait sur le sol, tenant encore à la main son épée, dont la lame s'était brisée en deux. Aucun cadavre ennemi n'était visible à proximité, mais Steel aperçut de nombreuses taches noires et huileuses. Il eut la vision de démons guerriers, touchés par l'arme de son seigneur, explosant dans une gerbe de flammes...

Il s'agenouilla près de l'homme qui l'avait élevé et fait entrer dans la chevalerie. Une grimace de détermination déformait ses traits ; Steel ne douta pas qu'il s'était battu jusqu'à la fin. Le métal de son épée avait cédé, mais pas son courage. Le jeune chevalier comprit pourquoi la Vision s'était effacée : elle avait disparu avec son créateur.

— Recevez son âme, majesté, pria-t-il d'une voix étranglée.

Il ferma les yeux d'Ariakan, chercha le deuxième fragment de son arme et le posa à côté de lui. Alors il se releva lentement.

Seul dans la cour, la tête baissée, il se demanda que faire. La Tour du Grand Prêtre était tombée, mais l'ennemi ne s'embarrassait pas d'occupation ou de conquête. Il se moquait des forteresses, des royaumes, des sujets, des richesses de Krynn. Il n'avait qu'un seul objectif : la destruction. Sa tâche accomplie, il avait poursuivi son chemin.

— Nous sommes tout ce qui reste, murmura Steel en secouant la tête, incrédule. Qu'allons-nous faire ? ( Il leva les yeux au ciel et tendit les bras. ) Votre Ténébreuse Majesté ! Guidez-moi, je vous en prie.

Un bruit de pas retentit derrière lui. Il fit volte-face.

— Qui va là ?

Vêtue d'une armure bleue, une femme aux courts cheveux noirs bouclés approcha et lui fit un sourire charmeur. Un froid intense émanait d'elle.

— La bataille est perdue, déclara-t-elle. La guerre est perdue. Les forces du Chaos sont trop puissantes. Notre reine veut profiter de la confusion pour s'échapper, et elle a l'intention d'emmener les plus loyaux de ses fidèles. Tu fais partie des élus, mon fils. Viens avec moi.

— Venir avec toi ? répéta Steel, incrédule. Où ça ?

— Sur un autre monde. Un autre monde à conquérir et à diriger, répondit Kitiara, les yeux brillants d'avidité.

— Tu dis... que la guerre est perdue ? murmura Steel, troublé. Mais notre reine ne peut pas s'enfuir ! Elle n'abandonnerait pas... elle ne trahirait pas ceux qui se sont battus pour elle, qui sont morts pour elle...

Kitiara éclata de rire.

— Comme tu es naïf, mon fils ! Elle ne leur doit rien ! Que lui importe qu'ils soient détruits ? Il y en aura d'autres ! Viens avec moi, et tu verras par toi-même. Mais d'abord, retire cette stupide babiole elfique de ton cou.

Steel regarda Ariakan. Il songea à Trevalin qui, bien que blessé à mort, avait trouvé la force de revenir auprès de ses hommes.

Il se sentait abandonné, trahi. Plus rien ne lui restait. La Vision avait disparu, non parce qu'Ariakan était mort, mais parce que Takhisis avait tourné le dos à ses fidèles. Les étoiles étaient tombées du ciel et ils allaient les suivre dans le néant.

— Alors ? s'impatienta Kitiara. Pourquoi hésites-tu ? Ote le joyau.

— Non, mère, répondit calmement Steel. Je ne viens pas avec toi.

— Quoi ? Ne fais pas l'idiot !

— Pourquoi pas ? cracha le jeune homme, amer.

C'est ce que j'ai été durant toutes ces années, non ? Tout ce en quoi j'ai cru n'était que mensonge !

— On dirait que je me suis trompée à ton sujet, dit sèchement Kitiara. Je te prenais pour un vrai guerrier. Le combat, la victoire, le pouvoir : il n'y a que ça qui compte. Agis comme ton père et tu mourras comme lui, seul, abandonné, te sacrifiant pour une cause perdue d'avance. Tu ne peux pas gagner !

— Tu as raison, mère. J'ai déjà perdu. J'ai tout perdu : ma déesse, mon seigneur, mon rêve. Tout, sauf... ( Steel porta la main au bijou pendu à son cou. ) Sauf ce qui est en moi.

Kitiara comprit qu'elle n'employait pas la bonne tactique. Sa voix se fit caressante.

— Tu es fatigué... Tu n'as pas encore digéré les derniers événements. Je n'aurais pas dû te demander de faire ton choix tout de suite. Prends ton temps, mon fils. Réfléchis bien. Je t'offre un nouveau monde, une nouvelle vie...

Une brise tiède, douce comme du velours, enveloppa Steel. Puis Kitiara disparut.

Steel s'adossa au mur. Il se sentait épuisé, comme s'il avait passé toute la journée à lutter alors qu'il n'avait pas porté un coup. Comme si on l'avait battu à mort avant de l'abandonner agonisant dans une ruelle obscure.

Un nouveau monde... Une nouvelle vie. Des conquêtes... La gloire.

*Pourquoi pas ? Après tout, pourquoi pas ? Ma mère a raison. Ce monde est fini. Il ne contient plus rien pour moi.*

Le vide de son cœur dévorait Steel de l'intérieur. Pourquoi ne pas le remplir par l'extase de la victoire ? Il ne se battrait plus pour aucun dieu, seulement pour lui-même. Sa main se referma sur le joyau.

— Elle ment, dit une voix tout près de lui.

Steel n'ouvrit pas les yeux. A quoi bon ?

— N'essaie pas de m'arrêter, père. C'est fini. Nous avons perdu.

— Kitiara t'a menti. Paladine et les autres dieux continuent à lutter contre le Chaos. Les enfants de la magie, Lunitari, Solinari et Nuitari, se battent pour sauver ce monde. Sargonnas a fait le vœu de ne pas abandonner. Chemosh a réveillé les morts et il les mène au combat. Partout sur Krynn, des gens luttent, sans espoir de victoire. Ils n'abandonnent pas.

— Peux-tu me dire ce que ça leur rapportera ? siffla Steel, amer. Qui les remerciera ? Qui chantera leurs louanges ?

— Toi. Tu les honoreras chaque jour de ta longue vie, répondit calmement Sturm.

— Mais enfin, père, que veux-tu que je fasse ? Le Chaos ne peut être détruit !

— Non, mais il peut battre en retraite. La faille qu'il a ouverte dans l'océan le rend vulnérable ; elle constitue le défaut de son armure. Pour détruire notre monde, il a dû se matérialiser dans notre plan. Paladine et Giléan pensent cela : si nous pouvons le vaincre ici, il devra abandonner et refermer la faille pour ne pas qu'elle le consume.

— Avec quelles armes peut-on le combattre ?

— Un groupe de chevaliers, armés des célèbres Lancedragons, doit pénétrer dans les Abysses pour affronter le Chaos et ses légions. Il n'a aucune chance d'en revenir, et très peu de réussir sa mission, mais...

Steel hésita. Depuis toujours, son âme était un champ de bataille pour deux forces qui se livraient un combat acharné. Laquelle allait finalement l'emporter ?

— Messire ? Messire, tout va bien ?

Il sursauta et ouvrit les yeux. Préoccupé par ses tourments intérieurs, il n'avait pas entendu arriver le chevalier qui se tenait devant lui.

— Désolé, j'ai dû m'assoupir, marmonna-t-il. Quelles nouvelles m'apportez-vous ?

— Aucun signe de l'ennemi, messire. Ni d'éventuels survivants. Les blessés ont été... ( L'homme déglutit. ) Massacrés dans leur lit.

Steel faillit recommander leurs âmes à Takhisis, mais il se reprit à temps.

— Quoi d'autre ?

— Nous avons découvert quelques dragons bleus qui, comme nous, avaient reçu l'ordre de ne pas prendre part au combat ; votre monture est parmi eux. Une poignée de dragons d'argent viennent d'arriver. Ils étaient en train de garder la tombe de Huma, quand on leur a dit de venir nous rejoindre ici.

— « On » ? Qui, « on » ? s'enquit Steel, les sourcils froncés.

Le chevalier baissa la tête.

— D'après eux, Huma en personne, avoua-t-il. Et ce n'est pas tout. Nos armes ont été brisées durant la bataille, mais nous avons découvert une réserve de Lancedragons.

— De Lancedragons ? répéta Steel, stupéfait. En êtes-vous sûrs ?

— Eh bien... Aucun de nous n'en a jamais vu, mais elles correspondent aux descriptions...

Malgré la chaleur, Steel sentit un frisson courir le long de sa colonne vertébrale.

— Où sont-elles ? Montrez-les-moi, ordonna-t-il.

— Oui, messire. Par ici.

Le chevalier conduisit Steel jusqu'à l'entrée de l'Antichambre de Paladine. Une lumière argentée sortait de la crypte. Steel songea au jour où il y avait pénétré en compagnie de Caramon Majere et Tanis Demi-Elfe, pour rendre hommage à son père.

Les chevaliers de son bataillon s'étaient réunis autour des tombes, observant d'un air soupçonneux les lances rangées contre un mur. Aucun d'eux ne pouvait toucher ces armes bénies par Paladine, et donc vouées à la cause du bien.

Steel s'approcha pour les examiner. C'étaient en effet des Lancedragons, mais des lances de fantassin, plus courtes et plus légères que celles qu'on fixait à la selle des dragons. Elles mesuraient plus de huit pieds ; leur garde et leur pointe acérée étaient faites d'argent pur. Elles semblaient parfaitement équilibrées.

— Très drôle, père, murmura Steel. Ton dieu a dû bien rire en nous faisant ce cadeau. ( Il haussa la voix. ) Comment pourrions-nous utiliser ces lances pour vaincre le Chaos ?

— Vous ne le pouvez pas, mais nous, si, dit une voix derrière lui.

Steel fit demi-tour. Un petit groupe de Chevaliers Solamniques vêtus de haillons, les membres zébrés par les coups de fouet, se tenait au sommet des escaliers menant à la crypte.

— Les prisonniers se sont échappés !

Plusieurs Chevaliers de Takhisis portèrent la main à leur épée.

— Ne dégainez pas, ordonna Steel. Ils ne sont pas ici pour se battre contre nous.

— C'est exact, dit gravement le chevalier qui avait déjà parlé. Les secousses ont ébranlé les murs de notre cellule ; nous avons descellé la grille pour nous glisser dehors. Nous voulions retourner à Palanthas, mais en arrivant aux abords de la cour, nous vous avons entendus. Vous disiez que la guerre n'était pas perdue, que vous alliez prendre la tête d'un groupe de héros pour les conduire dans les Abysses...

L'homme descendit l'escalier, se baissa et ramassa une des lances. Les Chevaliers de Takhisis se tendirent, prêts à bondir.

Le prisonnier les ignora. Il se tourna vers Steel.

— Je connais peu d'hommes qui vous arrivent à la cheville pour ce qui est du courage et de l'honneur. Si vous acceptez nos services, Steel de Lumlane, nous serons heureux de vous suivre au combat.

*Ne t'y laisse pas prendre, mon fils !* dit la voix de Kitiara. *Ils n'attendent qu'une occasion pour se venger !*

*Ecoute-les, mon fils,* riposta la voix de Sturm. *Ils auraient pu s'enfuir, mais ils sont restés pour faire ce que leur dictait leur conscience.*

Steel prit une longue inspiration. Il défit le fermoir de son pendentif qui, reflétant la lueur argentée des Lancedragons, brilla de mille feux. Il le tint à hauteur de son visage et le contempla. Puis, d'une main qui ne tremblait pas, il le posa sur la tombe de son père.

Les voix qui se disputaient en lui se turent. Dans son âme, le combat cessa.

Solamniques ou Noirs, les chevaliers attendaient sa décision. Il tira l'épée de son père... celle qui se briserait seulement s'il cédait le premier.

— Il est probable que personne ne chantera jamais nos louanges, déclara-t-il fièrement. Mais je ne veux pas passer le reste de ma vie à chanter celles de quelqu'un d'autre. Nous irons ensemble dans les Abysses.

# 27

# PRÉPARATIFS.

— Qu'attendons-nous ? demanda Usha, nerveuse. Pourquoi restons-nous sans rien faire ?

— Ça va venir, ça va venir, murmura Dougan.

Assis sur une souche, préoccupé, le nain s'éventait avec son chapeau à plume. Parfois, il inclinait la tête, comme pour écouter quelque chose, ou plissait les yeux pour mieux voir. Puis il gémissait et se prenait le crâne entre les mains.

Ses trois compagnons le surveillaient anxieusement, lui posant des questions sans recevoir de réponse. Ils finirent par abandonner. Usha et Palin s'assirent, se tenant la main et discutant à voix basse. Entre deux récriminations contre les cendres qui le faisaient tousser, Tass entreprit de vérifier le contenu de ses sacoches.

— Ça y est ! s'exclama Dougan en bondissant sur ses pieds. Ils sont en route. Nous devons aller à leur rencontre.

— Pas encore, dit une voix que Palin connaissait bien. Pas encore.

Raistlin se matérialisa au centre du bosquet de pins, près de l'autel brisé.

— Il ne manquait plus que lui, grommela Dougan.

— Mon oncle ! s'écria Palin en se dirigeant vers

lui. Quelles nouvelles apportes-tu ? As-tu vu les créatures qui nous ont attaqués ?

— Tu as failli échouer, dit Raistlin en plantant son regard dans celui du jeune homme.

Palin s'empourpra.

— Je... Je suis désolé. Mais c'était si inattendu et si... horrible...

— Dis plutôt que quelqu'un t'a déconcentré, lança l'archimage en désignant Usha du menton.

— Au contraire, protesta Palin. Tout est ma faute : je n'ai aucune excuse. Sans Usha, je serais mort. Mais ça ne se reproduira pas, je te le promets.

— On prétend que les échecs sont plus instructifs que les succès. J'espère que ce sera vrai dans ton cas, mon neveu, pour notre salut à tous. Je vais te confier une terrible responsabilité. Le sort de notre monde reposera peut-être entre tes mains.

— Je ne te décevrai pas, mon oncle.

— Tâche surtout de ne pas *te* décevoir.

— C'est ridicule, intervint Dougan. Etant donné son âge et son manque d'expérience, le garçon s'est plutôt bien comporté. Il a été distrait par son amour pour la petite, mais c'est cet amour qui l'a finalement sauvé. Où serais-tu, Raistlin Majere, si tu avais réalisé que l'amour n'est pas une faiblesse, mais une force ?

— Probablement assis dans la cuisine de mon frère, à extraire des pièces d'or de mon nez pour amuser les enfants, dit Raistlin. J'ai tout donné à la magie, et elle ne m'a jamais déçu. Elle était ma maîtresse, ma femme et mon enfant.

— Tu lui as même sacrifié ton jumeau, fit remarquer Dougan.

— C'est vrai, répondit Raistlin avec calme. Mais moi aussi, j'ai tiré la leçon de mes échecs. Assez bavardé : le temps presse. Dalamar est revenu à la Tour de Haute Sorcellerie. Sans entrer dans les détails, sachez que Jenna, Dunbar et lui ont découvert une faiblesse chez notre ennemi. Le Chaos a été obligé de se manifester physiquement dans ce plan d'existence, et cela le rend vulnérable.

— A peu près autant qu'une montagne devant un nain armé d'une cuillère à thé, marmonna Dougan.

— Je n'ai pas dit que ce serait facile. Mais il existe une possibilité. Tu sais quoi faire ? demanda Raistlin.

— Ouais, soupira Dougan sans enthousiasme. Je m'en occupe.

— Et nous ? s'enquit Palin.

— Toi, tu dois te rendre dans les Abysses. Tu y rejoindras Steel de Lumlane et un groupe de chevaliers qui ont entrepris de lutter contre le Chaos. Ils ont besoin d'un magicien. Ce sera toi... Tu es le seul auquel ton cousin acceptera de faire confiance.

— Je ferai de mon mieux, promit Palin, l'air sombre, mais je ne crois pas que des pétales de rose et de la fiente de chauve-souris me serviront à grand-chose contre le Chaos.

— C'est pourquoi le Conclave a décidé de te faire un cadeau, acquiesça Raistlin.

Il tendit les mains. Un livre apparut, scintillant dans l'air chargé de cendres. Il était vieux et usé. Sa reliure rouge était craquelée et la dorure de son titre presque effacée. Mais l'empreinte des lettres demeurait ; elle suffit à stupéfier Palin.

*Magius.*

Raistlin donna le livre à son neveu, qui le prit avec des mains tremblantes.

— L'ouvrage le plus précieux de la bibliothèque du Conclave, expliqua l'archimage. Peu de personnes connaissent son existence, moins encore ont été autorisées à le consulter. C'est le livre de sorts de Magius, le plus grand sorcier de guerre qui ait vécu. Il s'est entraîné avec Huma en secret, car les Chevaliers Solamniques n'auraient pas permis l'alliance du fer et de la magie. Défiant toutes les règles, il s'est battu à ses côtés et a remporté de nombreuses batailles.

« Je ne te cacherai pas que ses sorts sont complexes. Pour les mémoriser, avec le peu de temps dont tu disposes, tu auras besoin de toute ta concentration.

Palin suivit le regard de son oncle et découvrit Usha à moitié cachée derrière un arbre. Troublé, il hésita puis tendit la main vers elle.

— Je vois ce que tu veux dire, mon oncle. Je ne veux pas te contrarier... mais jamais je ne renoncerai à Usha. Si elle est ta fille, nous ne pourrons pas être l'un à l'autre. Mais son amour est une bénédiction qui me servira d'armure dans les Abysses.

Les yeux baissés, Usha s'avança vers le jeune homme et lui prit la main, sans oser regarder Raistlin en face. L'archimage devait lui en vouloir de ne pas avoir détrompé son neveu.

— J'espère que tu comprends, ajouta Palin.

— Mieux que tu ne le crois, soupira Raistlin. Allons, il est temps. Approche-toi de l'autel et tu seras transporté dans les Abysses. Le Portail est grand ouvert. Sa Majesté n'a plus besoin de le garder.

Palin embrassa Usha sur la joue. La jeune femme lui murmura un au revoir à l'oreille et le laissa partir à regret. Il se dirigea vers l'autel, le Bâton de Magius dans une main, son livre de sorts dans l'autre.

— Adieu, mon neveu. Puissent les dieux, du moins ceux qui restent, t'accompagner.

La magie emporta Palin comme un albatros posé sur les ailes d'un typhon. Il eut juste le temps d'entendre Dougan lui crier :

— Blesse le Chaos, mon garçon. C'est tout ce que tu as à faire : le blesser !

*
* *

— Je suis prêt, Dalamar. Quand tu veux.

Usha, Dougan et Tass regardèrent disparaître Raistlin. Le nain se tourna vers la jeune femme.

— Ton cœur est parti avec ton fiancé, mais si le reste de ta personne n'a pas de projets, tu pourrais peut-être me donner un coup de main. Je risque d'en avoir besoin.

— Je veux venir aussi ! s'écria Tass en sautillant sur place, tout excité.

— Si je voulais me jeter dans la gueule d'un dragon rouge, je serais ravi de t'emmener, répondit sèchement Dougan. Mais comme ça n'est pas le cas...

Usha prit la main du kender.

— Nous sommes une équipe, dit-elle avec fermeté. Si je viens, il vient aussi.

— N'oublie pas que je suis le seul à pouvoir utiliser la Cuillère à Repousser les Morts-Vivants, dit Tass, l'air grave.

— Du moins, jusqu'à ce que Dalamar recompte son argenterie, grommela Dougan. ( Il poussa un soupir. ) Très bien. Flint Forgefeu dit que tu t'es rendu utile dans le passé. J'ai du mal à le croire, mais...

— Flint a dit ça ? s'exclama Tass avec un sourire ravi. Ouah ! Tu te rends compte, Usha ?

Dougan observa les deux moitiés de la Gemme Grise, les caressant du regard comme le corps d'une maîtresse chérie. Enfin, il se tourna vers Usha et les lui remit.

— Je ne peux pas, dit-il d'une voix tremblante. Je pensais que je pourrais, mais ça n'est pas le cas. De tous les objets que j'aie jamais forgés, c'est celui qui m'a causé le plus de problèmes, donc le plus cher à mon cœur. Je ne peux me résoudre à le détruire. Il faudra que tu t'en charges, petite.

— Moi ? s'étonna Usha. Mais comment ?

— Une goutte de sang. Tu dois y emprisonner une goutte de sang.

— Le sang de qui ?

— Le Sien.

# 28

## LE CADEAU.

L'aube se levait lorsque les chevaliers atteignirent la faille qui s'ouvrait dans l'Océan Turbidus. Ils l'avaient repérée au bruit, un grondement semblable à celui d'un millier de cascades produit par l'eau de mer s'engouffrant dans le précipice.

En approchant, ils distinguèrent un nuage de vapeur reflétant la lueur du soleil levant. Les dragons plongèrent ; la fumée se referma sur eux comme un linceul de brouillard suffocant.

Bientôt, les chevaliers transpirèrent dans leur armure. Mais ils s'engouffrèrent à l'intérieur de la faille et continuèrent à descendre jusqu'à ce que les ténèbres les engloutissent.

Avec l'obscurité vint un silence plus terrible que le vacarme assourdissant de l'eau de mer. Un silence qui leur fit craindre d'être devenus sourds. Steel prit la parole pour entendre le son de sa voix.

— Où sommes-nous ? demanda-t-il.

— Dans un tunnel conduisant aux Abysses, répondit Flamboyante. C'est le chemin que nous empruntons généralement. Personne ne le connaît, personne ne le garde. Il débouche près du Portail.

Quelques minutes plus tard, les chevaliers distinguèrent devant eux une lueur rouge. Ils émergèrent dans un paysage plat et désertique. Le seul point de repère était une silhouette vêtue de blanc. Debout près du Portail, elle semblait attendre.

En les voyant arriver, elle leva la main. Steel aperçut la lueur familière d'un cristal au sommet d'un bâton.

— Halte ! cria-t-il. C'est Palin Majere. Je dois lui parler.

— Nous n'avons pas le temps, protesta Flamboyante.

— Je n'en ai que pour quelques minutes, promit Steel. Il est en contact avec les mages ; peut-être a-t-il des informations à nous donner.

Sa monture posée, le jeune homme sauta à terre et se dirigea vers Palin.

— Que se passe-t-il, Majere ? demanda-t-il. Fais vite, nous avons un combat à livrer.

— Je sais, répondit le mage. C'est pour ça que je suis ici. Tu dois m'emmener avec toi.

Steel fronça les sourcils.

— Je te remercie de ton offre, et je salue ton courage comme je l'ai déjà fait par le passé. Mais je suis obligé de refuser.

Au-dessus de leurs têtes planaient les dragons, bleus et argentés, portant leurs cavaliers d'ombre et de lumière.

— Retourne dans notre monde... Auprès de la femme que tu aimes, auprès de tes parents. Passe avec eux le temps qui vous reste, et ne te soucie pas de la bataille. Si nous échouons, elle viendra à toi bien assez tôt. Adieu.

Palin s'interposa entre Steel et sa monture.

— Je peux faire en sorte que vous réussissiez, dit-il en montrant le livre de sorts. Regarde son nom. Il m'a été donné par le Conclave. Pour mettre le Chaos en fuite, il suffira de le blesser.

— De le blesser ? répéta Steel, l'air dubitatif.

— C'est tout, confirma Palin. Je le tiens de Réorx en personne.

— C'est tout ? gronda Flamboyante. Mais nous ne parlons pas d'un chef de tribu ogre ! Le Chaos est le Père de Tout et de Rien. Même dans sa forme physique, il est terrifiant, pire que le plus atroce cauchemar, plus haut que les Monts Vingaard, plus large que le Fleuve Torath. Ses cheveux sont de flammes, son regard sème la destruction, sa main dispense la mort. Il est entouré de dragons de feu, d'ombres et de démons guerriers. Et tu voudrais le blesser, arrogant mortel ?

— Nous pouvons le faire, dit Palin avec calme. ( Il se tourna vers Steel. ) Nous avons traversé le Bois de Shoikan et nous en sommes sortis vivants. Nous sommes, à ma connaissance, les seules personnes à pouvoir s'en vanter.

— C'est vrai, dit Steel avec un demi-sourire. Je serais fou de refuser ; un guerrier a besoin de toutes les armes qu'il peut emporter. Très bien, Majere, viens avec nous. Mais sache que je ne peux assigner personne à ta protection. Si tu as des ennuis, tu ne pourras compter que sur toi-même.

— C'est bien ainsi que je l'entendais, répondit Palin, très digne. J'ai beaucoup appris depuis ma première bataille.

Steel remonta en selle et se pencha pour aider le jeune mage à se hisser derrière lui. Flamboyante déploya ses ailes et bondit dans les airs rejoindre les autres dragons.

— De combien de sorts disposes-tu ? demanda Steel par-dessus son épaule, hurlant pour couvrir le souffle du vent. Sont-ils puissants ? Que feront-ils ?

— Secret professionnel, grimaça Palin.

— Secret professionnel, mon œil ! Trois ? Quatre ?

Palin sourit.

— Ils sont très complexes. Et je n'ai pas eu beaucoup de temps pour les étudier.

— Combien ? insista Steel.

— Un seul. Mais, ajouta gravement le jeune mage, c'est un bon.

## 29

## LE LIVRE, LE BÂTON ET L'ÉPÉE.

— Il faut avouer, dit Tasslehoff en se tordant le cou pour regarder plus haut, qu'il est vraiment très laid.

— Chut ! ordonna Dougan, terrorisé. Il va t'entendre !

— Tu crois que ça le vexerait ?

— Non, mais je suis sûr qu'il nous écraserait comme des vermisseaux. A présent, tais-toi et laisse-moi réfléchir.

Sur un mot de Dougan, les trois compagnons avaient été transportés dans les Abysses... ou plutôt les Abysses étaient venues à eux. Ils se tenaient toujours au centre du bosquet, accroupis derrière l'autel brisé, mais l'île des Irda avait disparu.

Le Chaos se dressait à quelques dizaines de pas d'eux.

Le géant était seul. Il n'avait remarqué ni les pins ni l'autel apparus dans son dos. Regardant droit devant lui dans l'espace et le temps, il ne disait rien. Au loin résonnaient des bruits de bataille.

— Chacun à sa façon, les habitants de Krynn combattent Ses suppôts, expliqua Dougan à voix basse. Les anciens ennemis sont devenus alliés. Les elfes luttent côte à côte avec les ogres. Humains et gobelins, nains et draconiens, tous ont oublié leurs dissensions. Même les gnomes et les kenders font leur part.

Tass ouvrit la bouche pour un commentaire, mais un regard féroce du nain l'en dissuada.

— Et c'est pour cela, poursuivit Dougan en tapotant la main d'Usha, que nous avons une chance. Si nous devions affronter les légions du Chaos... Nous n'aurions plus aucun espoir.

— Je ne sais pas si je peux faire ça, répondit Usha en tremblant. J'ignore si j'en aurai le courage.

— Je suis avec toi, l'encouragea gentiment Tass. Tu sais, j'ai déjà affronté des multitudes de gros monstres effrayants. Le seigneur Soth, par exemple. Et je n'ai pas eu peur du tout. Enfin, juste un peu, parce que c'est quand même un chevalier de la mort et qu'il arrive à tuer les gens d'un simple mot. Mais il ne m'a pas tué. Il m'a juste... hum... poussé, et je me suis fait une bosse à la tête en tombant.

Dougan foudroya le kender du regard.

— C'est bon, c'est bon, je me tais, dit Tass en posant une main sur sa bouche, le moyen le plus efficace pour lui de la tenir fermée... du moins pendant quelques secondes.

— Que dois-je faire exactement ? demanda Usha.

— Les chevaliers vont attaquer le Chaos ; il rappellera Ses légions pour les combattre. Dès que quelqu'un aura réussi à Le blesser, tu interviendras. Il te suffira d'enfermer une seule goutte de Son sang à l'intérieur de la Gemme Grise pour le mettre en notre pouvoir. Il sera forcé de quitter ce monde, ou d'y demeurer à tout jamais sous sa forme actuelle. Et crois-moi, c'est bien la dernière chose dont il a envie. Nous ne l'amusons plus.

— Nous ne l'amusons plus..., répéta Usha.

Elle pensa à son peuple, aux maisons en ruines, aux cadavres calcinés. Les larmes lui montèrent aux yeux.

Soudain, le Chaos poussa un rugissement qui fit trembler le sol et secoua l'autel brisé.

— Réorx ! Misérable couard difforme ! Tu choisis de plus en plus mal tes compagnons de voyage !

Dougan rentra la tête dans les épaules et s'accroupit derrière l'autel, imité par Usha. Mais Tass s'avança bravement vers le géant.

— Je n'ai pas peur de toi ! s'écria-t-il, ravalant la boule qui monta soudain dans sa gorge. Je suis content d'avoir vu quelque chose d'aussi monstrueux, mais maintenant, il vaudrait mieux que tu déguerpisses !

— Que je déguerpisse ? ricana le Chaos. C'est bien mon intention, dès que j'aurai réduit en poussière la boule de terre que vous appelez votre monde.

Il se tourna vers l'autel, plissant ses yeux sans paupières.

— Je vois un dieu, un humain et une chose... je ne sais même pas ce que c'est.

— Une chose ! s'indigna Tass. Je ne suis pas une chose, mais un kender. Ça n'est peut-être pas terrible, mais c'est plus joli qu'un être fait de boue et de lave.

— Tais-toi, Tass, supplia Usha.

Mais son petit compagnon s'échauffait à peine.

— Dis, c'est ton nez ou un volcan qui a poussé au milieu de ta figure ?

— Dougan, fais-le taire !

— Pas encore, petite. Regarde ce qui arrive.

Un vol de dragons bleus et argentés venait d'apparaître dans le ciel. Les bêtes portaient sur leur dos des Chevaliers Noirs *et* Solamniques brandissant des Lancedragons et des épées aux reflets sanglants. A leur tête se trouvait un dragon bleu monté par un homme en armure noire et un mage en robe blanche.

Le Chaos ne les vit pas ; son attention était rivée sur le kender. Dougan décida de tirer parti de la situation. Il se releva et brandit le poing.

— Grosse brute ! s'écria-t-il.

Tass lui jeta un regard sévère.

— Ça n'est pas très original.

— Peu importe, dit Dougan à voix basse. Continue de lui parler.

Le Chaos tendit la main et s'empara du soleil.

— Une goutte de mon sang ? C'est bien ce que vous voulez ? demanda-t-il d'une voix aussi vide et froide que le ciel. Vous pensez qu'elle vous permettra de me contrôler ? ( Il éclata d'un rire tonitruant et commença à jongler avec le soleil. ) Vous n'y êtes jamais arrivés, et vous n'y arriverez jamais. Vous pouvez construire des maisons, des cités et des forteresses ; elles ne vous protégeront pas. Je suis la famine et la pestilence. Je suis le meurtre. Je suis l'intolérance. Je suis les inondations et les accidents... Vous, vous n'êtes rien !

— Vous vous trompez ! dit une voix claire. Nous sommes tout : nous sommes l'espoir.

Une Lancedragon étincelante transperça le soleil. Des fragments de roche incandescents tombèrent en pluie sur le sol et s'éteignirent.

Le Chaos fit volte-face. Un vol de dragons bleus et argentés en formation de bataille planait devant lui.

— L'espoir ? ricana-t-il. Vous devez vous tromper. Il n'y a plus d'espoir pour votre monde.

Les fragments de pierre se changèrent en démons guerriers. De la faille jaillirent des dragons faits de magma enflammé. Les chevaliers devinrent livides.

— Paladine est mort. Takhisis a fui. Vous êtes seuls. ( Le Chaos tendit ses bras immenses, comme pour embrasser l'univers. ) Que vous reste-t-il ?

Steel brandit son épée. Contrairement aux autres, elle ne reflétait pas la couleur des cieux, mais émettait une lumière argentée et lunaire.

— Nous-mêmes, répondit-il. Nous sommes les uns avec les autres.

# 30

## LA LUMIÈRE.

— Je dois te faire descendre, Majere, dit Steel en se tournant vers Palin. Je ne peux pas me battre avec un passager.

Flamboyante se posa ; le jeune chevalier aida le mage à mettre pied à terre.

— Tu as bien compris ? demanda Palin, anxieux.

— Lance ton sort et ne crains rien. Je serai prêt, répondit froidement Steel.

Palin hocha la tête et lui serra la main.

— Adieu, cousin.

Le chevalier sourit. Un instant, ses yeux noirs s'adoucirent.

— Adieu... cousin, répondit-il.

Flamboyante poussa son cri de guerre et s'élança dans les airs.

Leur courage stimulé par l'exemple de Steel, ses camarades passèrent à l'attaque. Les Chevaliers Solamniques se jetèrent sur les dragons de feu, tandis que les Chevaliers Noirs fondaient sur les démons guerriers.

La fureur de leur assaut prit leurs adversaires au dépourvu. Mais Palin savait que cela ne durerait pas. Déjà, d'un simple geste de la main, le Chaos levait des renforts. Des dragons d'argent, brûlés à mort, allèrent s'écraser sur le sol avec leur cavalier, tandis que des Chevaliers Noirs privés de leur arme dès la première attaque victorieuse se retrouvaient sans défense devant l'ennemi.

Le jeune mage devait agir vite. Il ouvrit le livre de sorts de Magius et le cala au creux de son bras gauche, saisissant son bâton de la main droite.

Il allait commencer à incanter lorsqu'il aperçut Usha, à demi dissimulée par les restes de l'autel, tenant devant elle les deux moitiés de la Gemme Grise. Que voulait-elle faire ? Le Chaos allait la tuer ! Palin devait la rejoindre, la protéger.

Non, il devait rester là et aider les chevaliers...

Les mots se brouillèrent dans sa tête. Il les voyait sur la page, mais il ne se souvenait pas de la bonne prononciation. Ses souvenirs le ramenèrent sur la plage où, paralysé de terreur, il avait tellement voulu secourir ses frères qu'il avait provoqué leur mort...

Il avait échoué. Et il allait échouer une nouvelle fois.

*Nous apprenons de nos échecs, mon neveu,* chuchota la voix dans sa tête.

— *Abdis tukng !* commença Palin, tremblant de tous ses membres. *Kumpul-ah kepudanuya kuasahan !*

Il attendit le picotement qui lui signalerait que la magie était à l'œuvre.

— *Burus longang degang birsih sekalilagang !*

Elle n'était pas là ! Pourtant, il avait prononcé les mots correctement !

— *Degang kuashnya, lampar terbong kilat mati yangjahat !*

Le Chaos le surplombait. Le feu le brûlait. La mort le cernait. Steel allait mourir, et aussi Usha, Tass et Dougan, ses parents, ses petites sœurs...

*J'ai tout sacrifié pour la magie, ma santé, mon bonheur. L'amour de mon frère et de mes amis. Celui de la seule femme qui aurait pu me le rendre.*

*Et toi, mon neveu, que donneras-tu ?*

Palin prononça les deux derniers mots du sort.

— *Xts vrie.* ( Puis il ajouta calmement : ) Je donne ma vie.

Un frisson le parcourut des pieds à la tête. Une vague d'extase déferla sur lui. Sublime plaisir, exquise douleur de la magie. Il n'avait plus peur de rien : ni de l'échec, ni de la mort.

Du Bâton de Magius jaillit une lueur blanche plus brillante que les flammes du Chaos, qui se refléta sur les armures des chevaliers et les écailles des dragons bleus et argentés. Les démons guerriers poussèrent des hurlements d'agonie. Les dragons de feu, voulant fuir la lumière, furent transpercés par les Lancedragons de leurs ennemis.

Irrité, le Chaos se tourna vers Palin.

— Maintenant, Steel ! hurla le jeune mage.

Son cousin ne se le fit pas dire deux fois. Suivant leur plan, il s'était tenu jusque-là à l'écart de la bataille, et son sang bouillait dans ses veines. Levant son épée, il enfonça les talons dans les flancs de sa monture.

Le Chaos, qui ne pouvait fermer des yeux sans paupières, poussa un cri de rage. La lumière l'aveuglait, le brûlait. Il portait un plastron, mais ses bras et ses mains étaient nus.

— L'épaule ! ordonna Steel à Flamboyante. Amène-moi près de son épaule.

Près du Chaos, la chaleur était si intense qu'elle en devenait presque insupportable. Le jeune chevalier arracha son heaume et le laissa tomber sur le sol. Les flammes lui léchaient le visage ; l'air brûlant ravageait ses poumons et lui piquait les yeux.

Penché sur sa selle, il serra les dents et plongea vers sa cible.

*
* *

— Il a réussi, petite ! hurla Dougan en bondissant de joie. A ton tour, vite !

L'épée de Steel s'était enfoncée dans la chair du Chaos. Incapable de voir ce qui l'avait frappé, celui-ci poussa un rugissement et ramena son bras en arrière, arrachant l'arme des mains du chevalier.

Une goutte de sang jaillit de la blessure.

— Vas-y, petite !

Usha prit une inspiration et avança. *Concentre-toi sur l'objectif. Ne pense ni à Palin, ni à la peur que tu ressens. Pense au Protecteur et aux autres, à la façon dont ils sont morts. Tu n'as jamais rien fait pour eux, tu ne leur as jamais dit combien tu leur étais reconnaissante. Tu es partie sans les remercier. Fais-le pour ta famille perdue. Fais-le pour les Irda.*

Les yeux fixés sur sa cible, elle se rapprocha des énormes pieds qui faisaient vibrer le sol sous les siens.

La goutte de sang se balançait au bout de l'épée de Steel, comme un joyau hors d'atteinte.

Mais elle ne tombait pas.

*
* *

Le Chaos n'avait presque rien, réalisa Steel. C'était à peine s'il lui avait tiré une goutte de sang. Il devait frapper encore, et pour ça, il lui fallait récupérer son épée. Mais ses forces l'abandonnaient et celles de Flamboyante aussi.

La femelle dragon avait un œil clos, les écailles de sa tête étaient couvertes de cloques sanguinolentes ; la membrane de ses ailes bleues noircies se déchirait par endroits. Les poumons de Steel étaient en feu. Chaque inspiration lui causait une douleur atroce. Il avait la nausée, des vertiges, et il bouillait dans son armure. Il se pencha sur l'encolure de Flamboyante.

— Il faut y retourner, dit-il résolument. Nous avons une mission à accomplir.

Le dragon hocha la tête, trop épuisé pour répondre, et mobilisa ses forces pour repartir à l'assaut. Il plongea dans le brasier, vers l'épaule du Chaos, évitant celui-ci au dernier moment. Steel saisit la garde chauffée à blanc de son épée et tira.

La goutte de sang se détacha de la lame.

*
* *

Usha la vit tomber. Sans se soucier de ce qui lui arriverait, elle se précipita pour l'attraper.

A cet instant, le Chaos leva le bras et l'abattit sur ce qui était pour lui un simple moustique. Flamboyante n'avait plus assez de forces pour esquiver. Le cou brisé, elle dégringola des cieux et s'écrasa près de Palin. Une de ses ailes frappa le jeune mage, lui faisant lâcher son livre de sorts et son bâton.

La lumière blanche se dissipa. La goutte de sang si chèrement payée tomba et fut aussitôt absorbée par le sol parcheminé. Usha poussa un cri de détresse. S'agenouillant, elle tenta frénétiquement de récupérer quelque chose.

Une ombre tomba sur elle, lui glaçant les veines. Le Chaos l'avait vue. Il avait reconnu la Gemme Grise dans ses mains et compris le danger.

Blessé, choqué, Palin s'efforça de reprendre son bâton. Mais celui-ci était coincé sous le cadavre de Flamboyante. Il leva la tête. Les yeux noirs du géant étaient fixés sur Usha.

Palin se releva d'un bond.

— Cours, Usha, cours !

Continuant à gratter désespérément le sol, la jeune femme ne l'entendit pas. Il s'élança vers elle pour la protéger.

Le Chaos se baissa. Une violente rafale propulsa Palin en arrière. Un poing gigantesque fondit sur lui et l'envoya s'écraser contre le cadavre du dragon.

— Usha, murmura-t-il avant de perdre connaissance.

*
* *

Tasslehoff jetait un à un les objets qu'il sortait de ses sacoches. Autour de lui, le sol en était jonché. Un morceau de cristal bleu, une mèche de crins de griffon, un lézard mort attaché au bout d'un lien de cuir, une rose fanée, un anneau orné de deux pierres rouges, une plume de poulet...

— Où est cette maudite cuillère ? marmonna-t-il.

— Usha ! Abandonne, petite ! Cours ! hurla Dougan.

— Que se passe-t-il ? demanda Tass en relevant la tête. Suis-je en train de rater quelque chose ?

Usha était accroupie sur le sol, la figure baignée de larmes. Palin gisait à terre dans une mare de sang. Le Chaos approchait, écrasant les corps des chevaliers et des dragons agonisants. Une main froide étreignit le cœur de Tass.

— Il va les écrabouiller ! s'écria le kender. Il est... Il est encore pire que le seigneur Soth ! Je ne peux pas le laisser faire ! Il doit bien y avoir un moyen de l'en empêcher !

Il regarda autour de lui, cherchant un dieu, un dragon ou même un simple chevalier pour l'aider. Assis par terre, la tête entre les mains, Dougan se lamentait.

— C'est ma faute... Tout est ma faute...

Tass se leva et réalisa qu'il était le seul en état de faire quelque chose. Une poussée de fierté chassa le froid qui menaçait de l'envahir. Résolument, il tira de sa poche le couteau que Caramon avait surnommé « Tueur de Lapins » et se précipita vers ses amis, avec la vitesse et l'agilité qui étaient l'apanage des kenders, leur permettant de survivre dans un monde plein de minotaures colériques, de marchands furieux et de miliciens peu commodes.

S'interposant entre Usha et l'énorme pied qui allait la pulvériser, il hurla : « Prends ça ! » et plongea son couteau dans le gros orteil du Chaos.

La lame magique perça la botte du géant. Du sang jaillit de l'entaille. Le Chaos leva son pied blessé et abattit un talon vengeur sur l'insolent.

Un nuage de poussière s'éleva du sol. Le kender disparut.

— Tass ! hurla Usha.

— Tu as réussi, petite ! s'écria Dougan derrière elle. Regarde ! Regarde la Gemme Grise !

Usha baissa la tête ; une goutte de sang brillait au creux d'une des moitiés du joyau.

— Referme-la, ordonna Dougan, haletant. Vite !

Le Chaos poussa un rugissement assourdissant. Un vent brûlant chassa l'air des poumons d'Usha. Mais ça n'avait plus d'importance. Palin était mort. Tass était mort. Le Protecteur était mort. Même le chevalier austère était mort. Il ne restait plus rien...

Elle approcha ses mains l'une de l'autre. Les deux moitiés de la Gemme Grise se touchèrent.

Silence.

Silence et obscurité.

Le joyau émit une douce lumière grise. Usha le lâcha, mais il ne tomba pas. Il s'éleva dans les ténèbres, plus haut, toujours plus haut, et soudain, explosa.

Des milliers d'échardes cristallines percèrent l'obscurité et se figèrent dans le ciel. Des étoiles. Et, en leur centre, une unique lune pâle.

Usha regarda autour d'elle. Le Chaos était parti. Dougan était parti. Il ne restait plus que des cadavres. Cherchant du regard celui de Palin, elle se dirigea vers lui.

Elle s'agenouilla sur le sol et l'enlaça. Posant la tête sur sa poitrine, elle ferma les yeux et souhaita de toutes ses forces le retrouver.

## 31

## UN ULTIME ADIEU.

Plic ! Plic !

Palin ouvrit les yeux et porta une main à son front. Il se redressa avec difficulté et regarda autour de lui. Une minute plus tôt, il gisait mourant dans les Abysses, et maintenant...

Il se trouvait dans un champ, non loin de l'*Auberge du Dernier Refuge*. Une volute de fumée s'échappait de la cheminée, nettement visible malgré la pluie et la nuit tombante. Le jeune mage entendit un gémissement sur sa droite et baissa les yeux.

Usha était roulée en boule à côté de lui, un bras levé au-dessus de son visage. A en juger par son expression angoissée, elle devait faire un cauchemar. Il la prit par l'épaule et la secoua.

— Usha, c'est moi.

La jeune femme battit des paupières.

— Palin ! ( Elle lui tendit les bras et l'enlaça. ) Je croyais... Je croyais que tu étais mort, sanglota-t-elle. J'étais seule, et les étoiles avaient changé...

— Je vais bien, répondit Palin, qui en était le premier stupéfait. ( Il caressa les cheveux de sa compagne. ) Et toi ?

— Je... Je crois que ça va. Mais Tass... ( La jeune

femme repoussa Palin et bondit sur ses pieds. ) Tass ! Le géant !

Elle tituba et jeta un regard affolé autour d'elle. Le mage en fit autant. C'est alors qu'il *les* vit.

Les corps des Chevaliers, Noirs et Solamniques, étaient allongés dans le champ. Aucun de ceux qui avaient pénétré dans l'Abysse pour combattre le Chaos n'avait survécu. Ils gisaient en ligne, les mains croisées sur la poitrine, une expression paisible sur le visage, toute expression de peur ou de douleur effacée par la pluie qui ruisselait sur le sol.

Le cœur de Palin se serra. C'était la deuxième fois en peu de temps qu'il contemplait un tel spectacle. Il se dirigea vers le bout de la rangée, sachant déjà ce qu'il y trouverait.

Il ne s'était pas trompé. Steel reposait là, dans son armure craquelée, l'épée des Lumlane contre son flanc. Sur ses joues, Palin essuya les larmes qui se mêlaient aux gouttes de pluie.

Il se demanda vaguement où étaient passés les dragons, et sursauta à la pensée de son bâton et du livre de sorts. Mais les deux objets se trouvaient là, à ses pieds, dans l'herbe mouillée. La couverture rouge du livre de sorts avait noirci, et il ne restait plus une page intacte à l'intérieur. Le dernier sort avait dû les consumer.

Palin soupira. C'était une immense perte. Pourtant, Magius aurait aimé savoir que sa magie avait aidé à vaincre le Chaos, le jeune homme en était certain.

Il ramassa le bâton et fronça les sourcils. Jusque-là, son bois lui avait toujours paru tiède au toucher. A présent, il semblait comme... mort. Et plus encombrant que pratique.

Palin réfléchissait encore quand Usha l'appela.

— Que se passe-t-il ? Tu as trouvé Tass ?

La jeune femme se tenait debout devant un petit tas de sacoches. Il se dirigea vers elle.

— Ce sont celles d'oncle Tass, constata-t-il. Mais où est-il passé ? Il ne les aurait jamais abandonnées derrière lui.

— Et regarde ici, ajouta Usha, l'air sombre.

Dans une pile de plumes de poulet gisaient un mouchoir aux initiales FB, une cuillère d'argent de fabrication elfique et un couteau taché de sang.

— Il est parti, sanglota la jeune femme. Sinon, il n'aurait pas laissé sa cuillère !

Le paysage se brouilla devant les yeux de Palin.

— Peut-être que si, répondit-il d'une voix étranglée... S'il avait trouvé quelque chose de plus intéressant.

Surprenant un mouvement du coin de l'œil, il sursauta.

— Mon oncle ! Je suis heureux de te revoir. La guerre est terminée, n'est-ce pas ? Rentres-tu à la maison avec nous ?

— Non, dit Raistlin. Je suis fatigué. J'ai hâte de replonger dans le sommeil éternel. Je suis venu vous dire au revoir...

— Mais..., protesta Palin. J'ai encore tant à apprendre !

— C'est vrai, et cela le restera jusqu'au jour de ta mort, même si tu vis plusieurs siècles. Et ton bâton ? Tu le tiens comme si son contact t'était désagréable.

— Je ne sais pas. Il est... bizarre, lâcha Palin.

— Fais voir. ( L'archimage prit l'artefact et caressa amoureusement le bois. ) *Sharak.*

Rien ne se produisit. Palin écarquilla les yeux puis, lentement, il leva la tête vers la lune unique qui brillait dans les cieux. Son cœur se serra.

— Que se passe-t-il ? balbutia-t-il, peu sûr de vouloir connaître la réponse.

— Je peux tout expliquer, dit une voix derrière lui.

Un vieux magicien vêtu d'une robe grise, un chapeau pointu légèrement de guingois sur la tête, approchait sur la route venant de l'*Auberge du Dernier Refuge*. Il s'essuya la bouche d'un revers de main.

— Fameuse bière, dit-il en faisant claquer sa langue. Une des meilleures de Caramon. Cette année va être fantastique. ( Il secoua tristement la tête. ) Ah, je suis sûr que ça me manquera.

— Salutations, l'Ancien, dit Raistlin en souriant.

— Comment ? Qui ose faire des commentaires sur mon âge ?

Le magicien fronça ses sourcils broussailleux et se tourna vers Palin.

— Hé, c'est à moi ! s'exclama-t-il en saisissant le mouchoir que le jeune homme avait passé à sa ceinture. La preuve, voici mes initiales : FB, comme... euh... Feu de Bois. Non, ce n'est pas ça. Fil à Beurre... Non plus.

— Fizban, proposa Palin.

— Où ça ? demanda le mage en faisant volte-face. Je ne peux pas me débarrasser de lui. On dirait qu'il prend un malin plaisir à me suivre.

— Fizban ! s'exclama Usha, stupéfaite. J'ai entendu parler de vous ! Le Protecteur m'a dit qu'en réalité, vous étiez Paladine !

— Jamais entendu parler de ce type, déclara le vieil homme en secouant vigoureusement la tête. Les gens nous confondent tout le temps, mais croyez-moi, j'ai beaucoup plus de charme que lui !

— Vous n'êtes pas mort, lâcha Palin, soulagé. Le Chaos nous a menti. Racontez-nous ce qui s'est passé. Nous avons gagné, n'est-ce pas ? Nous avons vaincu le Chaos ?

Fizban sourit et soupira. Son expression hagarde laissa la place à une immense tristesse.

— Nous l'avons vaincu, mon fils, mais pas détruit. Le Père de Tout et de Rien ne saurait l'être. Nous l'avons forcé à quitter ce monde. Il a accepté, mais à une condition : que nous partions aussi.

— Vous... Vous n'allez pas nous abandonner ? balbutia Usha.

— Les autres sont déjà en route, répondit calmement Fizban. Je suis seulement venu vous remercier et boire une dernière chope de bière avec mes amis.

— Vous ne pouvez pas faire ça, protesta Palin.

— Bien sûr que si. Tel est le prix à payer pour sauver notre création bien-aimée, mon fils.

— Je ne comprends pas. Et le bâton ? Et ma magie ? ( Palin porta une main à son cœur. ) Je ne la sens plus à l'intérieur.

Raistlin le saisit par les épaules.

— Je t'avais dit qu'un jour, tu serais le plus grand mage ayant jamais vécu. Tu as accompli la prophétie. Magius lui-même était incapable de lancer ce sort. Je suis très fier de toi.

— Mais le livre est détruit, protesta Palin.

— Ça n'a plus guère d'importance, dit Raistlin en secouant la tête.

Alors, le jeune homme comprit.

— Il ne reste plus de magie dans le monde, n'est-ce pas ? demanda-t-il dans un souffle.

— Non, confirma gentiment Fizban. Du moins, pas telle que tu la connais. Aujourd'hui marque le début de l'Age des Mortels. Ce sera le dernier, je pense : le plus long et le meilleur.

« Adieu, mon fils. Adieu, ma fille. ( Il se tourna vers Raistlin. ) Alors, tu viens ? C'est que je n'ai pas toute la journée. J'ai un nouveau monde à bâtir, moi ! Comment fait-on, déjà ? Ah, oui ! On prend un peu de terre et on mélange avec de la fiente de chauve-souris...

— Au revoir, Palin. Prends soin de tes parents, dit Raistlin. Au revoir, enfant des Irda. Non seulement tu as vengé ton peuple, mais tu as racheté ses fautes. Pense à dirc la vérité à mon neveu, ça devrait pas mal le réconforter...

— Je le ferai, promit Usha en baissant la tête. ( Elle eut un sourire timide. ) Au revoir, mon *oncle*.

— Au revoir, répéta Raistlin.

— Attends ! s'écria Palin. Les dieux sont partis ! Qu'allons-nous faire maintenant que nous sommes seuls ?

Raistlin ferma les yeux, sa peau dorée luisant au clair de lune.

— Vous n êtes pas seuls, mon neveu. Steel de Lumlane vous l'a dit. Vous êtes l'un avec l'autre.

*
* *

Le champ qui s'étendait derrière l'*Auberge du Dernier Refuge* devint bientôt un lieu saint. Des gens venus de tout le continent s'y rassemblèrent. A l'aide de marbre blanc et d'obsidienne issus des carrières de Thorbardin, ils construisirent un mausolée pour les chevaliers tombés au combat. Autour, ils plantèrent des arbres amenés du Qualinesti et du Silvanesti par les elfes et leur nouveau roi, Gilthas.

Steel de Lumlane fut placé au centre de la crypte, vêtu de son armure, l'épée de ses ancêtres dans les mains. Près de lui, on érigea une bière pour le corps de Tanis Demi-Elfe ; les enfants de Rivebise et de Lunedor vinrent déposer un bâton de cristal bleu à ses côtés.

La tombe fut scellée à l'aide de doubles portes d'or et d'argent. Sur l'une d'elles, on grava une rose ; sur l'autre, un lys. Les noms des chevaliers furent inscrits dans la pierre. Mais un seul nom eut le privilège d'orner le fronton.

Celui de Tasslehoff Racle-Pieds.

Le mausolée fut baptisé Tombe des Derniers Héros, en souvenir de tous ceux qui avaient péri au cours de ce terrible été.

Au grand désespoir des chevaliers, il n'inspira pas la solennité et le respect qu'on aurait pu croire. De nombreux kenders prirent l'habitude de venir en pèlerinage avec leur famille et des paniers à pique-nique bien garnis. Tout en festoyant, ils se racontaient l'histoire de leur héros.

Une génération plus tard, les kenders d'Ansalonie juraient à qui voulait les entendre que leur bien le plus précieux ( une cuillère d'argent, par exemple ) possédait de grands pouvoirs magiques.

Et qu'elle leur avait été donnée par leur oncle Tass.

# ÉPILOGUE

Flint Forgefeu faisait les cent pas sous son arbre. La forge de Réorx était éteinte, et le froid le glaçait jusqu'à la moelle.

— Où est ce maudit kender ? grommela-t-il. Il m'avait promis qu'il viendrait. Tanis, Sturm et les autres sont partis depuis longtemps. Ils doivent être au chaud dans une auberge, en train de boire du vin et de parler du bon vieux temps.

« Et moi, pendant ce temps, je fais quoi ? Rien. J'attends un imbécile de kender sous un vieil arbre mort. Je serais curieux de savoir ce qu'il fabrique. Il doit être en prison... à moins qu'un minotaure ne l'ait pendu par sa queue-de-cheval. Ou qu'un mage ne l'ait transformé en lézard.

Frissonnant, le nain croisa les bras sur sa poitrine. Il était si occupé à se plaindre qu'il n'aperçut pas le kender vêtu d'un pantalon jaune et d'une veste à carreaux rouges et verts qui s'approchait. Le nouveau venu se mit à marcher derrière lui, singeant chacun de ses gestes.

Flint cessa de râler le temps d'allumer une pipe. Il plongea la main dans sa poche pour y prendre du tabac, et découvrit que celle-ci était déjà occupée. Un calcul rapide amenant son nombre de mains à trois, il poussa un rugissement et fit volte-face.

— Je te tiens !

Tass lui jeta les bras autour du cou.

— C'est moi, Flint !

— Il était temps, marmonna le nain. Tu as vu ce que tu as fait ? A cause de toi, j'ai laissé tomber ma pipe. Bon, bon, ça va. Ne le prends pas mal. Tu m'as surpris, c'est tout.

Tass essaya de rire et de pleurer en même temps, mais tout s'emmêla dans sa gorge, et il faillit s'étouffer. Flint lui tapa dans le dos.

— Là, là, mon garçon. Ça va mieux ? Bon. Il faut nous dépêcher : Tanis et les autres nous attendent un peu plus loin.

— Oh, nous pourrons toujours les rattraper plus tard, dit le kender sur un ton insouciant. Pour l'instant, j'aimerais me reposer un peu. Et j'ai des tas d'histoires à te raconter. Dis donc, il fait drôlement froid sous ton arbre !

— Je sais bien ! grogna Flint. C'est pour ça que...

— C'est pour ça que tu m'attendais avec impatience, je parie, soupira Tass. ( Il prit un air sévère. ) Tu ne t'es pas dit que ça irait mieux si tu allumais un feu dans cette forge ? Décidément, tout se détraque dès que j'ai le dos tourné. Oh, pendant que j'y suis, je t'ai amené ça. ( Il sortit une flasque d'une de ses sacoches et la brandit fièrement. ) Le meilleur cognac de Caramon !

Flint regarda l'arbre mort. Il regarda la forge vide. Il regarda Tass. Mais surtout, il regarda la flasque.

Il se gratta la barbe.

— Par Réorx, murmura-t-il, une ou deux gorgées n'ont jamais tué personne. Et quand bien même... Evidemment, tu l'as payé à Caramon ?

Il s'empara de la flasque, la déboucha et huma l'arôme qui s'en échappait.

— Oh, je le ferai, répondit Tass. La prochaine fois que je le verrai. Par où vais-je commencer ? Ah oui, la Cuillère à Repousser les Morts-Vivants. Tu comprends, il y avait ce spectre devant nous...

Flint n'écoutait déjà plus. Il goûta le cognac, le

trouva à son goût et fourra la flasque dans sa poche. Ils avaient bien le temps de rejoindre Tanis et les autres.

En fait, ils avaient l'éternité...

— Pendant que j'y suis, je ferais aussi bien d'allumer ce feu, bougonna-t-il. Ça m'évitera de me geler en attendant que cet idiot de kender en ait fini avec ses histoires.

Ainsi, dans le ciel de l'Ansalonie, naquit une nouvelle étoile. Une étoile rouge qui jamais ne devait changer de place ou d'aspect. Le signe que l'humanité ne serait pas seule, même durant l'Age des Mortels...

*Achevé d'imprimer en juin 1999*
*sur presse Cameron*
*par* ***Bussière Camedan Imprimeries***
*à Saint-Amand-Montrond (Cher)*

N° d'impression : 992481/1.
Dépôt légal : juin 1999.

*Imprimé en France*